Blutfesseln

Die Autorin

Kay Hooper lebt in North Carolina. Sie ist die preisgekrönte Autorin zahlloser Bestseller, ihre Bücher wurden weltweit über sechs Millionen Mal verkauft. Das erfolgreiche und etwas andere Profiler-Team um Noah Bishop taucht gleich in mehreren verschiedenen Thrillerserien Kay Hoopers auf.

Kay Hooper

Blutfesseln

Thriller

Aus dem Amerikanischen von
Susanne Aeckerle

Weltbild

Die amerikanische Originalausgabe erschien 2010
unter dem Titel *Blood Ties* bei Bantam Books, New York.

Besuchen Sie uns im Internet
www.weltbild.de

Copyright der Originalausgabe © 2010 by Kay Hooper
Copyright der deutschsprachigen Ausgabe © 2014 by
Verlagsgruppe Weltbild GmbH, Steinerne Furt, 86167 Augsburg
Published by arrangement with Bantam Books, an imprint of
The Random House Publishing Group, a division of Random House, Inc.
Übersetzung: Susanne Aeckerle
Projektleitung und Redaktion: usb bücherbüro, Friedberg/Bay
Umschlaggestaltung: *zeichenpool, München
Umschlagmotiv: www.shutterstock.com
(© charles taylor; © Molodec; © pashabo)
Satz: Catherine Avak, Iphofen
Druck und Bindung: CPI Moravia Books s.r.o., Pohorelice
Printed in the EU
ISBN 978-3-86365-480-1

2017   2016   2015   2014
Die letzte Jahreszahl gibt die aktuelle Ausgabe an.

Prolog

Vor sechs Monaten
Oktober

Hör zu.
»Nein.«
Hör zu.
»Ich will nichts hören.« Starrköpfig hielt sie den Blick auf ihre bloßen Füße gerichtet. Die Zehennägel waren pink lackiert. Hier allerdings nicht. Hier waren sie grau, so wie alles andere auch.

Bis auf das Blut. Das Blut war immer rot.

Das hatte sie vergessen.

Du musst uns zuhören.
»Nein, muss ich nicht. Nicht mehr.«
Wir können dir helfen.
»Niemand kann mir helfen. Nicht bei dem, was ihr von mir verlangt. Das ist unmöglich.« Aus dem Augenwinkel sah sie das Blut in ihre Richtung sickern und wich dem Rinnsal unwillkürlich aus. Dann noch weiter. »Ich kann jetzt nicht mehr zurück. Ich kann nie wieder zurück.«

Doch, das kannst du. Du musst.
»Ich hatte meinen Frieden gefunden. Warum habt ihr mich nicht dort gelassen?« Sie spürte etwas Festes, Hartes in ihrem Rücken und drückte sich dagegen, den Blick noch immer auf ihre Zehen gerichtet, auf das Blut, das langsam immer näher kam.

Weil es nicht vorbei ist.
»Es ist schon lange vorbei.«
Nicht für dich. Nicht für sie.

1

Heute
8. April
Tennessee

Obwohl die Muskeln in seinen Beinen brannten, lief Case Edgerton, voll auf seine Atmung konzentriert, den schmalen Pfad entlang.

Die letzte Meile war immer die härteste, vor allem bei seinem wöchentlichen Geländelauf. Auf der Bahn oder im nahe gelegenen Park war es einfacher. So wie hier, auf unebenem und unübersichtlichem Terrain zu trainieren, erforderte echte Konzentration.

Deshalb gefiel es ihm so.

Er sprang über einen morschen Baumstamm und musste sich gleich danach unter einem tief hängenden Ast wegducken. Anschließend ging es nur noch abwärts, was nicht so einfach war, wie es klang, da der Pfad sich in halsbrecherischen Serpentinen über diese letzte Meile hinabschlängelte. Gutes Training für das bevorstehende Rennen. Er wollte es unbedingt gewinnen, wie schon so viele im Laufe seines Abschlussjahres.

Und dann gab es da Kayla Vassey, die ein Faible für Läufer hatte, sehr flexibel war und ihn gerne belohnen würde. Vielleicht den ganzen Sommer lang. Hinterher würde sie sich nicht an ihn klammern. Sie würde viel zu sehr damit beschäftigt sein, die Läufer des nächsten Jahres zu taxieren, um für mehr als ein Abschiedswinken Zeit zu finden, wenn er im Herbst aufs College ging.

Unverbindlicher Sex. Genau wie er es mochte.

Beinahe wäre Case über eine vom Frühlingsregen frei gespülte Wurzel gestolpert und fluchte über seine Unachtsamkeit.

Konzentrier dich, du Idiot. Willst du das Rennen verlieren?

Das wollte er wirklich nicht.

Seine Beine brannten inzwischen wie Feuer, und seine Lunge fühlte sich an, als läge sie offen, doch er schonte sich nicht, legte sogar etwas an Tempo zu, als er um die letzte tückische Haarnadelkurve bog.

Wieder stolperte er, und diesmal ging er zu Boden.

Er versuchte über die Schulter abzurollen, um möglichst wenig abzubekommen, doch die Strecke war so uneben, dass er stattdessen mit einem Stöhnen auf den harten Boden krachte. Ihm blieb die Luft weg, und ein stechender Schmerz ließ ihn befürchten, er hätte sich etwas verstaucht oder gerissen.

Eine Weile hielt er sich vorsichtig und keuchend die Schulter, bevor er in der Lage war, sich aufzusetzen. Und erst da sah er, was ihn zu Fall gebracht hatte.

Ein Arm.

Ungläubig starrte er auf die Hand, die einem Mann zu gehören schien: eine überraschend saubere und intakte Hand, deren lange Finger ganz entspannt wirkten. Sein Blick wanderte einen gleichfalls unversehrten Unterarm hinauf und dann …

Und dann begann Case Edgerton zu kreischen wie ein kleines Mädchen.

»Sie sehen ja selbst, wieso ich Sie angefordert habe.« Sheriff Desmond Duncan klang nervös. »Wir befinden uns hier zwar am Rande von Serenade, doch es fällt noch in meinen Zuständigkeitsbereich. Und ich schäme mich nicht, zuzugeben, dass das Sheriffdepartment von Pageant County noch nie mit so etwas zu tun hatte.« Er machte eine Pause, dann bekräftigte er: »*Niemals.*«

»Das überrascht mich nicht«, erwiderte sie etwas geistesabwesend.

Ausbildung und Erfahrung rieten Des Duncan, den Mund zu halten, damit sie sich auf den Tatort konzentrieren konnte, aber seine Neugier war stärker. Da er noch nie mit dem FBI zu tun gehabt hatte, wusste er nicht, was auf ihn zukommen würde, und wäre möglicherweise über jede Art von Agent überrascht gewesen. Über diese Frau war er es auf jeden Fall.

Erstens war sie zum Niederknien schön, hatte den Körper eines Pin-up-Girls und die Augen eines exotischen Engels. Und zweitens besaß sie die strahlendsten blauen Augen, die er je gesehen hatte. Trotzdem wirkte sie erstaunlich gelassen und war sich der Wirkung nicht bewusst, die sie auf jeden Mann in ihrer Umgebung hatte. Sie trug ausgeblichene Jeans, einen weiten Pullover und praktische, abgetragene Stiefel. Das lange schwarze Haar war im Nacken zu einem Pferdeschwanz gebunden. Kein Make-up, soweit er erkennen konnte.

Bis auf ein Schlammbad hatte sie anscheinend alles unternommen, um ihr gutes Aussehen zu verschleiern, trotzdem musste Des sich bemühen, ein Stottern zu unterdrücken, wenn er mit ihr sprach. Er konnte sich nicht mal erinnern, ob sie ihm ihre Dienstmarke gezeigt hatte.

Dabei war er an die sechzig, Himmel noch mal.

Aus Angst, die falsche Frage zu stellen oder eine Frage falsch zu formulieren, sagte er zögernd: »Ich bin froh darüber, das hier in erfahrenere Hände zu legen, glauben Sie mir. Zuerst habe ich natürlich das State Bureau of Investigation angerufen, aber ... Tja, nachdem die sich meine Geschichte angehört hatten, rieten sie mir, Ihr Büro anzurufen. Explizit Ihres, nicht einfach das FBI. Ehrlich gesagt, ich war etwas überrascht, dass sie meinten, ich solle Ihre Leute anrufen. Doch es klang wie eine gute Idee, also hab ich's getan. Hatte nicht erwartet, dass gleich so viele Bundesagenten kommen würden, und ganz bestimmt nicht so schnell. Ist nicht ganz fünf Stunden her, dass ich um Unterstützung gebeten habe.«

»Wir waren in der Gegend«, erwiderte sie. »Ziemlich nahe. Gleich hinter den Bergen, in North Carolina.«

»Ein anderer Fall?«

»Ein noch nicht abgeschlossener. Läuft uns aber nicht davon. Daher passte es gut, uns den hier anzusehen.«

Duncan nickte, obwohl sie ihn nicht ansah. Sie kniete ein Stück von der Leiche entfernt – oder dem, was von ihr übrig war –, den Blick unverwandt darauf gerichtet.

Er überlegte, was sie da wohl sah. Denn es hieß, die Agenten der Special Crimes Unit des FBI sähen einiges mehr als die meisten Polizisten, auch wenn sich das Was und Wie schwer in Worte fassen ließ.

Was Duncan sah, war eindeutig genug, wenn auch unglaublich grotesk, sodass er sich zwingen musste, wieder hinzusehen. Die Leiche lag neben dem öffentlichen Wander- und Crosslaufpfad, den die Leichtathletikmannschaft der Highschool und ein paar waghalsigere unter den Bürgern der Stadt benutzten. Eine verteufelt schwierige Strecke, wenn man schnell ging, von rennen ganz zu schweigen, was sie zu einem hervorragenden Übungsgelände machte, vorausgesetzt, man wusste, was man tat. Und zu einem möglicherweise tödlichen, wenn man das nicht wusste.

Das ganze Jahr über kam es hier zu zahlreichen Verstauchungen, Zerrungen und Knochenbrüchen, vor allem nach Regengüssen. Duncan brauchte allerdings kein Gerichtsmediziner oder Arzt zu sein, um zu erkennen, dass das hier nicht von einem Sturz beim Gehen oder Laufen verursacht worden war. Keinesfalls.

Das dichte Unterholz in diesem Teil des Waldes hatte es dem Mörder leicht gemacht, den größten Teil der Leiche zu verbergen. Mühsam hatten Duncans Deputys Stunden zuvor Büsche und Ranken entfernen müssen, um die Überreste freizulegen.

Das Gute daran war, dass es sich hier offensichtlich um einen Abladeplatz und nicht um den Tatort des Mordes handelte. Duncan mochte zwar nicht viel Erfahrung im Umgang mit grausigen Morden haben, doch ihm war ziemlich klar, dass die FBI-Agenten wenig begeistert gewesen wären, wenn man ihre Beweise angerührt hätte.

Beweise. Er fragte sich, ob es überhaupt nennenswerte Spuren gab. Seine eigenen Leute hatten kaum etwas gefunden. Fingerabdrücke wurden zwar schon durch das Identifizierungsprogramm geschickt, und falls sich auf diese Weise kein Name herausfinden ließ, wäre der nächste Schritt, wie Duncan annahm, ein Gebissabdruck.

Denn viel mehr gab es nicht, womit man den armen Kerl hätte identifizieren können.

Der linke Arm lag über den Weg gestreckt und war seltsam unversehrt, hatte nicht mal einen Kratzer. Insofern seltsam, als vom Ellbogen aufwärts die Verletzungen … extrem waren. Gewebe und Muskeln waren fast vollständig von den Knochen gelöst, nur hie und da hingen noch blutige Sehnenfetzen daran. Die meisten, wenn nicht alle inneren Organe waren verschwunden, die Augen ebenfalls, und die Kopfhaut war vom Schädel abgerissen worden.

Abgerissen. Himmel, wie war das möglich? Wie konnte so etwas passieren?

»Schon eine Idee, wie das passiert sein könnte?«, fragte Duncan.

»Keine vernünftige jedenfalls«, erwiderte sie sachlich.

»Also bin ich nicht der Einzige, der an Unmögliches denkt, an Albtraumhaftes?« Er hörte die Erleichterung in seiner Stimme.

Sie wandte den Kopf und sah ihn an, stemmte sich hoch und trat von der Leiche weg. »Wir haben schon vor Langem gelernt, Worte wie *unmöglich* nicht leichtfertig zu verwenden.«

»Und *Albtraum*?«

»Auch das. ›Es gibt mehr Dinge zwischen Himmel und Erde, Horatio …‹« Special Agent Miranda Bishop zuckte die Schultern. »Die SCU wurde gegründet, um sich mit diesem *Mehr* zu befassen. Wir haben schon eine Menge davon gesehen.«

»Das ist mir zu Ohren gekommen, Agent Bishop.«

Sie lächelte, und er spürte erneut eine vollkommen unprofessionelle und zutiefst männliche Reaktion auf wahrhaft atemberaubende Schönheit.

»Miranda, bitte. Um Missverständnisse zu vermeiden.«

»Ach? Wie das?«

»Weil«, ließ sich eine neue Stimme vernehmen, »Sie uns immer wieder mal von Bishop reden hören werden, womit wir jedoch Noah Bishop meinen, den Chef der Special Crimes Unit.«

»Meinen Ehemann«, erläuterte Miranda Bishop. »Alle nennen ihn Bishop. Daher nennen Sie mich bitte Miranda.« Sie wartete sein Nicken ab und richtete den Blick ihrer strahlend blauen Augen auf den anderen Agenten. »Irgendwas, Quentin?«

»Nichts Auffälliges.« Special Agent Quentin Hayes schüttelte den Kopf und zupfte stirnrunzelnd einen kleinen Zweig aus seinem etwas struppigen blonden Haar. »Allerdings habe ich selten ein Gebiet mit so dichtem Unterholz durchsucht, also könnte mir durchaus etwas entgangen sein.«

»Unser zuständiger Gerichtsmediziner«, warf Duncan ein, »hatte es bisher nur mit Unfalltoten zu tun, aber er sagte, er sei überzeugt, dass der Mann nicht hier vor Ort ermordet wurde.«

Miranda Bishop nickte. »Ihr Gerichtsmediziner hat recht. Wenn das Opfer hier ermordet worden wäre, müsste der Untergrund mit Blut getränkt sein. Dieser Mann war vor vierundzwanzig Stunden höchstwahrscheinlich noch am Leben und wurde irgendwann in den frühen Morgenstunden hier abgeladen.«

Duncan fragte nicht, wie sie zu diesem Schluss gekommen war; sein Gerichtsmediziner hatte das Gleiche geschätzt.

»Keine Anzeichen eines Kampfes«, fügte Quentin hinzu.

»Und falls das Opfer nicht unter Betäubungsmitteln stand, bewusstlos oder tot war, gehe ich davon aus, dass es sich gewehrt hätte.«

Duncan verzog das Gesicht. »Allerdings hoffe ich, dass er bereits tot war, als ihm ... das ... angetan wurde.

»Das hoffen wir auch«, versicherte ihm Quentin. »Wenn wir wenigstens wüssten, wer das Opfer war, hätten wir einen Ansatzpunkt. Irgendwas zu den Fingerabdrücken, die Ihre Leute abgenommen haben?«

»Vor einer Stunde habe ich mich zuletzt erkundigt, da gab es noch nichts. Ich gehe zum Jeep und frage noch mal nach. Wie schon gesagt, der Handyempfang ist hier oben miserabel, und unsere tragbaren Funkgeräte sind ähnlich nutzlos. Unsere Polizeifahrzeuge haben spezielle Verstärkerantennen, um überhaupt ein Signal zu bekommen, und sogar das funktioniert oft nur unregelmäßig.«

»Danke, Sheriff.« Quentin sah dem älteren Mann nach, der vorsichtig den steilen Pfad zur Straße und zu den Autos hinunterging. Dann wandte er sich mit erhobenen Brauen Miranda zu.

»Ich weiß nicht«, sagte sie.

Quentin senkte die Stimme, obwohl die nächsten Deputys – Duncans Chief Deputy Neil Scanlon und seine Partnerin Nadine Twain – einige Meter weit entfernt über eine Landkarte gebeugt standen. »Die Vorgehensweise ist ähnlich. Unmenschlich brutale Folter.«

Sie schob die Hände in die Vordertaschen ihrer Jeans und runzelte die Stirn. »Schon, doch das hier ... übertrifft alles, was wir bisher gesehen haben.«

»Zumindest bei diesem Mörder«, murmelte Quentin.

Miranda nickte. »Vielleicht handelt es sich nur um eine Eskalation, um das übliche Er-wird-von-Mal-zu-Mal-Schlimmer, nur ... bei dem hier kann ich den Grund nicht erkennen. Ob der Mann schon von Anfang an tot war, ist noch zweifelhaft, jedenfalls war er es garantiert längst, bevor sein Mörder mit ihm fertig war, und das war bei keinem der Opfer der Fall, die wir mit dieser Sache in Zusammenhang sehen. Wenn es um Folter ging, warum dann weitermachen, nachdem das Opfer tot ist?«

»Weil es ihm Spaß machte?«

»Himmel, ich hoffe nicht.«

»Geht mir genauso. Bin ich der Einzige, der bei diesem Mord ein verdammt schlechtes Gefühl hat?«

»Ich wünschte, es wäre so. Doch ich glaube, uns alle überkam hier und an den anderen Abladeplätzen ein Gefühl von etwas Unnatürlichem. Außerdem kann ich mir nicht vorstellen, was der Mörder benutzt hat, um die Leiche buchstäblich bis auf die Knochen freizulegen.«

Quentin blickte auf die Überreste. »An den Knochen konnte ich keine Spuren von Werkzeugen entdecken. Oder von Klauen oder Zähnen. Du?«

»Nein. Auch keine sichtbaren Anzeichen dafür, dass Chemikalien benutzt wurden, doch das wird uns erst die Forensik genau sagen können.«

»Wir schicken die Leiche – oder was davon übrig ist – zum bundesstaatlichen Gerichtsmediziner?«

»Ja. Duncan hat dem bereits zugestimmt. Er war sehr ehrlich, was den Technologiestandard hier in der Gegend betrifft.«

»Darüber, dass es hier *keinerlei* Technologie gibt? Wir waren ja schon an einigen entlegenen Orten, doch das hier würde ich geradezu weltabgeschieden nennen. Wie viele Einwohner mag Serenade haben? Ein paar Hundert, wenn es hoch kommt?«

»Fast dreitausend, wenn du alle mitzählst, die zwar jenseits der Stadtgrenze wohnen, Serenade aber trotzdem als Postanschrift verwenden.« Sie bemerkte, wie Quentin die Brauen hochzog, und fügte hinzu: »Hab ich auf dem Herflug überprüft.«

»Aha. Und ist dir auch aufgefallen, dass das einzige Motel der Stadt aussieht, als würde Norman Bates am Empfang sitzen?«

»Ist es. Allerdings kam es mir eher wie ein nichtssagendes Kleinstadtmotel vor.« Miranda zuckte mit den Schultern. »Und wir wissen beide, dass es darauf womöglich nicht ankommt. Falls dieses Opfer ins Muster passt, spielt der Fundort nur eine unwesentliche Rolle in dem Puzzle. Was zur Folge hätte, dass wir uns hier nicht lange aufhalten werden.«

»Da wäre ich mir nicht so sicher.«

Sie sah ihn an, und ihre Augenbrauen wanderten nach oben.

»Nur so ein Gefühl«, erklärte er. »Wir sind hier nur etwa dreißig Meilen von der Lodge entfernt, Luftlinie, und dort sind über längere Zeit ziemlich unnatürliche Dinge geschehen.«

»Das hast du ja zusammen mit Diana erledigt«, bemerkte Miranda.*

»Na ja, sagen wir mal, wir – sie hauptsächlich – haben ei-

---

* Vgl. Kay Hooper: *Kalte Angst*

nen Teil davon erledigt. Den schlimmsten Teil, hoffentlich. Das heißt aber nicht, dass wir alles geschafft haben.«

»Das war vor einem Jahr«, erinnerte sie ihn.

»Stimmt, auf den Monat genau. Teufel, beinahe auf den Tag. Was ich reichlich beunruhigend finde.«

Miranda Bishop hatte nicht die Angewohnheit, eine Ahnung oder ein ungutes Gefühl von jemandem in ihrer Umgebung außer Acht zu lassen, vor allem, wenn es sich um ein Mitglied ihres Teams handelte. »Okay. Aber bisher deutet nichts auf die Lodge hin. Keine Verbindung zu dem Ort oder jemandem von dort, nichts, was uns aufgefallen wäre.«

»Ich weiß. Mir wäre lieber, ich könnte behaupten, dass mich das beruhigt, tut es aber nicht.«

»Willst du zur Lodge fahren und dich dort umsehen?«

»Wenn einer fährt, sollte es jemand mit einem frischen Blick und ohne Vorbelastung sein«, antwortete Quentin so prompt, dass ihr klar wurde, diese Frage hatte ihn schon eine Weile beschäftigt. »Und am besten ein Medium, in Anbetracht des Alters und ... der Natur dieses Ortes.«

»Du weißt genau, dass uns nur zwei zur Verfügung stehen. Diana sollte nicht fahren, wegen der Vorbelastung, und Hollis würde ich lieber hier in der Nähe behalten.«

Quentin sah sie fragend an. »Warum?«

Mirandas Stirnrunzeln war zurückgekehrt, doch diesmal ging ihr Blick in die Ferne oder ins Leere. Erst nach einer Weile antwortete sie: »Weil ihre Fähigkeiten ... sich weiterentwickeln. Weil jeder Fall neue Fähigkeiten hervorzubringen scheint und die Stärke der bereits vorhandenen steigert. Und das schneller, als das bei paragnostischen Fähigkeiten bisher bekannt war. Was beispiellos ist.«

»Während der letzten Monate war sie einer Reihe ungewöhnlich intensiver Erlebnisse ausgesetzt«, meinte Quentin nachdenklich. »Eigentlich von Anfang an. Verdammt, der Auslöser, der sie aktiv werden ließ, war außergewöhnlicher und heftiger als alles, wovon *ich* je gehört habe.«

»Ja, sie ist eindeutig eine Überlebende«, erwiderte Miranda.*

»Aber?«

»Von einem Aber weiß ich nichts. Außer, dass das menschliche Gehirn wahrscheinlich mehr verkraften kann als die menschliche Psyche.«

Quentin ließ sich das durch den Kopf gehen. »Du glaubst, sie kommt mit all dem nicht ganz so leicht zurecht, wie es den Anschein hat. Auf gefühlsmäßiger Ebene.«

»Genau das meine ich. Daher möchte ich sie im Moment lieber in der Nähe haben. Bisher hat sich jeder dieser Abladeplätze als genau das erwiesen, ohne Anzeichen dafür, dass der Mörder noch in der Gegend ist. Jedes Mal haben wir Beweisstücke eingesammelt, ein paar Fragen gestellt, sind einigen Spuren nachgegangen, die sich als Sackgassen erwiesen, und sind dann weitergezogen.«

»Also … weniger Intensität, die in Hollis etwas Neues auslösen konnte?«

»So lautet die Theorie«, bestätigte Miranda. »Das lässt sich aber nicht unbegrenzt fortsetzen, aus offensichtlichen Gründen, und wir wissen beide, dass sich jede Situation in Sekundenschnelle verändern kann. Was im Laufe unserer Ermittlungen normalerweise auch geschieht. Doch abgese-

---

* Vgl. Kay Hooper: *Die Augen des Bösen*

hen von der Möglichkeit, ihr Urlaub zu verordnen, was ihr bestimmt nicht passen würde und eher schaden könnte, ist es im Augenblick die beste Lösung, die uns einfiel.«

»Dir und Bishop?«

Miranda nickte. »Dadurch wird unser Problem nicht beseitigt – wenn wir davon ausgehen, dass Hollis' rasante paragnostische Entwicklung das Problem ist und nicht ihre eigene natürliche Entwicklung –, aber wir hoffen, dass es ihr wenigstens etwas Luft verschafft, um damit klarzukommen, wie sehr sich ihr Leben verändert hat. Dass es ihr mehr Zeit gibt, sich an das zu gewöhnen, was mit ihr passiert, ihr ermöglicht, an ihren ermittlungstechnischen wie paragnostischen Fertigkeiten zu arbeiten. Ihr eben einfach Zeit gibt, sich in ihrem Leben zurechtzufinden, ohne das Gefühl, eine Zielscheibe auf der Stirn zu tragen.«

»Wie es während der komplizierten Ermittlung in Sachen Samuel und seiner Kirche der Fall war.«

»Genau.«

»Okay.« Plötzlich und offensichtlich beunruhigt, blickte Quentin sich um. »Tolle Theorie, und ich hoffe, sie funktioniert. Um ihret- und unseretwillen. Doch mich beschleicht das Gefühl, diese seltsame und bisher ereignislose Ermittlung entwickelt anders. Sie wird noch ziemlich heftig werden. Denn sollten sie nicht inzwischen zurück sein?«

»Niemand hat uns gesagt, dass es hier *Bären* gibt«, flüsterte Special Agent Hollis Templeton leicht genervt.

Special Investigator Diana Brisco hielt den Blick auf ein ziemlich großes Exemplar von Schwarzbär gerichtet, der knappe zwanzig Meter von ihnen entfernt im Unterholz nach Futter suchte, und flüsterte zurück: »Jetzt ist ihre Jahreszeit, glaube ich. Frühling. Sie kommen aus dem Winterschlaf und beginnen mit der Futtersuche.«

»Wie reizend.«

»Normalerweise laufen sie vor Menschen davon.«

»Glaubst du das oder weißt du es?«

»Ich habe letztes Jahr sehr viel gelesen. Nachholbedarf. Ich erinnere mich, auch gelesen zu haben, dass sie auf Bäume klettern können und es bei einem Angriff keinen Sinn hat, sich tot zu stellen, wie das bei Grizzlys funktioniert.«

»Wenn mich ein Grizzly angreifen würde, müsste ich mich nicht mal *tot stellen*. Verdammt, und wenn dieser Bär hier angreift, auch nicht.« Hollis unterdrückte ein Stöhnen. »Also, was machen wir? Abwarten?«

»Könnte eine Weile dauern. Sieht so aus, als hätte er was zum Fressen gefunden.«

Hollis verfolgte die Bewegungen des Bären, kniff die Augen zusammen, um besser durch das dichte Gebüsch sehen zu können, und flüsterte: »Mist.«

Diana hatte es auch gesehen. Genau wie Hollis, hielt sie die Waffe im Anschlag, und obwohl sich ihre Erfahrung mit der Glock nur auf Schulung und Übungsschießen beschränkte, stellte sie mit leiser Überraschung fest, wie gut die Waffe ihr in der Hand lag. Zumindest war sie ihr vertraut. »Ich schlage vor, wir zielen beide auf den Baum da zu seiner Linken. Das sollte ihn zum Weglaufen bewegen …«

»Besser wär's. Denn ich möchte ungern einen Bären erschießen, Diana.«

»Ich auch nicht. Fällt dir was Gescheiteres ein?«

»Nein. Verdammt.« Hollis hob ihre Waffe und zielte sorgfältig durch das Gewirr sprießender Blätter, die ihre einzige Deckung bildeten. »Auf drei. Eins ... zwei ... drei.«

Die beiden Schüsse erfolgten gleichzeitig, knallten hart und laut in der relativen Stille des Waldes, schlugen mit einem dumpfen Geräusch im Baum neben dem Bären ein und ließen Rindensplitter davonstieben.

Der Bär hatte entweder schon Erfahrung mit Waffen gemacht oder war vorsichtig genug, kein Risiko einzugehen. Zum Glück rannte er von ihnen weg und trampelte mit schwergewichtiger Anmut den Hang hinunter.

Die beiden Frauen richteten sich langsam auf, die Waffen noch im Anschlag, und lauschten angespannt, bis sie den durchs Unterholz pflügenden Bären nicht mehr sehen und hören konnten.

Beruhigt schob Diana die Waffe zurück ins Halfter an ihrer Hüfte. Da sie nicht mehr flüstern mussten, witzelte sie in normaler Lautstärke: »Das erste Mal, dass ich meine Waffe in einem Einsatzgebiet abfeuern muss, und dann wegen eines verdammten Bären. Quentin wird mich endlos damit aufziehen.«

»Kann schon sein.« Hollis steckte ebenfalls die Waffe weg. »Glaubst du, sie haben die Schüsse gehört? Oder die Echos?« Davon hatte es einige gegeben.

»In dieser Gegend? Keine Ahnung, noch dazu, wo unsere Suchmannschaften in unterschiedliche Richtung gegangen sind. Doch auch wenn es uns meilenweit vorkommt, können wir nicht mehr als ein paar Hundert Meter vom Ausgangspunkt entfernt sein. Wahrscheinlich sind die anderen inzwischen schon zurück.«

Obwohl sie es zuvor schon vergeblich versucht hatte,

überprüfte Hollis erneut, ob ihr Handy Empfang hatte. Nichts. Sie seufzte und steckte das Handy in die Hülle, die sie an der anderen Gürtelseite trug. »Tja, da wir nicht feststellen können, ob die anderen die Schüsse gehört haben, wird eine von uns zurückgehen müssen.«

»Während die andere hierbleibt und dafür sorgt, dass der Bär nicht wiederkommt und … Beweise vernichtet?«

»Das wäre die den Umständen nach korrekte Vorgehensweise.«

»Na toll.«

Hollis merkte, dass sie beide keinen Schritt auf das zu gemacht hatten, was der Bär ihrer Ansicht nach entdeckt hatte. Sie besann sich darauf, dass sie die erfahrenere Agentin war als Diana, und daher de facto die leitende Ermittlerin. Vorsichtig ging sie um das schützende Gebüsch herum und auf die ein paar Meter entfernte Stelle zu.

Diana begleitete sie schweigend, beide auf der Hut, die Hand an der Waffe, bis sie ein Gestrüpp brauner Ranken beiseitezerren mussten, um ihren Verdacht bestätigt zu sehen.

Der Bär hatte menschliche Überreste gefunden.

Die Frauen wichen zurück und sahen sich an. Hollis fragte sich, ob ihr Gesicht auch so bleich war wie Dianas, hielt es jedoch für äußerst wahrscheinlich. Egal, wie oft sie sich schon menschliche Überreste nach einem gewaltsamen Tod hatte ansehen müssen, es wurde nicht leichter.

Ist wahrscheinlich auch gut so.

Sie wusste nicht, was schlimmer war – frische Überreste zu finden oder solche, die schon lange genug den Unbilden der Witterung ausgesetzt waren und wie diese hier etliche Stadien der Verwesung durchlaufen hatten.

Bei dem Gestank drehte sich ihr der Magen um.

»Da hattest du ja das richtige Gespür«, meinte Diana. »Den Weg zu verlassen und diese Richtung einzuschlagen. Bis hierher. Denn sonst …«

»… kann ich mir nicht vorstellen, dass jemand über die Leiche gestolpert wäre«, vervollständigte Hollis den Satz. »Weißt du, was das für Ranken sind?«

»Kudzu. Beginnt schon weiter unten am Hügel. Das Zeug überwuchert und erstickt alles, was ihm im Weg ist.«

Hollis nickte. »Trocknet im Winter aus, kommt dann aber im Frühling und Sommer umso stärker wieder. Die Ranken können im Jahr bis zu zwanzig Meter wachsen.« Sie schwieg und zwang sich, auf das hinunterzublicken, was von der anscheinend weiblichen Leiche übrig war. »Das hätte sie vor jedem verborgen, außer vor Raubtieren und kleineren Nagern.«

»Was die Frage aufwirft: Liegt sie zufällig hier oder gibt es einen Grund dafür?«

»Wohl wahr. Wenn sie zufällig hier gelandet ist, wird uns das nicht viel sagen. Aber wenn sie absichtlich hierhergebracht wurde …«

»Dann hätte man diese Leiche, um Gegensatz zu der auf dem viel besuchten Wanderweg, eigentlich nicht finden sollen.«

»Darauf würde ich tippen. Ob derselbe Mörder dafür verantwortlich ist, steht allerdings auf einem anderen Blatt.«

Diana zog die Brauen hoch. »Ich weiß, dass ich als Ermittlerin noch ein Grünschnabel bin, aber wäre die Annahme, dass zur gleichen Zeit zwei Mörder in so einer entlegenen Gegend agieren, nicht ein bisschen weit hergeholt?«

»Ziemlich weit hergeholt. Doch zusätzlich dazu, dass wir nicht wissen, ob die beiden Opfer von derselben Person umgebracht wurden, wissen wir nicht mal, ob dieses hier überhaupt ermordet wurde. In so einer Gegend sind natürliche Todesfälle häufig.«

»Schon. Aber du glaubst nicht, dass hier irgendwas natürlich war.« Das war keine Frage.

Hollis zuckte mit den Schultern. »Solches Glück haben wir meistens nicht. Also gehen wir bis zum Beweis des Gegenteils von Mord aus.«

»Kapiert.«

Mit leicht gerunzelter Stirn blickte Hollis sich um und überlegte laut: »Der Mörder, dem wir seit über zwei Monaten auf der Spur sind, verteilt seine Leichen über den ganzen Südosten, daher können wir nicht genau feststellen, wo sein Standort ist. Vielleicht hier ganz in der Nähe, vielleicht auch nicht. Dem Profil nach hat er möglicherweise keine feste Basis und ist ständig unterwegs.«

»Was uns herzlich wenig Material liefert, mit dem wir arbeiten können.«

»Und das ist noch freundlich ausgedrückt. Doch wenn es sich bei diesen beiden Leichen um seine Opfer handelt, wirft das ein neues Problem auf. Bis jetzt waren seine Abladeplätze über Hunderte von Meilen verstreut – nicht Metern. Und wir haben zum ersten Mal zwei Opfer gefunden, die innerhalb einer Woche ermordet wurden, wie ich annehme. Der Mann auf dem Wanderweg erst vor Kurzem, und die Frau ein paar Tage, vielleicht eine Woche zuvor.«

Diana atmete rasch ein – durch den Mund – und langsam wieder aus. »Ich glaube dir aufs Wort, vor allem, da ich das

Handbuch für Tatortermittler noch nicht mal halb durch habe.« Sie war eines der neuesten Teammitglieder der SCU, hatte erst vor knapp einem Jahr bei ihnen angefangen. »Und wie schon gesagt, das war eine super Ahnung, die dich hierhergeführt hat. Nur war es gar keine Ahnung, nicht wahr?«

»Nein.«

»Du hast sie gesehen?«

»Ganz flüchtig.« Hollis runzelte erneut die Stirn. »Allerdings war es seltsam. Meistens bleiben sie lange genug, um eine Unterhaltung anzufangen. Sie hat sich mir nur kurz gezeigt, und das auch nur von Weitem.«

»Aber sie hat uns hierhergeführt. Ihr wurde wahrscheinlich klar, dass ihre Leiche sonst nie gefunden würde.«

Hollis sah Diana an. »Du hast nichts gesehen? Niemanden?«

»Nein. Meist *sehe* ich sie nicht einfach so, hier auf unserer Seite, zumindest nicht ohne die Mithilfe eines Gewitters oder einer anderen äußeren Energiequelle. Normalerweise ist es für mich eine Sache des Willens, weißt du. Ich muss mich stark konzentrieren, mich fast in Trance versetzen. Oder es geschieht im Schlaf.«

Inzwischen war ihr das mehr zuwider als in den vergangenen Jahren, in denen sie sich ihrer paragnostischen Streifzüge nicht bewusst gewesen war. Das hatte an den vielen Medikamenten gelegen, die ihr von ihrem Vater und diversen Ärzten verabreicht worden waren, um ihre »Krankheit« in den Griff zu bekommen. Weder Elliot Brisco, noch einer dieser Ärzte hatte auch nur einen Augenblick lang in Betracht gezogen, dass sie in Wirklichkeit nicht krank war, sondern nur eine ... Gabe besaß. Auch Diana war es nicht in den Sinn gekommen. Sie war vollkommen davon überzeugt gewesen, entweder psychisch labil oder im schlimmsten Fall verrückt zu sein.

Bis sie Quentin Hayes begegnete und sowohl von ihm als auch von den Mitarbeitern der SCU geschult und rückhaltlos ernst genommen wurde.

Zum ersten Mal in ihrem Leben kam sie sich nicht wie ein Monster vor.

»Diana?«

Mit einem Ruck kehrte sie in die Gegenwart zurück und murmelte: »Ich kann es nicht ausstehen, wenn es im Schlaf passiert. Ist ziemlich beunruhigend.«

»Kann ich mir vorstellen. Sogar sehr gut.«

»Ja, du hast mir nach unserem kleinen Experiment eigentlich nie so richtig verraten, was du von diesem Besuch in der grauen Zeit hieltest.« Das war die Bezeichnung, die Diana für einen Ort oder Zeitraum benutzte, der eine Art Schwebezustand zwischen der Welt der Geister und der Welt der Lebenden zu sein schien.

»Das war äußerst gruselig. Ich beneide dich nicht um die Fähigkeit, dorthin zu gelangen.« Obwohl selbst ein Medium, war Hollis dieser graue, leblose Zustand vollkommen fremd, was wiederum Bishops Ansicht bestätigte, dass jeder Paragnost einzigartig war.

»Mit Bishop oder Miranda hast du auch nicht darüber gesprochen, oder?«

Auf Hollis' Gesicht erschien ein schiefes Lächeln. »Ich muss keine telepathischen Fähigkeiten besitzen, um zu wissen, dass die beiden sich meinetwegen ... Gedanken machen. Sieht so aus, als wäre ich eine Art Freak, was Paragnosten betrifft, und sie fragen sich wohl, was im Laufe der Zeit mit mir geschieht. Keiner von beiden hat das je direkt gesagt, doch ich nehme an, die letzten Tests haben gezeigt, dass die Menge an elektrischer Aktivität in meinem Gehirn auch für einen Paragnosten äußerst groß ist. Ob sich das als gut oder schlecht erweist, muss sich erst noch zeigen.«

»Ich wünschte, du hättest mir das gesagt, bevor ich dich in die graue Zeit mitnahm.«

»Fang jetzt bloß nicht auch noch an, dir Sorgen zu machen. Mir geht es gut. Ich ... lote nur meine Fähigkeiten aus. Lieber wüsste ich im Voraus, was ich tun kann, *ehe* eine weitere tödliche Situation entsteht, ganz ohne Vorwarnung, und sich noch eine Tür zu meiner paragnostischen Welt öffnet. Das wäre dann weniger beunruhigend.«

»Wenn du meinst.« Diana wirkte nicht sonderlich überzeugt, doch ein weiterer Blick auf die Überreste lenkte sie ab. »Werfen wir eine Münze, um zu entscheiden, wer hier bei ihr bleibt?«

»Nicht nötig, ich bleibe. Möglicherweise stattet sie mir noch einen Besuch ab, wenn ich alleine bin. Außerdem scheinst du ein wesentlich besseres Orientierungsvermögen zu haben, also wirst du dich weniger leicht verlaufen. Obendrein ist ja Quentin hier. Ihr beide habt eine ganz enge Verbindung, und normalerweise kannst du seine Nähe spüren, stimmt's?«

Dianas Miene wurde etwas verschlossener, doch sie erwiderte bereitwillig: »Normalerweise. Übrigens bin ich mir ziemlich sicher, dass er entweder die Schüsse gehört oder etwas empfangen hat, denn ich glaube, er ist hierher unterwegs.«

»Na, dann geh ihm doch entgegen. Je kürzer ich hier auf einen Geist oder einen Bären warten muss, desto besser.«

»Verstanden.« Schon im Gehen, fügte Diana hinzu: »Rühr dich nicht vom Fleck. Ich bin so schnell wie möglich mit den anderen zurück.«

»Ich geh hier nicht weg.« Hollis wandte sich wieder den Überresten einer Frau zu, die viel zu jung gestorben war, falls es tatsächlich ihr Geist gewesen war, den sie gesehen hatte.

Allzu viel war von dem Körper nicht mehr übrig. Hollis kannte sich gut genug aus, um zu wissen, dass sowohl Maden als auch kleine Aasfresser den Großteil der Weichteile vertilgt hatten. Etwas Haut war noch da, und eine lange blonde Strähne, die an einem kleinen Stück Kopfhaut auf der Schädeldecke klebte.

Sie hatte sehr schöne Zähne, gerade und strahlend weiß.

Muss beim Kieferorthopäden ein Vermögen gekostet haben.

Vorsichtig kniete Hollis sich hin und redete sich ein, der Geruch sei gar nicht so penetrant, während sie konzentriert nach Beweisen suchte, nach Hinweisen darauf, wie die Frau gestorben war, und den Tatort begutachtete, wie man es ihr beigebracht hatte.

Der erste Fund überraschte sie, da sie ihn einerseits bisher übersehen hatte und es ihr andererseits unerwartet nachlässig vorkam, dass der Mörder ihn zurückgelassen hatte: Eine Plastikschlinge, mit der die zarten Handgelenke auf dem Rücken des Opfers gefesselt waren. Die Art von Schlinge, die Polizisten in letzter Zeit öfter bei Massenverhaftungen benutzten, oder wenn ihnen die Metallhandschellen ausgegangen waren.

Möglicherweise handelte es sich aber auch um Plastik-

oder Kabelbinder, wie man sie häufig in den Verpackungen von Mülltüten findet und auch in den Garten- und Handwerksabteilungen jedes Heimwerkermarktes.

Hollis schob diese Gedanken weg und widmete sich wieder der Untersuchung der Überreste. Der Bär, stellte sie fest, hatte mit den Pfoten daran ... herumgeschubst, daher war es schwierig, die Position auszumachen, in der das Opfer hier abgelegt worden war. Im Moment lag die Frau mehr oder weniger mit dem Gesicht nach oben, Unterarme, Handgelenke und Hände hinter dem Rücken, die Beine verdreht, an den Oberschenkeln gespreizt, aber an Knöcheln und Füßen wieder zusammengeführt.

Keine Spur eines weiteren Kabelbinders, doch Hollis fragte sich, ob die Knöchel nicht genauso gefesselt gewesen waren wie die Handgelenke. Wahrscheinlich schon.

Wie ihr plötzlich auffiel, fehlte auch jegliches Anzeichen von Kleidung. Der Gedanke an eine junge Frau, eventuell schon tot oder noch am Leben, in Qualen und Todesangst, hier in einer Wildnis voller Dreck und Ranken, gefesselt und nackt, schnürte ihr die Kehle zu. So ungeheuer ausgeliefert, so völlig allein.

In Hollis stiegen Erinnerungen auf, die sie nur allzu gern vergessen hätte.

»Hey.«

Vor Schreck blieb ihr fast das Herz stehen. Sie blickte auf. »Wo zum Teufel kommst du denn her?«, fuhr sie ihn an und stellte zu ihrem Ärger fest, dass ihre Stimme krächzte.

2

»Von Westen«, erwiderte Reese DeMarco sachlich. »Ich war mit der Durchsuchung meines Sektors fertig und auf dem Rückweg, als ich die Schüsse hörte.«

Logisch, dass er es war. Schlagartig fiel Hollis ein, dass DeMarco unter anderem auch telepathisch veranlagt war, daher stand sie betont langsam und umständlich auf und klopfte sich die Knie ihrer Jeans ab.

»Da war ein Bär«, erklärte sie knapp. »Wir haben ihn verscheucht. Diana ist losgegangen, um Bericht zu erstatten, während ich hier gewartet habe.«

»Aha.« Er blickte auf die Überreste, sein auf kalte Weise gut aussehendes Gesicht wie immer ausdruckslos. Er war so lässig gekleidet wie alle im SCU-Team: Jeans und weißes Hemd unter einer leichten Windjacke, doch die legere Aufmachung konnte das nahezu Militärische seiner Haltung und seiner Bewegungen nicht mildern, diesen offenkundigen Eindruck beträchtlicher Kraft und der Erfahrung, wie Ausbildung und Fähigkeiten bestmöglich einzusetzen sind.

Hollis hatte das auch schon bei anderen Ex-Militärs gesehen, doch in DeMarcos aufrechter Haltung und Hypersensitivität seiner Umgebung gegenüber lag fast etwas ... Übertriebenes. Er kam ihr zu wachsam vor, zu sehr bereit, schlagartig in Aktion zu treten. Er erinnerte sie an eine Waffe im Anschlag, und sie fragte sich, ob die nicht auch einen gefährlich leichten Abzug hatte.

Seine Aura konnte sie nur sehen, wenn er es ihr gestattete.

Was er nicht tat.

»Ich nehme an, der Bär hat diese Reste gefunden?«

Sie schob ihre seltsam wandernden Gedanken beiseite. *Er ist ein Telepath, schon vergessen? Lass ihn nicht in deinen Kopf.* Allerdings konnte sie ihn nicht mit einem Schutzschild daran hindern, falls er das vorhatte. Verdammt. »Ja.«

»Seid ihr beide deshalb so weit vom Weg abgekommen?«

»Nicht nur.«

Er richtete den Blick auf sie, bleiche blaue Augen musterten sie aufmerksam. »Du *weißt*, dass wir auf der gleichen Seite stehen, Hollis. Du brauchst dich mir gegenüber nicht so bedeckt zu halten. Ich versuche nicht, deine Gedanken zu lesen.«

Sie überlegte, ob es bedeutete, dass er ihre Gedanken nicht las – oder sich einfach gar nicht *bemühen* musste, es zu tun. Ihn danach zu fragen, traute sie sich nicht. »War ich ausweichend? Tut mir leid. Diana und ich sind nicht dem Bären gefolgt, sondern einem Geist, der uns in dieses Gebiet geführt hat. *Danach* haben wir den Bären entdeckt. Und der hatte gerade gefunden, was noch von der Leiche übrig war.«

»Muss eine interessante Begegnung gewesen sein.«

»Könnte man so sagen.«

DeMarco wandte seine unterkühlte Aufmerksamkeit wieder den Überresten zu. »Wahrscheinlich weiblich, wahrscheinlich eher jung. Blond. Gute Zähne. Ihre Hände wurden auf dem Rücken gefesselt, und es gibt keine Kleidung, also höchst unwahrscheinlich, dass es sich um einen Unfalltod handelt. Aller Wahrscheinlichkeit nach ein sexueller Übergriff, doch ob das von vornherein beabsichtigt war, lässt sich unmöglich sagen. Weiter reichen meine forensischen Kenntnisse als Tatortermittler nicht.«

»Meine auch nicht. Nur scheint mir offensichtlich, dass sie hier schon länger lag als das männliche Opfer.«

»Ja. Der Bär war nicht der erste Aasfresser, der sie fand.«

Hollis empfand die Stille, die sich zwischen ihnen ausbreitete, als unangenehm und füllte sie daher mit so etwas wie lautem Denken. Das wurde für sie bei Ermittlungen schon zur Gewohnheit. *Denn mit diesen ganzen Telepathen ringsherum, zum Kuckuck ...*

Außerdem fragte sie sich, ob er ihren Schlussfolgerungen zustimmen würde.

»Diese Leiche wurde – wie viel – gut fünfzig Meter vom nächsten Weg abgeladen?«

»Kommt hin.«

»An einem Ort wie diesem kommt so leicht niemand zu Fuß oder zu Pferd vorbei. Die Bäume und das Unterholz würden sogar jetzt, ohne die volle sommerliche Belaubung, alles verdecken.«

»Sobald er grün wird, sorgt der Kudzu dafür, dass alles hier Abgeladene schon aus einem halben Meter nicht mehr zu erkennen ist. Egal, aus welcher Richtung.«

Hollis nickte. »Die Stelle ist einigermaßen flach, doch der Hang darüber und darunter fällt steil ab. Hier kommt man nicht leicht hin. In Anbetracht des Geländes und der Fauna ist das Risiko einer Entdeckung gleich null. Oder wäre es gewesen, hätte man uns nicht so weit vom Weg abgebracht. Also ...«

»Also sollte diese Leiche, im Gegensatz zu der anderen, *nicht* gefunden werden.« DeMarco überlegte einen Moment. »Ich frage mich, was das Bedeutsamere ist – dass er gefunden werden sollte oder sie nicht.«

Darauf war Hollis bisher noch nicht gekommen. Sie setzte ihren Gedankengang laut fort. »Der Mörder – angenommen natürlich, es handelt sich um denselben – konnte nicht annehmen, dass wir in so weitem Umkreis suchen würden, nachdem wir die andere Leiche gefunden hatten.« Sie runzelte die Stirn. »Zwei Annahmen in einem Satz, das gefällt mir nicht.«

»Eine davon negativ«, gab DeMarco zu bedenken.

»Spielt das eine Rolle?«

»Vielleicht. Falsch ist die Annahme nicht, würde ich sagen. Aufgrund der Fundstelle der anderen Leiche hätte man eigentlich davon ausgehen können, dass die Aufmerksamkeit der Polizei nicht *dieser* Gegend hier gilt. Und trotz unserer ausgedehnten Suche liegt sie weit außerhalb des Rasterfeldes. Ich kann mir keinen Grund vorstellen, wieso einer von uns diese Leiche hätte finden sollen.«

»Falls der Mörder mit der Vorgehensweise der Polizei vertraut ist, gewiss nicht. Und falls es derselbe Mörder ist.« Sie hielt inne und fuhr dann fort: »Willst du damit andeuten, der Mann auf dem Wanderweg war als Ablenkung gedacht, um zu verhindern, dass man sie hier findet? Denn mir kommt es viel unwahrscheinlicher vor, dass wir sie gefunden hätten, wenn wir nicht schon hier gewesen wären und die Gegend nach Spuren in Zusammenhang mit einem anderen Verbrechen durchkämmt hätten.«

»Vielleicht ist unser Mörder paranoid. Oder er wollte unter allen Umständen vermeiden, dass wir diese Leiche finden.«

»Weil eine Verbindung zwischen ihnen besteht? Weil sie keine x-beliebige Fremde für ihn war?«

»Wäre möglich.«

»Warum hat er sich dann nichts Besseres einfallen lassen, um die Leiche zu beseitigen? Er hätte sie vergraben können.«

Hollis war nicht ganz klar, wieso sie mit DeMarco stritt. Seine Überlegungen waren genauso vernünftig wie ihre.

»Aber nicht hier. Bei dem ganzen Granit bekommst du nur ein unbrauchbares, viel zu flaches Grab. Und wo kein Granit ist, würden die Wurzeln der Bäume es schwierig und zeitraubend machen, wenn nicht unmöglich, von Hand zu graben.«

»Bestimmt gibt es auch Stellen, an denen es einfacher ist.«

»Zugegeben. Doch vielleicht hatte er nicht genug Zeit. Möglicherweise musste er sich beeilen, die Leiche loszuwerden.«

»Gut. Aber ...« Hollis spürte es, noch bevor sie etwas sah. Spannung, so urplötzlich und stark, als wäre die Luft elektrisch geladen. DeMarco drehte den Kopf, sah sie an, sah beinahe durch sie hindurch. Im Bruchteil einer Sekunde veränderten sich seine Augen, und seine Pupillen weiteten sich, als hätte man ihn ohne Vorwarnung in pechschwarze Finsternis gestürzt.

Zum ersten Mal seit Monaten konnte sie sehen, wie die Aura seinen Körper im Abstand von etwa zwei Handbreit umstrahlte, und sie glich keiner, die sie je gesehen hatte, war völlig anders als seine normale, hochenergetische orangerote Aura. In diesem Moment hatte sie die Farbe von tiefstem Indigoblau, durchzogen mit violetten und silbrigen Streifen.

Ihr blieb kaum Zeit, das zu erfassen, bevor er auf sie zu

hechtete. Noch während er sie zu Boden riss, spürte sie etwas am Schulterstück ihrer Jacke zerren und hörte das deutliche, seltsam hohle Krachen eines Gewehrschusses.

Diana besaß einen beinahe unheimlichen Orientierungssinn, eine Begabung, die sie erst vor ungefähr einem Jahr entdeckt hatte, doch ihre körperliche Verfassung und Ausdauer ließen im Vergleich mit anderen Teammitgliedern noch beträchtlich zu wünschen übrig.

Das fand sie erniedrigend.

Ganz gleich, wie oft Quentin oder Miranda sie daran erinnerten, dass sie sich auf einer schwierigen Aufholjagd befand, nachdem sie nahezu ihr ganzes Erwachsenenleben in einem von Medikamenten verursachten, die Sinne vernebelnden Dämmerzustand verbracht hatte, gelang es ihr immer noch nicht, das Gefühl abzuschütteln, sie hätte inzwischen schon ... weiter sein müssen. Zumindest körperlich kräftiger.

»Du bist kräftiger, als dir bewusst ist«, hatte Bishop erst vor ein paar Wochen gesagt.

Klar doch.

In Wahrheit war sie vollkommen teilnahmslos, unbeteiligt an allem durch ihr Leben gedriftet. Nur zu gerne hätte Diana geglaubt, dass alle Ärzte, die ihr ein Medikament und eine Therapie nach der anderen verschrieben, das nur mit den besten Absichten getan hätten und ehrlich überzeugt gewesen wären, sie litte an einer unbekannten geistigen Störung. Tatsächlich aber war sie davon überzeugt, dass ihr Vater Elliot Brisco ein reicher, mächtiger Mann war, der ganz einfach bekam, was er wollte.

Und er wollte die Kontrolle über das Leben seiner einzigen Tochter haben. Trotz der Behauptung, alles entspringe seiner Liebe und Sorge für sie, war Diana zu dem Schluss gekommen, dass er genauso sehr von dem Verlangen getrieben war, das zu beherrschen, was »ihm« gehörte, und von einer tief verwurzelten Angst vor allem, was er nicht verstand.

Zum Beispiel vor paragnostischen Fähigkeiten.

Diana versuchte, die schmerzliche Grübelei wegzuschieben, und wünschte, ihr Vater hätte in den letzten Monaten nicht auch noch seine Bemühungen verstärkt, sie erneut davon zu überzeugen, dass es ein Fehler war, zum FBI zu gehen. Vor allem zur SCU.

Ein Zufall war es gewiss nicht, fand sie, dass er gerade in dem Moment mehr Druck ausgeübt hatte, als sie ihren ersten Außeneinsatz bekam.

Bewusst oder nicht – er verstand sich sehr gut darauf, ihr Selbstvertrauen zu unterminieren.

Denk nicht über ihn nach. Konzentrier dich auf deine Arbeit, verflixt noch mal.

Während sie sich zum Atemholen an den nächsten Baum lehnte, wurde ihr klar, dass es doch keine gute Idee gewesen war, die Abkürzung zu nehmen. Da sie der längeren Strecke voller Kurven und Biegungen eine direktere Route vorgezogen hatte, war sie häufig gezwungen, steil bergan zu klettern, um über einen Hügelkamm zu gelangen.

»Jammer nicht«, murmelte sie vor sich hin. »Du bist umgeben von Leuten, die nicht mal *wissen,* wie man aufgeben schreibt.« Diese Ermahnung nützte ihrem Selbstvertrauen zwar wenig, veranlasste sie aber, sich von dem stützenden Baum zu lösen und weiterzugehen.

Und bergauf.

Bereits nach wenigen Metern blieb sie kurz vor dem Hügelkamm stehen und lehnte sich erneut an einen Baum, diesmal jedoch nicht nur, weil ihre Beine brannten und ihr Herz hämmerte.

Quentin war in der Nähe.

Dieses Gefühl war … seltsam. Mehr noch als ein Wissen oder Bewusstsein, war es eine spürbare Verbindung, die sie eigentlich nicht erklären konnte – und deren genauere Ergründung sie bisher vermieden hatte. Immer noch, nach all diesen Monaten, ertappte sie sich dabei, wie sie sich diesem starken inneren Sog widersetzte, entgegenstemmte und es sich nicht gestattete, von Quentin angezogen zu werden, obwohl alle anderen Sinne darauf beharrten.

Bishop hatte ihr erklärt, es käme daher, dass sie den größten Teil ihres Lebens unter der Kontrolle eines anderen gestanden hatte und daher zwangsläufig instinktiv um ihre Unabhängigkeit kämpfte, seit die Medikamente abgesetzt waren und der Einfluss ihres Vaters auf sie, sowohl gesetzlich als auch praktisch, erloschen war. Und jetzt kämpfte sie sogar gegen eine Verbindung, die keine Bedrohung ihrer Unabhängigkeit darstellte.

Das hatte er ihr eines Tages aus heiterem Himmel gesagt, während er ihr ein paar einfache Kampfsportgriffe zeigte, und Diana hatte leicht indigniert gedacht, er wolle sie nur ablenken, um die Oberhand im Match zu behalten – bis sie sich später darüber Gedanken machte. Als Erstes wurde ihr klar, dass Bishop bei seinem Können wohl kaum Ablenkungsmanöver nötig hatte. Und dann erkannte sie, wie recht er mit allem hatte. Sie selbst hätte das Thema niemals angeschnitten. Das, was er gesagt hatte, war wirklich wichtig für sie.

Was zu ihm passte. Bishop war so, hatte Diana festgestellt. Er griff etwas auf, über das man nicht reden wollte, und brachte einen ganz nebenbei dazu, es doch zu tun.

Oder zumindest darüber nachzudenken. Über dieses Thema hatte sie nicht sprechen wollen, da reagierte sie sofort allergisch. Sie war noch nicht bereit, über ihren Vater und all den Ballast zu reden, den er ihr aufgehalst hatte. Jedenfalls nicht mit Bishop.

Und auch höchst selten und nur kurz mit Quentin.

Sie hatte fürchterliche Schuldgefühle deswegen, obwohl sie sich eigentlich ziemlich sicher war, dass er genau wusste, was in ihrem Kopf vorging. Denn Quentin hatte von ihr mit höchst untypischer Geduld keinerlei Zusage verlangt noch erbeten. Stattdessen hatte er ihr alle Zeit gelassen, die sie brauchte, um sowohl mit ihrem neuen Leben und den überraschenden Fähigkeiten zurechtzukommen, als auch mit einer Bindung an ihn, die nichts mit Beherrschung zu tun hatte.

Zumindest hielt sie das für den Grund, dass er nicht ...

»Diana?«

Gott sei Dank ist er kein Telepath.

»Hi.« Erleichtert stellte sie fest, dass sie inzwischen wieder zu Atem gekommen war und nicht so erschöpft klang, wie sie war.

»Wir haben Schüsse gehört.«

Seine Waffe hatte er zwar nicht gezogen, doch man sah ihm die Anspannung an, während sein Blick misstrauisch die Umgebung absuchte.

»Hollis und ich hatten einen Zusammenstoß mit einem Bären.« Als er sie mit einem raschen Blick musterte, fügte sie hinzu: »Nicht im wörtlichen Sinn, aber wir mussten ihn verscheuchen. Er hatte etwas gefunden, Quentin. Eine weitere Leiche. Oder das, was von ihr übrig ist.«

»Mist. Ein Mordopfer?«

»Nehmen wir an.«

Er atmete kurz aus. »Okay. Miranda ist mit ein paar von Duncans Deputys hierher unterwegs. Sie sagte, Reese wäre schon bei Hollis, bevor wir sie erreichen.«

»Woher weiß sie ...« Diana unterbrach sich, als es ihr klar wurde.

Quentin nickte. »Ich hab nie kapiert, wie Bishop und sie das machen, aber sie scheinen immer und zu jeder Zeit zu wissen, wo sich jeder von uns in Bezug zu ihnen und auch untereinander befindet.

»Das ist irgendwie ... verwirrend«, gestand Diana.

»Du wirst dich daran gewöhnen.« Er hielt inne, dachte kurz nach und fügte hinzu: »Oder auch nicht. Komm, gehen wir.«

»Du nimmst demnach an, dass ich den Weg dorthin zurück finde.«

»Ich weiß, dass du ihn findest.« Seine Stimme blieb sachlich. »Du bist so gut wie ein Kompass.«

»Meine einzige Begabung«, murmelte sie.

»Eine von vielen. Dein Vater hat gestern Abend wieder angerufen, stimmt's?«

»Er ruft fast jeden Abend an.« Sie bemühte sich, es beiläufig klingen zu lassen. »Er ist verdammt hartnäckig. Also?«

»Also hör auf, dir dein Selbstvertrauen kaputt machen zu

lassen. Diana, du bist mit deinen Fähigkeiten und Begabungen ein wertvolles Mitglied des Teams. Vielleicht ist es dir noch nicht aufgefallen, aber die SCU ist nicht gerade eine Mannschaft, der man so einfach beitreten kann, und man wird nur aufgenommen, wenn Bishop überzeugt ist, dass er oder sie etwas zu einer Ermittlung beitragen kann.«

»Ja, aber ...«

»Kein Aber. Du hast es verdient. Okay?«

Nach einem kurzen Moment nickte sie. »Okay.« Sie drehte sich um und schlug den Rückweg ein, froh darüber, dass es hauptsächlich abwärts ging. »Glaubst du, wir haben es mit zwei Mördern zu tun?«, fragte sie über die Schulter.

»Das halte ich für unwahrscheinlich. Zwar sind auch schon seltsamere Dinge passiert – vor allem, wenn wir in der Nähe waren –, aber alles spricht dagegen.«

»Das haben wir ...« Der Knall eines Schusses unterbrach sie. Diana blieb abrupt stehen und wandte sich halb zu Quentin um. »Was zum Teufel war das?«

»Das war ein Gewehr. Und keiner von uns hat eines dabei.«

»Woher kam der Schuss? Zu viel Echo für mich, um das zu erkennen.«

»Ich glaube, er kam von der anderen Seite des Tals.«

»Ein Jäger?«

»Eher nicht.«

Diana brauchte keine Aufforderung, weiterzugehen oder sich zu beeilen.

»*Bleib unten.*«

Mit vollem Gewicht blieb DeMarco einen Moment lang

auf Hollis liegen, bevor er sich mit der Waffe in der Hand zur Seite rollte, die Augen spähend zusammengekniffen, während er durch das Unterholz die Berghänge rings um das Tal absuchte. Seine andere Hand lag nur ein kleines Stück vom Schädel der ermordeten Frau entfernt.

»Entschuldigung«, sagte er kurz.

Vorsichtig betastete Hollis das kleine Loch im Schulterteil ihrer Jacke und gab ein zittriges Lachen von sich. »Entschuldigung? Dafür, dass du mir wahrscheinlich das Leben gerettet hast?«

»So schnell, wie bei dir alles heilt, lässt sich darüber streiten. Nein, ich wollte mich dafür entschuldigen, dich ohne Vorwarnung zu Boden geworfen zu haben.«

»Für eine Warnung war ja wohl keine Zeit. Hab schon verstanden, glaub mir.« Hollis war stolz darauf, dass ihre Stimme fast so ruhig war wie seine. Sie rollte sich auf den Bauch, blieb aber flach auf dem Boden liegen, während sie ihre Waffe zog. »Ich nehme an, dieser Schuss war kein Zufall.« Das war nicht als Frage gemeint.

Er antwortete trotzdem. »Wahrscheinlich. Das war ein leistungsstarkes Gewehr, und ich bezweifle, dass die Jäger in dieser Gegend solche benutzen.«

»Dann hat also jemand auf mich geschossen?«

»Auf einen von uns beiden. Oder er wollte uns aus der Fassung bringen.«

Hollis fragte sich, ob DeMarco sich je aus der Fassung bringen ließ. Irgendwie bezweifelte sie das.

»Ich sehe nichts«, stellte sie einen Augenblick später fest, während auch sie die Gegend mit Blicken absuchte – oder zumindest versuchte, durch das Unterholz zu spähen. Wonach genau sie Ausschau hielt, war ihr allerdings nicht recht klar. »Wo wir gerade davon sprechen: Wie zum Teufel wusstest du, dass der Schuss fallen würde?«

Er antwortete nicht sofort, und als er es tat, war sein Ton fast gleichgültig. »Ich habe aus dem Augenwinkel etwas aufblitzen sehen. Einen Sonnenstrahl vielleicht, auf dem Gewehrlauf.«

Hollis hob den Blick zu dem seit Stunden bedeckten Himmel. »Aha. Schon gut, behalt deine militärischen Geheimnisse nur für dich. Mir macht es nichts aus, wenn mir gesagt wird, es ginge mich nichts an.« Ihren Worten zum Trotz klang ihre Stimme reichlich sarkastisch.

»Das ist kein militärisches Geheimnis, Hollis.«

In seinen gleichgültigen Ton hatte sich etwas eingeschlichen, das sie nicht identifizieren konnte, das ihr jedoch aus irgendeinem unerfindlichen Grund gefiel. »Nein?«

»Nein.« Er sah sie an, wandte den Blick aber wieder ab, während er hinzufügte: »Ich kann spüren, wenn eine Waffe auf mich oder etwas in meiner Nähe gerichtet wird.«

»Immer?«

»Soweit ich weiß, schon.«

»Ist das eine paragnostische Fähigkeit?«

Erneut zögerte er kurz, bevor er antwortete. »Bishop nennt es einen Primärsinn. Einen Urinstinkt. Waffen bedeuten eine tödliche Bedrohung: Ich kann solche Bedrohungen spüren. Ein Überlebensmechanismus.«

»Klingt nach einem ziemlich praktischen Mechanismus, vor allem in unserem Metier.«

»Das war er auch schon.«

»Spürst du noch immer eine Bedrohung?«

»Keine unmittelbare.«

»Soll heißen, das Gewehr zielt nicht mehr in unsere Richtung, doch der Schütze könnte nach wie vor … da sein, wo er war?«

»So ungefähr.«

»Dann können wir jetzt vielleicht wieder aufstehen?«

Er warf ihr einen weiteren Blick zu. »Ich könnte mich auch irren.«

»Tust du's?«

Er antwortete nicht sofort, was sie überraschte. Von ihrer ersten Begegnung an hatte sie DeMarco als einen Mann voller Selbstvertrauen eingeschätzt. Fast ein bisschen zu viel Selbstvertrauen. Sie glaubte, er gehörte zu der Sorte, die jegliches Zögern als Schwäche auslegt.

Das war einer der Gründe, weshalb sie sich ihm gegenüber immer in die Defensive gedrängt fühlte, denn sie neigte zum Zögern. Gewaltig.

Sie beschloss, diesmal nicht zu zögern, und machte Anstalten aufzustehen. In dem Augenblick schoss DeMarcos Hand vor, packte sie am Handgelenk und hielt sie gerade noch rechtzeitig zurück.

Die Kugel traf den Baum direkt neben ihnen mit einem dumpfen Einschlag, Rinde spritzte davon, und das Echo wiederholte den Knall des Schusses, genau wie beim ersten.

Wäre Hollis tatsächlich aufgestanden, hätte der Schuss sie wahrscheinlich mitten in die Brust getroffen.

DeMarco ließ ihr Handgelenk los. »Jetzt können wir aufstehen.« Er erhob sich.

Hollis blieb noch einen Moment liegen und betrachtete die geröteten Striemen an ihrem Arm, wo er sie festgehalten hatte. Dann ergriff sie die ausgestreckte Hand und stand auf. Sie merkte, dass sie vollkommenes Vertrauen in DeMarcos Überzeugung hatte, der Schütze würde nicht noch mal schießen. Und sie fragte sich, wieso.

Fragte sich ernsthaft.

»Also galt der Angriff *doch* mir«, stellte sie fest, bemüht, ihre Stimme nicht zittern zu lassen, obwohl ihr Herz wie wild hämmerte. »Ich war das Ziel.«

Mit einem für ihn unüblichen Stirnrunzeln musterte er die gegenüberliegenden Berghänge. »Möglich. Je nach Standort hätte er uns da am Boden zumindest teilweise sehen können. Vielleicht konnte er dich aber nicht aufstehen sehen, und der abschließende Schuss galt der Stelle, an der wir ein paar Minuten vorher waren, sollte uns hier festnageln, um ihm mehr Zeit zu geben, von dort zu verschwinden. Beides wäre möglich. Mit der Kugel im Baum und der ersten, falls wir sie finden, sollten wir die ungefähre Flugbahn bestimmen können.«

»Und wenn die Flugbahn deinen Verdacht bestätigt?«, fragte sie, da sie merkte, dass er auf etwas hinauswollte.

»Dann befindet sich der Schütze auf der anderen Seite des Tals.«

Hollis sah hinüber und runzelte die Stirn, während sie langsam die Waffe ins Halfter steckte. »Ich bin nicht gut darin, Entfernungen zu schätzen, aber … nah ist das nicht.«

»Stimmt. Aber für einen geübten Scharfschützen mit einem guten Zielfernrohr durchaus machbar.«

»Du glaubst, er hat uns absichtlich verfehlt?«

»Ich denke, mit der Art von Gewehr und Zielfernrohr, die er vermutlich verwendet, ist es wahrscheinlicher, dass er sein

Zielobjekt trifft, als es mit den beiden abgegebenen Schüssen zu verfehlen.«

»Möglicherweise ging der erste Schuss nur daneben, weil du schneller warst. Hab ich mich eigentlich schon bei dir bedankt?«

»Gern geschehen.« DeMarco starrte bereits wieder mit zusammengekniffenen Augen auf die gegenüberliegende Talseite. »Warum macht er auf sich aufmerksam? Blöde Idee. Wir wären nie auf den Gedanken gekommen, er könnte hier sein. Er hätte jeden unserer Schritte beobachten können.«

»Warum sollte er das wollen?«

»Das ist die Frage. Mögliche Antworten: Weil er uns in Aktion sehen will. Weil er unsere Reaktion auf dieses Opfer, diesen Abladeplatz sehen will. Weil wir erst ein paar Stunden hier sind, neue Figuren im Spiel, die er kennenlernen möchte. Oder … er schaut gerne zu. Ihm gefällt es, zu sehen, wie die Leute – Polizeikräfte oder andere – mit dem umgehen, was er für sie zurückgelassen hat.«

»Aber wir waren uns doch einig, dass diese Leiche nicht gefunden werden sollte.«

DeMarco nickte. »Dann … hätte er nicht erwartet, uns hier zu sehen. Irgendeinen von uns. Überhaupt jemanden. Er konnte davon ausgehen, dass niemand hierherkäme.«

»Was bedeutet, keiner von uns war das Ziel?«

»Jedenfalls kein Ziel, das er erwartet oder gesucht hätte. Vielleicht nur ein Ziel, weil sich die Gelegenheit bot. Wir waren hier, einer von uns oder wir beide stehen auf seiner Abschussliste, also hat er geschossen. Aber was macht er auf der anderen Seite des Tals mit einem Präzisionsgewehr, wenn er nicht erwartet hat, dass dieses Opfer gefunden würde?

Und wieso war es ihm wichtiger, auf einen von uns oder auf beide zu schießen und so seine Anwesenheit zu verraten, statt einfach zu warten und zu beobachten, um Informationen zu sammeln?«

Hollis wusste nicht so recht, was sie darauf sagen sollte, weshalb es ihr sehr gelegen kam, dass Quentin und Diana auftauchten. Beide hatten die Waffe gezogen und waren sichtlich alarmbereit und auf der Hut.

»Wir haben die Schüsse gehört«, sagte Quentin.

DeMarco erklärte in knappen Worten, was geschehen war.

Hollis steckte schweigend den Finger durch das Einschussloch in ihrer Jacke.

Quentins Bemerkung dazu war etwas flapsig, wie so oft ihr gegenüber. »Du musst dich aber auch immer in Schwierigkeiten bringen, was?«

»Scheint so.«

Diana musterte die Berghänge um das Tal. »Himmel, ist das eine Wildnis. Der Schütze könnte sonst wo sein. Selbst wenn wir genau wüssten, wo er ist, würden wir bis dorthin ewig brauchen.« Sie hielt kurz inne. »Bieten wir ihm hier nicht eine wunderbare Zielscheibe?«

»Der Schütze hat im Moment genug.« DeMarco steckte seine Waffe ins Halfter.

Diana sah ihn an. »Du kannst seine Gedanken über das Tal hinweg lesen?«

»Nein. Aber er ist fertig. Für heute.«

Da sie sah, dass auch Quentin seine Waffe wegsteckte, tat sie es ebenfalls. *Ich lerne, ihnen allen zu vertrauen. Vielleicht vertraue ich aber auch nur Quentin.* Für sie war Vertrauen keine einfache Sache. Sie war immer wieder überrascht, wenn sie merkte, dass sie es tat.

Diana schob den Gedanken beiseite und zwang sich, auf die Überreste des zweiten Opfers zu blicken. *Armes Ding. Was ist bloß mit dir geschehen? Wer hat dir das angetan?*

Im Gegensatz zu Hollis hatte Diana nicht die Gabe, kürzlich Verstorbene zu sehen. Die Geister, die sie sah – wovon sie die meisten Führer nannte – waren für gewöhnlich eine Art Boten, die sich mit ihr in Verbindung setzten, damit sie Informationen weitergeben, ihr etwas Wichtiges zeigen konnten, oder um einem ruhelosen Geist zu helfen, Ruhe und Frieden im Jenseits zu finden.

Daher befürchtete sie nicht, der Geist dieser armen Frau könnte sich bei ihr melden. Und darüber war sie froh.

Die körperlichen Überreste waren schlimm genug. Entsetzlich. Ihr Magen hob sich etwas, doch das mulmige Gefühl blieb unterschwellig. Sie konnte es zwar nicht unterdrücken, jedoch damit zurechtkommen. Im Moment jedenfalls. Was ihr wie ein professioneller Fortschritt vorkam. Wenigstens hatte sie sich nicht damit blamiert, sich auch noch übergeben zu müssen.

Da sie bestrebt war, den professionellen Anschein so lange wie möglich zu bewahren, richtete sie ihre Aufmerksamkeit wieder auf Hollis. »Der Schütze hat also auf dich geschossen? Wieso warst du das Ziel?«

»Keinen blassen Schimmer. Reese behauptet allerdings, jeder von uns beiden könnte das Ziel gewesen sein.«

»Na gut. Wieso solltet ihr ein Ziel sein? Ich meine, hat der Kerl bewusst auf zwei SCU-Agenten geschossen? Oder bewusst auf einen von euch beiden?«

»Wäre beides möglich«, erwiderte Quentin. »Wir haben uns im Lauf der Jahre einige Feinde gemacht, persönlich und als Einheit. Wir bemühen uns, und es gelingt auch meistens, unsere Fotos aus den Nachrichten herauszuhalten. Daher wäre ich überrascht, wenn ihr beide als zur SCU gehörend erkannt worden wärt. Keiner von uns trägt eine FBI-Jacke, also ist es nicht offensichtlich. Allerdings tragen wir Waffen – Handfeuerwaffen, und die lassen uns nach Cops aussehen.«

»Schon«, meinte Hollis, »doch gerade bevor ihr ankamt, waren wir eigentlich zu der Überzeugung gelangt, dass der Schütze wahrscheinlich gar nicht damit rechnete, hier überhaupt jemanden vorzufinden, da er ja nicht erwartete, dass dieses Opfer gefunden würde.«

»Ihr geht also davon aus, dass der Schütze auch der Mörder ist«, stellte Diana fest.

»Ich würde lieber von nichts anderem ausgehen«, räumte Hollis ein. »Weil wir ganz bestimmt keinen blindwütigen Irren brauchen, der mit einem Präzisionsgewehr in dieser Bergwildnis herumrennt und auf uns schießt, während wir zu ermitteln versuchen ...« Sie unterbrach sich stirnrunzelnd.

»Einen weniger blindwütigen?«, murmelte DeMarco.

»Du weißt schon, was ich meine. *Einen* Mörder in dieser abgelegenen Gegend lasse ich mir noch eingehen. Aber nicht zwei.«

»Es sei denn, sie wechseln sich ab«, warf Quentin ein. »Ich halte es ja auch für unwahrscheinlich, doch wir dürfen die Möglichkeit nicht außer Acht lassen.«

»Eine Möglichkeit, über die ich lieber nicht nachdenken

würde«, erwiderte Hollis. »Nach allem, was ich gelesen oder gehört habe, wäre das äußerst unwahrscheinlich.«

»Stimmt. Also, was würde der Mörder davon haben, auf uns zu schießen?«

»Vielleicht wollte er uns wissen lassen, dass er uns beobachtet«, meinte Diana.

Hollis betrachtete sie stirnrunzelnd. »Aber er kann nicht gewusst haben, dass wir *hier* sein würden, darum geht es.«

»Nicht nur hier«, entgegnete Diana. Sie merkte, dass sie angestarrt wurde, und sah DeMarco mit hochgezogenen Brauen an. »Du glaubst, er ist – oder war – irgendwo auf der anderen Talseite, richtig? Und weiter oben, als wir jetzt sind?«

»Wahrscheinlich. Ich stelle mir nur die Flugbahn vor, doch es erscheint mir ziemlich zutreffend.«

»Tja dann.«

Quentin schüttelte den Kopf. »Tut mir leid, Diana, aber was dir offenbar so einleuchtet, muss uns anderen entgangen sein.«

»Ist euch denn nicht klar, wo wir uns befinden?«

»In Bezug worauf? Außer, dass wir an einem dieser Berghänge stehen, weiß ich wirklich nicht …« Quentin hielt plötzlich inne.

Diana nickte. »Wenn er jenseits des Tales war und weiter oben, hatte er einen Blick aus der Vogelperspektive auf den Abladeplatz, an dem das *andere* Opfer entdeckt wurde. Wir sind nicht so weit weg davon, und die andere Stelle liegt in südlicher Richtung, so wie die hier. Wenn der Schütze jenseits des Tales war, auf der Nordseite, konnte er ohne Weiteres beide Plätze überblicken. Wahrscheinlich hat er uns den ganzen Tag beobachtet.«

New York

Mit grimmiger Miene blickte FBI-Direktor Micah Hughes auf ein berühmtes Gemälde mit herumtollenden Nymphen, ohne die andern Museumsbesucher wahrzunehmen, die den Raum betraten und wieder verließen. Den uniformierten Wachmann, der scheinbar nur gelegentlich, jedoch in genau bemessenem Abstand von achteinhalb Minuten seine Runde machte, nahm er durchaus wahr. Am meisten erregten allerdings die an strategischen Stellen angebrachten Kameras seine Aufmerksamkeit.

Das Museum beherrschte sämtliche Tricks, seine Schätze zu schützen.

»Entspannen Sie sich, Micah. Man könnte glatt auf die Idee kommen, Sie planten einen Einbruch.«

Nein, Hughes entspannte sich nicht. Er drehte auch nicht den Kopf und sprach mit leiser Stimme. »Normalerweise suchen Sie sich weniger öffentliche Treffpunkte aus. Und der Gedanke, auf einem Band der Überwachungskameras aufzutauchen, während ich mit Ihnen rede, gefällt mir gar nicht. Nehmen Sie's mir nicht übel.«

»Tu ich nicht. Über irgendwelche Aufzeichnungen brauchen Sie sich keine Sorgen zu machen. Dieser Teil des Überwachungssystems wird während der nächsten halben Stunde routinemäßig gewartet.«

»Und ich soll ... glauben, dass das stimmt?« Beinahe hätte er gesagt: »Ihnen glauben«, doch er hatte sich gerade noch zurückgehalten.

»Ja, das würde ich an Ihrer Stelle tun.« Die markante Stimme hatte einen freundlichen Klang.

Doch als Hughes einen raschen Seitenblick auf seinen Gesprächspartner warf, bemerkte er, dass das angedeutete Lächeln auf dem gut aussehenden Gesicht eher gefährlich als beruhigend war und die ebenmäßigen Züge nichts verrieten. Der Mann war groß, schlank, jedoch breitschultrig und athletisch gebaut, und hätte jedes Alter zwischen fünfzig und fünfundsechzig haben können. Wie alt er auch sein mochte, er strahlte Vitalität und ein unbeschreibliches Machtgefühl aus.

Einer der Macher und Lenker des Weltgeschehens, das wusste Hughes. Und er wusste ebenso, dass nur wenige Menschen den Namen und noch weniger das Gesicht erkannt hätten. Der Mann hatte lange und sehr erfolgreich die Öffentlichkeit gemieden.

Hughes konzentrierte sich auf das, was er sagen wollte. »Hören Sie, ich habe alles getan, was Sie von mir verlangt haben.«

»Ja, das haben Sie. Danke.«

»Und ich habe das alles getan, weil ich glaubte, es sei im Interesse des Bureaus und dieses Landes, Bishop und seine Einheit aus Querdenkern und Außenseitern im Zaum zu halten.« Das war eine klare und knappe Aussage, und Hughes war stolz darauf. In Gedanken hatte er sie wochenlang geprobt.

Er hatte nicht aus Bosheit gehandelt. Nicht aus Eifersucht oder persönlicher Abneigung. Auch nicht aus Habsucht. Und ganz bestimmt nicht aus Angst. Das war es, was er dem anderen zu verstehen geben wollte. »Nichts hat sich geändert, Micah. Bishop stellt noch immer eine Gefahr dar. Seine Einheit ist noch immer eine Gefahr.«

»Dessen bin ich mir nicht so sicher. Nicht mehr.«

»Wieso? Weil es ihnen gelungen ist, Samuel aufzuhalten, ihn umzubringen?«

»Die Einheit hat ihn nicht umgebracht.«

»Ein anderer mag das Messer geführt haben, doch Bishops Leute haben ihn vernichtet. Und das wissen Sie.«

»Was auf dem Gelände geschah, weiß ich nicht, und Sie auch nicht. Ich habe Bishops Bericht, bestätigt von seinem Team und dem örtlichen Polizeichef, dass Samuel von einer seiner Anhängerinnen erstochen wurde.* Kein anderer Zeuge hat sich gemeldet und etwas Gegenteiliges behauptet. Darüber hinaus habe ich kistenweise Beweismaterial, dass Samuel für mehr Morde verantwortlich war, als ich überhaupt wissen möchte, einschließlich dem an der Tochter eines Senators der Vereinigten Staaten.«

»Micah ...«

»Ganz gleich, was Sie dazu sagen wollen oder wie Sie es betrachten wollen: Bishop und sein Team haben einen Serienmörder zur Strecke gebracht. Einen von vielen, die sie unschädlich gemacht haben. Das steht außer Frage.«

Der andere Mann schwieg einen Moment. Schließlich schnaubte er: »Hat er Sie also doch noch auf seine Seite gebracht, wie ich sehe.«

Hughes schwieg, während der Wachmann in kurzer Entfernung an den beiden Männern vorbeiging, und fuhr dann ruhig fort: »Ich mag Bishop nicht. Ich glaube, er ist eingebildet und rücksichtslos, er neigt dazu, eher nach seinen Regeln als nach denen des Gesetzes zu spielen, und ich stehe die-

---

* Vgl. Kay Hooper: *Blutsünden*

sen ... paranormalen Fähigkeiten, die er und seine Agenten zu haben behaupten, zutiefst misstrauisch gegenüber.«

»Aber er hat Erfolg, und das genügt Ihnen.«

»Er liefert Ergebnisse, positive. Er fängt Mörder, bringt sie hinter Gitter oder macht diese Verbrecher, die zweifellos die öffentliche Sicherheit bedrohen, auf andere Weise unschädlich. Er tut das ohne großes Trara, hält sich und seine Leute so gut er kann aus den Medien heraus, und er tut es, ohne das Bureau in der Öffentlichkeit oder bei anderen Strafverfolgungsbehörden schlecht dastehen zu lassen. Ganz im Gegenteil, er hat das Ansehen des FBI in den letzten Jahren gehoben. Und das war auch nötig.«

»Ich sehe schon«, wiederholte der andere Mann. »Sie haben sich die Zeit genommen, alle Akten noch mal genau durchzugehen.«

Hughes merkte, wie er allmählich zu schwitzen begann. »Ich wollte vermeiden, dass mein Urteil durch Antipathie getrübt wird. Und, ja, ich habe mir die gesamte Geschichte der SCU vorgenommen. Habe Bishops Vergangenheit und die der Agenten seiner Einheit unter die Lupe genommen.«

»Und waren beeindruckt.«

»Das ist auch eine eindrucksvolle Truppe. Sonderlinge, gewiss. Außenseiter, auf jeden Fall. Bei den meisten, wenn nicht bei allen, gab es in der Vergangenheit ernsthafte traumatische Erlebnisse, die sie zumindest für die Polizeiarbeit hätten disqualifizieren müssen.«

»Allein daran sollten Sie doch schon sehen ...«

»Alle haben die für das Bureau übliche psychologische Einschätzung bestanden, und alle nachfolgenden auch. Was mit ihnen auch geschehen war, sie sind außerordentlich gut mit dem Trauma fertig geworden. Zusätzlich verlangt Bishop von seinem Team den regelmäßigen medizinischen Nachweis ihrer körperlichen Verfassung bezüglich Kraft und Ausdauer. Diese Leute werden in jeder Hinsicht getestet, weit über das hinaus, was beim FBI Standard ist oder verlangt wird. Sie sind als Gruppe die gesündesten und fittesten Agenten des Bureaus.« Hughes zögerte einen Moment und fügte dann hinzu: »Sie werden sogar durch eine Gruppe von Wissenschaftlern beurteilt, von der ich gar nicht wusste, dass es sie im Bureau gibt. Wissenschaftler, die sich mit paranormalen Phänomenen beschäftigen.«

Der andere Mann lachte kurz und verächtlich.

Hughes zwang sich, nicht so zu klingen, als fühlte er sich in die Defensive gedrängt. »Ich habe mir sagen lassen, diese Gruppe gehöre seit Mitte des vorigen Jahrhunderts zum Bureau, schon während des Kalten Krieges, als offenbar jede Großmacht seriöse Forschung auf dem Gebiet des Paranormalen betrieb.«

»Regierungen haben schon immer hirnrissige Forschungen finanziert, Micah, das wissen wir beide. Doch die unsere kam nicht allzu weit mit ihren Fernwahrnehmungs-Experimenten, nicht wahr?«

Hughes war ziemlich überrascht, musste sich allerdings fragen, wieso. Nach dem Motto »Kenne deinen Feind« hatte sein Gegenüber wahrscheinlich einen Blick in die Geschichte der paranormalen Forschung geworfen. Schließlich war er ein umsichtiger, gründlicher Mensch.

»Die Fernwahrnehmungs-Experimente waren nicht allzu sehr von Erfolg gekrönt«, gab Hughes zu. »Doch andere waren durchaus erfolgversprechend. Ich habe mir sagen lassen,

Bishops Einheit habe eine überwältigende Menge an Ausgangsdaten geliefert, sowohl aus Einsatzgebieten wie auch aus dem Labor, genügend, um die Wissenschaftler jahrzehntelang zu beschäftigen.«

»Mit meinen Steuergeldern.«

Hughes ging nicht auf das Gespött ein. »Ich will nicht behaupten, dass ich irgendetwas davon begreife. Wie gesagt, ich stehe der Vorstellung paranormaler Fähigkeiten zutiefst skeptisch gegenüber, ganz zu schweigen davon, derartige Fähigkeiten bei Ermittlungen einzusetzen. Doch Bishop gelang es zweifellos, einen Nutzen daraus zu ziehen. Seine Erfolgsrate bewegt sich oberhalb von neunzig Prozent. Und seine Einheit funktioniert als Team besser als jede andere des FBI.«

»Was Ihnen zu genügen scheint.«

»Ich bin der Direktor des FBI. Der Erfolg oder Misserfolg meiner Agenten schlägt sich positiv – oder negativ – auf mein Urteil nieder. Und meinem Urteil nach *muss* die Special Crimes Unit als uneingeschränkter Erfolg betrachtet werden.«

»Micah ...«

»All diese Monate, und ich habe nichts – absolut nichts – gefunden, was ich Bishop vorwerfen, geschweige denn womit ich ihn hochgehen lassen könnte.«

Der andere Mann trat auf ihn zu, sodass er Hughes ins Gesicht sehen konnte. »Sie wollen ihn entlasten. Man hat Ihnen nahegelegt, sich zurückzuhalten.«

Mist.

»Senator LeMott.« Das war eindeutig kein Schuss ins Blaue.

»Ich sagte Ihnen doch, er ist ein mächtiger Mann. Aber es handelt sich nicht nur um ihn. Soweit ich weiß, hat es sich Bishop schon vor Gründung der Einheit zur Aufgabe gemacht, die Art von Beziehungen zu pflegen, auf die er würde zählen können. Zu Leuten innerhalb *und* außerhalb des Bureaus, in Regierungskreisen und auf dem Privatsektor. Sehr wichtige, einflussreiche Leute. Und sie scheinen ihn rückhaltlos zu unterstützen.«

Nach einer Pause sagte der andere Mann: »Ich könnte Sie vernichten, Micah.«

Hughes vermied es, zu zucken oder den Blick abzuwenden. »Ja, das könnten Sie. Doch es würde nichts nützen, würde Ihnen nichts nützen. Denn ich kann Ihnen praktisch garantieren, dass jeder meiner Nachfolger Bishop und die SCU genauso unterstützen würde. Solange Bishop nichts tut, was für das FBI untragbar ist, wird er nicht behelligt. Jedenfalls nicht von uns.«

Einen langen, sehr langen Moment fragte sich Hughes, wie sich die Pattsituation auflösen würde. Und dann, vollkommen ausdruckslos, machte der andere kehrt und ging.

Hughes sah ihm nach. Sah den Wachmann gelangweilt durch den Saal schlendern. Dann verließ er das Museum in entgegengesetzter Richtung, die Miene nichtssagend, in Gedanken versunken. Draußen ging er einen halben Block weit zu seinem Wagen, wo der Fahrer auf ihn wartete.

Erst da entspannte er sich. Nur ein wenig. Ohne zu fragen, startete der Fahrer den Motor und reihte sich in den Verkehr ein.

Hughes holte Luft und stieß sie langsam wieder aus, während er überlegte, und das nicht zum ersten Mal, ob er die falsche Berufswahl getroffen hatte. Er griff nach seinem Handy und drückte aus dem Gedächtnis eine Ziffernfolge. Nach dem ersten Klingelton wurde abgehoben.

»Bishop.«

»Wir müssen uns unterhalten«, sagte Micah Hughes. »Unverzüglich.«

3

Serenade, Tennessee

»Hunde«, schlug Sheriff Duncan vor. »Zwar erst morgen, aber dann bei Tagesanbruch. Da sich in diesen Bergen ziemlich oft Leute verirren, haben wir hier in der Gegend ein Dutzend Hundestaffeln für Suche und Bergung, und ihre Erfolgsbilanz ist sehr hoch. Sie können nahezu alles und jeden aufspüren. Der Dreckskerl *muss* ja eine Spur von den Leichen bis zu seinem heutigen Ausguck hinterlassen haben, wo immer der war. Und da es nicht regnet, sollten die Hunde sie aufnehmen können.«

»Drei der Teams haben von der Polizei trainierte Hundeführer mit Waffenschein, daher könnten sie bewaffnet ausrücken«, fügte Chief Deputy Scanlon hinzu.

»Er wird nicht mehr hier sein«, bemerkte Quentin. »Ich wette, er hat die Gegend schon abgesucht und seine leeren Patronenhülsen aufgesammelt, genau wie jeden anderen Hinweis darauf, dass er dort war. Dieser Kerl ist ein Profi, und ein Profi wird keine Beweise für uns hinterlassen.«

»Miesmacher.« DeMarco schüttelte den Kopf. »Trotzdem bin ich deiner Meinung. Vergebliche Mühe. Er ist längst weg, zumindest hier aus der Gegend.«

Quentin nickte. »Auch wenn wir diese Leute einsetzen, wette ich, dass wir nichts anderes finden würden als einen alten Schuppen oder so, in dem er den Tag einigermaßen gemütlich verbracht hat.«

Wahrscheinlich ähnlich gemütlich wie das hier, dachte Quentin. Denn gemütlich war es nicht. Der »Konferenzraum« des Pageant County Sheriffdepartments war gerade groß genug für einen Tisch, an dem sie alle sechs Platz hatten – solange man nichts dagegen hatte, die Ellbogen anzuziehen und auf Bürostühlen zu sitzen, die bei der kleinsten Bewegung kreischten, statt nur zu quietschen.

Scanlon lehnte am Türpfosten; für ihn hätte der Platz nicht mehr gereicht.

Die staubige Jalousie des einzigen kleinen Fensters verbarg die Nacht, die sehr schnell hereingebrochen war, wie zur Frühlingszeit in den Bergen üblich. In eine Ecke gedrängt standen zwei Archivschränke. Zwei niedrigere Sideboards neben der Tür boten Platz für eine blubbernde Kaffeemaschine und eine Ansammlung bunt zusammengewürfelter Becher – die meisten davon mit Schul- oder Collegeemblemen, auch derben, mehr oder weniger witzigen Sprüchen – sowie für Zuckertütchen, Milchpulver und Rührstäbchen aus Plastik.

Allerdings hatte keiner am Tisch Anstalten gemacht, sich Kaffee einzuschenken, der nach etwas schmecken würde, das man aus einer Maschine abgelassen hatte, wie Quentin annahm.

In eine andere Ecke hatte man einen alten Schreibtisch mit Schieferplatte gequetscht, der viel zu viel Platz einnahm und offensichtlich nur als Abstellfläche für einen alten Drucker diente, einen großen Stapel vergilbter Hängemappen mit gefährlicher Schieflage, zwei nicht angeschlossene Tastaturen und eine blitzblanke neue Telefonanlage.

Sie war nicht eingesteckt.

Quentin hatte vermutlich schon in deprimierenderen Räumen gearbeitet, doch im Moment erinnerte er sich nicht, wo das gewesen sein könnte.

Sheriff Duncan hatte sich bereits für die Unzulänglichkeiten des alten Gebäudes und diesen vollgestopften Raum entschuldigt und sogar vorgeschlagen, das Frühstückszimmer der Pension zu requirieren, die er ihnen für ihren Aufenthalt empfohlen hatte.

»Gehen Sie bloß nicht in das Motel«, hatte er gesagt. »Die Kakerlaken werden Ihnen nachts die Schuhe davontragen.«

Miranda hatte den Rat ernst genommen und einen von Duncans Teilzeitdeputys die nötigen Zimmer für sie und ihr Team reservieren lassen. Ein anderer hatte die Reisetaschen der Agenten zur Pension gefahren. Doch Miranda bestand darauf, der Konferenzraum des Sheriffs genüge für die erste Besprechung der Gruppe vollkommen.

»Es war ein langer Tag und wir sind alle müde. Morgen früh können wir ausgeruht weitermachen, vielleicht tatsächlich in der Pension, falls die Wirtsleute es gestatten.«

»Ich rufe Jewel an – Jewel Lawson, die Besitzerin und Hausdame. Sie hat bestimmt nichts dagegen, Ihr Team belegt sowieso fast die gesamte Pension, daher gibt es keine anderen Gäste, die Sie stören könnten.«

»Danke, Sheriff.«

»Nennen Sie mich doch bitte Des. Sie alle. Wie Sie schon festgestellt haben, geht es bei uns ziemlich informell zu. Meine Güte, ich habe nur sechs Vollzeitdeputys und eine Handvoll Teilzeitkräfte, denen ich nicht einmal erlaube, Waffen zu tragen.« Er schüttelte den Kopf. »Wir sind mit dem Fall hier derart überfordert, dass es erbärmlich ist.«

»Stimmt«, murmelte Scanlon.

»Machen Sie sich deshalb keine Vorwürfe«, meinte Quentin. »Keiner ist darauf vorbereitet, wenn Monster zu Besuch kommen. Man hofft, dass sie nur auf der Durchreise sind und bald wieder verschwinden.«

»Und so wenige Leichen wie möglich zurücklassen?«, fragte Duncan.

»Genau. Mit etwas Glück müssen wir nicht länger als eine Nacht oder zwei in der Pension bleiben.«

Doch da Polizisten bei der Bearbeitung eines Falls nun mal ungeduldig waren und sofort loslegen wollten, auch wenn sie nicht viel hatten, womit sie arbeiten konnten –, hatten sie es überhaupt nicht eilig, in die Pension zu gehen und sich dort einzurichten.

DeMarco gab zu bedenken: »Da die Überreste auf dem Weg zur Gerichtsmedizin sind und es keine Treffer bei den Fingerabdrücken gab, bleiben uns nur reine Spekulationen. Und viel zu viele Fragen.«

Quentin nickte. »Meine größte wäre, zumindest im Moment, wieso auf Reese und Hollis geschossen wurde. Was für ein dämlicher Schachzug – falls es unser Mörder war –, Aufmerksamkeit auf seine Anwesenheit zu lenken.«

»Vielleicht hat er Panik bekommen«, bemerkte Diana.

»Möglich. Aber wenn wir mit unserer Entfernungsschätzung richtig lagen, ist der Kerl ein echter Profi, ein geübter Scharfschütze. Und die geraten nicht in Panik.«

DeMarco, selbst ein erfahrener Scharfschütze seit seiner Militärlaufbahn, bestätigte: »Man braucht Disziplin. Und Disziplin lehrt einen meistens Geduld.«

»Oder etwas, was ihr ziemlich gleicht«, stimmte Miranda

als ausgebildete Scharfschützin zu. »Mich beunruhigt vor allem, dass das Profil nicht stimmt.«

DeMarco nickte. »Wenn ein so guter Scharfschütze töten will, wird er es wahrscheinlich mit Gewehr und Zielfernrohr tun, und aus größtmöglichem Abstand. Ohne sich die Hände schmutzig zu machen, kalt und sauber, wie er es gelernt hat. Nicht aus der Nähe, von Angesicht zu Angesicht.«

»Diese Opfer«, ergänzte Miranda, »wurden aber geradezu abgeschlachtet, und das ist einwandfrei nahe und von Angesicht zu Angesicht.«

Diana entgegnete: »Vielleicht erschien ihm das Morden aus der Distanz nicht mehr befriedigend genug. Vielleicht hat er beschlossen, sich doch die Hände schmutzig zu machen.«

»Serienmörder durchlaufen eine Entwicklung«, pflichtete ihr Miranda bei.

Duncan sah sie erschrocken an. »Serienmörder? Müssen es nicht mindestens drei Morde nach dem gleichen Muster sein, um sie als Werk eines Serienmörders zu bezeichnen?«

Miranda erwiderte seinen Blick. »Die laufende Ermittlung, von der ich gesprochen habe?«

»Die, wegen der Sie heute Morgen in North Carolina waren, als ich anrief? Was ist damit?«

»Könnte sich als ein und derselbe Fall erweisen, Des.«

Duncan musterte die anderen Agenten am Tisch, einen nach dem anderen, dann blieb sein Blick an Mirandas Gesicht hängen. »Es gab noch mehr Leichen, mehr Opfer? So aufgefunden wie diese beiden hier?«

»Ziemlich ähnlich, an Abladeplätzen in drei verschiedenen Bundesstaaten. Opfer, die vor ihrem Tod gefoltert wurden.«

Der Sheriff machte ein finsteres Gesicht. Er lehnte sich etwas zurück und fluchte leise, als sein Stuhl dabei vernehmbar ächzte. »Ich muss gestehen, dass ich nicht allzu viel über Folter weiß, doch wir alle haben in den letzten Jahren mehr darüber gehört, als uns lieb ist. Gehe ich recht in der Annahme, dass diese Art von Folter nicht darauf abzielte, Informationen zu erhalten?«

Miranda nickte. »Soweit wir bisher feststellen konnten, besaßen die Opfer keinerlei wertvolle Informationen über irgendwelche Interessengebiete. Sie hatten keine Verbindung zum organisierten Verbrechen und auch nicht zu militärischen, paramilitärischen oder terroristischen Organisationen. Sie waren durchschnittliche, normale, alltägliche Bürger, die sich nichts hatten zuschulden kommen lassen außer dem, was den Mörder auf sie aufmerksam werden ließ. Ein Mörder, der seine Opfer offensichtlich gerne leiden sieht.«

»Großer Gott.« Duncan sah aus, als wäre ihm ziemlich mulmig. »Man hört von solchen Dingen, sieht sie in den Nachrichten, aber man würde nie erwarten, dass sie vor der eigenen Haustür stattfinden.«

»Bisher wissen wir noch nicht, ob es so ist, vor allem nach diesem neuen Problem eines Profis mit Scharfschützenausbildung. Von diesen besonderen Fertigkeiten fehlte bisher jede Spur. Die Möglichkeit besteht jedoch, vor allem, wenn zwischen den beiden Opfern keine Verbindung besteht und sie keine erkennbaren Feinde hatten.«

»Soll also heißen, dass Ihr Serienmörder entweder in – oder durch – meine kleine Stadt gezogen ist, oder dass ich es mit einem einheimischen Mörder zu tun habe, der nicht alle Tassen im Schrank hat und auf diesen Mann und die Frau eine Mordswut hatte?« Duncan runzelte plötzlich die Stirn. »Bisher ist hier in der Gegend keine Meldung über einen vermissten Mann oder eine vermisste Frau eingegangen. Einer meiner Deputys durchforstet mindestens schon zum dritten Mal die Vermisstenanzeigen des letzten Monats.«

»Das männliche Opfer war gestern wahrscheinlich noch gesund und munter«, erinnerte ihn Miranda, »und wird daher vielleicht noch gar nicht vermisst, falls er allein lebte oder häufig auf Geschäftsreisen war. Die Frau ist hingegen …«

»… ist mindestens schon ein paar Tage tot«, steuerte DeMarco bei. »Vielleicht schon eine Woche. Auch wenn sie allein lebte und keine Familie hatte, war sie aller Wahrscheinlichkeit nach berufstätig und sollte inzwischen vermisst worden sein.«

Hollis beugte sich vor und verzog das Gesicht, als ihr Stuhl lautstark protestierte. »Vielleicht haben wir unser Netz nicht weit genug ausgeworfen. Das hier sind eindeutig Abladeplätze, und wir können bisher nicht sagen, wo die Opfer tatsächlich ermordet wurden. Wir können nicht mal davon ausgehen, dass sie hier aus der Gegend waren.«

»Stimmt«, pflichtete Miranda ihr bei. »Das trifft jedenfalls auf die letzten drei der bisherigen Opfer zu, wenn wir vom selben Mörder ausgehen. Bevor wir sie nicht identifiziert haben, können wir nicht feststellen, woher sie stammen. Wir sollten die Vermisstenanzeigen in einem Radius von mindestens hundert Meilen überprüfen.«

»Für den Anfang«, murmelte Quentin.

»Meine Leute sind schon dabei«, erwiderte der Sheriff. »Natürlich weiten wir die Suche aus.«

Einige Stühle knarzten, da die Agenten allmählich unruhig wurden, und Miranda stand mit einem bedauernden Lächeln auf. »Ich glaube, wir haben alle für heute genug getan. Die Pension ist weiter oben an der Straße, nicht wahr?«

»Ja, drei Blocks den Hügel hinauf, ein kurzer Spaziergang. Auf dem Weg liegen zwei Restaurants mit gutem Essen und vernünftigen Öffnungszeiten.«

»Vielleicht kommen wir auf Ihren Vorschlag zurück und richten in der Pension eine Art Kommandozentrale ein, falls die Besitzerin einverstanden ist und die technischen Voraussetzungen es uns erlauben, unsere Laptops und sonstigen elektronischen Geräte anzuschließen. Ich rufe Sie morgen früh an und gebe Ihnen Bescheid.«

Während die anderen sich von den quietschenden, knarzenden Stühlen erhoben, erwiderte Duncan seufzend: »Ich denke, das wäre das Beste. Wir haben hier zwar einen ganz guten Hochgeschwindigkeitszugang zum Internet, aber Jewels Pension ist vor ein paar Jahren renoviert worden, und sie hat die neueste Technik installieren lassen, unter anderem auch W-Lan.«

»Klingt gut. Sie wissen ja, wo wir sind, falls sich über Nacht etwas Neues ergibt; ansonsten sehen wir uns morgen früh.«

Duncan begleitete die Agenten bis zu dem kleinen Bereitschaftsraum, in dem einer seiner Teilzeitdeputys ohne jegliches Gespür für einen professionellen Auftritt auf seinem Stuhl lümmelte, die Füße auf dem Schreibtisch, und eine Illustrierte las. Die beiden Vollzeitdeputys dieser Schicht waren draußen auf Streife.

Ohne die Füße herunterzunehmen oder die Zeitschrift wegzulegen, nuschelte Dale McMurry: »Jemand hat hier

Leihwagen-SUVs für die Agenten abgeliefert, Sheriff. Ich soll Ihnen sagen, sie stehen vor dem Haus, die Schlüssel sind unter den Fußmatten.«

Noch bevor Duncan sich größere Gedanken über Leihwagen in einer Stadt machen konnte, die gar keine Autovermietung besaß, oder fragen konnte, wer besagte Fahrzeuge gebracht hatte, sagte Miranda freundlich: »Wir lassen sie heute Nacht hier stehen, wenn es Sie nicht stört.«

»Nein, sie stören nicht. Schließen Sie die Wagen ab, aber ich glaube nicht, dass sich nachts jemand an ihnen zu schaffen machen wird. Wir sehen uns alle morgen früh.«

Als sich die Türen hinter den Agenten schlossen, maulte McMurry: »Ich hab gedacht, Bundesagenten tragen immer diese Jacken, wo in großen Buchstaben FBI draufsteht.«

Bobbie Silvers schnaubte: »Du siehst zu viel fern. Das hier ist eine kleine Stadt, und sie wollen nicht mehr auffallen als unbedingt nötig.«

Ich werde sie bestimmt an ein Polizeirevier in einer größeren Stadt verlieren. Duncan seufzte. »Irgendwas erreicht?«

»Nein, tut mir leid, Sheriff. Ich bin alle Anrufe des letzten Monats durchgegangen – viermal schon, nur um sicherzugehen, dass ich nichts übersehen habe –, aber es gibt nicht eine einzige Person, die noch vermisst wird.«

»In Ordnung. Weiten Sie die Suche auf die angrenzenden Countys aus, mindestens im Umkreis von hundert Meilen. Alle Sheriffdepartments, Polizeistationen, die Highwaypatrol. Und das State Bureau auch. Finden Sie heraus, wer auf deren Vermisstenliste steht und ob irgendwelche Namen auf unsere Opfer passen könnten.«

»Mach ich, Sheriff.«

»Neil, Sie gehen nach Hause und ruhen sich aus«, wies Duncan seinem Chief Deputy an. »Ich brauche Sie morgen in aller Frühe wieder hier.«

»In Ordnung.«

»Und was ist mit mir?«, erkundigte sich McMurry.

Duncan blickte ihn an. »Sie nehmen die Füße vom Schreibtisch, Dale. Und dann besorgen Sie sich WD-40, gehen in den Konferenzraum und schmieren damit diese verdammten Stühle.«

BJ beobachtete sie.

Das Gebäude war alt, und den bemoosten Ziegelsteinen hier auf der Nordseite, die sogar bei Tag im Schatten lag, entströmte ein schwacher Feuchtigkeitsgeruch. Doch in der wenig frequentierten Gasse zwischen diesem Haus und dem Nachbargebäude war er von Dunkelheit umgeben und fühlte sich sicher.

Geschützt.

Er beobachtete sie, wie er vor langer Zeit gelernt hatte, einen Hund unbekannten Charakters mehr aus dem Augenwinkel zu beobachten als direkt. Er sah in ihre Richtung, dann wieder weg, ließ seinen Blick nur über sie streifen, ohne jemanden zu fokussieren, vermied das offene Hinschauen, das sie wahrscheinlich spüren würden.

Sie waren eine besondere Spezies, und er musste vorsichtig sein, das hatte er heute gelernt.

Doch es war überraschend, wie viel man sehen konnte, ohne direkt hinzuschauen.

Alle fünf trugen Freizeitkleidung, dazu gedacht, unauffällig zu wirken oder sie zumindest nicht als Bundesagenten auszuweisen. Zwei Männer, drei Frauen. Die meisten in den Dreißigern, schätzte er, und sie bewegten sich mit der Gelassenheit von Menschen, die sich in ihrem durchtrainierten und agilen Körper zu Hause fühlen. Gemächlich schlenderten sie zur Pension hinauf, in der sie heute übernachten würden, wie er wusste.

Unterwegs hatten sie bei einem der beiden Restaurants Halt gemacht, sich an einen Tisch in der Nähe der vorderen Fenster gesetzt, gegessen und sich unterhalten. Er hatte einige lächeln sehen, nahm jedoch an, dass ihre Unterhaltung nur wenig bedeutungsloses Geplänkel enthielt.

Er fragte sich, ob sie an einem anderen Ort oder zu einer anderen Zeit Freunde sein könnten.

Jedenfalls hatten sie etwas an sich, das ihm vertraut war. Wie Soldaten der gleichen Einheit oder Polizisten auf Streife konzentrierten sie sich auf die gleichen Dinge, die gleichen Aufgaben und Informationen. Und egal, wie lässig sie wirkten, ihnen haftete dieser Eindruck von innerer Wachsamkeit und Spannung an, von Aufmerksamkeit für ihre Umgebung.

Für Gefahr.

Der etwas größere der beiden Männer konnte diese gespannte Aktionsbereitschaft am wenigsten verbergen. Jede seiner Bewegungen – allein schon, wie er mit katzenhaft leichtem Schritt ging – verriet es. Er besaß ein gutes Gespür, ein sehr gutes Gespür. Und höchstwahrscheinlich noch mehr als Gespür. Nie hätte er sonst der Templeton-Frau das Leben retten können.

»*Erledige sie, wenn du kannst.*«

Gelegenheiten hatten sich ergeben und waren verstrichen. Doch es würden sicherlich noch andere kommen.

Er sah ihnen nach, während sie sich entfernten. Alles in allem war es eine kleine Straße mit kurzen Kleinstadtblocks über die sich richtige Großstadtblocks mokiert hätten, und so konnte er, ohne den Schutz seiner Gasse verlassen zu müssen, die Gruppe auf dem gesamten Weg bis zur Pension beobachten.

Dorthineinzukommen war einfach. Das war ihm gestern schon gelungen, und er hatte sich die Zeit genommen, sich umzusehen, daher war er mit dem Grundriss völlig vertraut. Für alle Fälle.

Er sah ihnen zu, wie sie die Stufen zu der breiten Eingangsveranda hinaufstiegen und kurz unter dem einladenden Licht über der Tür warteten, bis man sie einließ. Dann schloss sich die Tür, und sie verschwanden aus seinem Blickfeld.

Als er gerade gehen wollte, um sich anderen Aufgaben zu widmen, die heute Nacht anstanden, ließ ihn eine Bewegung auf dem im Schatten liegenden Gehweg vor der Pension innehalten. Er musste die Augen zusammenkneifen und sich stark konzentrieren, doch innerhalb von Sekunden hatte er die Gestalt eines weiteren Beobachters ausgemacht, der im Dunkel lautlos den FBI-Agenten hinterherhuschte.

Ob es sich bei dem anderen um einen Mann oder eine Frau handelte, konnte er nicht erkennen. Was auch immer es war, es schien eins mit den Schatten zu sein und lieferte keinen Hinweis auf seine Gestalt. Schließlich ließ sich dieser lebendige Schatten in einer Ecke des kleinen Vorgartens vor der Pension nieder, zwischen hohen Sträuchern und dem schmiedeeisernen Zaun, der mehr zur Dekoration als zum Schutz diente.

Ein Wagen fuhr leise vorbei, und wie der Beobachter feststellte, war der andere durch Gebüsch oder Geschick so gut getarnt, dass nicht einmal das vorbeigleitende Scheinwerferlicht ihn – oder sie – kenntlich machte.

Er verharrte noch einen Moment und zog sich dann langsam durch die Gasse zu seinem geparkten Wagen zurück, wobei er im Geiste dem Spiel eine weitere Figur hinzufügte. Eine unbekannte Figur mit unbekannten Beweggründen.

Interessant ...

Als Miranda später von ihrem Zimmer auf den Balkon trat, der das viktorianische Gebäude im ersten Stock auf drei Seiten umgab, war es fast zehn Uhr. Sie war noch nicht zum Schlafen umgezogen, was in Anbetracht einer Temperatur knapp über dem Gefrierpunkt sehr vernünftig war. Behaglich in Pullover und Jeans, lehnte sie sich an das hohe Geländer und blickte auf die stille, schwach erleuchtete Main Street von Serenade.

»Wie eine Postkarte, nicht?« Die leise Stimme erklang hinter ihr, nahe der Ecke, wo der Balkon zur anderen Hausseite abbog. »Das perfekte Kommen-Sie-uns-besuchen-Motiv, das die Handelskammer der Außenwelt vorführen will.«

Ohne sich umzublicken, erwiderte Miranda leise: »Diese netten kleinen Städtchen sehen oft so aus – so perfekt wie aus dem Bilderbuch und so einladend. Vielleicht sind sie deshalb Jagdreviere von Monstern.« Eine Wahrheit, die sie einige Jahre zuvor erkannt hatte.*

»Ja. Geografisch und technologisch isoliert. Wo die Schlös-

---

* Vgl. Kay Hooper: *Wenn die Schatten fallen*

ser, falls die Leute ihre Türen überhaupt absperren, leicht zu öffnen oder aufzubrechen sind und die einzige andere Sicherheitsmaßnahme der Familienhund ist, der am Fußende des Bettes schläft. Eine Stadt, die so klein ist, dass die meisten ihre Nachbarn kennen, aber nicht klein genug, um Fremde als Bedrohung wahrzunehmen – vor allem, weil sie als Touristen Geld hierlassen, wenn sie die Blue Ridge Mountains besuchen.«

»Allzu viele kommen nicht zu Besuch hierher, würde ich sagen. Nur noch zwei Pensionen im Umkreis, und beide kleiner als diese.«

»Und eine Absteige von Motel. Hab ich auch gesehen.«

»Dachte ich mir schon. Was hast du sonst noch entdeckt?«

»Ihr wurdet beobachtet. Den ganzen Weg seit dem Sheriffdepartment. Auch während ihr im Restaurant wart.«

»Aus der Gasse auf der anderen Straßenseite?«

»Genau. Er ist nicht so schlau, wie er glaubt. Was ihn natürlich nicht weniger gefährlich macht. Eher mehr. Ich hab ihn einen kurzen Blick auf mich erhaschen lassen, damit er ins Grübeln kommt. Natürlich nicht genug, um mich zu identifizieren. Er wohnt jedenfalls in der Absteige. Hat bar bezahlt, einen falschen Namen angegeben. John Smith, man möchte es kaum glauben. Ich gehe davon aus, dass er für heute Nacht still hält.«

»War er der Schütze von heute?«

»Höchstwahrscheinlich.«

»Du hast seinen Standort gefunden?«

»Gabe hat ihn gefunden.« Gabriel Wolf war ein Ermittler von Haven. Genau wie seine Zwillingsschwester Roxanne. Die beiden bildeten ein einzigartiges Team.

»Hatte Quentin recht?«

»Ja. Eine alter Jagdunterstand. Wirkliche Beweisstücke waren nicht zu finden, keine Fuß-, Reifen- oder Hufspuren. In der Hütte war nichts gerichtlich Verwertbares, bis auf einen kleinen Fleck, der von einem Fernglas stammen könnte, meint Gabe.«

»Also wurden wir schon den ganzen Tag beobachtet.«

»Sieht so aus. Der Kerl muss zu Fuß da rauf und auch wieder runter geklettert sein und sich dabei nur auf den Felszungen und Granitvorsprüngen bewegt haben, um keine Fußabdrücke zu hinterlassen. Und angesichts der Tatsache, wie gut er darin war und wie verschlungen und mühsam dieser Weg gewesen sei muss, nehmen wir an, dass er verdammt zielstrebig und gründlich ist und sich in der Gegend auskennt.«

»Vor allem in diesem Gebiet?«

»Ja.«

»Dann handelt es sich wahrscheinlich nicht um den Mörder, den wir verfolgen.«

»Falls ihr nicht etwas findet, das zwischen diesen Leichen hier und den anderen einen deutlicheren Zusammenhang herstellt, gehen wir nicht davon aus. Die einzige Gemeinsamkeit der früheren Abladeplätze unseres Mörders besteht darin, dass sie in der Nähe von Straßen lagen. Die der beiden heutigen Opfer eher nicht. Was aber auch keine gute Nachricht ist. Bedenkt man die Entfernung zwischen seinem Standort und der zweiten Abladestelle, dann ist der Kerl von heute ein professioneller Scharfschütze, und dazu ein bestens ausgebildeter und ausgerüsteter. Höchstwahrscheinlich Ex-Militär, aber erst seit Kurzem. Und Soldaten mit seinen

Fähigkeiten hören meist nicht mit der Arbeit auf, bloß weil sie die Uniform ausgezogen haben.«

»Private Militärfirma.«

»Der Krieg hat einige davon hervorgebracht. Bei der miserablen Wirtschaftslage wird es immer schwerer, legale Jobs zu bekommen.«

»Auftragskiller?«

»Nehmen wir an. In solchen Fragen kennt sich DeMarco besser aus, doch es liegt nahe, wenn man bedenkt, wie viel Geschick für so einen Schuss erforderlich ist. Falls wir recht haben, könnte ein Kopfgeld auf Hollis ausgesetzt sein. Das wäre die einfachste Erklärung. Nur …«

»Nur leider ist die einfachste Erklärung«, beendete Miranda den Satz, »in unserer Welt selten die richtige. Zum einen, wieso sollte jemand Hollis herauspicken? Sie stand zwar öfter im Feuer als jeder andere Agent, aber meist nicht, weil sie offensiv beteiligt war. Vom Scheinwerferlicht hat sie sich ebenfalls ferngehalten und dürfte sich dieselben Feinde gemacht haben wie alle in der Einheit, doch keine auf eigene Rechnung. Sie war bisher bei keinem Fall als leitende Ermittlerin tätig, und verdeckt war sie auch nie eingesetzt. Getarnt ja, und man hat ja gesehen, was das gebracht hat. Aber nicht verdeckt.«

»So weit, so gut. Frappierend ist, dass er euch den ganzen Tag beobachtet hat. Hollis war die meiste Zeit zu sehen, lange und oft genug fast bewegungslos, sodass er einen guten Schuss hätte anbringen können – falls das sein Ziel war, sein einziger Grund, da draußen zu warten. Und gewartet hat er. Bis spät am Tag, bis das zweite Opfer gefunden war. Beinahe so, als hätte er nur darauf gewartet.«

»Möglicherweise in der Hoffnung, wir würden dieses Opfer nicht finden. Oder vielleicht ist es das, worauf Diana hingewiesen hat: Psychospielchen.«

»Kann sein. Vor allem, wenn er einen von euch als Mitglied der SCU identifiziert hat.«

Eine Pause entstand, dann kam trocken: »Ist fast ein bisschen wie im Wilden Westen, nur dass in eurem Fall der junge Heißsporn von Revolverheld, der in die Stadt einreitet, um den berühmten Veteran herauszufordern, ein irrer Serienkiller ist, der seine Intelligenz und sein Können mit der SCU messen möchte.«

»Ich hoffe wirklich, dass das nicht stimmt.«

»Ja.«

Gedankenverloren ließ Miranda ihren Blick über die stille, friedliche Szene »Main Street, Kleinstadt, USA« wandern. Schließlich sagte sie: »Falls Hollis das Ziel war, ist sie für jemanden zur Bedrohung geworden. Eine ganz bestimmte Bedrohung für einen ganz bestimmten Jemand. Und ich kann mir nicht vorstellen, dass es nichts mit unseren Ermittlungen der letzten Wochen zu tun haben soll.«

»Sieht nicht sehr wahrscheinlich aus.«

»Nein. Allerdings nicht.«

»Der Schütze hätte euch beiden während eurer Ermittlungen durchaus folgen können. Mit dem Befehl, nichts zu unternehmen, bis ...«

»Das ist die Frage, nicht wahr? Bis was? Vielleicht ... bis Hollis irgendwann durch irgendeine Aktion oder durch ihre bloße Anwesenheit eine zu große Bedrohung für den Mörder wurde. Obwohl ihre Fähigkeiten die am wenigsten invasiven, am wenigsten bedrohlichen sind. Sie ist ein Medium, eine Selbstheilerin, und sie sieht Auren. Worin liegt da die Bedrohung?«

»In etwas, was wir nicht wissen, bis wir herausfinden, wen – oder was – sie bedroht.«

Miranda atmete tief ein, und ließ die Luft dann wie Nebel vor ihrem Gesicht wieder ausströmen. »Ja. Und nebenbei müssen wir noch diese Mordfälle klären.«

»Das machen wir auch.«

»Während wir Hollis schützen.«

»Wäre vielleicht einfacher, den Schützen aus dem Spiel zu nehmen.«

»Einfacher schon, aber wahrscheinlich nicht das Richtige. Wenn wir ihn töten, wird vermutlich jemand anders geschickt, um den Job zu erledigen. Jemand, den wir vielleicht erst entdecken, wenn es zu spät ist. Der Kerl hier ist wenigstens ein Feind, den wir ausgemacht haben und im Auge behalten können.«

»Stimmt. Also beobachten wir ihn? Bleiben an ihm dran?«

»Wie die Kletten. Und, Roxanne – sei vorsichtig. Seid äußerst vorsichtig. Ihr beide, du und Gabe.«

»Verstanden. Sieh zu, dass du heute Nacht etwas Schlaf bekommst, ja? Ihr pfeift ja schon alle auf dem letzten Loch, und das ist nicht gut.«

»Ich weiß.«

»Ihr habt Waffen. Gefährliche Dinger in übermüdeten Händen.«

»Hab schon verstanden.«

»Gut. Wir werden heute Nacht die Augen offen halten. Morgen ist noch genug Zeit, den Dingen auf den Grund zu gehen.«

»Ich hoffe, du hast recht«, sagte Miranda.
»Dass ihr etwas herausfindet?«
»Dass uns genug Zeit dafür bleibt.«

Schon seit Langem musste Diana nicht mehr zu Schlaftabletten greifen, doch sie brauchte noch immer eine gewisse Zeit, um ruhig zu werden, und eine langweilige Beschäftigung, während ihr Körper sich allmählich entspannte und ihre ständig präsente Wachsamkeit nachließ. Die üblichen Hilfsmittel, wie ein heißes Bad und ein Glas warme Milch, fruchteten bei ihr nicht.

Was bei ihr wirkte, waren entweder ein paar Patiencen – auf die altmodische Art, mit echten Karten – oder ein langweiliger Dokumentarfilm im Fernsehen, zumindest meistens.

In dieser Nacht wirkte es nicht. So abgespannt sie auch war, nichts schien zu helfen.

Ihr Pensionszimmer, eines der drei Doppelzimmer mit zwei französischen Betten, ging auf einen netten kleinen Hof an der Rückseite des Gebäudes hinaus. Der Raum war hübsch und gemütlich, und da die acht Suiten kleine Sitzgruppen und großzügige Bäder besaßen, hatte jeder der Agenten seine eigene private Umgebung. Wie Diana inzwischen erkannt hatte, war es durchaus von Bedeutung, während einer Ermittlung genügend Freiraum und Abgeschiedenheit zu haben. So entstand zumindest die Illusion von Normalität.

Meistens.

Und es half auch. Meistens.

Nur glaubte Diana nicht, dass es heute Abend an ihrer

Umgebung lag. Schon seit sie sich mit Quentin vor zwei Wochen dieser Ermittlung angeschlossen hatte, war sie nervös, und sie wusste nicht recht, wieso. Vielleicht, weil es der erste richtige SCU-Fall war, mit dem man sie betraut hatte, und sie sich über ihren Ausbildungsstand und ihre Fähigkeiten noch immer nicht ganz sicher war.

Vielleicht, weil ihre Beziehung mit Quentin noch immer von Zögern und Skepsis geprägt war.

Oder es lag einfach an dem Fall selbst, der verworren und niederdrückend war, wie Ermittlungen bei Serienmorden eben sind. Bei so wenigen Beweismitteln und kaum Hinweisen hatte Diana das dumpfe Gefühl, sie bewegten sich im Kreis, warteten auf einen Durchbruch, der möglicherweise nie kommen würde, während brutal abgeschlachtete und gefolterte Opfer wie Müll weggeworfen und verächtlich liegen gelassen wurden, damit die SCU sie fand.

Verächtlich? Das war nicht schwer zu erraten, fand sie, bedurfte nicht der besonderen Fertigkeiten eines Profilers – der sie nicht war. Doch sie hatte sich in das Thema eingelesen, wie auch in viele andere, und was in ihrem Gedächtnis hängen blieb, war die anerkannte Tatsache, dass die meisten, wenn nicht alle Serienmörder sehr typische, ganz eigene Rituale entwickelten – wobei es bei vielen die Art war, wie sie ihre Opfer begruben oder sich ihrer anderweitig entledigten. Einige Rituale waren sogar eigentümlich respektvoll: Die Opfer wurden sauber bekleidet und in sorgsam ausgeschachtete Gräber gelegt.

Dieser Mörder hielt seine Opfer eindeutig nicht für Personen, die irgendwelchen Respekt verdienten, weder vor ihrem Tod noch danach.

Schließlich fiel Diana auf, dass sie ständig die Karten mischte, und sie legte sie mit einem unterdrückten Fluch weg. Sie lehnte sich an die hinter ihr aufgestapelten Kissen und starrte auf den Fernseher, in dem ein alter, größtenteils schwarz-weißer Dokumentarfilm über den Zweiten Weltkrieg lief.

Er empfindet seinen Opfern gegenüber also Verachtung. Nicht allzu überraschend. Hilft aber auch nicht weiter. Miranda ist das sicher schon beim ersten Opfer ins Auge gefallen. Wenn nicht bereits davor.

Das wirkliche Problem war, dass sie sich reichlich nutzlos vorkam, gestand sie sich widerstrebend ein. Trotz intensiven Trainings in den letzten Monaten fühlte sie sich nicht befähigt, in einem Mordfall zu ermitteln, geschweige denn in einer ganzen Serie. Selbst als ... bloßes Teammitglied. Nicht nur, weil sie keine Erfahrung in Polizeiarbeit hatte, sondern weil ihr ganzes Erwachsenenleben – bis vor etwas mehr als einem Jahr – ihr eher traumartig als wirklich erschien.

Abgesehen vom vereinzelten Auftreten einer paragnostischen Fähigkeit, mit der umzugehen sie erst noch lernen musste – und die sich bemerkenswerterweise seit Wochen nicht gezeigt hatte –, war sie buchstäblich schlafwandelnd durchs Leben gegangen.

Und Diana hegte den Verdacht, dass das auch jetzt noch der Fall war, zumindest zeitweise. Wie sollte sie sich sonst ihre gelassene Reaktion erklären – auf die Leichen, den Bären und darauf, dass Hollis beinahe erschossen worden wäre?

Himmel, ich hab Hollis nicht mal gefragt, wie es ihr geht.

Hollis schien zwar nicht allzu beunruhigt darüber, dass auf sie geschossen worden war, doch trotz der zwanglosen

Freundlichkeit und des Humors der anderen Frau bezweifelte Diana, dass sie einen der Agenten gut genug kannte, um einigermaßen erraten zu können, was er oder sie in bestimmten Momenten empfand.

Außer Quentin. Vielleicht.

Aber das war nicht ihr eigentliches Problem.

Schlafwandle ich noch immer? Ist es das, was hier geschieht? Wieso habe ich die ganze Zeit ein so ungutes und seltsames Gefühl? So ... fehl am Platz und meiner selbst unsicher zu sein? Als ich die Chance bekam, ein richtiges Leben zu führen, ins Spiel einzusteigen, habe ich sie verpasst?

Egal, was Quentin meint, hatte Dad etwa recht, als er sagte, ich sei für diesen Job nicht geschaffen? Recht mit der Annahme, ich könnte so etwas nicht? Bin ich deshalb so zaghaft, so verunsichert? Glaube ich ihm?

Halte ich deshalb Quentin auf Distanz?

Sie wollte sich nicht eingestehen, dass es stimmen könnte. Wollte nicht mal darüber nachdenken.

Beschloss, gar nicht darüber nachzudenken.

Ja, genau, so damit umzugehen, ist sehr erwachsen. Steck einfach den Kopf in den Sand.

Sie befahl ihrem inneren Ich, die Klappe zu halten, und kramte zwischen den zerwühlten Laken nach der Fernbedienung. Dann zappte sie durch die Kanäle, um die störenden Gedanken aus ihrem Kopf zu verbannen, auf der Suche nach etwas noch Langweiligerem als einer alten Dokumentation über den Zweiten Weltkrieg.

4

Diana öffnete langsam die Augen, richtete sich jedoch schnell auf, schob die Decken zur Seite und setzte sich auf die Bettkante.

Ihr Bett war ... verändert. Wirkte seltsam eindimensional, eine Fotografie ohne Licht und Schatten. Düster wie auch das Zimmer, ohne Farbe, Leben oder Wärme. Es war in dieses seltsam kontrastarme, farblose Zwielicht getaucht, das weder Tag noch Nacht bedeutete, sondern etwas dazwischen. Schon immer hatte sie den Verdacht gehegt, dass dieser Ort außerhalb der Zeit lag, abseits dessen, was sie als Zeit kannte und verstand. Dass er etwas zwischen der Welt der Lebenden war und dem, was danach kam.

Ihrer Erinnerung nach hatte sie es von Anfang an die graue Zeit genannt.

Sie wandte den Kopf zum Wecker auf ihrem Nachttisch, dessen digitale Anzeige aus gut lesbaren roten Ziffern bestanden hatte. Jetzt war sie leer, gesichtslos, zahlenlos. Bei den anderen Uhren war es genauso: keine Ziffern und keine Zeiger.

Die Zeit verstrich nicht in der grauen Zeit. Seltsam.

Gruselig. Diana stand vom Bett auf, und obwohl sie kalte Füße hatte, machte sie sich nicht die Mühe, Pantoffeln oder gar Socken zu suchen. In der grauen Zeit war es immer kalt, ganz gleich, in wie viele Lagen Kleidung und Decken sie sich hüllte. Außerdem war sie schließlich nicht tatsächlich *hier*. Zumindest ...

Sie warf einen Blick zurück, wie immer sowohl erleichtert als auch beunruhigt darüber, sich mit friedlichem Gesicht in ihrem ordentlichen Bett schlafen zu sehen. Ihr Körper atmete, das Herz schlug. Ihr Körper lebte.

Doch was sie emotional und psychisch zu Diana machte – ihre Persönlichkeit, ihre Seele –, befand sich nicht mehr in diesem Körper. Das Band, das die beiden Hälften ihrer selbst zusammenhielt, konnte sie zwar nicht sehen, sie wusste jedoch, dass es existierte. Wusste, wie zart es war, wie leicht es durchtrennt werden konnte.

Ja, super Idee, dir selbst Angst einzujagen. Denk nicht darüber nach, was geschehen könnte. Geh einfach.

»Erinnere dich morgen früh an all das. Egal, was passiert. Jetzt wird nichts mehr vergessen«, befahl sie ihrem schlafenden Ich, gar nicht überrascht von dem hohlen Klang ihrer Stimme. Das war normal für die graue Zeit. Wie auch der schwache und etwas unangenehme Geruch.

Ihr wacher und vertrauter Umgang mit dem Ort war ebenfalls normal, und sie fragte sich wie jedes Mal, wieso sie in der realen Welt nicht auch so selbstsicher war. Alles wäre so viel einfacher, dachte sie, wenn sie immer so empfinden würde. Diese betrübliche Erkenntnis war ihr gerade bewusst geworden, als sie auf dem Weg zur Tür das Fußende des Bettes umrundete und bei dem Anblick, der sich ihr bot, jäh stehen blieb. »Was zum Teufel machst du denn hier?«

»Keine Ahnung.« Hollis blickte sich argwöhnisch um. Sie stand direkt an der Tür zum Flur. »Das hier ist deine Welt, nicht meine. Noch vor einer Minute lag ich friedlich schlafend im Bett. Ich hab mich dort gesehen. Ein Erlebnis, das ich ungern wiederholen würde, herzlichen Dank auch.«

»Ich hab dir doch gesagt, du sollst nicht zurückblicken.«

»Na, ich war eben neugierig. Wenigstens bin ich nicht zur Salzsäule erstarrt, wofür ich sehr dankbar bin. Wieso hast du mich geholt?«

»Hab ich nicht«, antwortete Diana gedehnt. »Das habe ich nur einmal gemacht, als wir es vor Monaten ausprobiert haben – und ich war verdammt überrascht, dass es funktionierte.«

»Warum bin ich dann hier?«

»Das war meine Frage, schon vergessen?«

Hollis fröstelte und rieb sich gedankenverloren die Arme. »Verflixt. Wenn ich geahnt hätte, dass so was passiert, hätte ich einen Flanellpyjama angezogen und nicht dieses Nachthemd.«

Diana wollte ihr schon erklären, dass zusätzliche Kleidung die Kälte auch nicht vertrieben hätte, musterte sie dann jedoch genauer. »Ähm. Das ist aber ziemlich ... ähm ... Nichts, was man normalerweise für eine Dienstreise einpackt, oder?«

»Können wir bitte einfach weitermachen?«

»Womit weitermachen?«

»Mit dem, weswegen ich vermutlich hier bin.«

»Ich *weiß* nicht, weswegen du hier bist. Oder wieso ich hier bin, nachdem ich es wochenlang nicht geschafft habe, hierher zu kommen, *obwohl* ich es versucht hab.«

»Hat bestimmt mit dem Fall zu tun. Je tiefer wir in eine Ermittlung eintauchen, desto mehr stellen wir fest, dass all unsere Sinne reagieren – auch die zusätzlichen.« Hollis zuckte die Schultern. »Eines jedenfalls habe ich bei der SCU gelernt, nämlich die Dinge so zu nehmen, wie sie kommen.

Wir sind nun mal hier, und es muss einen Grund geben, wieso wir hier sind. Wie geht es normalerweise weiter? Einfach losgehen und den Führern – so nennst du sie doch – folgen?«

»Ja, gewöhnlich schon. Falls ein Führer auftaucht, meine ich.«

»Ich frage wohl besser nicht, was geschieht, wenn keiner auftaucht. Geh einfach voraus, ja? Wenn ich mich recht erinnere, ist es körperlich sehr kräftezehrend, in deiner grauen Zeit zu sein, und wir beide waren schon davor müde.«

»Das ist nicht *meine* graue Zeit.« Dennoch ging Diana an Hollis vorbei und ihr voran aus dem Zimmer.

Kaum waren sie auf dem Flur, wurde ihnen klar, dass sie sich nicht mehr in der Pension befanden.

»O Mann, ist das gruselig«, hauchte Hollis.

Diana sah sie über die Schulter an. »Ich erkenne das hier nicht. Du?«

»Hoffentlich nicht. Das hoffe ich inständig.« In der Regel verriet Hollis' Ausdrucksweise kaum Emotionen, doch die Anspannung in ihrer Stimme war nicht zu überhören, und ihre Augen waren weit aufgerissen.

Diana schaute um sich. Sie schienen auf der Kreuzung zweier endlos langer Korridore zu stehen. Beide erstrahlten trotz des dumpfen grauen Dämmerlichts in klinischer Sauberkeit, und beide waren von geschlossenen Türen gesäumt, alle gesichtslos bis auf die grau glänzenden Türgriffe.

»Sieht für mich ziemlich normal aus.« Diana blickte wieder in Hollis' reglose Miene. »Zumindest auch nicht seltsamer als andere Orte, an denen ich in der grauen Zeit gewesen bin.«

»Aber hier warst du noch nie?«

»Glaube ich jedenfalls. Wieso? Was ist das für ein Ort?«

Hollis holte tief Luft und atmete langsam wieder aus. »Als ich ihn zum ersten Mal sah, befand ich mich im Traum von jemand anderem.* Hab erst später herausgefunden, dass es sich um einen wirklichen Ort handelt. Und dieser wirkliche Ort ist … Er war früher eine psychiatrische Anstalt. Vergangenen Oktober bin ich dem Monster begegnet, das dort eingesperrt war. Er hat mich auf einen Tisch gefesselt und …«

»Hollis?«

»Und mich beinahe umgebracht.«

Auf den Ellbogen gestützt, betrachtete Reese DeMarco die Karte, die er auf dem Bett ausgebreitet hatte, wobei sein konzentrierter Blick von einer markierten Stelle zur nächsten wanderte. Zwei der Markierungen lagen dicht beieinander und kennzeichneten die beiden heutigen Leichenfunde in Pageant County. Genau genommen die gestrigen, denn inzwischen war es nach Mitternacht. Die anderen sechs lagen weiter verstreut, über drei der südöstlichen Bundesstaaten.

Er war auf der Suche nach einem Muster.

Und fand keines. Was ihn nicht verwunderte. Die SCU bestand aus gründlichen und erfahrenen Monsterjägern mit dem zusätzlichen Vorteil paragnostischer Fähigkeiten, und sie waren erfolgreich, weil sie sehr, sehr gut waren. Hätte diesem Wahnsinn ein erkennbares Muster zu Grunde gelegen, wäre es durch die vereinten Anstrengungen des Teams wahrscheinlich schon entdeckt worden.

---

* Vgl. Kay Hooper: *Blutträume*

Acht Morde in etwas mehr als acht Wochen. Fünf Frauen, drei Männer. Alle offensichtlich gefoltert – mit beispiellosem Einfallsreichtum –, bevor sie umgebracht wurden, und die beiden letzten noch weiter verstümmelt und geschändet, nachdem sie tot waren. Keinerlei Verbindung zwischen den Opfern. Keine ernst zu nehmenden Feinde in der jeweiligen Vorgeschichte, und absolut keine Gemeinsamkeiten als Gruppe, bis auf die Hautfarbe: Alle waren Weiße.

Und alle, mit Ausnahme der beiden letzten, waren wie Müll am Rand verschiedener Straßen abgeladen worden.

Mit gerunzelter Stirn dachte DeMarco über dieses Detail nach. Bis zu denen in Serenade waren die Opfer, soweit sie wussten, aus einem Auto geworfen worden, möglicherweise aus einem fahrenden. Was, wie Miranda bemerkt hatte, an die Möglichkeit eines zweiten Mörders oder eines Komplizen denken ließ. Denn eine Leiche aus einem fahrenden Wagen zu werfen war kein leichtes Unterfangen, und sie aus einem stehenden Fahrzeug zu schieben war zeitraubend und erforderte eine gewisse Kraft – oder Hilfe.

Mehr noch als alles andere machte es die Ermittlung sogar für die SCU außergewöhnlich. Ein Serienmörder, der in ihren Städten oder Countys wütete, war schon mehr, als die örtliche Polizei oder die State Police bewältigen konnte. Sie war weder mit der Verfahrensweise vertraut, noch verfügte sie über entsprechende Ausrüstung, Personal und Erfahrung, um so einen Mörder aufzuspüren, vor allem, wenn er sich jeweils nur kurz in der Gegend aufhielt und keinerlei Verbindung zu ihr hatte.

Zwei Serienmörder, oder einer mit einem Komplizen, ordnete sie einer noch kleineren Gruppe zu als der schon ziemlich kleinen von Serienmördern: Eine Verabredung zum Mord war selten, und ein Serienmörder mit Partner oder Handlanger umso mehr. Nur eine Handvoll solcher Fälle war bisher aktenkundig.

»Diese Möglichkeit bleibt vorläufig unter uns«, hatte Miranda früher am Abend zu DeMarco gesagt, wie zuvor auch schon zu den anderen Agenten, die an dem Fall arbeiteten. »Soweit möglich, jedenfalls. Nichts darf zu den Medien durchdringen, nichts in unseren Berichten stehen. Wir sprechen nicht mal untereinander darüber, es sei denn, wir sind uns absolut sicher, allein zu sein. Und das schließt auch die örtliche Polizei ein – außer wir wissen, dass die Mörder in der Nähe sind und wir eine Chance haben, sie zu finden.«

»Du weißt genau, dass es zwei sind, nicht wahr?«, hatte DeMarco gefragt.

»Wir halten es durchaus für möglich.« *Wir* bedeutete: sie und Bishop. »Aber wir sind uns nicht sicher, Reese. Bis dahin gehen wir bei diesem Fall wie üblich vor, aufgrund von Beweisen und nicht von Spekulationen.«

DeMarco hatte sie gerade darauf hinweisen wollen, dass sie ständig spekulierten, als ihm etwas einfiel, was sie vorher gesagt hatte. »In unseren Berichten steht nichts davon? Wir lassen das Bureau über das, was wir tun, im Dunkeln?«

»Wir stellen in unseren Berichten keine Mutmaßungen über etwas an, für das wir wenig oder keine Beweise haben.«

Er musterte sie. »Oh, darüber werden sie aber gar nicht begeistert sein.«

»Den Mördern das Handwerk gelegt zu haben, wird das Einzige sein, woran sich die maßgeblichen Köpfe erinnern. Daran, dass das Morden ein Ende hatte.«

»Ich bezweifle, dass der Direktor zu diesen Personen gehören wird.«

»Das macht nichts. Es gibt noch andere. Noah hat sehr viel Zeit und Mühe darauf verwendet, ein Netzwerk aufzubauen, das uns unterstützt, und dieses Netzwerk wird halten. Egal, was der Direktor denkt.«

»Und was ist mit Bishops Feind? Demjenigen, der seit – wann? – dem letzten Sommer dem Direktor über die Aktivitäten der SCU berichtet hat? Solange wir nicht wissen, wer das war – oder ist –, können wir das Leck nicht stopfen. Und wenn wir dem Bureau Informationen vorenthalten wollen, müssen wir unbedingt dafür sorgen, dass sie uns nicht dabei erwischen.«

Miranda hatte gezögert und dann hinzugesetzt: »Noah arbeitet an der Lösung des Problems. Das ist einer der Gründe, warum er nicht hier ist. Bis er so weit ist, tun wir alles, um nicht aufzufallen und keine unnötige Aufmerksamkeit auf die SCU zu lenken.«

»Bei einem Serienmörder-Fall mit bereits sechs feststehenden und zwei möglichen Opfern? Viel Glück.«

»Bisher hat es geklappt. Die örtliche Polizei ist bereit, mit uns zusammenzuarbeiten, bereit, nicht ... überzureagieren ... auf eine Leiche, die in ihrem Zuständigkeitsbereich abgeladen wurde, vor allem, da sich keines der Opfer als ortsansässig herausgestellt hat. Nachdem die Opfer über ein so weites Gebiet verstreut abgeladen wurden *und* kein Polizeirevier oder Sheriffdepartment mit mehr als einem zu tun hatte, war das Medieninteresse sehr gering.«

»Diesmal jedoch haben wir zwei mögliche Opfer in der gleichen Gegend.«

»Ja.«

»Nur zu bald wird jemand zwei und zwei zusammenzählen, Miranda. Das weißt du. Das ist Stoff für eine Reportage.«

»Ja. Sogar explosiver Stoff, falls sich herumspricht, dass wir mit zwei Mördern rechnen. Weshalb wir darüber Stillschweigen bewahren, solange wir können.«

DeMarco schob den Gedanken an diese Unterhaltung beiseite und richtete seinen Blick erneut stirnrunzelnd auf die Karte, diesmal jedoch, ohne sie wirklich zu betrachten. Ihm war ganz plötzlich seltsam ... kalt. Er fühlte sich angespannt und hellwach, auf eine ihm vertraute Art. Jeder seiner Sinne war in Alarmbereitschaft, weitete sich aus, um eine mögliche Bedrohung zu entdecken und zu lokalisieren. Er hob den Kopf, ließ den Blick argwöhnisch durchs Zimmer streifen, konnte aber nichts Ungewöhnliches oder Bedenkliches ausmachen.

Hübsches Schlafzimmer, ordentlich und ansprechend, ohne übertriebenen Schnickschnack, was ihm gefiel. Am Fernseher war der Sender MSNBC eingestellt, jedoch stumm geschaltet.

Sein Schulterhalfter hatte er abgelegt, verständlich, da er sich für die Nacht abgemeldet hatte, doch seine Waffe lag in Reichweite. Bedächtig griff er danach, nahm sie aber nicht aus dem Halfter.

Denn all seine Sinne sagten ihm, dass sich die Bedrohung nicht von einer Kugel würde aufhalten lassen.

DeMarco legte keinen gesteigerten Wert darauf, über die Erfahrungen seiner Militärzeit nachzudenken; jedenfalls hatten sie ihm zu geschärften Instinkten verholfen, zusätzlich zu seinen paragnostischen Fähigkeiten. Damals war es eine Frage von Leben oder Tod gewesen.

Inzwischen war es ein nicht rein paragnostischer Sinn, der ihm verriet, wenn etwas in seiner Umgebung nicht stimmte.

Mist. Bei meinem Glück spukt es hier auch noch.

Doch das glaubte er nicht. Erstens war er für Geister nicht besonders empfänglich, und zweitens hatte er nicht das Gefühl, die Bedrohung gelte ihm, sondern jemand oder etwas anderem.

Dank seines einzigartigen doppelten Schutzschildes war DeMarco höchst sensibel für die verschiedenartigsten Energieströme, die zu paragnostischen Fähigkeiten gehörten, allerdings nur, wenn er den äußeren Schutzschild senkte und sich auf das konzentrierte, was den inneren Schild so außergewöhnlich machte: Gelang ihm die Fokussierung besonders gut, konnte er diesen zweiten Schild um vieles stärker und undurchdringlicher machen oder ihn in eine Art Magnet umwandeln, der paragnostische Energien – gewissermaßen – ansaugte und deutete.

Er konnte zwar die Fähigkeiten anderer nicht stehlen, doch er konnte die Kraft abschwächen, mit der sie etwas nach außen projizierten, und er konnte sich in jede verwendete Frequenz einklinken.

»Wie bei einem Radio«, hatte Quentin einmal erklärt. »Denn jeder Paragnost sendet auf einer anderen Wellenlänge.« Womit Quentin eine unglaublich komplizierte Fähigkeit etwas vereinfachend, doch für alle gut verständlich beschrieb.

DeMarco war sich ziemlich sicher, dass jemand im Haus

ein paragnostisches Erlebnis hatte. Er wusste nur nicht, ob diese Person eine Bedrohung war – oder bedroht wurde.

Auf jeden Fall bedeutete es nichts Gutes.

Leise fluchend setzte DeMarco sich auf die Bettkante, schloss die Augen und konzentrierte sich, wobei er den äußeren Schutzschild völlig senkte und versuchte, sich in das einzuklinken, was gerade geschah.

Nahezu augenblicklich wurde er von einer Welle intensivsten Schreckens erfasst.

Mit gerunzelter Stirn fragte Diana: »Oktober? Das war doch, als ihr den Mörder all dieser Frauen, einschließlich der Tochter von Senator LeMott, in Boston verfolgt habt, stimmt's?«

»Ja. Das Monster hier – oder an einem Ort, der genauso aussieht – war der Mörder.«

»Der aus dem Verkehr gezogen wurde. Weggesperrt wurde.«

»Genau.«

»Wieso sind wir dann hier?«

Hollis holte erneut auf diese Reiß-dich-zusammen-Art Luft und sagte: »Das Ende dieses Falles stellte sich als keines heraus. Es stand im Zusammenhang mit dem, was später im Januar in Grace passierte.«

»In North Carolina. Die Kirche. Samuel. Ja, das war die Party, zu der ich nicht eingeladen war.«

»Sei froh. Wir haben dort einige gute Leute verloren und waren nahe dran, noch mehr zu verlieren.«

Die Vorstellung von Quentin – oder dem *Team* – in Gefahr gefiel Diana gar nicht, doch sie hatte die Berichte gelesen und wusste, was geschehen war. Sie kannte den schrecklich hohen Preis, den es gekostet hatte, diesem Mörder das Handwerk zu legen.

»Samuel ist tot. Die Kirche besteht nur noch aus einem Häuflein ziemlich ratloser Menschen, die sich nicht einmal sicher sind, ob sie überhaupt noch eine Gemeinde sein wollen. Keiner von ihnen ist ein Mörder, und keiner behauptet, apokalyptische Visionen zu haben. Es ist vorbei.«

»Vielleicht auch nicht.« Hollis blickte abwechselnd in die beiden endlosen, gesichtslosen Korridore. »Vielleicht bildeten wir uns nur ein, dass es vorbei ist.«

»Hollis ...«

»Sollte nicht inzwischen ein Führer aufgetaucht sein?«

»Eigentlich schon. Manchmal muss ich jedoch ein Stück alleine gehen, bis ich einen finde. Oder er mich.«

»Diese Korridore möchte ich wirklich nicht allein erkunden, Diana.«

»Hollis, das hier ist nicht real. Ich meine, es ist wie in einem Traum, unsere Körper sind nicht hier. Uns kann hier nichts passieren.«

»Netter Versuch, aber ich habe genug über deine graue Zeit gehört, um zu wissen, dass unser Geist, unser Bewusstsein von unserem Körper getrennt werden kann, falls wir hier in eine Falle geraten und dann nicht mehr zurückkehren können.«

Wieder wurde Diana an etwas erinnert, an das sie lieber nicht denken wollte, doch sie nickte zögernd. »Stimmt, aber das kommt selten vor. Außerdem kann ich damit umgehen. Ich habe das fast mein ganzes Leben lang gemacht und noch nie *keinen* Rückweg gefunden.«

»Für alles gibt es ein erstes Mal.«

»Das musste ja kommen.«

»Tut mir leid, Diana, mich beunruhigt deine graue Zeit allein schon als Vorstellung, aber auch noch hier an *diesem* Ort zu sein ist … Sagen wir mal so: Ich habe mich schon in einigen hochgradig gespenstischen Situationen befunden, aber diese hier gehört zu den schlimmsten.«

»Okay, dann gehen wir. Jetzt.« Diana packte ihre Kollegin am Handgelenk. »Schließ die Augen und konzentriere dich auf den Ort, an den du zurückwillst. Dein Zimmer in der Pension.

Hollis zauderte sichtlich. »Wir könnten hier etwas erfahren …«

»Angst ist Schwäche, und keine von uns will hier schwach sein, glaub mir. Wir gehen zurück.«

Hollis schloss die Augen und drückte sie so fest zu, wie sie konnte. Gab sich die größte Mühe, sich zu konzentrieren. Doch die lautlose Stille rings um sie, der schwache, seltsame Geruch, der sie an faule Eier erinnerte und vielleicht auch an einen Ort wie die Hölle, die Kälte, die ihr in die Knochen kroch, all das setzte ihren Nerven derart zu, dass sie schließlich doch die Augen öffnete. »Diana?«

»Konzentrier dich.«

»Wir sind noch immer hier.«

Diana schlug die Augen auf und blickte um sich. Gefasst antwortete sie: »Okay, dann müssen wir wohl so lange bleiben, bis wir sehen, weswegen man uns hierhergebracht hat.«

»Na toll. Einfach toll.«

Diana war an diesem unwirklichen Ort anscheinend noch immer die Ruhe selbst. »Ich werde dich nicht loslassen. Wir machen uns jetzt auf den Weg, bis wir finden, was wir hier finden sollen.« Sie wartete Hollis' Nicken ab, entschied sich dann offensichtlich aufs Geratewohl für einen der Korridore und marschierte los.

Hollis stellte die Entscheidung nicht in Frage. Sie fühlte sich hier völlig fehl am Platz und musste darauf vertrauen, dass Dianas Erfahrung sie führen würde – und zwar in die Sicherheit. Als sie die Türen erreichten, probierte Diana es an einer nach der anderen, doch alle waren verschlossen. Der Korridor erstreckte sich endlos vor ihnen, Tür um Tür war versperrt und unpassierbar.

Nach einer Weile spürte Hollis mehr Müdigkeit als Angst. Jeder Schritt erforderte größere Anstrengung. Ihr Atem ging schwerer, und ihr war etwas schwindlig.

Diana, der nichts dergleichen anzumerken war, blieb mitten im Gang stehen und blickte stirnrunzelnd hinter sich zu Hollis. »Ich muss dich hier rausbringen.«

»Kein Einwand meinerseits.« Hollis bemühte sich, nicht allzu sehr zu schnaufen und zu keuchen.

Mit einem leisen, doch vernehmbaren Klicken schwang etwas weiter vorn im Korridor eine Tür nach innen auf.

»Oh, das kann nichts Gutes bedeuten«, meinte Hollis.

»Vielleicht ist das der Weg nach draußen.«

»Ja, genau. Den Fehler machen sie in jedem Horrorfilm. Wir aber nicht, okay?«

Zögernd erwiderte Diana: »Meine Instinkte raten mir, diesen Weg zu nehmen, Hollis. Durch diese Tür zu gehen. All meine Erfahrung rät mir dasselbe. Ich muss dich rausbringen, und im Augenblick sieht das hier wie die einzig brauchbare Möglichkeit aus.«

Hollis ließ sich von Diana zur Tür mitziehen und murmelte: »Red mal mit Dorothy. Rote Pumps. Schlag die Hacken zusammen, nirgends ist es so schön wie zu Hause. All der Kram.«

»Ja, ich brauche eine vernünftige Abkürzung nach draußen. Hab's kapiert«, erwiderte Diana. »Bisher hab ich mich hauptsächlich auf die Führer verlassen. Und wenn ich unbedingt hinauswollte, hab ich es auch geschafft.«

»Hat dich Quentin nicht ein paar Mal gerettet?«

»Schon. Aber gute zwanzig Jahre lang hab ich so etwas wie das hier allein überstanden, bevor er aufgetaucht ist.«

»Kein Grund, den Kamm aufzustellen. War nur eine Frage.« Hollis' Blick war auf die halb geöffnete Tür gerichtet, der fast ihre gesamte Aufmerksamkeit galt.

Der Weg nach draußen?

Oder eine Tür, die zu etwas unendlich viel Schlimmerem führte?

Hollis gab sich große Mühe, die aufkeimende Panik zu unterdrücken. Zwar hatte sie allen Grund, sich an diesem aus der Welt gefallenen Ort zu ängstigen, in dieser grauen Zeit, in der nichts wie gewohnt war. Doch ein solches Ausmaß an Furcht hatte sie nie zuvor empfunden. Und angesichts all dessen, was ihr widerfahren war, seit ein fürchterlich brutales Ereignis ihr Leben für immer verändert hatte, war das eine höchst beunruhigende Erkenntnis.

Wieso jagte diese halb offene Tür ihr derartige Angst ein? Was wollten ihre Instinkte oder Sinne ihr sagen?

»Ich war gar nicht aufgebracht«, sagte Diana beschwichtigend. »Ich wollte ... ich will nur nicht abhängig sein von Quentin.«

»Okay, das verstehe ich, wirklich. Also, bist du dir absolut sicher, dass wir durch diese Tür müssen? Ich hab nämlich so ein furchtbares Gefühl, dass da drin nichts Gutes auf uns wartet.« Eigentlich wollte sie ihre Gefühle mit noch stärkeren Worten beschreiben, blieb aber stehen und runzelte die Stirn.

»Hollis?«

»Das ist seltsam. Wirklich seltsam. Mir kommt es fast vor, als würde jemand an mir ziehen.« Sie sah auf Dianas Hand an ihrem Arm und schüttelte den Kopf. »Nicht du. Etwas ... tut mir leid, Diana, ich ...« Hollis verschwand. Gerade noch da, dann war sie weg, wie eine Seifenblase.

Als Erstes wurde Hollis bewusst, wie müde sie war; sich zu bewegen schien ihr kaum der Mühe wert. *Zu atmen* schien kaum der Mühe wert. Doch sie atmete, und schließlich bewegte sie sich auch. Sie schaffte es, die Augen zu öffnen. Und schaffte es, etwas zu sagen, wenn auch nur flüsternd.

»Verdammt, das war ...«

Sie lag in ihrem Bett, das erkannte sie vage. Starke Arme hielten sie, und an ihrer Wange spürte sie das gleichmäßige Schlagen eines Herzens.

Halt, das ist nicht in Ordnung.

Es fühlte sich zwar in Ordnung an, oder zumindest gut, geborgen und vielleicht sogar mehr als geborgen, aber irgendwie ungewohnt.

»Hollis?«

Sie schnappte nach Luft, nahm alle Kraft zusammen, um sich wegzudrücken, sich aus eigener Kraft aufzusetzen und ihn anzustarren.

»Reese? Was zum Teufel soll das hier?«

»Das sollte wohl eher meine Frage sein. Willst du mir nicht verraten, wo du gerade warst? Denn der größere Teil von dir war nicht hier.« Seine Hände lagen noch immer stützend auf ihren Schultern.

Stützend – mehr nicht. Oder?

»Ich war – Moment. Wie bist du in mein Zimmer gekommen?«

»Ich hab das Schloss geknackt.«

Hollis blinzelte ihn an, versuchte krampfhaft, ihren trägen Geist dazu zu bringen, halbwegs normal zu funktionieren. Erschwerend kam hinzu, dass sie seine Aura sehen konnte, und die war farblich so ungewöhnlich und voller Funken – blitzende Kraftfelder, nahm sie an –, dass sie ihn am liebsten nur weiter angestarrt hätte. »Wieso?«, brachte sie schließlich hervor.

»War der schnellste Weg, hier reinzukommen.«

»Das meine ich nicht. Warum musstest du hier reinkommen?«

»Du warst in Schwierigkeiten«, erwiderte er ruhig und sachlich. Seine Miene war ausdruckslos wie immer, obwohl seine blauen Augen dunkler wirkten als sonst.

Sie blinzelte erneut. »Ach ja?«

»Du hattest Angst. Entsetzliche Angst. Und du wurdest zusehends schwächer.«

»Moment«, wiederholte sie. »Du warst in meinem Kopf?«

»Eigentlich nicht.«

»Was dann? Eigentlich?« Sie fühlte sich schon kräftiger. Und in die Defensive gedrängt.

DeMarco schien das nichts auszumachen. »Ich konnte

spüren, dass hier im Haus etwas nicht stimmte. Die Energie hatte sich verändert. Kam mir wie eine Bedrohung vor.«

»Und du reagierst äußerst sensibel auf Bedrohungen«, fiel ihr wieder ein.

Er nickte. »Also habe ich mich darauf konzentriert und festgestellt, dass die Bedrohung dir galt. Ich wusste, du bist an einem üblen Ort. Ich wusste auch, dass du dort nicht allein herauskämst. Deshalb kam ich dir zu Hilfe.«

Hollis versuchte sich zu konzentrieren, was ihr sehr schwerfiel. »Woher wusstest du, dass du das kannst? Ich meine, wo ich war … Das ist nichts, in das man einfach hineinspaziert, es sei denn, man ist ein Medium. Verflixt, es sei denn, man ist Diana.«

»Hollis …«

Sie spürte, wie sie ein Frösteln überlief, und starrte ihn an. »Diana konnte den Weg hinaus nicht finden. Sie hat es versucht – und konnte es nicht. Und dort, wo sie ist, an diesem schrecklichen Ort … O mein Gott. Wenn er nun tot ist? Wenn er tot ist und dort auch wieder die Menschen quält? Diesmal ihre Seelen? Wenn er jetzt Diana auf diesen Tisch gefesselt hat?«

Diana hatte keine Ahnung, was passiert war, aber ein gutes Gefühl hatte sie nicht. Ganz und gar nicht. Sie blieb dort stehen, wo Hollis verschwunden war, und versuchte sich darüber klar zu werden, ob sie weiter und durch diese so einladend halb geöffnete Tür gehen oder kehrtmachen und all ihre Anstrengungen darauf konzentrieren sollte, selbst hier herauszukommen.

»Diana.«

Stirnrunzelnd blickte sie auf das ernste junge Mädchen, das so plötzlich auftauchte, wie Hollis verschwunden war. Eine Führerin, die sie nicht kannte, doch das war nicht ungewöhnlich. Selten traf sie zweimal dieselbe Person.

»Wer bist du?«

»Ich bin Brooke.« Das Mädchen, das nicht älter als zwölf oder dreizehn gewesen sein konnte, als es noch lebte, sagte in mahnendem Ton: »Du darfst doch keine lebenden Menschen mit in die graue Zeit bringen, Diana. Das ist gefährlich für sie. Und für dich auch.«

»Ist alles in Ordnung mit ihr?«

»Ja. Diesmal schon.«

»Weißt du, ich hatte nicht vor, Hollis mitzubringen.«

»Ja. Aber du hast es schon mal gemacht. Du hast sie absichtlich hierher gebracht. Und das hat einen Zugang geschaffen.«

Diana war nicht recht wohl bei diesem Thema. »Du meinst, Hollis kann hier auftauchen, wann immer sie will?«

»Nein. Ich meine damit, sie kann herkommen, wenn du es tust. Sie wird hierher gezogen, wenn du die Tür öffnest. Weil sie so veranlagt ist. Sie ist ein Medium. Die einzige Person, die du nicht hättest herbringen sollen.«

»Mist.«

»Du hast lebenslange Erfahrung darin, herzukommen und dich hier zu bewegen, ohne all deine Kraft einzubüßen. Ohne ständig Gefahr zu laufen, hier gefangen zu bleiben. Die hat Hollis nicht. Sie könnte sich hier verlieren. Sie könnte hier sterben.

»Ich werde dafür sorgen, dass es nicht passiert.«

»Diana ...«

Mit einer Handbewegung wischte Diana das Thema für den Augenblick beiseite. »Brooke, warum bin ich hier? Hollis sagte, an diesem Ort hielt man einen Mörder ... gefangen. Auf der Seite der Lebenden. Doch das ist Vergangenheit. Er ist jetzt nicht mehr hier, und er kann keinem mehr etwas tun.«

Brooke schüttelte den Kopf, trat einen Schritt zurück und wandte sich der halb offenen Tür zu. »Alles hängt mit allem zusammen, Diana.«

Eine typische Antwort für eine Führerin.

Diana folgte ihr. »So etwas ist in der grauen Zeit noch nie passiert, jedenfalls nicht mir. Was soll ich denn für dich tun?«

»Du sollst die Wahrheit für mich herausfinden.«

»Welche Wahrheit? Wie du gestorben bist?«

»Nein. Es begann lange, bevor ich gestorben bin. Das sollst du herausfinden. Die Wahrheit, die unter allem verborgen liegt.«

»Ich verstehe nicht, was du damit meinst, Brooke.«

»Das kommt noch.« Die junge Führerin ging durch die offene Tür.

Diana blieb stehen, holte tief Luft und folgte ihr.

Zu ihrer Überraschung stellte sie fest, dass sie wieder in der Pension war, obwohl sie einen Moment gebraucht hatte, um den Flur zu erkennen, in dem sie stand. Stirnrunzelnd blickte sie sich um, fand sich aber dann gleich zurecht.

Sie stand im Flur vor ihrem Zimmer.

Brooke war verschwunden.

Aber Diana war sich nur allzu bewusst, dass ihr »Ausflug« in die graue Zeit noch nicht zu Ende war. Denn sie war noch immer dort. Der Flur war grau und kalt, alles war still und seltsam eindimensional. Der kleine Beistelltisch zwischen der Tür zu ihrem Zimmer und dem von Quentin sah aus, als wäre er ein Teil der stumpfen grauen Wand, und die Farbdrucke, die dorthingen, wirkten wie graues Bleistiftgeschmiere, so wenig Tiefe hatten sie.

Unschlüssig betrachtete sie Quentins Tür, sagte sich dann jedoch, dass sie schon zu lange hier war. In ihren Beinen machte sich das bekannte schwere Gefühl breit, und das Atmen war etwas mühsamer, als es hätte sein sollen. Zwar dauerte es eine Weile, bis sie in der grauen Zeit ermüdete, aber irgendwann tat sie es doch, und dann war es nicht mehr weit bis zur völligen Erschöpfung.

Sie musste von hier fort.

Sich noch immer nicht völlig im Klaren, aus welchem Grund sie in die graue Zeit geholt worden war, und deshalb auch ziemlich genervt, wandte sie sich ihrer Zimmertür zu, öffnete sie und trat ein.

Allerdings war es nicht ihr Zimmer, sondern das von Quentin.

Er saß auf der Bettkante und stand lächelnd auf. »Diana. Ich habe auf dich gewartet.«

Sie blickte ihn an, sich des bohrenden Gefühls bewusst, dass etwas nicht in Ordnung war, etwas ... nicht stimmte. »Hast du das?«

»Ja, natürlich.«

»Wieso?«

»Du weißt, wieso. Wir gehören zusammen. Ich habe darauf gewartet, dass du das erkennst. Es dir eingestehst.«

Diana bemühte sich zuzuhören, nicht nur mit den Ohren,

doch es fiel ihr schwer, da ihr immer kälter wurde. Und sie hatte das Gefühl, dass ihre Kraft sie allmählich verließ. Als hätte jemand einen Stöpsel gezogen.

»Du musst es einsehen«, sagte er in vernünftigem Ton, während er auf sie zukam. »Diana, es soll so sein. Ich weiß, was für dich am besten ist. Du kannst mir vertrauen.«

»Nein.« Verzweifelt tastete sie hinter sich nach dem Türgriff. »Nein, ich kann dir nicht vertrauen.«

»Diana …«

»Du bist nicht Quentin.«

5

Noch während sie das sagte, begann sich sein Gesicht zu verändern, verzerrte sich zu etwas, das sie intuitiv als böse erkannte. Und eines wollte sie auf keinen Fall: sehen, wozu es letztlich wurde.

Wer er wurde.

Hektisch tastete Diana hinter sich nach dem Türgriff. Sowohl ihr Verstand als auch alles andere in ihr suchte nach dem Weg zurück, dem Weg hinaus, in die Sicherheit.

Warme, kräftige Finger schlossen sich um ihre.

Nach Luft schnappend, öffnete Diana die Augen und merkte, dass sie in ihrem Bett saß, in ihrem Zimmer.

Was sie sah, war Quentins Gesicht. Nicht grau und farblos, keine Maske über etwas unaussprechlich Bösem, sondern warm und lebendig, und eben *Quentin*.

Er saß auf der Bettkante, umfasste mit beiden Händen die ihren und betrachtete sie mit dieser beständigen, grundsoliden Eindringlichkeit, die ihr das Gefühl absoluter Sicherheit gab, sie unterschwellig aber schrecklich nervös machte.

»Was ist passiert?«, fragte sie, ohne sich über den matten Klang ihrer Stimme zu wundern.

»Sag du es uns.«

Diana blickte sich rasch um und entdeckte Hollis, die am Fußende des anderen Bettes saß, noch immer in diesem reichlich aufreizenden Nachthemd, das sie in der grauen Zeit getragen hatte. Nur hatte sie jetzt einen der dicken Frottee-Bademäntel der Pension darüber gezogen. Sie war blasser als sonst, und die Haut rings um ihre blauen Augen wirkte grau und durchscheinend, was sie sehr zerbrechlich und müde aussehen ließ.

DeMarco lehnte fast schon lässig hinter ihr an der Kommode, noch genauso gekleidet wie am Tag, in Jeans und weißem Hemd. Er wirkte hellwach und überhaupt nicht müde.

Hollis war diejenige, die gesprochen hatte.

»Wir waren in der grauen Zeit«, sagte sie. »Du und ich.«

»Darüber müssen wir später noch reden«, meinte Quentin.

Diana war klar, dass er besorgt war und auch warum, deshalb hielt sie den Blick auf Hollis gerichtet. »Ich erinnere mich.«

Hollis nickte. »Wir waren an einem … einem sehr, sehr schlimmen Ort.«

»Die Korridore. All die Türen. Du hast gesagt, es sei eine psychiatrische Anstalt gewesen.«

»Ja. Was geschah, nachdem ich rausgezogen wurde?«

»Wie wurdest du rausgezogen?«

Etwas kleinlaut blickte Hollis über die Schulter zu DeMarco. »Reese dachte, ich sei in Schwierigkeiten.«

»Ich dachte das nicht, ich wusste es«, erklärte er in aller Ruhe.

Diana sah ihn an. »Und dann hast du sie einfach … herausgezogen?«

»Das schien mir angebracht.«

Sie musterte dieses auf kalte Weise gut aussehende, unbewegte Gesicht, richtete ihren Blick aber wieder auf das viel wärmere und ausdrucksvollere von Quentin. »Das ist … interessant.«

»Dachte ich mir«, meinte Quentin. Offenbar war er jedoch nicht willens, diesen interessanten Aspekt weiter zu verfolgen, weil er sofort hinzufügte: »Allerdings möchte ich wissen, wie ihr beide in diese alte Anstalt gelangt seid. Vor allem, da sie dem Erdboden gleichgemacht wurde.«

Verblüfft fragte Diana: »Tatsächlich? Es gibt sie gar nicht mehr?«

»Nach dem, was dort geschehen war, haben die Eigentümer nur abgewartet, bis alle Beweise abtransportiert waren und der Tatort-Status aufgehoben wurde, bevor sie die Planierraupen anrollen ließen. Die Gebäude wurden abgerissen und alles Brennbare verbrannt. Der Rest wurde vergraben, sehr tief. Als Letztes habe ich gehört, die Forstverwaltung will tonnenweise Humus auftragen und dort Bäume pflanzen. Keiner will da wieder irgendwas bauen. Niemals.«

Diana runzelte die Stirn. »Ich kann mich nicht erinnern, in der grauen Zeit je an einem Ort gewesen zu sein, den es nicht gibt.«

»Du nennst es die graue *Zeit* – nicht den grauen *Ort*«, gab DeMarco zu bedenken. »Dafür muss es einen Grund geben. Vielleicht korreliert sie nicht mit unserer Zeit, vielleicht handelt es sich sogar um eine andere Dimension. Es gibt viele Theorien darüber, dass die Zeit nicht so linear ist, wie wir glauben, und dass noch andere Dimensionen existieren.«

Ganz sacht zog Diana eine Hand aus Quentins Griff und massierte sich den Nacken. Sie war verspannt und sehr müde, und ihre Gedanken drifteten immer wieder ab, sodass es ihr schwerfiel, sich zu konzentrieren. »Okay, sicher, das wäre möglich. Vielleicht sogar wahrscheinlich, und auch ich habe schon daran gedacht. Doch wieso dann dieser Ort –

egal, in welcher Zeit oder Dimension –, wenn das, was dort geschah, vorbei und begraben ist?«

»Möglicherweise war es meine Schuld«, warf Hollis ein. »Was dort geschah ...« Ihr Blick glitt zur Seite, als hätte sie ihn hinter sich auf DeMarco richten wollen, doch sie drehte den Kopf nicht. »Das ist ja noch nicht so lange her, und da ein Fall auf den anderen folgte, hatte ich nicht allzu viel Zeit, alles ... zu verarbeiten. Ich könnte mir vorstellen, dass dieser Ort meine Gedanken noch so sehr beschäftigte, dass wir beide dorthin gezogen wurden. Er bereitet mir nach wie vor Albträume.«

Nun runzelte Quentin die Stirn. »Das kann ich dir nicht verdenken. Aber nach dem zu schließen, was ich über Dianas Fähigkeiten weiß, habt ihr euch nicht wegen irgendwelcher Erinnerungen an diesem Ort befunden, sondern wegen einer Verbindung zu dem, woran wir momentan arbeiten. Zu dieser Ermittlung. Zu diesem Mörder.«

Hollis wandte den Blick nicht von Diana und wiederholte: »Was geschah, nachdem ich herausgeholt wurde?«

»Nichts Ungewöhnliches – zuerst. Eine Führerin tauchte auf. Ein junges Mädchen, etwa dreizehn. Ihr Name sei Brooke, sagte sie.«

»Brooke«, murmelte DeMarco. Sein Gesichtsausdruck änderte sich nicht, er verlagerte nur etwas das Gewicht und verschränkte die Arme vor der Brust. Als müsste er sich bewegen.

Quentin warf DeMarco einen kurzen Blick zu. »Vorausgesetzt, es handelt sich um das gleiche Mädchen, dann war Brooke eines von Samuels ... Opfern. Ihre Leiche haben wir zwar nie gefunden, doch es gab eine Augenzeugin. Nach dem, was diese Zeugin erzählte, ist das Mädchen auf entsetzliche Weise gestorben.«

Das half Dianas Gedächtnis auf die Sprünge. Sie hatte nicht nur alle Berichte gelesen, sondern auch mit Quentin über den Fall gesprochen und wusste daher, dass DeMarco über zwei Jahre verdeckt in dieser Kirchengemeinde gearbeitet hatte. Sie konnte sich nicht vorstellen, wie viel Kraft es ihn gekostet haben mochte, über so lange Zeit vorzugeben, jemand anderer zu sein, ohne sich selbst zu verlieren. Mehr noch, durch die Rolle daran gehindert zu werden, etwas zum Schutz unschuldiger Opfer zu unternehmen. Opfer, die er vielleicht gut gekannt hatte. Denen er möglicherweise nahestand.

Wie Brooke.

»Das tut mir leid«, sagte Diana zu ihm

DeMarco nickte unmerklich, erwiderte aber nichts.

»Was hat Brooke gesagt – oder getan?«, wollte Quentin wissen.

Diana konzentrierte sich auf ihre Erinnerungen. »Kryptisch geantwortet, wie die meisten Führer. Ich habe sie gefragt, wieso ich hier sei, an diesem Ort, weil Hollis so … heftig darauf reagiert hat. Also habe ich gefragt, wieso hier, wenn doch alles vorbei und der Ort nicht wichtig sei, keine Rolle mehr spiele. Brooke sagte, alles hinge mit allem zusammen.«

»Aber auf welche Weise, hat sie nicht gesagt«, warf DeMarco ein.

»Nein. Noch bevor ich sie fragen konnte, bat sie mich, für sie die Wahrheit herauszufinden. Ich fragte sie, ob sie die Wahrheit über ihren Tod meinte, und sie verneinte, denn alles hätte begonnen, lange bevor sie starb. ›Die Wahrheit, die unter allem begraben liegt‹, sagte sie.«

Quentin runzelte erneut die Stirn. »Tja, das würde ich auch kryptisch nennen.«

»Allerdings. Ich sagte, ich verstünde nicht, und sie antwortete, das würde schon noch kommen. Dann ging sie durch eine Tür ...« Diana sah Hollis an und fügte erklärend hinzu: »Diese offene Tür.«

Hollis nickte. »Ich nehme an, du bist ihr gefolgt?«

»Ja.«

»Und dann?«

Das hätte Diana lieber nicht beantwortet, doch sie rang sich dazu durch. »Ich war wieder hier, im Flur, aber noch immer in der grauen Zeit. Brooke war fort, und ich war allein. Ich öffnete eine Tür, von der ich überzeugt war, es sei meine, die Tür zu diesem Zimmer. Nur als ich es betrat, war es das von Quentin.« Plötzlich wäre es ihr lieber gewesen, er hielte nicht ihre Hand, doch sie wollte sie ihm auch nicht entziehen.

Er sah sie unverwandt an, wartete, und Diana bemühte sich, seinem Blick standzuhalten und so sachlich wie möglich zu klingen. »Du warst da, hast auf mich gewartet, mich erwartet. Nur warst du es nicht. Du – es – sah so aus wie du und klang wie du. Aber mir war klar, dass du es nicht bist.«

»Was war es dann?«

»Ich weiß es nicht. Es ... kam auf mich zu, lächelnd, und sagte ...« Diana stockte. Wenn die verdammte *Müdigkeit* nicht gewesen wäre, hätte sie ihre Sinne beisammen gehabt und ihr wären bestimmt ein Dutzend Gründe eingefallen, warum keiner der andern hier im Raum etwas davon erfahren musste. Dann hätte sie es für sich behalten können. Doch sie *war* müde, ihre Gedanken waren verschwommen und rieten ihr, es könnte für den Fall möglicherweise von Bedeutung sein, war vielleicht gar nicht so persönlich gemeint, wie sie dachte.

»Diana?« Quentins Stimme klang ruhig und gelassen. »Ganz gleich, was in der grauen Zeit geschah, was auch immer dort gesagt oder getan wurde: Du weißt, dass ich es nicht war, dass ich nicht dort war. Richtig?«

»Richtig.« Sie nickte. »Stimmt.«

»Wir können auch gehen«, schlug DeMarco sachlich vor, und Hollis nickte ernsthaft und zustimmend.

Diana riss sich zusammen. *Benimm dich wie ein Profi. Wenn du ihnen eine Hilfe sein willst ...* »Nein, auf keinen Fall. Denn es muss etwas bedeuten. Es muss einen Zusammenhang geben. Brooke hat das gesagt, und diese Führer lügen nicht. Und vielleicht kommt einer von euch darauf, ich anscheinend nicht.«

»Also gut«, meinte Hollis. »Erzähl uns, was der falsche Quentin gesagt hat.«

»Er sagte ... wir würden zusammengehören und er habe darauf gewartet, dass ich es begreife. Dass ich es einsehen müsse. Dass er wüsste, was für mich am besten sei, und dass ich ihm vertrauen könne.« Ohne jemanden anzusehen, erzählte sie eilends weiter. »Und jetzt kommt es. Die graue Zeit ist ein nahezu leerer Raum, zwischen den Welten oder Zeiten, egal. Deshalb gibt es dort auch nichts Greifbares, keine Farbe, kein Licht, keinen Schatten, weder Tiefe noch Dimension. Es ist ein Ort, an dem man sich ... fortbewegt. Ähnlich wie eine Straße durch eine kalte Wüste. Nichts, wo man sich länger als nötig aufhalten würde, geschweige denn leben wollte.«

»Okay«, sagte Hollis. »Ich würde auf jeden Fall zustimmen, dass es kein Ort ist, um dort zu leben. Folglich?«

Bemüht, die richtigen Worte zu finden, fuhr Diana fort. »Doch sie ist auch ein Ort der Wahrheit, oder war es immer. Der absoluten Wahrheit. Als wäre alles andere entfernt worden, und nur die Wahrheit wäre übrig geblieben. Ich kann dort die Führer sehen, und einmal habe ich auch etwas … etwas wirklich Böses gespürt. Aber ich finde dort nie Täuschung, und keiner der Führer hat mich je belogen. Soweit ich weiß, zumindest. Sie sagen mir nie alles und sprechen, wie schon erwähnt, oft in Rätseln, doch sie haben nie versucht, mich zu täuschen. So wie jetzt.«

»Du hast wirklich keine Ahnung, was es bedeutet? Diese Täuschung?«, fragte DeMarco.

»Nein.«

»Wie oft warst du schon in Begleitung in der grauen Zeit? Von unserer Seite aus, meine ich.«

Typisch für DeMarco, diesen Punkt anzusprechen. »Ein Mal«, gestand Diana widerstrebend. Und noch bevor jemand etwas dazu sagen konnte, sah sie Hollis mit festem Blick an und fügte hinzu: »Tut mir leid, Hollis. Das hätte ich niemals tun sollen.«

»Es war meine Idee.«

»Ich weiß. Doch es war falsch, und ich hätte es wissen müssen.«

»Wieso falsch?«

»Weil du auch ein Medium bist. Dich hätte ich nie dorthin mitnehmen dürfen. Jetzt bist du irgendwie … mit der grauen Zeit verbunden, fast so wie ich. Zumindest sagt Brooke das.«

Hollis blinzelte. »Und das heißt?«

»Falls Brooke recht hat und mich nicht zu täuschen versucht, bedeutet es, dass du jedes Mal, wenn ich die graue Zeit besuche, wenn ich diese Tür öffne, ebenfalls dorthin gezogen wirst.«

»Ob sie will oder nicht«, ergänzte DeMarco, und es hörte sich nicht wie eine Frage an.

Diana nickte. »Sie ist ein Medium, und unsere Nervenbahnen sind so geschaltet, dass wir mit der spirituellen Welt kommunizieren können, auf verschiedene Weise. Die meisten von uns öffnen Türen, so wie Hollis es tut. Aber diese Türen sind fast immer dazu gedacht, sich in eine Richtung zu öffnen: den Geistern zu gestatten, hierherzukommen, auf diese Ebene des Lebens. Laut Bishop bin ich seiner Kenntnis nach das einzige Medium, das ... mit den Geistern auf der anderen Seite der Tür verkehrt, in diesem Raum zwischen Ort und Zeit. Und ich habe das mein ganzes Leben lang geübt – wenn auch meist unbewusst. Ich habe gelernt, dort drüben zu überleben, so gefahrlos wie möglich. Hollis, ich dachte, ich könnte auch dich beschützen, doch ... dessen bin ich mir jetzt nicht mehr so sicher.«

Hollis kaute am Daumennagel, was sie jedoch nicht daran hinderte, klar und deutlich zu sprechen: »Das ist doch diese Salzsäulengeschichte, stimmt's? Und die Folgen?«

»Bishops zweite Regel«, murmelte Quentin. »Folgen gibt es immer.«

Momentan abgelenkt fragte Diana: »Und wie lautet die erste Regel?«

»Manche Dinge müssen so geschehen, wie sie geschehen.«
»Ja, richtig. Das hat er erwähnt. Du hast es erwähnt.«
»Das haben wir alle gelernt. Auf die harte Tour«, meinte DeMarco und fügte trocken hinzu: »Allerdings ist mir bisher nicht aufgefallen, dass wir Bishops Regeln nummerieren.«

»Quentin tut das«, schnaubte Hollis. »Wer sonst. Und können wir jetzt bitte wieder zu den Folgen meiner Salzsäulengeschichte kommen? Tut mir leid, wenn ich egoistisch klinge, aber ich würde wirklich gerne wissen, was die schlimmste Folge wäre. Wovor ich mich hüten muss, falls – wenn – ich wieder in die graue Zeit gerate.«

»Das weißt du bereits, Hollis. Das Schlimmste wäre, auf der anderen Seite der Tür festzusitzen, wenn sie sich schließt.« Diana holte tief Luft und atmete langsam wieder aus, in dem Versuch, das Schwanken aus ihrer Stimme zu halten, während sie an etwas lange Zurückliegendes, aber noch immer Schmerzvolles denken musste. »Verloren, ohne die Möglichkeit, zu deinem Körper zurückzukehren. Und ein Körper, der von seinem Geist getrennt ist, seiner Seele beraubt, kann ohne ... medizinische Eingriffe nicht lange überleben.«

»Medizinische Eingriffe? Du meinst ...?«

»Ich meine Maschinen. Um den Körper zu beatmen, das Herz schlagen zu lassen. Auf diese Weise kann der Körper jahrelang überleben. Jahrzehntelang. Aber du wärst nicht in ihm. Du wärst nie wieder in ihm.«

Bobbie Silvers war stolz darauf, Deputy zu sein. Sie war zwar kein *richtiger* Deputy, noch nicht. Sie hatte ihr Schulungshandbuch erst zur Hälfte durchgearbeitet, und der Sheriff weigerte sich, ihr eine Waffe zu geben.

Dennoch, sie war jung, tatkräftig und zielstrebig, und daher war ihr klar, dass es nur noch eine Frage der Zeit war, bis sie den vollen Status eines Deputys erhielt.

Bis dahin arbeitete sie, so viel sie konnte, um Sheriff Duncan zu beweisen, dass sie das Zeug zum Deputy hatte. Wenn er ihr eine Aufgabe übertrug, wie routinemäßig oder unwichtig auch immer, ging sie über das Geforderte hinaus, um sicherzustellen, dass sie ihre Arbeit gründlich erledigte.

Weshalb sie gegen Ende ihrer Schicht noch immer am Computer saß und sich durch Vermisstenakten wühlte – in einem Umkreis von fünfhundert Meilen.

»Gib's doch auf«, riet ihr Dale McMurry. »Der Sheriff ist schon nach Hause gegangen, und außerdem kann man vor morgen früh nicht viel erreichen.«

»Das Einzige, was ich vor morgen früh *nicht* erreichen kann«, erklärte sie ihm, ohne den Blick zu heben, »ist ein Gespräch mit einem Deputy oder Polizisten der Frühschicht. Ein Polizeibeamter ist jeden Tag der Woche rund um die Uhr im Einsatz, Dale. Wusstest du das nicht?«

Er brummte. »Du hast zehn Minuten gebraucht, den richtigen Mann im State Bureau zu finden und deren Liste zu bekommen, und noch mal zwanzig für die von der Polizei im übernächsten County. Bei dem Tempo sitzt du noch um Mitternacht hier und bist nicht fertig.«

»Das County bezahlt mich nicht dafür, die Füße hochzulegen und Illustrierte zu lesen«, ließ sie ihn wissen. »Was macht es, wenn ich beim Eintreffen der nächsten Schicht noch immer daran arbeite und es Zeit ist, auszustempeln? Solange ich vorankomme – versuche voranzukommen –, mache ich meinen Job.«

»Ich mache auch meinen Job«, erwiderte er, etwas in der Defensive. »Hier am Telefon. Bisher hat es nicht oft geklingelt.« Er stand auf und schaltete am Fernseher auf dem Aktenschrank einen anderen Sender ein, leise grummelnd, weil es keine Fernbedienung gab.

»Bitte kein Wrestling«, sagte sie, noch immer ohne ihn anzusehen.

»Was kümmert's dich? Du hast die Augen nicht mehr vom Monitor gehoben, seit du mit dem Kerl vom FBI gesprochen hast.«

»Mich kümmert es, weil du dich von dieser sogenannten Action derart mitreißen lässt, dass du herumbrüllst und Sachen auf den Fernseher schmeißt. Such doch lieber einen netten Cheerleader- oder Schönheitswettbewerb. Beim Anschmachten bist du wenigstens leise.«

Er warf ein Papierknäuel nach ihr. Bobbie duckte sich, schenkte ihm ein Lächeln zum Zeichen, dass sie nur Spaß gemacht hatte, und widmete sich wieder ihrer Arbeit. Allerdings hatte sie nicht viel, *womit* sie arbeiten konnte. Anhand der Überreste beider Opfer ließ sich mit einiger Sicherheit bestenfalls eine vorläufige Beschreibung erstellen – und in puncto Größe, Gewicht, Augen- und Haarfarbe blieb bei der weiblichen Leiche alles eher im Vagen.

Bobbies akribisch zusammengestellte Liste über ein Gebiet von fünfhundert Meilen um Serenade umfasste mehr als hundert Namen vermisster Personen, die noch nicht gefunden worden waren. Bei den wenigen genauen Angaben über die Opfer wollte Bobbie den Personenkreis der Liste nicht auf eigene Faust eingrenzen. Eines konnte sie trotzdem tun: jeder vermissten Person, Mann oder Frau, eine kurze Personenbeschreibung beizufügen. Die meisten Einzelheiten fand sie in den Berichten, die sie von anderen Strafverfolgungsbehörden bekommen hatte. Daher war es einfach – wenn auch ermüdend –, die Informationen unter gewissen Rubriken zusammenzustellen: *Größe, Alter, Gewicht, Hautfarbe, wo vermisst, seit wann vermisst, vermisst gemeldet von, Strafregister* (in diese Rubrik kam fast immer ein Nein), *finanzielle Probleme, überraschende finanzielle Transaktionen, Begünstigte im Todesfall.*

Letzteres fand Bobbie etwas makaber, doch auch das musste festgehalten werden, denn mindestens ein halbes Dutzend der Vermissten hatte hohe Lebensversicherungen, die sie ihren Ehegatten hinterließen. Was natürlich nicht ungewöhnlich war, ihrer Meinung nach aber vermerkt werden sollte.

Deshalb notierte Bobbie es. Wie auch all die anderen Informationen, die sie gesammelt hatte. Dann trug sie alles säuberlich in eine Tabelle ein und hoffte, dass etwas davon den wesentlich erfahreneren FBI-Agenten helfen würde, die beiden bedauernswerten Opfer zu identifizieren, deren Überreste man so schrecklich gefoltert und verstümmelt aufgefunden hatte.

Bobbie hatte Dale, der sich gähnend eine langweilige Sitcom aus den Siebzigern ansah, schon fast vergessen, als sie kurz vor Mitternacht etwas Überraschendes entdeckte. Etwas sehr Überraschendes.

Erneut überprüfte sie sämtliche Informationen, kaute einen Moment lang unschlüssig auf der Unterlippe und griff zum Telefon in der Hoffnung, einen Polizisten der Spätschicht bei einer anderen ruhigen Strafverfolgungsbehörde zu finden, der nichts zu tun hatte, aber gewillt war, länger zu bleiben und etwas tiefer zu graben.

»Also kommt niemand zurück, wenn er in der grauen Zeit verloren geht?« Hollis' Stimme klang fest.

Diana schüttelte den Kopf. »Niemand, soweit ich weiß. Selbst wenn man den Körper hier auf unserer Seite am Leben hält, stellt die graue Zeit doch einen Korridor zwischen zwei Realitäten dar. Nichts, was entweder zur einen oder zur anderen Seite gehört, kann dort unbegrenzt existieren, das haben mir die Führer erzählt. Für uns, von dieser Seite hier, bedeutet es vollkommene Erschöpfung, die gesamte Energie wird uns entzogen und ...«

»Und?«

»Und unser Geist geht in das ein, was jenseits der grauen Zeit liegt. Angeblich kann man dort Frieden finden. Aber mir wurde auch gesagt, dass nicht jeder Seele Frieden bestimmt ist.«

»Also gibt es eine Hölle«, ließ DeMarco sich nachdenklich vernehmen. »Das habe ich mich immer schon gefragt.«

Diana nickte zögerlich. »Ich glaube schon. Zumindest klingt es, als würde auf manchen Geist etwas ... Unerfreuliches warten.«

Hollis unterbrach das Gespräch. »Wir wollen uns doch nicht durch philosophische – oder theologische – Diskussionen vom Thema abbringen lassen. Jedenfalls nicht heute Nacht. Was du mir damit sagen willst, Diana, läuft doch darauf hinaus, dass ich tot wäre, falls ich in der grauen Zeit gefangen wäre und den Weg nach draußen nicht fände, bevor die Tür sich schließt.«

»Das ist meine Befürchtung.«

»Und die Tür schließt sich – wie?«

Diana blinzelte. »Weißt du, darüber habe ich eigentlich nie nachgedacht. Dort gibt es nämlich Türen, die echt wirken, und sie öffnen und schließen sich, ohne dass es mich beeinträchtigt.«

»Dann rate eben«, schlug Hollis vor.

»Na gut.« Sie überlegte. »Ich nehme an, wenn sich jemand aus dieser Welt zu lange in der grauen Zeit aufhält, oder … irgendwie … zu tief in sie eindringt, entfernt er sich zu weit von seinem stofflichen Sein, und dann schließt sich die Tür. Die Tür, die wir als Medium öffnen. Wenn ich es mir recht überlege, könnte es sich weniger um eine Tür handeln als um eine Verbindung, die gekappt wird, die Verbindung zwischen Körper und Geist. Wird diese Verbindung durchtrennt oder zerreißt aus irgendeinem Grund, dann lässt … sie sich nicht wiederherstellen. Der Geist kann nicht mehr zurück in den Körper.«

»Das klingt aber gar nicht lustig.« Hollis' Stimme war immer noch ruhig, beinahe etwas sarkastisch. Ihre Augen waren jedoch groß und dunkel, und sie kaute noch immer am Daumennagel – bis DeMarco einen Schritt von der Kommode auf sie zu machte, sie am Handgelenk packte und ihr die Hand sanft, aber bestimmt vom Mund wegzog.

Höchst interessant, dachte Diana, schon wieder abgelenkt.

Hollis wandte ihm kurz den Kopf zu. »Lass mir doch meine Laster, ja?« Aber ihre Stimme blieb ruhig, und sie ließ die Hand auf ihrem Schoß, wo er sie hingelegt hatte.

»Das ist kein Laster, sondern nur eine schlechte Angewohnheit«, erwiderte er. »Wenn dir nach Lastern ist, dann hol ich was zu trinken. Ich weiß ja nicht, wie es mit euch steht, aber ich könnte einen Drink vertragen.«

Diana schüttelte den Kopf. »Ich nicht. Da ich fast mein ganzes Leben mit Tabletten vollgestopft wurde, trinke ich keinen Alkohol.« Trotz des ersten sehr persönlichen Teils der Bemerkung war ihr vollkommen klar, dass die meisten, wenn auch nicht alle SCU-Agenten einiges von ihrer Geschichte kannten. Wie Quentin schulterzuckend festgestellt hatte, wurden auch unausgesprochene Dinge bekannt, wenn man sich unter so vielen Telepathen befand.

Hollis verschränkte die Finger im Schoß. »Ich bin so müde, dass mich ein Drink umhauen würde. Diana, ich hoffe, du kannst mir ein paar Tricks beibringen, um mich da drüben zu schützen. Und selbst wenn nicht, hör bitte auf, dir die Schuld zu geben. Beim ersten Mal war es *meine* Idee. Ich kann mit den Folgen umgehen. Ich bin eine Überlebende.«

»Das ist sie«, bestätigte Quentin. »Hat mehr Leben als ein Sack voll Katzen, wenn ihr mich fragt.«

Diana wäre froh gewesen, wenn sie das fröhlicher gestimmt hätte. Doch das tat es nicht.

Da er es gemerkt hatte, oder einen anderen Gedanken verfolgte, fügte Quentin hinzu: »Und dann gibt es ja auch noch Reese. Seit dem heutigen Abend würde ich wetten, er könnte Hollis' Rettungsanker sein und sie herausholen, bevor sie verloren geht.«

»Immer gern zu Diensten«, erwiderte DeMarco.

»Hoffen wir, dass es nicht nötig ist«, bemerkte Hollis in leichtem Ton, ohne ihn anzusehen. »Im Moment interessiert mich jedenfalls wesentlich mehr, was heute Nacht passiert ist, nachdem ich herausgeholt wurde. Wieso etwas in der grauen Zeit – wahrscheinlich ein Geist – versucht hat, dich zu täuschen, Diana. Und wozu er dich verleiten wollte. Oder was er dir weiszumachen versuchte.«

»Das weiß ich nicht.«

»Und was würdest du vermuten? Könntest du noch mal raten?«

Diana schüttelte den Kopf, bemüht, die letzten Spuren dieser seltsamen Verschwommenheit aus ihrem Kopf zu bekommen. »Ich kann mir beim besten Willen nicht vorstellen, was es war.«

»Doch, das kannst du«, behauptete DeMarco.

Sie blickte ihn stirnrunzelnd an. »Ach? Und wieso?«

Ihr pikierter Ton schien ihn nicht im Mindesten zu stören. »Geh zunächst mal nicht davon aus, dass es ein Geist war. Nur weil wir kein anderes Medium kennen, das sich in der grauen Zeit bewegen kann, bedeutet es nicht, dass es keines gibt. Eigentlich ist es fast sicher, dass es eines gibt, denn paragnostische Fähigkeiten sind nicht einzigartig. Gewisse Aspekte davon schon. Ich zum Beispiel besitze einen doppelten Schutzschild, was einzigartig ist, soweit wir wissen. Doch die meisten Paragnosten haben irgendeine Art von Schild, und solange wir all diese Arten nicht kennen, gibt es kaum Gewissheit, dass nicht irgendwo noch ein Doppelschild existiert.«

»Da hat er nicht ganz unrecht«, bemerkte Quentin nachdenklich.

DeMarco nickte und wandte sich weiter an Diana. »Du kannst dich in der grauen Zeit bewegen und bleibst dort dank deiner lebenslangen Erfahrung auch ungewöhnlich stark. Doch bei zwei unterschiedlichen Gelegenheiten gelang es Hollis, dort ebenfalls zurechtzukommen.«

»Wenn man das Zurechtkommen nennen kann«, murmelte Hollis.

»Kann ich«, entgegnete DeMarco und fügte, ehe sie etwas dazu sagen konnte, hinzu: »Sie kann vielleicht nicht die Tür zur grauen Zeit öffnen, aber ein einziger Besuch hat sie dazu befähigt, eine Verbindung zu diesem Ort zu knüpfen, die sie dorthin zurückzog, als Diana die Tür öffnete. Was bedeuten könnte, dass er für ein Medium zugänglicher ist, als wir bisher annahmen, und dass andere auch dorthingezogen worden sind. Und dass irgendwo noch ein Medium existiert, das durch diesen Durchgang gezogen wurde, statt ihn nur für Geister zu öffnen. Allein die Neugierde würde einige dazu bewegen, sich zu überlegen, wie das wohl wäre. Und von der Überlegung bis zum Versuch ist es nur ein kleiner Schritt.«

»Das würde auch die Täuschung besser erklären«, sinnierte Hollis. »Ich meine, wenn die Führer bisher nicht versucht haben, dich hinters Licht zu führen, wieso sollten sie dann jetzt damit anfangen? Wenn aber ein anderer Paragnost es versucht ...«

»... womit gelänge dann die Täuschung besser als mit einem Gesicht, dem du vertraust?«, beendete DeMarco den Satz.

»Klingt plausibel«, stimmte Diana ihm zu. »Zumindest nicht unwahrscheinlicher als jede andere Möglichkeit.«

»Was darauf hinweisen könnte«, warf Quentin ein, »dass dieser spezielle Feind dich gut genug kennt, um zu *wissen*, wem du vertraust. Oder dich lange genug beobachtet hat, um ... gewisse Schlüsse zu ziehen.«

Diana fragte sich, welche Möglichkeit ihr mehr Kopfzerbrechen machte. Beide taten es. Sie war gerade im Begriff, dazu etwas zu sagen, als das Klingeln eines Handys alle – außer DeMarco – aufschreckte. Er griff hinter sich, um Dianas Handy von der Kommode zu holen, blickte ganz automatisch auf das Display und warf das Handy dann in Dianas Richtung.

»Elliot Brisco. Dein Vater, nehme ich an.«

Mit der freien Hand hob Diana das Telefon hoch und schaltete es noch während des Klingelns aus. »Ja. Er war an der Westküste – und denkt nie an den Zeitunterschied, wenn er mich anruft. Oder sonst jemanden, übrigens.«

»Könnte ein Notfall sein«, mutmaßte Hollis.

»Glaub mir, es ist keiner. Er will sich lediglich mal wieder darüber aufregen, dass es die dümmste Idee meines Lebens war, zum FBI zu gehen.« Sie holte Luft, atmete langsam aus und brachte die anderen entschlossen auf das Thema zurück. »Na gut, nehmen wir mal an, da war ein anderes Medium in der grauen Zeit. Und es kennt mich entweder gut genug, um zu wissen, wem ich vertraue, oder es kann meine Gedanken lesen. Ich habe keinen sehr guten Schild, nicht wahr?«

Die Antwort kam von DeMarco. »Keinen besonders guten. Aber du sendest nicht so wie Hollis, daher könnte nur ein sehr starker Telepath deine Gedanken lesen.« Noch bevor Hollis pikiert reagieren konnte, was sie anscheinend gerade wollte, fügte er hinzu: »Doch es spricht nichts dagegen, dass ein anderes Medium mit schwächeren telepathischen Fähigkeiten deine Gedanken in der grauen Zeit viel besser lesen kann als hier auf unserer Seite der Tür. Oder auch ein anderes Medium, das überhaupt nicht telepathisch veranlagt ist. Eine Menge der Regeln, die wir inzwischen in dieser Welt, in dieser Realität als gegeben hinnehmen, könnten in der anderen nicht von Bedeutung sein. Genau genommen ist es höchst wahrscheinlich, dass da drüben vieles völlig anders ist.«

Diana hätte dem gern widersprochen, doch je mehr sie diese Möglichkeit in Betracht zog, desto kälter wurde ihr.

»Also könnte ein anderes Medium in der grauen Zeit meine Gedanken lesen. Und mich vielleicht … beeinflussen?«

Vollkommen sachlich erwiderte DeMarco: »Möglich. Im Zustand des Unbewussten – wozu auch deine Träume und Trancen gehören – kann man uns für gewöhnlich leichter angreifen.«

»Du bist stark in der grauen Zeit«, erinnerte Quentin sie.

»Bin ich das? Und wenn ich mir das nur einbilde? Da ist … etwas an der grauen Zeit, was ich mir nie erklären konnte. Es kam nicht oft vor, doch ich bin im Laufe meines Lebens schon von Reisen dorthin zurückgekehrt und fand meinen Körper woanders als im Bett wieder. An Orten, an denen es gefährlich war.«

Quentin nickte, als es ihm wieder einfiel. »Bis zur Taille in einem See. Am Steuer des Sportwagens deines Vaters, obwohl du in dem Alter noch gar nicht hättest fahren dürfen.«

»Ja. Aber es gab noch andere Arten von Aufwachen, von denen ich dir nicht erzählt habe. Wo ich mich an anderen gefährlichen oder seltsamen Orten befand. Manchmal meilenweit von zu Hause entfernt. Ohne jegliche Erinnerung oder Ahnung, was ich da tat oder sollte. Damals dachte ich, es wären nur noch weitere Anzeichen dafür, dass ich den

Verstand verlor – oder schon verloren hatte. Nachdem dann alle Medikamente abgesetzt worden waren und ich wieder klar denken konnte, nachdem ich erkannte, dass ich ein Medium bin und was das bedeutet, nahm ich an, dass ich versucht hatte, einem Führer dabei zu helfen, jemandem eine Botschaft zu überbringen. Allerdings waren mein Körper und mein Geist wohl noch so schlecht aufeinander abgestimmt, dass ein Fehler auftrat und ich zu handeln versuchte, noch ehe ich wusste, was ich eigentlich tun sollte, bevor ich überhaupt wach war.«

»Das klingt einleuchtend«, meinte Quentin. »Vielleicht sogar wahrscheinlich.«

»Kann schon sein. Im Rückblick … weiß ich nicht, was ich davon halten soll.«

In seinem üblichen sachlich-freundlichen Ton erklärte DeMarco: »Aber genauso gut kann es sein, dass jemand versucht hat, Einfluss auf dich auszuüben. Damit du dich so verhältst, wie du es bewusst nie getan hättest.«

»Schon als Kind?«

»Vielleicht vor allem damals. Als das alles noch neu für dich war, noch etwas war, was du unter Kontrolle zu bringen versuchtest.«

Die Vorstellung, dass ihr all die Jahre jemand ohne ihr Wissen in der grauen Zeit gefolgt sein könnte, ließ Diana bis ins Mark erschauern. Sie kam sich wie vergewaltigt vor, als hätte man ihrem Geist, ihr selbst Gewalt angetan. Sie bemühte sich, gelassen zu klingen. »Ich nehme an, das wäre möglich. Aber …«

DeMarco behielt seinen ruhigen Ton bei. »Paragnostische Fähigkeiten liegen oft in der Familie.«

Diana begriff. »Meine Mutter war paragnostisch veranlagt, glaube ich. Meine Schwester Missy wahrscheinlich auch. Doch beide sind schon seit Jahren tot.«

»Könnte eventuell dein Vater ...«

Diana musste lachen, und ihr fiel auf, wie schrill es klang. »Nein. Mein Vater nicht. Überhaupt nicht. Mein Vater glaubt nicht an das Paranormale. Er war davon überzeugt, dass meine Mutter geisteskrank war. Er zog es vor zu glauben, ich sei es auch, statt sich mit der Möglichkeit abzufinden, dass ich ein Medium bin. So viel zu Unglauben an paragnostische Fähigkeiten.«

DeMarcos Gesichtsausdruck änderte sich nicht, doch seine Stimme wurde irgendwie weicher. »Tut mir leid. Ich wollte keine alten Wunden aufreißen.«

»Oh, kein Grund, sich zu entschuldigen. Du hast nichts aufgerissen. Das hat er, so in etwa, erst vor ungefähr einer Woche gesagt. Die Wunde ist also noch frisch, fürchte ich.«

»Wie ich dir schon gesagt habe, brauchen manche Menschen eben länger, um damit zurechtzukommen, Diana«, mischte Quentin sich ein. »Mein Vater kann sich noch immer nicht damit abfinden, dass ich ein Seher bin, und er weiß es seit Jahren.«

»Ja, schon, aber dein Vater hat dir nicht gedroht, dich in eine Irrenanstalt einweisen zu lassen, als du ihm das erste Mal davon erzählt hast, oder?«

»Das hat dein Vater allen Ernstes getan?«, fragte Hollis.

Diana nickte ruckartig. »Er meinte es todernst, glaub mir. Quentin kann es bestätigen, er war dabei. Bishop auch. Zwar weiß ich nicht, was Bishop danach zu meinem Vater gesagt hat, aber es hat ihn dazu gebracht, mir nicht mehr zu drohen. Jetzt sagt er nur noch … Immer dieselbe Litanei. Ich gehörte nicht ins FBI. Ich wäre dort fehl am Platz. Ich würde noch umgebracht werden. Und so weiter. Ich kann es wirklich bald nicht mehr hören.«

»Tut mir leid«, wiederholte DeMarco.

Sie sah ihn an, dann die anderen beiden und seufzte. »Nein, mir tut es leid. Das ist … persönlicher Schrott. Altlasten. Haben wir alle. Und meine ändern nichts an der Möglichkeit, dass jemand mit mir in der grauen Zeit gewesen sein und versucht haben könnte, mich zu beeinflussen – aus welchem Grund auch immer.

»Gruselig«, meinte Hollis.

»Kann man so sagen. Vor allem, da ich keine Ahnung habe, wer es sein könnte – und mir dort auch nie der Anwesenheit eines anderen bewusst war.«

»Vielleicht war da ja auch niemand«, sagte Quentin. »Das hier ist reine Spekulation.«

»Aber möglich«, entgegnete DeMarco.

Quentin bedachte den anderen Mann mit einem kurzen Stirnrunzeln und wandte sich Diana zu. »Wie dem auch sei, konzentrieren wir uns jetzt auf das, was heute Nacht geschah. Wieso wusstest du, dass ich es nicht bin?« Seine Stimme war ruhig und fest, ebenso wie sein Blick, als sie ihn schließlich ansah. »Wir wissen beide, dass ich diese Worte gesagt haben könnte, die meisten davon zumindest. Woher *wusstest* du also, dass ich es nicht bin?«

»Einfach … weil ich es wusste. Fast vom ersten Moment an. Es fühlte sich falsch an. Als ob etwas nicht stimmte. Und all meine Kräfte schwanden ganz plötzlich, viel zu plötzlich. Als ob …«

»Als würdest du angegriffen?«, fragte DeMarco. »Denn als ich Hollis herausholte, hatte ich genau diesen Eindruck.«

Er setzte sich auf, schwang die Füße aus dem Bett und griff nach der Flasche auf dem Nachttisch.

Eine kräftige Hand kam ihm zuvor, rückte die Flasche aus seiner Reichweite, und der Besucher sagte: »Jetzt nicht. Rede.«

»Also, die Sache ist nicht einfach, wissen Sie. Verlangt mir einiges ab, wie schon gesagt. Ich bin müde und durstig. Ich muss ...«

»Du musst mir sagen, was in der grauen Zeit passiert ist. Jetzt.«

Einen Moment lang musterte er den Besucher, warf einen sehnsüchtigen Blick auf die Flasche und zuckte mit den Schultern, wobei er versuchte, nicht so ängstlich zu wirken, wie ihm zumute war. Geld war prima, und er war durchaus bereit, seine gottgegebenen Talente zu versilbern, wie ein begabter Künstler seine Gemälde verkaufte. Von irgendwas musste man ja leben. Doch dieser spezielle »Käufer« machte ihn nervös.

Skrupellose Männer mit unheimlichen Lebensläufen machten ihn nervös. Noch dazu, wenn sie so verdammt gefährlich aussahen.

»Rede«, wiederholte der Besucher.

»Schon gut, schon gut. Aber ich fürchte, es gefällt Ihnen nicht, was ich zu sagen habe, Bishop.«

»Das lass meine Sorge sein.«

6

DeMarco wartete, bis Hollis im Flur zu ihrem Zimmer abgebogen war, bevor er sich an Quentin wandte. »Sollte Diana seit Jahren von jemandem beeinflusst worden sein, dann müssen wir das in Erfahrung bringen.« Er sprach leise, da Dianas Tür zwar geschlossen, aber nur ein paar Schritte entfernt war.

»Sie wurde jahrelang von Ärzten beeinflusst. Ihr Vater hat sie über Jahre hinweg beeinflusst. Die verdammten Medikamente, mit denen sie *behandelt* wurde, weil die Ärzte ihre Fähigkeiten nicht verstanden oder sich weigerten, sie anzuerkennen, haben sie beeinflusst.«

»Du weißt, was ich meine.«

»Ja, schon, aber heute Nacht müssen wir darüber nicht mehr erfahren.« Auch Quentin sprach mit leiser Stimme. »Hör zu, sie hat viel durchgemacht. Verdammt viel. Im letzten Jahr hat es zwar Fortschritte gegeben, doch sie ist noch weit davon entfernt, sich in sich selbst und in ihren Fähigkeiten sicher zu fühlen, vor allem, da Elliot Brisco ihr Selbstvertrauen auf Schritt und Tritt zu untergraben versucht.«

»Klingt, als wäre er ein echtes Herzchen.«

»Brisco ist ein sehr vermögender Mann und gewohnt, zu bekommen, was er will. Und er will, dass Diana wieder seiner Kontrolle untersteht. Zu ihrem Schutz.« Quentin schüttelte den Kopf. »Ich versuche Sympathie für ihn aufzubringen, nachdem er seine Frau und Dianas Schwester Missy vor dreißig Jahren verloren hat und verständlicherweise sein einziges überlebendes Kind beschützen will. Und ich habe versucht, mich so gut wie möglich aus allem herauszuhalten, da es nicht klug ist, sich zwischen Eltern und Kind zu stellen – auch wenn das Kind erwachsen ist. Schon gar nicht zwischen Vater und Tochter.«

»Wie wahr.«

»Genau. Obwohl ich dem Mann am liebsten mehr als einmal eine verpasst hätte, das kannst du mir glauben.« Quentin schüttelte den Kopf. »Doch an dieser Situation wird sich so schnell nichts ändern. Was mich im Moment beschäftigt, ist Dianas Reaktion auf die Vorstellung, dass sich jemand, ein anderes Medium, in der grauen Zeit versteckt haben könnte, seit sie Kind war, und sie beobachtet oder sie sogar beeinflusst hat. Das muss sie erschrecken. Zum Teufel, es erschreckt ja selbst mich.«

»Es sollte uns alle erschrecken, Quentin, und das weißt du. Was mit Samuel geschah, und all die anderen kleinen Lecks und Sicherheitslücken, mit denen wir es in den letzten paar Monaten zu tun hatten, all dies sind eindeutige Beweis dafür, dass jemand innerhalb der SCU Informationen weitergegeben hat, an den Direktor und vielleicht auch an andere.«

»Wir wissen nicht, ob es einer von uns ist«, wehrte sich Quentin, weil er nicht anders konnte.

»Das Gegenteil wissen wir aber auch nicht. Im Grunde kann es nur ein Mitglied der SCU sein, wenn man bedenkt, wie wenig konkrete Informationen über die Einheit sonst nach außen dringen. Angesichts dieser durchaus einleuchtenden Möglichkeit haben wir zwei Alternativen: Entweder ein Mitglied der SCU verrät uns absichtlich und bewusst, oder ein Paragnost außerhalb der Einheit hat einen Weg gefunden, einen von uns anzuzapfen – vielleicht sogar mehr als einen –, und erhält so Informationen, ohne dass wir es merken.«

Quentin behagte es gar nicht, diese anderen möglichen Szenarien laut ausgesprochen zu hören, denn er hatte sich über beides schon länger Gedanken gemacht. Doch er sagte nur: »Diana kann es nicht sein, und ich meine, *kann nicht*. Sie ist nicht nur neu bei der SCU, sondern war bis vor ein paar Monaten noch in der Ausbildung und hatte mit keinem unserer Fälle etwas zu tun.«

»Du hast ihr nichts erzählt?«

»Keine Einzelheiten. Erst als wir angewiesen wurden, bei dieser Ermittlung mitzumachen, und sie auf den neusten Stand gebracht werden musste. Und bis dahin hat sie auch keine Berichte zu Gesicht bekommen.«

»Gut. Dennoch, falls ihre Fähigkeit sie in irgendeiner Weise für Einflussnahmen von außen anfällig macht, müssen wir das erfahren.«

»Heute Nacht nicht mehr«, wiederholte Quentin.

»Abgesehen von persönlichen Gefühlen …«

»Meine persönlichen Gefühle spielen dabei keine Rolle, zumindest in dieser Hinsicht. Reese, das Einzige, was sich bisher an vager paragnostischer Aktivität getan hat, betraf Hollis, Diana – und die graue Zeit. Ich habe nichts gesehen, und wenn sie ehrlich mit uns ist, hat auch Miranda nicht viel gesehen. Es sei denn – kannst du ihre Gedanken lesen?«

»Mirandas? Nein. Äußerst selten, aber hier und jetzt überhaupt nicht. Ich nahm an, es läge daran, dass sie und Bishop getrennt sind, beide ihre Verbindung abschirmen und schützen, da das eine Schwachstelle ist.«

»Was tatsächlich zutrifft, zumindest wenn sie räumlich voneinander getrennt sind.«

DeMarco nickte. »Und nachdem sich Bishop Sorgen wegen eines möglichen Verräters macht, wird er seine Schwachstellen umso mehr schützen.«

»*Verräter*. Das ist ein ... heftiges Wort.«

»Ist auch eine heftige Angelegenheit. Eine gefährliche. Und das weißt du.«

»Ich kenne jedes Mitglied des Teams«, erwiderte Quentin. »Und auch viele der aktiven Ermittler von Haven. Keiner von ihnen ist ein Verräter.«

»Zumindest nicht bewusst. Hoffen wir's.«

Widerstrebend sagte Quentin: »Falls es unbewusst, unwissentlich geschieht – falls einer von uns beeinflusst oder angezapft wird –, muss das auf einer Ebene passieren, die ihr Telepathen anscheinend nicht erreichen könnt, denn sonst hätte einer von euch das inzwischen bemerkt.«

»Wahrscheinlich«, stimmte DeMarco ihm zu. »Und wenn es so tief verborgen ist, kann es durchaus unterhalb der Ebene des bewussten Denkens liegen.«

»Also finden wir möglicherweise nur durch unsere Medien eine Antwort darauf. In der grauen Zeit, wo wir das erste wirkliche Zeichen einer wie auch immer gearteten Täuschung entdeckt haben. Und wenn dem so ist, dürfen wir Dianas Selbstvertrauen nicht derart erschüttern, dass sie die Tür nicht mehr öffnen kann. Denn das kann niemand außer ihr.«

DeMarco holte Luft und atmete sie in einem kurzen Seufzer wieder aus, etwas genervt zwar, doch einsichtig. »Klingt vernünftig. Sogar zweckmäßig. Aber ... ich an ihrer Stelle würde wissen wollen, ob hinter der Ecke etwas lauern könnte.«

»Das weiß sie schon. Und ich stimme dir zu, das ist eine Möglichkeit, über die wir sprechen müssen. Aber überlass mir das Timing, ja?«

»In Ordnung, deine Entscheidung. Nur tu uns allen den Gefallen und denk daran, dass jemand auf uns geschossen und aus dieser Ermittlung einen akut gefährlichen Fall gemacht hat. Für uns. Ich weiß zwar nicht, wie du darüber denkst, aber ich kann diese verdammten Schutzwesten nicht leiden.«

»Ich auch nicht. Und wenn du mit den Schießkünsten des Heckenschützen recht hast, könnte er genauso gut auf den Kopf zielen.«

»Nett, mich vor dem Einschlafen daran zu erinnern. Vielen Dank.«

»Apropos, wie spät ist es eigentlich? Ich habe mein Handy im Zimmer liegen lassen.«

»Viertel nach zwei«, erwiderte DeMarco, ohne auf seine Uhr zu sehen.

»Weißt du es, oder rätst du?«

»Ich weiß es. Wie Diana den inneren Kompass besitzt, so habe ich eine innere Uhr. Geht meistens bis auf fünf Minuten genau.«

»Warum trägst du dann eine Uhr?«

»Weil ich es kann. Bei mir gehen sie nicht kaputt wie bei den meisten von euch. Mein Schild scheint die Energie in mir zu halten. Zumindest bis ich meine Fähigkeiten einsetze, und dann auch nur, wenn ich volle Kraft gebe.«

»Was du nicht oft machst, wie ich annehme.«

»Mit dem Risiko, dass mir eines Tages eine Sicherung im Gehirn durchbrennt? Nein, nicht allzu oft. Ich habe einen ausgeprägten Selbsterhaltungstrieb.«

»Den haben wir wahrscheinlich alle. Ist bei uns genetisch bedingt.« Quentin machte einen Schritt auf sein Zimmer zu, blieb dann stehen und fügte hinzu: »Interessant, dass Hollis und du innerhalb der Einheit den höchsten Grad an elektrischer Energie in euren Gehirnen besitzt.«

»Das nervt Bishop bestimmt gewaltig.« Als Quentin ihn mit hochgezogener Braue musterte, erklärte ihm DeMarco: »Ein weiterer Punkt auf der stetig wachsenden Liste paranormaler Ungereimtheiten, für den weder Laboruntersuchungen noch Feldforschung eine Antwort gefunden haben. Besser gesagt, nicht einmal einen Ansatzpunkt für Vergleiche. Meine Fähigkeiten und die von Hollis sind sehr, sehr verschieden.«

»Nahezu konträr«, pflichtete ihm Quentin bei. »Was die Frage aufwirft ...«

»Ich glaube, an Fragen hatten wir heute schon genug, meinst du nicht? Wir sollen uns um acht treffen; wäre schön, wenn wir vor dem Frühstück noch etwas Schlaf bekämen.«

»O ja, das kannst du laut sagen. Ich bin so fertig, dass ich kaum noch denken kann. Bis morgen.«

»Gute Nacht.« DeMarco ging zurück zu seinem Zimmer und blieb einen kurzen Moment vor Hollis' geschlossener Tür stehen. Das Licht war noch an.

Er fragte sich, ob sie heute Nacht überhaupt schlafen konnte.

Sein Zögern war so unmerklich gewesen, dass er bezweifelte, sie könnte es an seinen Schritten gehört haben. Falls sie die überhaupt hören konnte, was äußerst fraglich war. DeMarco setzte seinen Weg fort.

Aus der Macht der Gewohnheit überprüfte er die Fenster, die Schränke, jede Ecke und sah sogar unter dem Bett nach, bevor er beruhigt war. Er fand das nicht übertrieben, da er schon so lange damit lebte.

Er setzte sich auf die Bettkante und schob die offene Manschette seines linken Ärmels zurück. Die Uhr war aus Metall, und es bedurfte einiger vorsichtiger Versuche, die Schließe zu öffnen.

Das Metall war ein bisschen geschmolzen.

Er verzog leicht das Gesicht, während er die Uhr vom Handgelenk zog. Wo das Metall die Haut berührt hatte, zeigten sich versengte Stellen.

Hörbar brummte er: »Merken: Hör auf, eine verdammte Uhr zu tragen.«

Die kaputte Uhr warf er in seinen offenen Koffer und begutachtete kurz sein versengtes Handgelenk. Keine schlimmen Wunden, doch schmerzhaft genug, um ihm auf die Nerven zu gehen. Auf Reisen hatte er stets einen kleinen Verbandskasten dabei (auch so eine langjährige Gewohnheit), aber er machte sich jetzt nicht die Mühe, ihn zu holen. Die Verbrennung war nur leicht und würde morgen früh wahrscheinlich schon fast weg sein.

Das war meistens so.

Oft war so etwas allerdings noch nicht passiert. Er war schließlich ein vorsichtiger Mann und bedachte gewöhnlich alle Eventualitäten.

Und nun zwei ruinierte Uhren an einem Tag, verdammt. Die erste hatte ein Lederarmband gehabt, das verhinderte, dass ein Metallteil der Uhr seine Haut berührte. Sie steckte nun in der Seitentasche seines Koffers, alle Metallteile waren verschmolzen und zusammengebacken. Das war geschehen, als er Hollis aus dem Schussfeld des Scharfschützen zu Boden gerissen hatte.

Wenigstens hat die mich nicht verbrannt.

Eher beiläufig fragte er sich, ob eine Aufnahme seines Gehirns im Moment noch mehr elektrische Aktivität zeigen würde als beim letzten Maximum, damals, als es zum finalen Zusammenstoß mit der Kirche der Immerwährenden Sünde gekommen war. In jener tödlichen Stunde, in einer Schlacht, die mit purer, blanker Elektrizität geschlagen wurde, hatte die Energie, von der die Luft nur so schwirrte, sie zweifellos alle auf eine Weise verändert, deren Ausmaß sie noch nicht einmal ermessen konnten.

Vielleicht auf bösartige, gefährliche Weise. Ein ernüchternder Gedanke, doch mehr als wahrscheinlich. Samuels Energie war auf jeden Fall bösartig gewesen, und davon war weiß Gott eine Menge auf sie gerichtet worden. Keiner von ihnen war mit einem besonderen Schutz gegen negative Energie ausgestattet – eher das Gegenteil. Energie wirkte sich eben auf sie aus, Punkt.

Eine so schwarze und negative Energie wie Samuels ... weiß der Himmel, wie sich *die* auf sie ausgewirkt hatte.

DeMarco hielt das für den Hauptgrund, warum Miranda darauf bestanden hatte, Hollis in ihrer Nähe zu behalten, nachdem die Ermittlungen gegen die Kirche abgeschlossen waren: Von allen Beteiligten hatte Hollis am heftigsten – oder zumindest offenkundigsten – auf den Angriff gegen sie reagiert und eine neue, voll entfaltete und außergewöhnlich starke Fähigkeit entwickelt. DeMarco bezweifelte, dass sie selbst überhaupt wusste, was sich sonst noch an ihr verändert hatte, zum Guten oder Schlechten.

Genauso wenig wie *er* wusste, was diese Energie bei ihm bewirkt haben könnte. Vielleicht vor allem bei ihm, da er stets in Samuels Nähe gewesen war, dort in der Siedlung, Tag für Tag, mehr als zwei Jahre lang.

Warum sollte mich das nicht verändert haben? Die verschiedenen Rollen, die ich jahrelang gespielt habe … Diese Rolle könnte mich am meisten gekostet haben.

Er hatte sich nicht näher damit befasst, weil es nicht seine Art war; dennoch musste er sich fragen, von welchen Auswirkungen er betroffen war. Verändert worden war. Daran bestand für ihn nicht der geringste Zweifel, denn er fühlte sich … anders. In gewisser Weise stärker, in anderer nur einfach anders. Diese Gewissheit und die Ungewissheit darüber, wie sehr er nun verändert sein könnte, lagen ihm schwer im Magen – die ständige unterschwellige Bedrohung durch etwas Unbekanntes, auf das er keinen Einfluss hatte.

Doch abgesehen davon kannte er sich selbst recht gut und wusste, dass er, bei aller Vorsicht und ungeachtet seiner Ausbildung, ein von Instinkten geleiteter Mensch war, und das schon immer.

Und es zweifellos auch immer sein würde.

Womit Hollis wahrscheinlich ihre Schwierigkeiten haben würde.

Hollis unterdrückte ein Gähnen und nahm einen weiteren Schluck von dem ausgezeichneten Kaffee der Pension. Sie hatte nicht besonders gut geschlafen, nachdem sie letzte

Nacht in ihr Zimmer gegangen war, da sie erst nach vier Uhr die Augen geschlossen hatte, doch wenigstens war die bleierne Müdigkeit verschwunden.

Mehr oder weniger.

Das Frühstück, das von Jewel, der fröhlichen Besitzerin der Pension, und einer ebenso fröhlichen jungen Bedienung namens Lizzie serviert wurde, war köstlich und reichlich. So fühlte Hollis sich einigermaßen gerüstet, dem neuen Tag ins Auge zu sehen.

Einigermaßen.

Bei Diana war sie sich da nicht so sicher. Die andere Frau wirkte an diesem Morgen sichtlich blass, hohläugig und in sich gekehrt. Quentin hatte sie genau beobachtet, wenn auch unauffällig, bis er vor wenigen Minuten den Raum verlassen hatte, um in Jewels Büro ein angekündigtes Fax in Empfang zu nehmen.

Da Miranda und DeMarco damit beschäftigt waren, Tische zu verrücken und Arbeitsplätze einzurichten, unterstützt von der weiterhin freundlichen Lizzie, ergriff Hollis die Gelegenheit, sich leise mit Diana zu unterhalten.

»Hast du überhaupt geschlafen?«

»Kaum. Sieht man mir das an?«

»Ein bisschen.« Hollis ließ den Blick durch das hübsche Frühstückszimmer mit den großen hellen Fenstern und dem gemütlichen Mobiliar wandern und setzte sich zu Diana, die mit einem Kaffeebecher in den Händen an einem kleinen Tisch saß. »Das hier sind alles nur Präliminarien, weißt du. Vorbereitungen zum Arbeiten. Niemand hätte etwas dagegen, wenn du wieder in dein Zimmer gehst und ein Nickerchen machst.«

»Aber *ich* hätte etwas dagegen. Außerdem will ich eigentlich gar nicht schlafen.«

Hollis brauchte nicht zu fragen, warum. »Ich nehme an, du hast in all den Jahren keinen Weg gefunden, dich von der grauen Zeit fernzuhalten, wenn du nicht dorthin willst.«

»Vielleicht hätte ich einen finden können«, In Dianas Stimme schwang ein Hauch von Bitterkeit mit, »wäre ich nicht so viele Jahre mit Medikamenten vollgestopft worden, ohne dass ich kontrollieren konnte, was ich bewusst dachte oder tat. Mein Unterbewusstsein war an Kontrolle nicht interessiert; es war damit beschäftigt, zu lernen, eigenständig zurechtzukommen, um den medialen Fähigkeiten ein Ventil zu bieten. Das sagt zumindest Bishop.«

»Und er hat die lästige Angewohnheit, recht zu haben.«

»Ja, und er glaubt auch, dass es eine Weile dauern wird – Monate, vielleicht sogar Jahre –, bis mein Bewusstsein und mein Unterbewusstsein wieder ... normal miteinander funktionieren. Oder was bei Paragnosten eben als normal gilt.«

Nachdenklich fragte Hollis: »Hält Bishop diese Trennung für eine Stärke oder eine Schwäche?«

Diana runzelte die Stirn. »Das weiß ich nicht genau. Er sagte, er könne sich Situationen vorstellen, in denen ein unabhängiges Unterbewusstsein von Nutzen sein könnte. Um ehrlich zu sein, allein dieser Gedanke klang so beunruhigend, dass ich gar nicht weiter nachgefragt habe.«

»Kann ich dir nicht verdenken.«

Diana hielt den Blick auf ihren Kaffeebecher gerichtet. »Ja, es klang ganz so, als wäre mein Unterbewusstsein ... etwas Fremdes. Etwas, was nicht meinem Einfluss unterliegt.

Meinst du, Reese könnte auch recht haben? Dass all die Jahre noch ein anderes Medium mit mir in der grauen Zeit war? Manchmal? Immer?«

»Ich habe keine Ahnung, aber ich muss zugeben, als er mich herausholte, konnte ich nur daran denken, dass Samuels zahmes Monster vielleicht gestorben ist, sein Geist aber noch in der grauen Zeit sein könnte – und in der Lage, Geister so zu quälen, wie er es mit seinen Opfern getan hat. Denn der Ort, wo wir waren, gehörte zu dem Irrenhaus, in dem er es getan hat.«

»Was für eine gruselige Vorstellung.«

»Wem sagst du das. Aber Reese meint, der Mörder sei durchaus noch am Leben. Und das stimmt. Sicherheitshalber habe ich nachgeforscht. Er lebt, ist noch immer eingesperrt. In einer Gummizelle.«

»Er ... ist kein Medium, stimmt's? Dieses zahme Monster?«

»Soweit wir es beurteilen können, besitzt er keinerlei paranormale Fähigkeiten. Und da einige unserer Paragnosten seine Gedanken lesen konnten, sind wir wohl auf der sicheren Seite.«

»Also können wir ihm in der grauen Zeit nicht begegnet sein. Aber die Theorie von Reese ergibt dennoch einen Sinn, nicht wahr? Dass jemand, ein anderes Medium, dort sein *könnte* und mich beobachtet?«

Hollis wählte ihre Worte mit Bedacht: »Theoretisieren lässt sich leicht – wenn man nie dort war.« Sie wartete, bis Diana sie ansah, und fügte hinzu: »Du fühlst dich in der grauen Zeit zu Hause und sicher. Stark. Ich glaube, wenn ein anderes Medium dort gewesen wäre, hättest du es gemerkt, so wie du sofort gemerkt hast, dass der falsche Quentin eben falsch war.«

Diana atmete tief durch. »Genau das habe ich mir auch gesagt.«

»Glaub es. Vertrau deinen Instinkten.«

»Ich fürchte, mehr können wir alle nicht tun.«

»Wie wahr.« Hollis hob ihren Kaffeebecher. »Trinken wir darauf, dass wir unseren Instinkten vertrauen. Und dass ich hier auf dieser Seite einen Anker finde, damit ich nicht gegen meinen Willen in die graue Zeit gezogen werde. Oder wenn doch, dass ein Anker bedeutet, ich kann mich wieder herausziehen.«

Diana hob ihren Becher ebenfalls, bemerkte aber trocken: »Ja, gut, nur … du hast bereits einen Rettungsanker hier auf dieser Seite.«

Hollis wurde plötzlich unbehaglich zumute. »Hab ich das?«

»Mh-hm. Reese.«

Jetzt war Hollis klar, wieso sie eher beunruhigt als erleichtert war. Innerlich hatte sie gewusst, dass Diana so etwas äußern würde. Mit leiser Stimme sagte sie: »Also, nur weil er mich herausholen konnte …«

Diana nickte und erwiderte in ebenfalls leisem Ton: »Ja, genau deswegen, Hollis. Reese ist kein Medium und war nicht in der Lage, eine Tür in die graue Zeit zu öffnen, aber er konnte dich trotzdem herausholen. Dich *finden* und herausholen, was beides nicht einfach ist. Wir wissen vielleicht nicht viel darüber, wie meine Verbindung mit der grauen Zeit funktioniert, doch Quentin und ich haben herausgefunden, dass ein Nichtmedium auf dieser Seite als Rettungsleine und als Anker fungieren kann. Das kann allerdings nur geschehen, wenn schon vorher eine Art Verbindung oder Beziehung zwischen dir und dieser Person bestanden hat, und auch nur dann, wenn er dich hier auf dieser Seite körperlich berühren kann.«

Hollis spürte, wie sie die Stirn runzelte. »Deshalb habt ihr beide so seltsam reagiert, als Reese erzählte, er hätte mich herausgezogen.«

»Ja, es kam etwas ... unerwartet.«

Hollis schüttelte den Kopf. »Nein, es muss einen anderen Grund geben. Zwischen uns besteht keine Verbindung. Ich kenne den Mann kaum.«

»Tja, es gibt kennen ... und *kennen*.«

»*So* kenne ich ihn aber auch nicht.«

Diana entschlüpfte ein kleines Lachen. »Ich meinte nicht kennen im biblischen Sinn.«

»Oh.« Hollis bemühte sich, nicht allzu verlegen zu wirken. »Also, welches *Kennen* dann?«

»Das müsstest du mir sagen. Ich weiß nur, dass es nichts damit zu tun hat, wie stark ein Paragnost ist. Wir haben im Labor Versuche durchgeführt, und Bishop und Miranda gelang es nicht mal *gemeinsam,* eine Verbindung zu mir in der grauen Zeit herzustellen. Keiner der Telepathen schaffte es. Ein Seher – du kennst Beau Rafferty, nicht wahr?«

»Maggie Garretts Bruder? Ja, flüchtig.«

»Er ist das einzige Nichtmedium, das mir in der grauen Zeit je in Gestalt begegnet ist. Dort natürlich als Geist, meine ich, aber für mich sichtbar. Und nicht tot.« Sie runzelte die Stirn. »Wie auch immer, es war ein extremer Fall, extreme Umstände, und er ist beängstigend stark, was wahrscheinlich erklärt, wieso er hineinkonnte. Und wieder hinaus. Quentin jedoch ... Quentin kann sich dort mit mir in Verbindung setzen. Ich sehe ihn zwar nicht, höre ihn nicht mal, doch ich weiß, wenn ich die Hand nach ihm ausstrecke, wird er da sein. Und er wird mich herausholen.«

»Oh.« Hollis hoffte, man sah ihr nicht an, wie verunsichert sie sich fühlte. »Soll heißen?«

»Wie schon gesagt: Es muss eine Verbindung, eine Beziehung bestehen. Bishop ist der Auffassung, ein naher Blutsverwandter, selbst ein nicht paranormal veranlagter, könnte es schaffen, wenn die Motivation stark genug ist. Das ist allerdings eine Theorie, die wir noch nicht getestet haben.«

»Wegen der Einstellung deines Vaters?«

»Ja. Es käme überhaupt nicht gut bei ihm an, wenn wir ihn bitten würden, an einem Laborversuch teilzunehmen, der die paragnostische Veranlagung seiner Tochter zu ergründen versucht. Ich habe sogar die Befürchtung, er würde wieder versuchen, einen Richter zu kaufen, um mich einweisen zu lassen.«

Hollis blinzelte. »Einen Richter kaufen?«

»Er hat sich noch nie von Moral oder Ethik aufhalten lassen, wenn es um etwas ging, was er wollte.« Diana schüttelte den Kopf. »Vergiss ihn. Der springende Punkt ist, ohne Blutsverwandten – und angesichts dessen, was wir wissen – muss die Verbindung emotionaler oder psychologischer Art sein. Oder paragnostischer, natürlich.«

Hollis griff Letzteres auf. »Dann muss es paragnostisch sein. Irgendwie.« Ihr fiel etwas ein. »Am letzten Tag in Samuels Siedlung schwirrte die ganze Gegend vor seltsamer Energie. Sie hat uns alle beeinflusst, wahrscheinlich sogar verändert. Dass sie *mich* verändert hat, weiß ich nur allzu gut. Vielleicht ist es damals passiert. Während Reese versuchte, Samuels Energie abzuschwächen, und ich versuchte, das Meine beizutragen, haben sich möglicherweise einige unserer Energieströme ... verwickelt.«

Dianas Ton war ernst. »Das klingt so wahrscheinlich wie alles andere auch. Vielleicht hat sich Reese in einem kritischen Moment für euch beide in deine Wellenlänge eingeschaltet, wie Quentin sagen würde. Nur dass es zu einem Zeitpunkt geschah, als ihr ungewöhnlichen Energien ausgesetzt wart, und das hat aus einem flüchtigen Kontakt etwas ... Haltbareres gemacht.«

Hollis runzelte erneut die Stirn. »Ja, so muss es gewesen sein. So ähnlich. Trotzdem, mir wäre ... lieber, ich müsste mich nicht darauf verlassen, von ihm aus der grauen Zeit geholt zu werden, wenn ich dort in Schwierigkeiten gerate.«

Diana lächelte wehmütig. »Glaub mir, ich wäre auch lieber nicht auf Quentin angewiesen ... so jedenfalls nicht. Allerdings weiß ich nicht, ob wir überhaupt die Wahl haben, zumindest im Moment.«

Hollis war über all das nicht sonderlich begeistert und wollte ihre gemischten Gefühle zu diesem Thema vorläufig nicht weiter ergründen. Daher war sie erleichtert, als Quentin in ihre provisorische Kommandozentrale zurückkam, ein Fax in der Hand.

»Langsam wird es interessant«, kündigte er nach einem kurzen Rundblick an, um sich zu vergewissern, dass sie allein im Frühstückszimmer waren.

»Meinst du nicht, noch interessanter?« Diana schüttelte den Kopf. »Bisher war mir nicht langweilig.«

»Dann also *noch* interessanter. Da unsere Kommandozentrale noch nicht vollständig eingerichtet ist, hat der Sheriff uns das hier gefaxt, sobald sein Büro informiert wurde. Sieht so aus, als würden wir von Samuel – entschuldigt den Ausdruck – heimgesucht. Sozusagen.«

Miranda hob den Blick von dem Laptop, den sie gerade hochfahren wollte, und runzelte die Stirn. »Er scheint tatsächlich Teil dieser Sache hier zu sein, zumindest im Geist, nicht wahr? Was denn jetzt?«

»Wie ihr euch vielleicht erinnert, gab es am Ende ein vermeintliches Gemeindemitglied, das sich unerlaubt entfernt hatte und vermisst wurde: Brian Seymour. Gehörte zum Sicherheitsteam.«

»Dachte er vielleicht«, murmelte DeMarco.

»Je nun, wie wir alle wissen, verschwand er spurlos. Wir haben nie mit Sicherheit feststellen können, für wen er sonst noch gearbeitet hat, außer für Samuel.«

»Senator LeMott hat bestritten, dass er für ihn arbeitete«, warf Hollis ein.

»Und da LeMott in allem anderen ehrlich war – zum Schluss, als alles vorbei war –, sollten wir ihm glauben. Also blieb Seymour ein großes Fragezeichen in einem eigentlich abgeschlossenen Fall.«

»Bis jetzt«, soufflierte Diana.

»Bis jetzt. Na ja, mehr oder weniger. Er ist noch immer ein Fragezeichen, doch auf andere Art. Wir haben endlich einen Treffer zu den Fingerabdrücken des männlichen Opfers.« Quentin wedelte mit dem Fax in seiner Hand. »Hier ist sein Vorstrafenregister. Er ist – oder war – Brian Seymour, auch genannt David Vaughan, sein Geburtsname. Keine schweren Verbrechen, nur kleinere Diebstähle, Einbrüche, Schlägereien. Verschwand vor fünf Jahren von der Bildfläche, als er laut den Aufzeichnungen der Kirche für Samuel zu arbeiten begann.«

Mit einem kaum merklichen Stöhnen lehnte sich DeMarco zurück, die Augen plötzlich schmal in dem wie stets ausdruckslosen Gesicht. Emotionslos sagte er: »Jemand hat dem Direktor berichtet, dass Galen erschossen wurde, wofür es nur uns drei als Zeugen gab. Carl gehört immer noch zur Kirchengemeinde – soweit vorhanden –, also ist es höchst unwahrscheinlich, dass er es war. Ich war es nicht. Brians Verschwinden stempelte ihn zum möglichen Spitzel. Doch es gab keinerlei Hinweise, dass er mit dem Bureau in Verbindung stand. Kein Anzeichen dafür, dass er jemals als Informant für die Polizei oder andere Strafverfolgungsbehörden tätig war. Trotz seiner scheinbar umgänglichen Art war der Mann fast ein Geist und so vorsichtig, dass ich nicht mal anständige Fingerabdrücke von ihm bekam.«

»Genau«, bestätigte Quentin, »und wir wissen alle, wie persönlich du es genommen hast, dass du ihn nicht aufspüren konntest, nachdem sein fabrizierter Lebenslauf aufflog.«

DeMarco ging nicht darauf ein. »Und jetzt, Monate später, taucht er als Opfer eines Serienmörders auf, gegen den wir ermitteln? Die Chancen, dass es da keine Verbindung gibt, halte ich für astronomisch gering.«

»Es ist einfach bizarr«, sagte Hollis. »Völlig bizarr. Das kann kein Zufall sein. Oder?«

»Ich glaube nicht an Zufälle«, erwiderte DeMarco.

Quentin nickte. »Ich auch nicht. Jedenfalls nicht an solche. Also … zwei verschiedene Fälle, einer davon anscheinend vor Monaten gelöst, hängen irgendwie zusammen. Was machen wir damit?«

Schließlich ergriff Miranda das Wort: »Wir finden mehr über den gemeinsamen Nenner heraus. David Vaughan, alias Brian Seymour.«

»He, was machen Sie denn hier, Doppelschicht?«, fragte Duncan und blieb vor Bobbie Silvers Schreibtisch stehen.

»Sie sagten, wir könnten uns für Überstunden eintragen, wenn wir wollen. Das habe ich getan.« Noch ehe er weitere Einwände erheben konnte, fuhr Bobbie eilig fort: »Ich glaube, ich habe möglicherweise etwas Interessantes gefunden, Sheriff.«

»Sie meinen, über diese Morde?« Er war ehrlich überrascht, nicht weil er ihr ermittlerisches Gespür infrage stellte, sondern weil sie kaum etwas hatte, womit sie arbeiten konnte.

»Ja. Na ja ... vielleicht.«

Duncan lehnte sich mit der Hüfte gegen den Schreibtisch. »Okay. Was ist es?«

Bobbie musste ihre Gedanken gar nicht erst sammeln, denn sie hatte ihren Text über zwei Stunden geprobt, während sie auf das Eintreffen des Sheriffs wartete. »Als Erstes habe ich mich an alle anderen Strafverfolgungsbehörden gewandt, wie angeordnet, und mich nach vermissten Personen erkundigt, die zu unseren Opfern passen könnten. Nur dass ich den Umkreis von hundert auf fünfhundert Meilen erweitert habe.«

Duncan zuckte zusammen. »In Anbetracht unserer spärlichen Informationen muss das eine nette Liste geworden sein.«

»Mehr als hundert Namen«, erwiderte sie.

»Eine verdammt lange Liste, Bobbie«, stellte er fest.

»Ja. Und aus gutem Grund wollte ich niemanden eigenmächtig davon streichen. Ich weiß nicht genug über die Opfer. Aber jeder Bericht über vermisste Personen enthielt Bruchstücke zusätzlicher Anhaltspunkte, von denen einige nicht in der Computerdatenbank aufgeführt sind, sondern von den ermittelnden Beamten dazugeschrieben wurden. Ein erfahrener Polizist hat mir vor Jahren gesagt, dass in handschriftlichen Akten immer Dinge zu finden wären, die in keines der Formulare gepasst hatten – gewisse Vermutungen des ermittelnden Beamten, natürlich, aber auch echte Fakten. Daher habe ich nach dieser Art von Information gesucht.«

Duncan neigte den Kopf zur Seite und musterte sie. »Sie haben Polizisten dazu gebracht, mitten in der Nacht Akten auszugraben und sie Ihnen vorzulesen?«

»Einem Deputy vom nächsten County schulde ich einen Drink«, gestand sie etwas verlegen. »Die anderen langweilten sich meistens und waren bereit, mir zu helfen.«

Plötzlich war Duncan leicht beunruhigt. »Wir sind aber noch nicht so weit, mit unseren Spekulationen an die Öffentlichkeit zu gehen, Bobbie.«

Sie nickte. »Ich habe denen erzählt, ich müsste unsere Vermisstenkartei auf den neuesten Stand bringen, und weil unser Internet hier draußen nur lückenhaft funktioniert, müsse ich es von Hand machen. Langweilige Arbeit für die Spätschicht. Sie waren alle sehr verständnisvoll.«

»Der erste freie Platz in der Frühschicht gehört Ihnen«, versprach Duncan.

Bobbie grinste, bemühte sich dann aber wieder um eine professionelle Miene.

»Na ja, ich bin bei Weitem noch nicht fertig, doch zwei Dutzend der Berichte habe ich schon durch, angefangen mit denen aus der näheren Umgebung. Damit habe ich in einem Umkreis von fünfzig Meilen genauere Berichte über wahrscheinlich zwei Drittel der vermissten Personen. Besser als nichts.«

»Sie arbeiten aber nicht drei Schichten hintereinander«, mahnte Duncan.

»Keine Sorge, Sheriff. So müde, wie ich bin, würde ich das nicht wollen. Aber ein Anfang ist gemacht, und wenn Sie und die Agenten es für nötig halten, oder sogar für nützlich, mache ich da weiter, wenn ich am Nachmittag wiederkomme. Vorausgesetzt, die Agenten wollen es nicht selbst machen und sind bis dahin fertig.«

»In Ordnung. Was ist Ihnen denn nun in den Berichten als interessant aufgefallen?«

»Eigentlich nur eines. Sie wissen doch, wie sich manche Dinge im Gedächtnis festsetzen. Da gab es vor etwa einem Jahr diese Riesenaufregung wegen der Lodge. Erinnern Sie sich?«*

»Wenn so etwas fast vor der eigenen Haustür passiert, vergisst man es nicht. Das war eine üble Geschichte. Auf dem Gelände wurden alte Knochen gefunden – und auch in einer Höhle, von der niemand etwas wusste. Menschliche Knochen. Und ein Mord wurde verübt. Jemand ist durchgedreht und hat ein Zimmermädchen ermordet.« Er runzelte die

---

* Vgl. Kay Hooper: *Kalte Angst*

Stirn. »Ich glaube mich zu erinnern, dass das FBI auch damit befasst war.«

Bobbie nickte. »Besonders ein FBI-Agent – Quentin Hayes. Captain Nathan McDaniel, der ermittelnde Beamte der örtlichen Polizei, notierte in seiner Akte, dass Agent Hayes die Lodge im Lauf der Jahre mehrmals besucht und eine Verbindung aus Kindertagen dazu hätte. Ich … ähm … hab es damals gelesen. Ich war neugierig.«

»Damals« war kurz nachdem sie die Stelle beim Sheriffdepartment von Pageant County bekommen hatte.

Duncan runzelte die Stirn, ermahnte sie aber nur milde: »Tun Sie das nie wieder, Bobbie. Ihre Position hier zur Befriedigung Ihrer persönlichen Neugier ausnützen.«

Sie wurde erneut verlegen. »Jawohl, Sir. Ich werde mich hüten, ehrlich.«

Das nahm er ihr ab. »Quentin hat also einige Zeit in einem recht abgeschiedenen Urlaubshotel dreißig Meilen von hier entfernt verbracht. Was das mit den hiesigen Morden zu tun hat, sehe ich jedoch noch nicht.«

»Ging mir genauso. Bis ich eine weitere Verbindung fand.« Sie öffnete die oberste Aktenmappe auf ihrer Schreibunterlage und drehte das Blatt so, dass er mitlesen konnte, falls er wollte, obwohl sie ihm mündlich berichtete. »Taryn Holder, vor zehn Tagen als vermisst gemeldet, Alter achtundzwanzig. Blondes Haar, braune Augen, ein Meter siebzig, vierundfünfzig Kilo. Alleinstehend. Ihr Freund in Knoxville hat sie als vermisst gemeldet, nachdem sie sich nach ihrem letzten Wellnessurlaub, den sie mindestens zweimal im Jahr machte, nicht zurückgemeldet hatte.«

Duncan verstand sofort. »In der Lodge?«

»Ja. Sie wurde zuletzt gesehen, als sie auscheckte und abfuhr. Sie ist nie zu Hause angekommen.«

»Sie sollten diesem Deputy eine Gehaltserhöhung geben«, meinte Miranda. »Ganz gleich, ob es was bringt oder nicht, sie hat wirklich Einsatz gezeigt.«

Duncan nickte. »Tja, ich werde sie bestimmt an eine Großstadt-Polizeidienststelle verlieren. Oder an Ihren Haufen. Ich hab sie zwar nach Hause geschickt, damit sie sich ausruht, aber falls Sie später einen von meinen Leuten zur Unterstützung brauchen – bei irgendwas, das nicht das Tragen oder den Einsatz einer Waffe verlangt –, würde ich Ihnen Bobbie empfehlen.«

Miranda lächelte. »Sie ist eine von Ihren Teilzeitkräften.«

»Ja. Sie ist in einer Familie von Jägern aufgewachsen und kann mit einem Gewehr wahrscheinlich besser umgehen als ich, aber sie hat die Ausbildung noch nicht abgeschlossen, deshalb gebe ich ihr keine Waffe. Abgesehen davon ist sie klug, lernt schnell, und wie Sie sehen können, ist sie auch ehrgeizig und findig. Zusätzlich macht ihr die Arbeit einfach Spaß.«

»Kann gut sein, dass wir sie brauchen werden.« Mit einem müden Seufzer blickte Miranda auf den Aktenstapel. »Falls nicht außerhalb Ihres Zuständigkeitsbereichs noch ein Mordopfer auftaucht, könnte es sein, dass wir etwas länger in Serenade bleiben, als ich gedacht hatte.«

»Aufgrund dessen, was Bobbie gefunden hat?«

»Zum einen. Aber auch, weil der Ort hier in Bezug auf die anderen Morde recht zentral liegt und daher geografisch einen guten Stützpunkt abgibt, vor allem, da wir einen Hubschrauber zur Verfügung haben. Dazu kommt … das hier ist eine Kleinstadt, ruhig. Kein lokaler Fernsehsender, und die einzige Zeitung erscheint wöchentlich. Von hier aus zu arbeiten macht es uns leichter, das Scheinwerferlicht der Medien noch eine Weile länger zu vermeiden.«

Nun seufzte Duncan. »Mir ist klar, dass es eine Ermessensentscheidung ist, wann man mit dieser Art von Information an die Öffentlichkeit geht, aber wenn es sich hier um einen Serienmörder handelt, mit bereits acht Opfern auf dem Kerbholz …«

DeMarco mischte sich ein. »Keinerlei Gemeinsamkeiten, Sheriff. Wir haben keine Ahnung, wie er seine Opfer auswählt, wie er sie jagt oder wie oft er töten muss. Den Leuten zu sagen, ein Mörder laufe frei herum, ohne ihnen Ratschläge zu ihrem Schutz geben zu können, führt nur zu Panik.« Er zuckte mit den Schultern. »Aller Wahrscheinlichkeit nach tun Ihre Bürger sowieso schon, was sie können. Schließen ihre Türen ab, holen nachts ihre Hunde rein, schlafen mit dem Gewehr in Reichweite. Sicherlich haben sie bereits gestern früh begonnen, Vorkehrungen zu treffen, als sie von dem ersten Opfer hörten. Und ich wette, seit gestern Abend, als wir das zweite Opfer gefunden haben, ist die ganze Stadt in Alarmbreitschaft.«

»Das ist allerdings wahr.« Duncan sah ihn neugierig an. »Stammen Sie aus einer Kleinstadt?«

»Nein. Aber die Menschen sind überall irgendwie gleich.«

Duncan nickte. »Also, da mir klar ist, dass ich Ihnen nur im Weg sein werde, wenn ich hier weiter herumstehe, gehe ich in mein Büro zurück.« Als Miranda zum Reden ansetzte, hob er mit einem wehmütigen Lächeln die Hand. »Kein

Grund für übertriebene Höflichkeit, wir wissen beide, dass es stimmt. Da die Identifizierung des männlichen Opfers ergeben hat, dass er nicht ortsansässig war, werde ich meine Leute anweisen, sich umzuhören und sein Polizeifoto zu zeigen. Vielleicht finden wir ja jemanden, der ihn gesehen hat. Doch ich schätze im Moment erst mal, wir werden nichts rauskriegen. Seine Leiche wurde hier abgeladen, wie Sie sich schon dachten. Gut möglich, dass er hier nie auf eigenen Füßen herumspaziert ist. Was das weibliche Opfer angeht, falls es sich als Taryn Holder aus Knoxville herausstellt, nehme ich an, dass auch sie hier abgeladen wurde. Warum ausgerechnet hier, weiß ich nicht, und was der Schütze von gestern mit einem der beiden zu tun hat, weiß ich natürlich auch nicht. Ehrlich gesagt, ich hoffe, er war nur auf der Durchreise, sah zufällig, was sich hier tat, und war dämlich genug, auf Cops zu schießen.«

»Wäre möglich«, murmelte Quentin.

»Na, gut. Wir wissen alle, wie unwahrscheinlich das ist. Doch wenn sich herausstellt, dass keines der Opfer von hier stammt, ist der Schütze Ihr Problem – es sei denn, er beschließt, weiterhin auf Menschen zu schießen. Vor allem, wenn er dieser Serienmörder ist. Wie schon gesagt, wir sind in keinster Weise dafür ausgerüstet, nach einem Serienmörder zu fahnden. Doch falls es etwas gibt, das wir tun *können*, lassen Sie es uns wissen. Wenn Sie noch ein oder zwei Leute brauchen für Nachforschungen, um an Türen zu klopfen oder Papierkram abzuheften, egal was, melden Sie sich. Bis dahin machen wir unsere übliche Arbeit und versuchen, Ihnen nicht in die Quere zu kommen.«

»Danke, Des«, antwortete Miranda sachlich. »Wir halten

Sie über alles auf dem Laufenden, was wir in Erfahrung bringen.«

»Wenn es mein County und diese Stadt betrifft, erwarte ich das auch«, erwiderte er mit einem überraschend scharfen Klang in seiner eher schleppenden Sprechweise. Dann lächelte er wieder. »Ansonsten bin ich gar nicht neugierig. Diese Akten können Sie behalten, Bobbie hat sie Ihnen kopiert. Gute Jagd.«

Quentin sah dem Sheriff nach und stellte etwas gedankenverloren fest: »Ich mag ihn.«

»Du magst jeden, der dir nicht im Weg steht«, bemerkte Miranda.

»Alles ist viel einfacher, wenn sie das nicht tun.« Quentin holte Luft. »Okay, wenn niemand anderes dazu bereit ist, sage ich es. Falls der fleißige Deputy des Sheriffs recht hat mit der Identität des weiblichen Opfers, hätten wir eine Verbindung zu noch einem früheren Fall.«

»Du greifst aber weit aus, meinst du nicht?« DeMarco klang jedoch nicht so, als glaubte er das.

»Ach ja? Was hätten wir davon, Paragnosten zu sein, wenn wir auf Grund einer unerwarteten Tatsache nicht ein oder zwei intuitive Gedankensprünge machen könnten?«

»Vor allem«, ergänzte Miranda, »da wir bei diesem Fall bisher noch keinen einzigen Durchbruch hatten.«

»Das bestreite ich ja nicht«, erwiderte DeMarco. »Spekulation beruht sowieso meist auf intuitiven Gedankensprüngen, und wir spekulieren eine Menge.«

»Sieh an, das ist dir also aufgefallen«, sagte Hollis.

»Es ist kaum zu übersehen.«

Als Hollis mit fragend erhobenen Brauen Miranda ansah,

lächelte die nur leise. »Das liegt an seiner militärischen Vergangenheit. Alle unserere Agenten, die früher beim Militär waren, sind so. Spekulationen liegen ihnen nicht.«

»Das habe ich nicht gesagt«, erwiderte DeMarco. »Es ist nur wichtig, eine Sache genau zu definieren, mehr nicht. Was wir bis jetzt haben, sind bloß Spekulationen.«

»Na gut«, meinte Quentin. »Dann spekulieren wir eben. Wir wissen, dass David Vaughan, alias Brian Seymour – der Einfachheit halber hänge ich die Namen aneinander, ja? Wir wissen, das Vaughan-Seymour etwas mit der Kirche in North Carolina zu tun hatte und mit Sicherheit auf der Gehaltsliste von Samuel und vielleicht auch noch von jemand anderem stand. Auf unserer Seite waren von den hier Anwesenden Reese, Hollis und ich aktiv an der Ermittlung beteiligt. Jetzt könnte sich eine Verbindung zwischen dem zweiten Opfer hier und der Lodge ergeben, in der Diana und ich vor einem Jahr an einem Fall gearbeitet haben, woraus eine offizielle Ermittlung in einem neuen und mehreren alten Mordfällen wurde.«

Bedächtig sagte Diana: »Das macht dich zum gemeinsamen Nenner, Quentin.«

»Bisher.« Sein Blick war auf Miranda gerichtet. »Aber wir haben noch nicht versucht, eines der sechs früheren Opfer mit alten SCU-Fällen in Verbindung zu bringen, oder?«

»Nein«, erwiderte sie. »Im Profil fand sich nichts, kein Hinweis, dass wir nach einem Zusammenhang mit uns oder alten Fällen suchen sollten. Daher gab es keinen Grund, in diese Richtung zu denken.«

»Ich würde sagen, jetzt haben wir einen.«

Hollis nickte. »Lasst uns das doch kurz in Gedanken

durchspielen. Gesetzt den Fall, wir stellen tatsächlich fest, dass sich die anderen Opfer, wie vage auch immer, mit früheren Fällen in Verbindung bringen lassen. Nicht nur solchen, bei denen Quentin mitgearbeitet hat, sondern auch anderen. Kann das der Schlüssel sein, oder wenigstens etwas, was uns einen Ansatzpunkt in diesem Fall liefert? Haben wir es mit einem Serienmörder zu tun, der eine raffinierte neue Methode entdeckt hat, seine Opfer auszuwählen? Eine noch mehr als üblich kranke Version eines Nachahmungstäters?«

»Nein, kein Nachahmungstäter, soweit es die beiden letzten Morde angeht. Die Vorgehensweise ist eine andere«, erklärte DeMarco. »Kein Opfer, das in Verbindung zu Samuels Kirche stand, wies derartige Spuren von Folter und Verstümmelung auf wie die Leiche von Vaughan-Seymour.«

Fast flüsternd fügte Hollis hinzu: »Nein, sie zeigten Spuren einer noch grausigeren Art von Folter.«

»Der Punkt ist der«, sagte DeMarco, »dass die Opfer in diesem Fall auf völlig andere Weise umgebracht und gefoltert wurden als bei jeder SCU-Ermittlung, an die ich mich erinnern kann.«

»Genau«, bestätigte Quentin. »Bei der Lodge gab es kein Opfer, das in ähnlicher Weise ermordet oder abgeladen wurde wie das weibliche Opfer hier. Also hat Reese recht: kein Nachahmungstäter, zumindest was das Ermorden und Abladen der Leichen betrifft.«

Hollis entgegnete: »Aber wenn wir herausfinden, dass jedes der Opfer tatsächlich in irgendeiner Verbindung zu einem früheren Fall steht, muss das doch die Art und Weise sein, nach der er seine Zielpersonen aussucht. Richtig?«

»Das würde ich auch meinen. Was aber heißen würde,

dass wir es mit einer ganz neuen Art von Serienmörder zu tun hätten.« Miranda schüttelte den Kopf. »Denn jemand, der sich derartige Mühe macht, Nachforschungen über die SCU anzustellen – was an sich schon nicht leicht ist –, passt nicht in das Bild eines typischen Serienmörders. Und dann Leute zu töten, die sich in irgendeiner Weise mit Fällen oder Orten in Verbindung bringen lassen, bei denen wir ermittelt haben, sie nur aus diesem Grund auszuwählen ... Da geht es nicht darum, sein Bedürfnis zum Töten auszuleben, was eigentlich das Motiv jedes Serienmörders ist. Das ist etwas Persönliches. Das ist eine Botschaft. Es geht um uns.«

Quentins Miene verdüsterte sich. »Dann wären wir wieder bei Bishops Feind?«

»Vielleicht. Einem Feind der SCU.« Miranda schüttelte erneut den Kopf. »Wir greifen etwas sehr weit vor. Diese beiden Opfer sind schon ein verdammt großer Zufall, das gebe ich zu – aber sie könnten tatsächlich auch nur das sein. Bevor wir nicht die anderen sechs Opfer überprüft haben, um festzustellen, ob eventuell Verbindungen zu früheren SCU-Ermittlungen bestehen, verschwenden wir mit diesen Spekulationen nur unsere Zeit.«

»Also«, schloss Quentin, »nehmen wir uns wieder die Akten vor.«

Sie nickte. »Wir sind zu fünft. Jeder nimmt sich die Akte eines Opfers vor und fängt an zu suchen, und wir geben die Akten weiter, damit jeder sie lesen kann. Alle Informationen, die wir bisher haben, befinden sich in unserer eigenen gesicherten Datenbank. Wenn wir damit durch sind, wenden wir uns an die einzelnen Strafverfolgungsbehörden und Polizisten, die den jeweiligen Mordfall bearbeitet haben.

Vielleicht wissen sie etwas, was damals nicht weitergegeben wurde. Vielleicht gibt es noch andere scheinbar unwichtige Notizen in den Akten.«

Hollis konnte sich die Frage nicht verkneifen: »Und wenn wir etwas finden?«

»Dann«, erwiderte Miranda, »haben wir es mit einer völlig anderen Art von Ermittlung zu tun.«

7

Haven

Der Junge stieß kleine dumpfe Schluchzer aus und fing gerade an, sich im Bett hin und her zu wälzen, als Maggie Garrett ihre Hände auf ihn legte. Nahezu augenblicklich kam er zur Ruhe und verstummte. Maggie blieb neben ihm am Bett sitzen, die Hände auf ihm. Ihr Kopf war gesenkt, die Augen geschlossen.

Von der Tür her sah Ruby Campbell schweigend zu, ihren kleinen Pudel Lexie auf dem Arm.

Schon oft hatte Ruby solche Szenen beobachtet, seit sie mit Cody vor Wochen hierhergekommen war, doch es faszinierte sie nach wie vor, die Schatten der Emotionen über Maggies Gesicht huschen zu sehen, den Schmerz, die Angst, den Kummer.

Denn es waren nicht Maggies Emotionen, sondern die von Cody. Maggie absorbierte sie, nahm all die schrecklichen Erinnerungen und Ängste, die den kleinen Jungen quälten, in sich auf und übertrug ihre heilende Energie auf ihn, um ihn gesunden zu lassen. Damit er den Rest dieser Nacht schlafen würde und morgen vielleicht wieder lächeln konnte.

Ruby wusste, dass es Cody half, denn ihr half es auch. Half ihr, damit zurechtzukommen, dass ihr Vater fort war und ihre Mutter dort in Grace, in der Kirchengemeinde, nur noch als körperliche Hülle der Person existierte, die sie einst gewesen war.* Eine lächelnde, freundliche Hülle ohne Erinnerung daran, dass sie einst eine Tochter namens Ruby geliebt hatte. Soweit das feststellbar war.

Das zu verkraften fiel ihr immer noch schwer, doch Maggie half ihr dabei. Und Ruby war dankbarer dafür, als sie in Worten ausdrücken konnte. Weil es nun nicht mehr so wehtat. Weil sie bei Menschen war, die sie akzeptierten und verstanden, wozu sie fähig war, Menschen, die sich um sie kümmerten. Und weil sie sich hier geborgen fühlte, auf eine Weise geborgen wie schon lange, lange nicht mehr.

Maggie befreite Cody von seinem Albtraum und ließ ihn in einen friedlichen Schlaf zurückfinden, während Ruby zuschaute. Dann deckte Maggie ihn fürsorglich zu und stand auf.

»Ruby, Schätzchen, wieso bist du noch auf?«, fragte Maggie leise, als sie sich vom Bett entfernte.

»Ich wusste, dass Cody Albträume hat«, antwortete Ruby. »Sogar wenn das Licht an ist, hat er welche.«

»Verstehe.« Sanft führte Maggie sie an der Hand zurück auf den Flur und zog die Tür von Codys Zimmer bis auf einen Spalt zu. »Er wird jetzt schlafen. Und er wird heute Nacht keinen Albtraum mehr haben.«

»Ich weiß. Weil du ihm den Albtraum weggenommen hast, ihn dir hast Angst machen lassen, statt ihm.« Ruby hob den Blick zu dem nettesten Gesicht, das sie je gesehen hatte, einem hübschen, von einer Wolke dunkelroter Locken umrahmten Gesicht. Zu goldfarbenen Augen, die auf sie herunterlächelten.

---

* Vgl. Kay Hooper: *Blutsünden*

Einem echten Gesicht, hinter dem sich nichts anderes verbarg. Nichts Böses. Nie.

»So in etwa.« Maggie bugsierte sie zum Schlafraum auf der anderen Seite des Flurs. »Die Sonne ist noch nicht mal aufgegangen. Geh wieder ins Bett, Süße. Muss Lexie noch raus?«

»Nein, ich war mit ihr draußen, als sie mich vor ein paar Stunden geweckt hat.«

»Na, gut. Jetzt schlaft ihr beiden noch ein bisschen, und dann sehen wir uns beim Frühstück.«

»Gute Nacht, Maggie.«

»Gute Nacht, Ruby.« Maggie blieb noch eine Weile vor den Schlafzimmern der Kinder stehen, die Augen geschlossen, alle Sinne konzentriert, bis sie sich vergewissert hatte, dass keines von ihnen Angst hatte oder unruhig war. Dass Cody friedlich schlief und auch Ruby bald einschlafen würde.

Dann öffnete sie die Augen wieder, rieb sich leicht erschöpft den Nacken und ging den langen Flur hinunter, vorbei an anderen Schlafzimmertüren, bevor sie in einen kürzeren Gang einbog, der zu ihrem eigenen Schlafzimmer führte, in dem noch Licht brannte.

»Ist er diesmal aufgewacht?«, fragte John.

»Nein, ich war da, bevor er aufwachen konnte.« Maggie schlüpfte aus ihrem Morgenmantel und legte sich zu ihrem Mann in das große Bett. »Aber Ruby war wach. Schon wieder. Hat gesagt, sie wisse, dass Cody einen Albtraum hätte. Zwischen diesen beiden besteht ganz eindeutig eine Verbindung. Hätten die genetischen Tests, die Bishop angeordnet hat, nicht das Gegenteil bewiesen, könnte man sie für Zwillinge halten.«

John Garrett nahm sie in die Arme, ihr Rücken ihm zugekehrt, aneinander geschmiegt wie zwei Löffel, damit er ihren ausgekühlten Körper wärmen konnte – eine Folge des Energieverbrauchs, wenn sie sich empathisch mit jemandem verband. Er zog die Decke um sie hoch und spürte, wie sich ihre Verspannung zu lösen begann. Er selbst war überhaupt nicht paragnostisch veranlagt, doch er wusste, wie müde sie war. Ebenso wusste er aus Erfahrung, dass es einige Zeit dauern würde, bis sie sich so weit entspannt hatte, dass sie wieder schlafen konnte, und dass ein ruhiges Gespräch dabei mehr half als Schweigen.

»Das kostet dich ganz schön Kraft«, stellte er fest.

»Geht gleich wieder. Außerdem, was soll das Ganze, wenn ich ihnen nicht helfen kann? Sie sind noch Kinder, John. Sie sollten sich nicht einmal an all das erinnern müssen, was sie durchgemacht haben, geschweige denn, den Schmerz und den Schrecken wieder und wieder durchleben.«

»Nur dass unsere Tragödien uns ebenso formen wie unsere Triumphe«, erwiderte er. Darüber hatten sie schon oft gesprochen. »Sie müssen sich erinnern, Schatz. Sie sollen nicht leiden, da stimme ich dir zu. Sie sollen keine Albträume haben. Aber sie sollten sich an das erinnern, was sie verloren haben. An das, was sie durchgemacht haben. Das ist wichtig.«

»Nun ja, da ich nicht die Fähigkeit besitze, ihnen die Erinnerung zu nehmen, werden sie es wohl müssen.«

»Würdest du das tun, wenn du könntest? Im Ernst?«

Sie schwieg einen Moment, dann seufzte sie. »Nein, ich glaube nicht. Aber es ist ... nicht einfach. Zu fühlen, was sie fühlen. Samuel war ein Ungeheuer, sein Kult war unglaublich destruktiv, und der Schaden, den beides angerichtet hat, wird ihnen noch Jahre nachhängen, vielleicht ihr ganzes Leben lang. Diese Kinder werden die Narben dessen, was er ihnen angetan hat, mit ins Grab nehmen.«

Seine Arme umschlangen sie fester. »Ich weiß. Aber *dir* sollte klar sein, dass du ihnen das Leben erleichterst. Den Schmerz dämpfst, ihnen hilfst, die Angst zu besiegen. Ohne dich bräuchten sie jahrelange Therapie, um zu überwinden, was ihnen angetan wurde. Falls sie es überhaupt schaffen. Bishop hat das ganz deutlich gemacht.«

»Er war ja auch dort. Er hat es gesehen. Und ich bin mir ziemlich sicher, dass die Kinder mit ihm gesprochen haben. Er kann gut mit Kindern umgehen.«

»Ist mir aufgefallen. Aber irre ich mich da, oder beruht sein Interesse an ihnen nicht nur auf Mitgefühl?«

»Ich denke, du kennst ihn gut genug, um dich da auf deinen Instinkt verlassen zu können.«

»Okay. Also, was ist es nun? Glaubt er, eines der beiden könnte der ›absolute Paragnost‹ sein, den es seiner Überzeugung nach irgendwo gibt?«

»Das glaube ich nicht. Bishops absoluter Paragnost hat theoretisch absolute Kontrolle über seine Fähigkeiten. Darum geht es hier nicht. Doch diese Kinder … Sie besitzen eine Menge Energie, John. Wir brauchen sie nicht ins Labor zu bringen und an Maschinen anzuschließen, um das festzustellen. Eine Menge Energie, mit der sie sich schon ihr ganzes junges Leben herumschlagen mussten.«

»Kostet es dich deshalb noch immer so viel Kraft, ihnen zu helfen, auch nach Wochen noch?«

»Ich denke schon. Sie mussten sich so lange schützen, sich

in ihrem eigenen Kopf verstecken. Aber … genau dort sitzt der Schmerz. Und die Angst. Dorthin muss ich, um ihnen zu helfen.« Allmählich begann ihre Stimme schläfrig zu klingen. »Nur sitzt dort … auch die Energie …«

Wie John spürte, hatte seine Frau nun diesen vollkommen entspannten, nahezu knochenlosen Zustand erreicht, der ihm sagte, dass sie eingeschlafen war. Er lauschte noch eine Weile ihrem Atem, die Wange an das weiche Polster ihres Haares gelehnt, während er sie beschützend im Arm hielt.

Manchmal gelang es ihm fast, sich selbst einzureden, dass er sie immer beschützen könnte. Doch sie hielt nie lange, diese Gewissheit. Denn Maggie schreckte nie davor zurück, sich freiwillig in den dunklen Schrecken, den Schmerz und Terror der Traumata anderer Leute zu begeben, diese zerstörerischen Emotionen in sich aufzunehmen, um denen zu helfen, die darunter litten.

Das war es, was sie tat. Das war *sie*.

John hatte sich erst kürzlich dazu durchgerungen, Bishop zu fragen, ob es eine Grenze gebe für das, was Maggie noch aushalten konnte.

»*Ich wünschte, ich könnte dir darauf eine Antwort geben, John, aber das kann ich nicht. Der Theorie nach müsste Maggies angeborener Selbsterhaltungstrieb sie davon abhalten, mehr in sich aufzunehmen, als sie bewältigen kann. Sie daran hindern, zu viel von ihrer Energie für die Heilung anderer aufzubrauchen. Doch wir wissen nicht, ob das stimmt.*«

»*Und wenn nicht? Willst damit sagen, es könnte sie umbringen?*«

»*Ich will damit sagen, dass wir es nicht wissen. Das ist der Grund, warum wir so hart daran arbeiten, so viel wie möglich über diese Fähigkeiten in Erfahrung zu bringen. Um Antworten auf Fragen wie deine zu finden. Bis dahin versuchen wir unseren Weg zu ertasten, wenn auch nicht blind, so doch sicherlich im Dunkeln.«* Bishop hielt inne. *»Ich weiß, mit all dem hast du nicht gerechnet. Aber du weißt so gut wie jeder andere, dass wir uns Gefahren aussetzen und uns nicht immer schützen können, so sehr wir uns auch bemühen. Auch nicht mit aller Kraft, aller Entschlossenheit und allen Fähigkeiten, über die wir verfügen.«*

Dieses Mantra kannte John schon. *»Weil manches so geschehen muss, wie es geschieht.«*

»Manches. Nicht alles. Ich bin ein schlechter Verlierer, John. Du bist ein schlechter Verlierer. Daher halten wir das, was uns gehört, mit aller Macht fest.«

»Und überlisten die Gefahr?«

»Modifizieren sie zumindest. Wenn es uns gelingt. So gut wir können.«

John schloss die Arme fester um seine schlafende Frau, drehte den Kopf etwas in Richtung Schlafzimmerfenster und sah zu, wie die aufgehende Sonne den blutroten Horizont durchbrach.

Wenn ich abergläubisch wäre, würde ich das für ein schlechtes Omen halten.

Wie gut, dass er überhaupt nicht abergläubisch war.

»John?«

Er blickte zur Tür und sah Ruby dort stehen, mit riesigen Augen im kreideweißen Gesicht. Sogar der kleine Pudel auf ihrem Arm wirkte verstört.

»Ruby, was ...«

»Etwas Schlimmes wird geschehen. Etwas sehr Schlimmes.«

Serenade

Es war noch nicht ganz zehn Uhr, und Hollis hatte gerade mit dem Lesen der zweiten Akte begonnen, als sie es entdeckte. »Mist.«

Alle im Raum sahen von ihren Laptops auf, doch nur Miranda fragte: »Was ist los?«

»Opfer Nummer fünf, Wesley Davidson.« Hollis' Stimme blieb ruhig. »Wurde in Hastings geboren, South Carolina. Vor knapp zwei Jahren habe ich dort an meinem ersten Fall gearbeitet. Ein Serienmörder, der hinter Blondinen her war.«*

»Du warst mit Isabel im Team«, sagte Miranda.

»Ja.«

»Und hast dort eines deiner neun Leben aufgebraucht, wenn ich mich richtig erinnere«, ergänzte Quentin.

»Damals dachte ich, dass ich mein einziges Leben verbraucht hätte.« Stirnrunzelnd blickte Hollis auf den Bildschirm ihres Laptops. »Ich habe mit der Akte erst angefangen, vielleicht kommt noch mehr – aber ist das eigentlich nicht schon genug? Eine Verbindung, wie schwach auch immer, zu einem früheren Fall?«

»Tja«, meinte Quentin, »in Anbetracht der Tatsache, dass Taryn Holder – angenommen, sie ist tatsächlich unser weibliches Opfer – in der Lodge Urlaub machte und zuletzt bei ihrer Abreise gesehen wurde, ohne dass ich eine weitere Verbindung hätte entdecken können, und Vaughan-Seymour am Rande mit den Ermittlungen rund um Samuels Sekte zu

---

* Vgl. Kay Hooper: *Die Augen des Bösen*

tun hatte, würde ich sagen, notier das als Zusammenhang und nimm dir eine andere Akte vor. Aber ich bin hier nicht der Boss.«

Miranda lächelte leise.

»Der Boss stimmt dem zu – im Großen und Ganzen. Lies bitte die ganze Akte durch, Hollis. Vielleicht fällt dir noch etwas auf.«

»Drei Opfer von acht ergeben für mich ein Muster«, bemerkte DeMarco.

»Ja«, stimmte Miranda zu. »Aber hat das Muster eine Bedeutung, außer der vagen Verbindung zur SCU? Wenn es hier tatsächlich um uns geht – um die Einheit oder Noah –, würde ich ein deutlicheres Muster erwarten, als wir es bisher haben. Ein Mörder, klug und besessen genug, seine Opfer auf diese Weise auszuwählen, würde damit angeben wollen. Und diejenigen von uns, die bei seinen Verbrechen ermitteln, vorführen wollen.«

»Fang mich doch«, murmelte Diana. »Wenn du schlau genug bist, die Puzzleteile zusammenzusetzen, die ich dir freundlicherweise überlasse.«

»Genau.«

Hollis nickte. »Also lesen wir weiter.«

»Das tun wir. Und ich denke, es ist an der Zeit, ein paar Tafeln aufzustellen und alles aufzulisten – nachdem es nun etwas aufzulisten gibt. Der Rest der Ausrüstung sollte in den SUVs sein, die wir letzte Nacht beim Sheriffdepartment abgestellt haben.«

DeMarco stand auf. »Ich gehe. Da ich die letzten beiden Jahre verdeckt gearbeitet habe und daher nicht am Tagesgeschehen beteiligt war, würde ich wahrscheinlich am allerwenigsten eventuelle Verbindungen zu früheren SCU-Ermittlungen entdecken.«

Miranda warf ihm die Schlüssel zu. »Ich weiß nicht, was wo verstaut ist, aber einer der Wagen kann bestimmt dort stehen bleiben.«

»Verstanden.«

Als DeMarco das Frühstückszimmer verließ, rieb Hollis sich den Nacken, da sie spürte, wie verspannt sie war, nachdem sie schon zu lange in der gleichen Haltung an ihrem Laptop gesessen hatte. Sie veränderte ihre Sitzposition, weil sie glaubte, sich zu verkrampfen, stellte dann aber fest, dass ihr kalt war.

Sehr kalt. Als hätte jemand plötzlich ein Fenster zum Winter geöffnet.

Ihre körperliche Reaktion war immer dieselbe. Die feinen Härchen an ihrem Körper stellten sich auf, als wäre der Raum mit elektrischer Energie geladen, und sie bekam überall Gänsehaut, während ihr die Kälte durch den Körper kroch.

Und noch immer hielt die Angst sie gepackt – etwas weniger jetzt, doch das ungute Gefühl war noch da, dass manche Türen niemals von den Lebenden geöffnet werden sollten. Jedenfalls nicht, ohne teuer dafür zu bezahlen.

Bedächtig zwang Hollis sich, aufzusehen.

Auf den ersten Blick kam ihr der Raum unverändert vor, alle waren auf ihre Arbeit konzentriert, ohne Hollis' plötzliche Anspannung zu bemerken.

»Hollis?«

Sie hielt den Atem an und blickte zu der Tür, durch die DeMarco einen Moment zuvor den Raum verlassen hatte.

Nicht direkt im Zimmer, sondern ein paar Schritte davor stand eine ihr bekannte Gestalt. Sie wirkte wie aus Fleisch und Blut, gar nicht wie ein Geist, mit langen blonden Haaren und besorgter Miene.

»Lauf ihm nach, Hollis.« Die Stimme war klar und fest.

»Wie bitte?« Hollis war sich kaum bewusst, dass Diana sie verständnislos ansah und Miranda und Quentin Blicke wechselten, bevor sie sich von ihren Stühlen erhoben.

»Lauf ihm nach. Halte ihn auf. *Sofort.*«

»Wieso? Andrea, was willst du …«

»Wenn du ihn nicht aufhältst, wird er sterben. Verstehst du? Er wird sterben. In einem der Wagen ist eine Bombe.«

Quentin sagte: »He, ist sie …«

Den Rest hörte Hollis nicht mehr. Sie sprang so plötzlich auf, dass der Stuhl hinter ihr mit einem Knall umfiel, und rannte aus dem Zimmer. Als sie die Halle erreichte, war Andrea bereits verschwunden, doch das fiel Hollis nicht weiter auf.

Sie riss die Eingangstür auf, stürmte durch die Fliegengittertür und war schon über die breite Veranda und die Stufen zum Weg hinuntergesprungen, ehe sie nach DeMarco Ausschau halten konnte. Sie holte tief Luft, um seinen Namen zu rufen.

Da wurde sie von den Füßen und in den Schatten der großen Magnolie gerissen, deren Äste sich über den halben Vorgarten breiteten.

Dale McMurry war nicht wie Bobbie bis nach Schichtende geblieben. Er war eher von der weniger ehrgeizigen Sorte. Seine Anstellung als Teilzeitdeputy verschaffte ihm gute Bezahlung und Vergünstigungen, und meistens fungierte er nur als einfache Bürokraft. Was ihm durchaus recht war.

Ihn störte es überhaupt nicht, dass er mietfrei bei seinen Eltern im Keller wohnte und seine Mama noch immer für ihn kochte und seine Wäsche wusch. Das lieferte ihm eine hervorragende Entschuldigung dafür, warum seine »Beziehungen« stets nach der dritten Verabredung endeten: Mädchen wurde schnell klar, dass er kein aussichtsreicher Kandidat für ihre Zukunft war.

Einige mochten allerdings auch auf den Gedanken gekommen sein, er sei schwul, doch da sie nicht fragten und er nichts sagte, wiegte er sich in dem Glauben, sie hielten ihn für einen Versager.

Sein Dad konnte ihn ruhig als Versager verspotten, aber so einen würde er wenigstens nicht grün und blau schlagen. Bisher hatte er das jedenfalls nicht getan.

Dank seines Jobs in der Spätschicht kam Dale erst nach Mitternacht nach Hause, wenn sein alter Herr meist schon vor dem Fernseher schlief, und seine Mama weckte ihn zum Frühstück immer erst, wenn sein Dad bereits weg und bei seiner Arbeit als Mechaniker war, in einem der Autohäuser von Serenade.

Dale gefiel diese Regelung.

Allerdings war er auch nicht so sehr Muttersöhnchen, dass er seine ganze Freizeit zu Hause verbringen wollte. Also fuhr er an jenem sonnigen Donnerstagmorgen in die Stadt und stellte sein Auto auf dem Parkplatz hinter dem Sheriffdepartment ab. Dann ging er zu Fuß etwa einen Block weit zu einer der wenigen Freizeiteinrichtungen, derer sich die Stadt rühmen konnte: ein Spielsalon mit Pooltischen, Spielautomaten verschiedenen Alters und dem neuesten Videopokerautomaten.

Dale war nicht spielsüchtig. Aber er war verknallt in den Direktionsassistenten der hiesigen Bank, der seine Mittagspause oft im Spielsalon verbrachte.

Da es noch nicht ganz Mittag war, holte sich Dale ein Mineralwasser aus dem Selbstbedienungsbereich und setzte sich an einen der Spielautomaten neben dem Schaufenster, von wo aus er sowohl die Tür als auch das Sheriffdepartment im Blick hatte.

Sheriff Duncan hatte es zwar nicht ausdrücklich verboten, doch er sah es nicht gerne, wenn seine Deputys, auch die Teilzeitkräfte, im Spielsalon herumhingen, schon gar nicht mitten am Tag.

Die Straße war ruhig. Gelangweilt stellte Dale fest, dass die beiden SUVs der FBI-Agenten noch vor dem Revier standen. Er fütterte die Maschine mit ein paar Münzen und begann auf Aliens zu schießen.

Niemand hätte Gabriel Wolf als geduldig bezeichnet – außer bei der Arbeit. Wenn er arbeitete, brachte er genauso viel Geduld auf wie sein Namensvetter bei der Jagd, ebenso das entsprechende Geschick, die Reaktionsgeschwindigkeit und Schläue. Er konnte nahezu alles über nahezu jede Art von Terrain verfolgen.

Zudem besaß er auch so etwas wie einen sechsten Sinn, der nicht allein paragnostisch war und ihm oft verriet, wo sich das von ihm verfolgte Wild aufhielt – auch wenn dieses Wild eher Jäger als Beute war. Und er zog es vor, durch die Schatten zu huschen, wann immer es möglich war. Für ihn war es eine Ironie des Schicksals, dass seine Zwillingsschwester Roxanne die nächtliche Jägerin war.*

Gib mir nicht die Schuld dafür.

»Ich meine ja nur, es ist womöglich nicht die beste Vorgehensweise, unsere Aufgaben in dieser Form aufzuteilen.« Das sagte er laut, aus Gewohnheit, aber mit leiser Stimme, damit niemand auf die Idee kam, dass er mit sich selbst sprach, und ihm die Männer mit der Zwangsjacke hinterherschickte. »Warum bringen wir nicht ein bisschen Abwechslung in die Sache? Ich könnte tagsüber schlafen, du könntest es nachts tun. Diese Fähigkeiten, die wir besitzen soll man angeblich trainieren können. Stimmt's?«

Bis zu einem gewissen Grad, doch du kennst die Grenzen genauso gut wie ich. Hör zu, wenn du es noch mal versuchen willst, dann machen wir es. Aber nicht mitten in einer Ermittlung, in Ordnung? Konzentrier dich auf das, was du tust.

»Aufs Gehen? Was soll denn daran schwierig sein, um Himmels willen? Über dreißig Jahre lang hab ich nicht besonders darauf achtgeben müssen. Ich schlendere durch ein Geschäft für Weihnachtsdekorationen, ganz unschuldig, wie irgendein Tourist, und schau mir einen Haufen glitzernden Mist an, den ich nicht kaufen will. Und warum gibt es in so vielen kleinen Städten überhaupt Geschäfte für Weihnachtsdekor?«

Weil sie beliebt sind. Weil Touristen wegen eines guten Ladens von weither kommen.

»Ja, ja. Möchtest du eine Schneekugel? Hier ist eine mit Weihnachtsmann und Schlitten drin.«

---

* Vgl. Kay Hooper: *Blutträume*

Ich glaube, ich habe ...

Als der Gedankenstrom seiner Schwester plötzlich abriss, spürte Gabriel das nur allzu bekannte kribbelnde Gefühl des Unbehagens. Seinem Namensvetter hätte sich schon längst das Fell am Rückgrat aufgestellt. Wenn man sein Leben lang Gedanken ausgetauscht hatte, wog deren Fehlen manchmal umso schwerer. »Rox?«

Wir müssen aufhören, harmloser Tourist zu spielen, Gabe. Du musst sofort da raus und Land gewinnen. Da ist irgendwas im Gange.

»Was denn?« Er war schon zum Ausgang unterwegs, allerdings ganz gemächlich, um die Aufmerksamkeit der anderen Einkaufsbummler oder der Verkäufer mit den reichlich seltsamen Elfenhüten nicht auf sich zu ziehen.

Weiß nicht genau. Irgendwas mehr in der Stadtmitte. Warte. Ich muss mich konzentrieren.

In seinem Kopf wurde es still, während Gabriel dem Verkäufer am Ausgang automatisch zulächelte, freundlich winkte und den Weihnachtsladen verließ.

Ich hab's. Unser Heckenschütze ist wieder da.

Gabriel glitt hinter das Lenkrad ihres Mietwagens und ließ den Motor an. »Wie, in der Stadt? Am helllichten Tag? Bist du sicher, dass er es ist?«

Ziemlich sicher. Er schießt nicht. Beobachtet. Er beobachtet ... Oh, verdammt, Gabe. Ich glaube, wir hätten ihn ernster nehmen sollen, ihn keinesfalls aus den Augen lassen dürfen.

»Wir haben ihn im Auge behalten – bis er vor ein paar Stunden die Stadt verließ und auf den Highway fuhr. Du hast doch eine Wanze an seinem Auto angebracht. Wir wüssten es, wenn er zurückgekommen wäre. Ich habe nachgesehen, bevor ich in den Laden ging, und da war nichts.« Gabriel kramte im Rucksack auf dem Beifahrersitz, bis er den GPS-Empfänger gefunden hatte. Er schaltete ihn ein und sah auf das kleine Display. »Zeigt nichts hier in der Gegend an. Der Wagen befindet sich nicht innerhalb eines Umkreises von fünfzig Meilen.«

Vielleicht hat er das Auto gewechselt. Vielleicht hat er den Wagen überprüft und die Wanze entdeckt. Ich weiß nur, dass er zurück ist – und er hat Spielzeug dabei, das ich weder in seinem Motelzimmer noch in seinem Wagen gesehen habe. Die Art, die Bumm macht.

»Mist. Hat er ...«

Eines davon hat er in einem SUV deponiert, der vor dem Sheriffdepartment parkt. Verdammt, das ist einer von unseren. Einer der beiden, die gestern Abend dort abgeschlossen stehen gelassen wurden. Die Bombe ist noch nicht explodiert. Bisher. Und ich glaube ... unsere Leute wurden gewarnt. Aber das weiß er nicht. Keine Ahnung, ob er einen Fernzünder hat oder die Bombe mit einem Zeitzünder versehen ist, aber er will einen Platz ganz nahe am Geschehen.

Gabriel hatte genug gehört. Er legte den Gang ein und fuhr in Richtung Innenstadt, wo er den Wagen parken und überall zu Fuß hingelangen konnte. Was ...

Er ist irgendwo oben, doch den einzigen ungehinderten Blick auf diese Autos hat man aus der Nähe, da mitten in der Stadt einige höhere Gebäude stehen. Ein paar Blocks vom Sheriffdepartment entfernt könntest du vielleicht ein Hausdach finden, ohne dass er dich sieht. Ich weiß nicht, ob du höher hinaufkommst als er. Und wo er ist, weiß ich auch nicht genau. Irgendwas ... ist seltsam. An ihm selbst.

»Wie meinst du das?«

Ich weiß nicht. Etwas, was ich letzte Nacht noch nicht gespürt habe. Etwas Kaltes. Etwas Irres. Ich weiß es nicht, Gabe. Aber es gefällt mir nicht.

Gabriel zog sein Handy heraus und drückte eine Kurzwahlnummer, den Blick auf die Straße gerichtet.

Du rufst Miranda an.

»Und das schnurstracks. Diesem Wahnsinnigen, der eine Bombe bauen kann und bereit ist, sie zu zünden, nur hinterherzulaufen, während er seinen Spaß hat, ist nicht das, was ich mir unter Beschützen oder Diensttun vorstelle.«

Wir sind keine Cops.

»Nein, aber wir sind hier, um einen Mörder zu fangen. Und wenn der da hoch oben auf einem Gebäude mit dem Finger am Zünder einer Bombe sitzt, möchte ich die Befugnis haben, ihn umzunieten.«

»Alles in Ordnung«, sagte DeMarco.

Einen Augenblick lang spürte Hollis nur ihr wild klopfendes Herz, dann erst fiel ihr auf, dass Reese sie mit einem Arm leicht an sich drückte, während sein Blick über die scheinbar friedliche Main Street von Serenade streifte. Von ihrem Standort aus konnten sie die beiden schwarzen SUVs sehen, die vor dem Sheriffdepartment geparkt waren, ein paar Blocks die abschüssige Straße hinunter.

Sie fragte sich, ob ihm überhaupt bewusst war, dass er sie im Arm hielt, und wunderte sich dann, wieso sie angesichts einer Bombe, Himmel noch mal, über solche Nebensächlichkeiten nachdachte.

»Was soll das heißen?«, fragte sie, noch ganz außer Atem

von ihrem hektischen Sprint aus dem Haus. Das musste wohl auch der Grund sein, weshalb es ihr nicht gelang, normal zu atmen. »Du wusstest es?«

»Du sendest«, erinnerte er sie. Er blickte auf sie hinunter, eine Braue hochgezogen, und fügte hinzu: »Und das laut und deutlich, jedenfalls in … Stresssituationen. Ich befürchte, in den nächsten Stunden werde ich Kopfweh haben.«

»Ich ganz bestimmt«, meinte Miranda, als sie mit den anderen zu ihnen trat. »Dabei hatte ich meinen Schutzschild hochgefahren. Du liebe Güte, Hollis.«

»Tut mir leid.«

»Bleibt im Schatten des Baumes«, riet ihnen DeMarco. »Wenn meine Ohren zu klingen aufhören würden – um es mal so zu sagen –, könnte ich ihn da draußen spüren. Er ist schwer auszumachen, doch ich bin sicher, unser Scharfschütze von gestern ist zurückgekehrt. Er beobachtet uns.«

Hollis wollte gerade DeMarco bitten, sie loszulassen, als er es schon tat.

Verflixte Telepathen.

»Wieso ist er noch immer hier?«, fragte Quentin.

»Hollis erhielt die Botschaft, dass in einem der Wagen eine Bombe ist«, erwiderte Miranda. »Also ist er wahrscheinlich noch hier, um einen oder mehrere von uns abzuknallen.« Sie klang vollkommen gelassen.

»Botschaft von wem?«

»Andrea.«

Er runzelte die Stirn. »Andrea? Andrea, der Geist, aus Grace?«

»Und Venture.« Auch Mirandas Stirn runzelte sich. »Sie scheint mit dir verbunden zu sein, Hollis.«

Hollis fand das ziemlich nervtötend. »Ich weiß nicht, warum. Und ich habe noch nicht mal herausgefunden, wer sie ist. Oder wer sie war.« Sie hielt inne und fügte dann bedächtig hinzu: »Wisst ihr, sie könnte der Geist sein, der uns gestern zu den Überresten des weiblichen Opfers geführt hat. Ich konnte sie nicht allzu gut sehen, und was ich sah, war viel weniger deutlich als sonst, aber ... sie könnte es gewesen sein.«

»Statt des Opfers?«

»Möglicherweise.«

»Sie will uns anscheinend helfen. Oder dir.«

»Wenn ich nur wüsste, warum. Soweit ich das beurteilen kann, stand sie mit keinem unserer Fälle in Verbindung. Allerdings hat sie mir von Ruby erzählt, uns einen Hinweis gegeben, der Tessa half, das Mädchen zu retten, aber ...«

»Sie ist auf irgendeine Weise mit uns verbunden«, sagte Miranda, »sonst würde sie nicht immer wieder auftauchen. Nur haben wir die Verbindung noch nicht erkannt. Bisher.«

In trockenem Ton unterbrach Diana diese Mutmaßungen. »Hallo? Scharfschütze? Mögliche Bombe? Ich bin zwar ein Neuling, aber hat ein Verbrecher aus Fleisch und Blut nicht Vorrang vor einem hilfreichen Geist? Wenn wir schon Vermutungen anstellen?«

»Würde ich sagen«, pflichtete Quentin ihr bei.

»Meine Frage ist«, sagte DeMarco, »ob er eines der Autos so präpariert hat, dass es in die Luft fliegt, wenn eine Tür geöffnet oder der Motor angelassen wird, oder ob er da draußen mit einem Fernzünder und einem Feldstecher sitzt und die Explosion auslösen kann, wann immer er will.«

»Wie dem auch sei«, erwiderte Quentin, »auf Bomben

waren wir nicht vorbereitet. Und ich vermute, dass das Sheriffdepartment von Pageant County kein Bombenräumkommando hat.«

Miranda entfernte sich ein paar Schritte – in Richtung der Pension, doch immer noch im Schutz des großen Baumes – und nahm ihr Handy aus der am Gürtel befestigten Hülle.

Während sie den Sheriff anrief, beobachteten die anderen weiterhin mit gemischten Gefühlen die Straße.

»Ich kapier den Kerl nicht«, meinte Quentin. »Er verhält sich nicht wie andere Serienmörder, gegen die ich irgendwann ermittelt oder von denen ich gehört habe.«

»Vielleicht ist er ja keiner«, gab Diana zu bedenken. Als sich alle Blicke auf sie richteten, ergänzte sie: »Womit ich nicht meine, dass er nicht mehrere Opfer ermordet hat, sondern kein Serienmörder im *eigentlichen* Sinn ist. Wenn er es aber auf die SCU abgesehen hat, wenn es das ist, worum es ihm geht, dann haben wir es, wie Miranda schon sagte, mit einer völlig anderen Art von Ermittlung zu tun.«

Hollis ergänzte: »Vor allem, wenn wir noch immer von der Möglichkeit ausgehen, dass es sich um zwei Täter handelt. Einer der beiden könnte der besonnene Scharfschütze mit durchdachter Vorgehensweise sein, und der andere der Sadist mit dem buchstäblichen Blut an den Händen.«

8

»Noch ein zahmes Monster?«, überlegte Quentin laut, schüttelte jedoch den Kopf, bevor die anderen Argumente dafür oder dagegen anbringen konnten. »Nein, falls hier zwei beteiligt sind, kommt es mir eher wie eine Partnerschaft vor. Ist vielleicht nur so eine Idee, aber ich sehe es so. Zwei Personen mit einem Plan, den sie gemeinsam verfolgen.«

»Und wie sieht der Plan aus?«, fragte DeMarco. »Die SCU zu vernichten? Klingt für mich ziemlich ehrgeizig, wenn sie uns einen nach dem anderen ausschalten wollen.«

»So abwegig kommt mir das gar nicht vor«, warf Hollis ein, immer noch mit dem Gedanken beschäftigt, dass da zwei Feinde zusammenarbeiteten. »Diese ... Methode zu benutzen. Uns mit den Morden aus der Deckung zu locken, sichtbar zu machen. Das war ziemlich wirkungsvoll. Und es konnten keine – verzeiht mir den Ausdruck – normalen Morde sein, denn dann hätte man uns nicht gerufen. Daher also Serienmorde, die sich über mehrere Staaten erstrecken, besonders grausam, mit Leichen, irgendwo abgeladen, wo man sie schnell und leicht findet, die Morde so bizarr und anscheinend beliebig, dass weder die örtliche noch die Staatspolizei und sogar die meisten FBI-Einheiten nicht erfolgreich ermitteln können.«

»Was die SCU auf den Plan ruft«, setzte Diana den Gedankengang fort. »Denn für *grausam und bizarr* sind hauptsächlich wir zuständig. Zuerst zwei Ermittler, Miranda und Hollis, dazu gelegentlich Reese. Das hat ihnen möglicherweise nicht gereicht. Vielleicht wollten sie mehr von uns einbeziehen, aus welchem Grund auch immer. Um uns zu testen oder ihre Fähigkeiten auszuprobieren. Also gingen die Morde weiter, wurden die Opfer noch grausamer gefoltert und übler zugerichtet. Vor zwei Wochen stoßen dann Quentin und ich zum Team, also eine noch größere SCU-Präsenz.«

Quentin runzelte die Stirn. »Gut möglich, dass die Schüsse von gestern keinen von euch töten sollten. Vielleicht ging es nur darum, dass wir aufmerken und sie zur Kenntnis nehmen. Vielleicht hat einer von ihnen oder haben beide beschlossen, es sei an der Zeit, uns darauf aufmerksam zu machen, dass wir beobachtet werden. Mehr Spaß für sie, wenn wir davon wissen. Eine größere Herausforderung.«

»Das ist mir alles zu ungewiss«, beschwerte sich DeMarco. Sein Blick wanderte immer noch über die Main Street, hielt nach wie vor die bisher unberührten und nicht explodierten SUVs vor dem Sheriffdepartment im Auge. »Und der Dreh- und Angelpunkt ist die Annahme, dass es bei dieser wüsten Aktion um uns geht, um die SCU. Wenn wir mit dieser Grundeinschätzung falsch liegen, könnte das zur Folge haben, dass andere sterben, weil wir in die falsche Richtung schauen.«

»Das gilt umgekehrt genauso«, gab Quentin zu bedenken. »Wenn wir Zeichen missachten, die auf ein Motiv hinter dem Ganzen deuten, nur weil uns das Motiv nicht einleuchtet, dann sind wir nicht näher dran, den oder die Mörder zu fassen, und das Wüten geht weiter.«

»Stimmt.«

Diana schüttelte den Kopf. »Bisher ist das immer noch

bloße Spekulation. Ich dachte, paragnostische Fähigkeiten würden solche Dinge einfacher machen.«

»Manchmal glaube ich, sie erschweren sie«, murmelte Quentin. »Das denke ich übrigens häufig.«

Diana wandte sich an Hollis.

»Ich will dir ja nicht widersprechen, doch angesichts dessen, was letzte Nacht in der grauen Zeit passiert ist, glaubst du, dass diese Andrea dich getäuscht hat? Dass sie wegen der Bombe gelogen hat?«

»Nein, das glaube ich nicht. Sie war sehr überzeugend. Schrecklich beunruhigt, wenn ich es recht bedenke. Für mich ist das allerdings noch ziemlich neu, daher kann ich mir nicht hundertprozentig sicher sein.«

»Also gibt es keine Bombe?«

»Nüchtern betrachtet … ja. Möglicherweise ist da keine Bombe.«

»Doch du bist dir nicht sicher«, warnte Quentin, »und wir können uns nicht darauf verlassen, dass da tatsächlich keine Bombe ist.«

DeMarco sah Hollis an, die Brauen leicht gehoben. »Was sagt dir sein Bauchgefühl? Hat Andrea gelogen? Hat sie versucht, dich reinzulegen?«

Nachdenklich schüttelte Hollis den Kopf. »Nein. Nein, ich glaube wirklich nicht, dass sie mich reinlegen wollte. Ich denke, sie wollte – musste – mich warnen. Weil in einem der Autos eine Bombe ist.«

»Mehr wollte ich nicht wissen.« DeMarco richtete den Blick wieder auf die ruhige, friedliche Straße. »Dann stellt sich jetzt die Frage, wie wir mit möglichst wenigen Verlusten aus dieser Sache herauskommen.«

»Gabe, ich habe den Sheriff veranlasst, die wenigen Leute, die er hat, rauszuschicken und die Straße rund um die Autos möglichst großräumig abzusperren. Wo bist du?«, fragte Miranda.

»Etwa zwei Blocks vom Revier entfernt.« Noch während er sprach, parkte er den Wagen, stieg mit dem Handy, den Schlüsseln und ohne seinen Rucksack aus. »Ich bin bewaffnet. Und ich glaube, ich kann diesen Drecksack finden.« Er schloss das Auto ab und steckte die Schlüssel in die Jackentasche.

»Was denkt Roxanne?« Die Frage war ganz wörtlich gemeint.

Sag ihr, ich glaube, er ist auf dem Dach des alten Kinos, einen halben Block vom Revier entfernt. Keine Feuerleiter, keine Außentreppe, also musst du im Gebäude hinaufsteigen.

Gabriel gab die Information weiter und ergänzte: »Das Gebäude steht zur Vermietung, Miranda. Ist leer. Es gibt einen Hintereingang.« Als sie zu zögern schien, fuhr er fort: »Ich weiß, dass du diesen Kerl nur beobachten wolltest, aber wenn er bereit ist, eine hübsche kleine Stadt in die Luft zu jagen, würde ich sagen, die Zeit für bloße Beobachtungen ist vorbei.«

»Ja.« Sie seufzte. »Da kann ich dir nicht widersprechen. Mir gefällt es trotzdem nicht, dass du allein da raufgehst, Gabe.«

»Wir haben keine Zeit, uns darüber zu streiten.« Er war fast bei dem alten Kino angekommen, auf das er seit dem Aussteigen zustrebte. Die alte Tür war mit einem ebenso alten Vorhängeschloss gesichert. »Ihr seid nur ein paar Blocks entfernt, und so viel wir wissen, ist einer der SUVs – oder auch beide – voll mit Sprengstoff. Vielleicht sogar mit Nägeln oder anderem Schrapnell. Eine Explosion könnte viel mehr zerstören als nur die Autos, das wissen wir beide. Ich kann den Dreckskerl ausschalten.«

»Na gut.« Mirandas Zögern war verschwunden. »Aber töte ihn nur, wenn es nicht anders geht. Wir wollen nach Möglichkeit mit ihm reden können.«

»Verstanden.«

»Lass das Handy an; mit etwas Glück bricht die Verbindung nicht zusammen.«

»Verstanden«, wiederholte er. »Ich melde mich wieder, wenn ich oben bin.« Er ließ das angeschaltete Handy in die andere Jackentasche gleiten und zog seine Waffe aus dem Schulterhalfter. »Rox? Das Schloss?«

Bin dran. Widerspenstiger, als ich erwartet hatte. Würde sagen, es ist schon länger nicht mehr geöffnet worden.

»Also hat er den Vordereingang benutzt. Fragt sich, ob er einen Schlüssel hatte oder eingebrochen ist.«

In voller Sichtweite der Main Street? Schätze, er hatte einen Schlüssel. Er musste völlig normal wirken und sich auch so verhalten, um keine übertriebene Aufmerksamkeit zu erregen. Nur noch einen Moment ...

Eine kurze Pause entstand, dann hörte Gabriel ein Klicken, und das alte Vorhängeschloss sprang auf. Er nahm es ab und stemmte sich gegen die Tür, nicht besonders glücklich, als die uralten Scharniere laut quietschten.

Treppe. Rechts von dir. Strom gibt es nicht.

»Und es ist stockdunkel.« Er flüsterte nur, blieb einen Moment in der Tür stehen, damit sich seine Augen an die Dunkelheit gewöhnten.

Über diese Treppe kommst du zum Vorführraum, glaube ich. Dort müssen wir die Tür finden, die aufs Dach führt.

»Wann war es je einfach?« Mit tastenden Fingern fand er ein raues altes Treppengeländer und stieg so schnell wie möglich die bedenklich knarrenden Stufen hinauf.

»Wartet ...« DeMarco deutete auf die Straße. »Da kommen Duncans Deputys. Verdammt, sieht nach den Teilzeitkräften aus. Der Rest der Frühschicht ist wahrscheinlich auf Streife.«

»Besonders zwanglos wirken die ja nicht, oder?«, meinte Hollis. »Die Körpersprache verrät ihre Angespanntheit. Da ist der Sheriff. Er hat die Lässigkeit besser drauf, muss ich sagen.«

Miranda, die sich der Gruppe neben dem Pfad gerade wieder anschloss, hörte das noch und berichtete: »Wie erwartet hat der Sheriff kein Räumkommando, aber er hat eins aus Knoxville angefordert. Nur noch zwei seiner Teilzeitkräfte waren im Revier. Er hat sie mit dem Befehl rausgeschickt, von den Fahrzeugen wegzubleiben und den Bereich abzusperren. Er wird auch die Restaurants und Läden in der unmittelbaren Umgebung informieren, damit die Leute sich in Sicherheit bringen – oder wenigstens von den Fenstern zur Straße fernbleiben. Wir geben ihnen fünf Minuten, so viel wie möglich zu tun.«

»Du glaubst, wir müssen die Bombe auslösen?«, fragte DeMarco nach einem raschen Blick zu ihr.

»Ich denke, wir sollten uns darauf gefasst machen«, erwiderte Miranda. »Das nächste Bombenräumkommando ist mehr als eine Stunde entfernt – und die Leute werden für die Mittagspause zu den Restaurants in der Innenstadt strömen. Uns fehlt die Ausrüstung, die Fahrzeuge ohne Risiko zu untersuchen oder die Umgebung auch nur wirksam abzusperren, und wir können uns nicht den Luxus leisten, Zeit zu verschwenden.«

»Wenn er einen Fernzünder hat, wird sich einer von uns den Fahrzeugen nähern müssen, bevor er ihn aktiviert«, sagte DeMarco.

»Ich hoffe, wir sind diejenigen mit dem Fernzünder.« Mit einem Nicken deutete sie auf die Schlüssel in seiner Hand. »Wir können von hier entriegeln, die Laderaumtüren öffnen und den Motor anlassen. Vielleicht löst das die Bombe aus. Wenn nicht …«

»Unsere Schutzwesten werden uns nichts nützen, Miranda. Nicht bei einer Bombe.«

»Als wenn ich das nicht wüsste. Trotzdem, mehr haben wir nicht. Bevor sich einer von uns den Fahrzeugen nähert, ziehen wir die Westen an.«

»Verstanden.«

Aber keiner rührte sich, alle Aufmerksamkeit war auf die nur wenige Blocks entfernten Fahrzeuge gerichtet.

Nachdem Quentin den Abstand zwischen den Fahrzeugen und den umliegenden gründlich abgeschätzt abgeschätzt hatte, meinte er: »Da unten ist nicht viel Platz. Und da sind viel zu viele Scheiben. Ich vermute auch, du hoffst auf eine kleine Bombe oder Bomben mit einem kleinen Explosionsradius.«

»Das wäre auf jeden Fall vorzuziehen«, erwiderte Miranda. »Da Sprengstoff bisher nicht zu seiner Vorgehensweise gehörte, muss ich davon ausgehen, dass das, was er mitgebracht hat oder was ihm in den letzten zwölf Stunden unter die Hände gekommen ist, nicht allzu groß oder allzu kompliziert sein kann.«

»Was bedeutet«, ergänzte DeMarco, »dass eine Fernzündung etwas wahrscheinlicher ist. Sprengstoff mit dem elektronischen System eines Fahrzeugs zu verkabeln oder eine Art Timer zu verwenden, ist schwieriger und zeitaufwendiger, selbst wenn er sich damit auskennt. Und da die Fahrzeuge seit gestern Abend für alle sichtbar im Freien stehen, schätze ich, dass er so wenig Zeit wie möglich in ihrer Nähe verbringen wollte.«

Diana schüttelte den Kopf. »Ihr nehmt das alles so ruhig hin.« Sie klang hörbar angespannt.

»Sieht so aus, nicht?«, murmelte Hollis.

Mit leichtem Stirnrunzeln sah DeMarco auf sie hinunter. »Was machst du da, Hollis? Ich spüre deine Anstrengung.«

»Ja, ist nicht ... leicht. Aber elektrische Energie ist elektrische Energie, stimmt's?« Ihre Stimme klang gepresst. »Und Sprengstoffe sind ... grundsätzlich instabil. Strahlen vermutlich Energiewellen aus. Ich versuche zu erkennen, ob da eine Art Aura um ... Ha, sieh einer an. Ich sehe ein seltsames Schimmern über dem zweiten SUV. Eine Art roten Dunst. Nichts über dem anderen.«

»Spürst du ihn immer noch da draußen, Reese?«, fragte Miranda.

»O ja, er beobachtet uns. Ich kann nach wie vor keinen Standort bestimmen, aber ich glaube, er ist irgendwo oben. Vielleicht auf einem Dach.«

»Verwendet er sein Zielfernrohr oder einen Feldstecher?«

»Feldstecher. Ein Gewehr spüre ich nicht. Bisher jedenfalls nicht. Allerdings habe ich auch mehr Schwierigkeiten als gewöhnlich, mich auf ihn einzustellen.« Er griff in die Tasche, zog ein Taschentuch heraus und reichte es Hollis. »Hier.«

»Was ...« Sie bemerkte ein Kitzeln unter der Nase, drückte das Tuch darauf und fügte ein gemurmeltes »Verdammt!« hinzu.

»Ich hab doch gesagt, dass ich die Anstrengung spüren konnte.«

»Nur ein bisschen Nasenbluten, sonst nichts.«

»Ja, ja.«

Miranda schaute auf ihr Handy, runzelte die Stirn und murmelte: »Mist, die Verbindung ist weg.«

»Welche Verbindung?«, fragte Quentin.

Miranda ging nicht darauf ein. »Noch eine Minute. Hollis, wenn das hier vorbei ist, möchte ich, dass du ...«

In diesem Moment explodierte der SUV.

Dale McMurry hörte und sah die Explosion. Tatsächlich warf sie ihn fast vom Stuhl – was aber wohl eher an seinem heftigen Zusammenzucken als an der Wucht der Explosion lag.

Wie alle anderen rannte er nach draußen, auf das Revier zu, so entsetzt von der bloßen Vorstellung, an diesem normalerweise friedvollen Ort könnte etwas explodieren, dass er nicht weiter nachdachte.

Oder die möglichen Konsequenzen bedachte.

Gabriel hatte gerade den Vorführraum des alten Kinos erreicht, als er die Explosion hörte und spürte, wie die Erschütterung das alte Gebäude erbeben ließ.

Mist.

»Verdammt noch mal, Rox, wo zum Teufel ist die Treppe zum Dach?« Obwohl sich seine Augen an die Dunkelheit gewöhnt hatten und sich weit oben – unerklärlicherweise – eine Art schmutziges Oberlicht befand, konnte er nirgends eine Tür oder eine weitere Treppe entdecken.

Warte … Da drüben, hinter den Regalen, die in den Raum ragen.

Ein paar rostige, uralte Filmbüchsen auf einem der Regalbretter verkündeten stumm ihre Daseinsberechtigung in diesem Raum, aber Gabriel hielt sich nicht damit auf, groß darüber nachzudenken. Er fand die Tür genau dort, wohin Roxanne ihn gewiesen hatte. Die Tür war unverschlossen, ließ sich leicht öffnen und war der Zugang zu einer steilen Treppe.

Während er sie rasch und leise hinaufstieg, hauchte er: »Kannst du mir ungefähr sagen, wo er ist?«

Das ist mir noch immer nicht klar. Es fühlt sich … seltsam an. Kalt. Fern. Ich sollte zwar begreifen, was das bedeutet, aber ich versteh's nicht.

Oben an der Treppe befand sich eine weitere Tür, und auch die ließ sich unter seinem behutsamen Griff leicht öffnen. Keine quietschenden Scharniere verrieten ihn, doch er war ein zu wachsamer Jäger, um sich nicht mit äußerster Vorsicht zu bewegen. Er öffnete die Tür zunächst nur einen Spaltbreit und ließ seinen Augen Zeit, sich an die Helligkeit des späten Vormittags zu gewöhnen, bevor er die Tür weiter öffnete.

Pass auf, Gabe.

»Verstanden«, flüsterte er ganz automatisch; seine gesamte Aufmerksamkeit war auf das Dach gerichtet. Größtenteils war es ein flaches, geteertes Dach, aus dem hier und da Lüftungs- und andere Rohre herausragten. Die Treppe hatte an einer Art Dachgaube geendet, und in der kurzen Zeit, die Gabriel zur Orientierung brauchte, hatte er erkannt, dass der vordere Teil des Gebäudes hinter ihm lag.

Und hinter der Dachgaube.

Er kann nur dahinter sein, falls er noch hier oben ist. Und er muss noch hier sein. Außer, er ist ein verdammter Vogel.

Gabriel hätte auch das bestätigt, aber er konzentrierte sich auf jede vorsichtige Bewegung, während er sich um die Dachgaube herumschob, um den Aussichtspunkt des Scharfschützen zu finden. Doch die Vorsicht erwies sich als unnötig.

»Er ist kein Vogel«, sagte Gabriel laut, entspannte sich und verstaute langsam die Waffe.

Was zum Teufel ist da los?

Der Scharfschütze von gestern – falls das sehr teure Gewehr, das neben ihm lag, als Hinweis dienen konnte – saß halb zusammengesunken an die Brüstungsmauer gelehnt, wo er offenbar hingekrochen war, um auf die Straße sehen zu können. Seine Beine waren gespreizt, die Hände lagen kraftlos seitlich an seinen Hüften. Er sah eher wie ein Jäger aus, in verwaschenen Jeans, abgetragenen Wanderstiefeln und einer Tarnjacke, einen Rucksack neben sich.

In einer der leblosen Hände lag ein kleiner schwarzer Kasten mit einem simplen Kippschalter, anscheinend der Fernzünder, mit dem er die Bombe ausgelöst hatte.

In der anderen lag eine Automatikwaffe mit Schalldämpfer.

Das Loch in seiner rechten Schläfe hatte nicht stark geblutet, im Gegensatz zu der klaffenden Austrittswunde an der linken Schädelseite. Überall auf den sandfarbenen Ziegelsteinen waren Blut und Hirnmasse verspritzt.

Er war ein ganz gewöhnlich aussehender Mann, sauber rasiert, mit braunem Haar und braunen Augen, die blicklos ins Unendliche starrten.

Das ergibt doch keinen Sinn, Gabe.

»Was du nicht sagst.« Sicherheitshalber kickte er die Pistole von der leblosen Hand weg, hockte sich hin und tastete nach dem Puls. Als seine Finger die Haut des Toten berührten, musste er sich zusammennehmen, um die Hand nicht reflexartig zurückzureißen.

»Großer Gott.«

Gabe?

»Er ist kalt, Rox. Und ich meine wirklich kalt. Er kann unmöglich die Bombe gezündet und sich dann umgebracht haben. Der Mann ist seit Stunden tot. Vielleicht sogar schon seit Tagen.«

Aber was ...

In diesem Moment knallte ein Schuss irgendwo unten auf der Straße.

Die Deckung des schattigen Vorgartens der Pension zu verlassen, war keine bewusste Entscheidung. Als der SUV in die Luft flog, rannten sie einfach los, auf das Sheriffdepartment zu, angetrieben von Ausbildung und Instinkt. Die Explosion war stärker, als sie hätte sein sollen, brachte auf beiden Seiten der Straße mehr als einen Block weit Fensterscheiben zum Bersten und schleuderte heiße Metallstücke und geschmolzenes Plastik in alle Richtungen.

Ob jemand verletzt wurde, ließ sich unmöglich abschätzen, doch es war leicht zu sehen, dass der Schaden an den umgebenden Gebäuden beträchtlich war. Dennoch strömten die Leute, da Neugier nun mal in der menschlichen Natur liegt, schon aus beschädigten und unbeschädigten Gebäuden, noch bevor das SCU-Team auch nur halb den Hügel hinunter war.

Hollis hörte, wie Miranda und DeMarco fluchten, vermutlich über die Neugierigen, die sich in Gefahr brachten, doch sie konzentrierte sich auf den brennenden Klotz, der einmal ein glänzender schwarzer SUV gewesen war.

Die Bombe musste von beachtlicher Größe gewesen sein, wenn Hollis das recht beurteilte. Der SUV glich kaum mehr einem Fahrzeug, und Teile davon – aus dem Inneren oder von der Bombe selbst – regneten immer noch auf die Straßen und die neugierigen Stadtbewohner hinunter, die herausgerannt kamen, um zu sehen, was passiert war.

Hollis' Aufmerksamkeit wurde von dem brennenden Wrack abgelenkt, und sie bemühte sich, das plötzliche Aussetzen ihres Herzschlags zu ignorieren, als sie sah, dass DeMarco direkt zu dem vorderen, nicht explodierten SUV lief und ihn von dem brennenden wegschob. Damit der durch die Hitze des anderen nicht auch noch in die Luft flog, nahm sie an.

Der Idiot bringt sich noch um! Verdammt, wenn ich mich mit meiner Annahme geirrt habe, dass nur in einem eine Bombe war?

Sie schob den Gedanken von sich weg und beeilte sich, den anderen dabei zu helfen, die Menschen aus der Gefahrenzone zu bringen.

Dale McMurry blieb nur wenige Meter vor dem brennenden Fahrzeug stehen und starrte es fasziniert an. Er nahm zwar andere Menschen um sich herum wahr, hörte verwirrte Schreie und Flüche, verzweifelt gerufene Namen, doch sein einziger Gedanke war: *Wow, was für eine Show!*

Wie im Film. Alles war unglaublich hell und unglaublich laut, brennende Trümmer prasselten immer noch auf die Straße, und das Klimpern herabfallender Glassplitter klang fast melodisch.

Ihm war vollkommen entfallen, dass er ein Deputy war, wenn auch nur in Teilzeit. Versunken stand er mitten auf der Straße und sah sich die Show an. Sah den Sheriff von irgendwo auftauchen und die Leute zu den Gebäuden zurückscheuchen. Sah die FBI-Agenten ankommen, nicht mal außer Atem, obwohl sie mehrere Blocks weit gerannt waren, sah, wie einer den unbeschädigten oder zumindest nicht explodierten SUV von dem brennenden wegschob und wie die anderen gemeinsam versuchten, die Menschen von der Straße zu bringen.

Da erst begriff Dale, dass die Gefahr wohl noch nicht vorbei war, und ihm fiel auf, wie seltsam unbeteiligt er darüber nachdachte. Nichts hatte den SUV getroffen, das hatte er schließlich mit eigenen Augen gesehen. Der Wagen war einfach ... in die Luft geflogen.

Also musste Sprengstoff drin gewesen sein.

Eine Bombe. Und das bedeutete, jemand hatte absichtlich eine Sprengladung angebracht, um den SUV zu zerstören. Und vielleicht ein beträchtliches Stück der Main Street.

Vielleicht sogar ein paar Menschen.

Da erst fragte sich Dale.

Ihm blieb nicht mal Zeit, richtig Angst zu bekommen, bevor er einen gewaltigen Schlag im Rücken spürte, als hätte ihn ein Kantholz gerammt. Er sah, wie sich sein graues Sweatshirt vor dem Brustkorb knallrot ausbeulte, und eine seltsam schmeckende, heiße Flüssigkeit blubberte in seinem Mund hoch.

Die Kugel sah er nicht. Doch als die Welt wie verrückt zu kippen begann und das Straßenpflaster ihm entgegenkam, wurde Deputy Dale McMurry klar, dass man ihn erschossen hatte.

Und das war überhaupt nicht mehr wie im Film.

Anfänglich wusste Diana nicht, wo sie war. Oh, ihr war natürlich klar, dass sie sich in der grauen Zeit befand, das war unverkennbar. Alles war grau und still, kalt und reglos. Und da war dieser verstörende Geruch, ganz schwach nur, nach faulen Eiern.

Doch wo befand sie sich in – oder außerhalb – der grauen Zeit?

Stirnrunzelnd blickte sie sich um und erkannte den Ort seltsamerweise als den beengten Konferenzraum im Sheriffdepartment, in dem sie am Abend zuvor gesessen und Vermutungen über den Fall angestellt hatten.

Und das war eigentümlich, weil ihre Besuche in der grauen Zeit fast immer in dem Zimmer begannen, in dem sie geschlafen oder es auf andere Weise geschafft hatte, sich in einen tranceartigen Zustand zu versetzen.

Fast immer.

Nach wie vor mit gerunzelter Stirn, verließ sie den engen Raum und ging durch das Gebäude zur Eingangstür. Die leeren Schreibtische, die runde Uhr – ohne Zeiger und Ziffern – hoch an der Wand, der ausgeschaltete Fernseher und die stummen Telefone, an denen sie vorbeikam, trugen alle die gespenstischen Merkmale der grauen Zeit: das Fehlen von Tiefe oder Dimension, das Fehlen von Farbe, Licht oder Schatten.

Sie fragte sich, ob sie sich je daran gewöhnen würde.

Wahrscheinlich nicht. *Wahrscheinlich besser nicht!*

Denn selbst ohne die Probe aufs Exempel zu machen, glaubte Diana, was sie den anderen erzählt hatte: dass die graue Zeit weder ein Ort noch eine Zeit für die Lebenden war und lebende Wesen dort nur vorübergehend existieren konnten.

Sie verließ das Gebäude und blieb stehen, überrascht, ohne zu wissen, wieso. Main Street, Serenade. Die Straße sah aus wie alle Straßen in der grauen Zeit. Wie jeder Ort in der grauen Zeit. Gespenstisch. Hier und dort parkten Fahrzeuge, darunter auch die zwei SUVs, die sie am Abend zuvor hatten stehen lassen.

Keine Menschen, natürlich.

Graues Dämmerlicht umgab sie. Diana fror, und sie rieb sich gedankenverloren die Arme, obwohl sie wusste, dass es nichts nützte. Der Anblick der beiden Fahrzeuge beunruhigte sie, doch ihr war nicht klar, warum.

»Also gut, wo ist meine Führerin?«, fragte sie laut. »Ich will hier drinnen – da draußen – nicht herumwandern, ohne zu ahnen, wohin ich gehen oder was ich sehen soll. Komm schon, ein wenig Hilfe könnte nicht schaden.«

Wie gewöhnlich klang ihre Stimme seltsam flach, nahezu hohl.

Nach etwas, das ihr wie eine lange Minute vorkam, zuckte sie mit den Schultern und ging den Weg zur Straße hinunter. Sie umrundete den vorderen SUV, schenkte ihm im Vorbeigehen aber nur einen flüchtigen Blick.

Auf der Straße blieb sie stehen und überlegte, wohin zum Teufel sie sich ohne Führerin wenden sollte …

»Diana.«

Na endlich. Sie drehte sich um und sah dieselbe Führerin, die sie in der Nacht zuvor begrüßt hatte.

»Brooke. Okay, warum bin ich hier? Ich kann mich nicht erinnern, eingeschlafen zu sein, und übrigens, ist es nicht mitten am Tag?«

»Ist es das?«

»Bitte, können wir uns diesen kryptischen Führerquatsch sparen?«

Das kleine Mädchen nickte ernst. »Na gut. Du bist hergekommen, weil du musstest, Diana.«

»Und wieso?«

»Weil du dich konzentrieren musst.«

»Worauf? Und warum?«

»Auf Quentin. Streck die Hand nach ihm aus, Diana.«

»Noch bevor ich das erledigt habe, weswegen ich hergekommen bin?«

»Das ist es, weswegen du hergekommen bist.«

Dianas Stirn umwölkte sich. »Das ergibt keinen Sinn.«

»Das kommt schon. Greif nach Quentins Hand. Halte an der Verbindung fest, die zwischen euch besteht.«

Um Brooke den Gefallen zu tun, dachte Diana an Quentin, stellte sich vor, nach seiner Hand zu greifen. Doch noch während sie es tat, war ihr bewusst, dass sie sich nicht aus vollem Herzen bemühte, da sie dieser Verbindung misstraute und sie nur benutzte, wenn es sein musste.

Plötzlich war da ein Lichtstrahl, als ob ein Blitz das Zwielicht für einen Augenblick erhellte. Und für diesen Augenblick bekam Diana ein Gefühl für Farbe, Geräusche und Leben. Für Menschen um sie herum und Bewegung.

Nur für einen Augenblick.

Etwas ganz Ähnliches war vor etwa einem Jahr geschehen, als sie Quentin kennengelernt hatte. Als die Verbindung zwischen ihnen entstand oder sie beide erkannten, dass sie schon seit langer Zeit vorhanden war. Ihr war heute noch nicht klar, was von beidem zutraf.

Als sie sich zum ersten Mal in ihrem Leben bewusst an die graue Zeit zu erinnern begann.

»Brooke, ich …«

»Du musst dich mehr anstrengen, Diana.«

Diana wurde jetzt richtig kalt, weit über das übliche Frösteln der grauen Zeit hinaus. Sie nahm sich zusammen, versuchte Quentin mit stärkerer Konzentration, mehr Willenskraft zu erreichen.

Ein weiterer Blitz, diesmal mehrere Sekunden lang. Der Krach war beinahe ohrenbetäubend, ein Brüllen, das Geräusch trappelnder Füße und lauter Stimmen, ein seltsam melodisches Klimpern, wie Windspiele. Oder vielleicht war es zerbrechendes Glas, das auf etwas Hartes wie Beton oder Asphalt fiel. Eine Woge sengender Hitze schwappte über sie hinweg, und trotzdem war ihr kalt.

Auf der Straße vor ihren Füßen lag ein junger Mann, der ihr vage bekannt vorkam. Eine Frau und ein Mann knieten rechts und links neben ihm und drückten etwas, das wie ein gelbes T-Shirt aussah, gegen seinen Brustkorb. Das gelbe Material färbte sich scharlachrot, und der junge Mann, aus dessen Mundwinkel weiteres Blut sickerte, starrte zum Himmel. Mit einem Blick, den sie kannte.

Er war bereits tot.

Der Blitzstrahl erlosch, und sie war wieder allein mit Brooke in der grauen Zeit.

»Der arme Junge«, sagte sie. »Er ist einer der Deputys, glaube ich. Was ist passiert?«

»Du erinnerst dich nicht?«

»Sollte ich das?« Namenloses Unbehagen kroch über sie, kalt und schleichend.

»Streck die Hand nach Quentin aus, Diana. Du musst.«

Jetzt widerstrebte es ihr sogar noch mehr, doch nicht aus demselben Grund. Sie fürchtete sich nicht mehr vor der Verbindung, sondern vor dem, was die Verbindung ihr zeigen würde.

»Du musst es tun«, beharrte Brooke.

Diana wappnete sich innerlich, konzentrierte sich und streckte in Gedanken wieder die Hand nach Quentin aus.

Das helle Tageslicht blendete sie fast, der Krach war immer noch ohrenbetäubend, Menschen rannten schreiend durcheinander, der SUV brannte und …

Sie drehte den Kopf etwas weiter, eher in Reaktion auf den Krach und die Helligkeit als aus bewusster Absicht, und da sah sie es. Sie machte einen Schritt, dann noch einen. Und spürte, wie ihre Beine nachgaben.

Ein paar Meter von dem erschossenen jungen Mann entfernt lag ein weiterer blutender Körper, umringt von anderen Menschen, die sich verzweifelt bemühten, die Blutung zu stillen, mit schierer Willenskraft versuchten, eine Hülle am Leben zu halten, die selbst ihre Laienaugen als zu beschädigt erkannten, das Leben aus eigener Kraft aufrechtzuerhalten.

»Diana! Hör mir zu – halt dich an mir fest. Hörst du. Diana, lass mich nicht los. Verdammt noch mal, lass mich nicht *los!«*

Quentins Stimme war ein heiseres Brüllen, seine blutigen Hände hielten die ihren fest umklammert, ganz fest, während die anderen vom Team sich mit ihrem reglosen Körper abmühten.

Sie hätte gern sein Gesicht gesehen, aber der Blickwinkel war nicht richtig.

Das helle Tageslicht flackerte, wurde schwächer, flackerte wieder – und sie war zurück in der grauen Zeit. Brooke sah sie an.

»Es tut mir leid, Diana.«

Die Kälte, die über Diana hereinbrach, war ihr entsetzlich vertraut, ein eisiger Schrecken aus ihrer Kindheit, als sie ihre geliebte Mutter reglos und stumm in einem Krankenhausbett hatte liegen sehen und wusste, dass die Seele sie bereits verlassen hatte.

»Oh, verdammt«, flüsterte sie.

9

Sheriff Duncan blieb in der Tür zum Warteraum stehen und trat dann zögernd ein. »Gibt's was Neues?«

Von einem der großen Fenster, die tagsüber einen weiten Blick auf die Berge boten, durch die nachts aber nur die Lichter der unten liegenden Stadt zu sehen waren, antwortete Miranda: »Sie ist immer noch im Operationssaal. Man hat uns bisher nichts gesagt, weder Gutes noch Schlechtes.«

Duncan wollte irgendetwas darüber äußern, dass keine Nachrichten gute Nachrichten wären, doch ein Blick auf seine Uhr verriet ihm, dass Diana Brisco schon viel zu lange im Operationssaal war, um noch auf gute Nachrichten hoffen zu können. An die zwölf Stunden, und es war weit nach Mitternacht. Sie war per Hubschrauber direkt vom Tatort in dieses große, mehr als fünfzig Meilen von Serenade entfernte Krankenhaus geflogen worden, das über einen der besten traumatologischen Fachbereiche im Südwesten verfügte und aller Wahrscheinlichkeit nach Dianas einzige Chance fürs Überleben bot. Wenn sie überhaupt eine Chance hatte, was die als Erste vor Ort eingetroffenen Rettungskräfte eindeutig bezweifelt hatten.

Der Sheriff blickte auf die anderen beiden im Raum und bemerkte, dass Hollis sich wenigstens das Blut von den Händen gewaschen hatte – obwohl noch eine Menge davon auf ihrem hellen Pullover zu sehen war – und dass DeMarco sie mit einer kaum wahrnehmbaren Falte zwischen seinen Brauen beobachtete.

Duncan fiel auf, dass einer fehlte. »Wo ist Quentin?«

»Bei Diana«, erwiderte Hollis.

»Im Operationssaal?«

Sie nickte, starrte ins Leere, wich seinem Blick aus.

Wieder merkte Duncan, dass er nach Worten suchte. »Ich habe noch nie gehört, dass ein Krankenhaus oder ein Chirurg so was erlaubt. Chirurgen führen sich doch sonst im Operationssaal wie Götter auf.«

»Sie hätten sein Gesicht sehen sollen«, meinte DeMarco. »Selbst Gott hätte es sich zweimal überlegt, ihn von Diana zu trennen.«

Miranda wandte sich vom Fenster ab. »Keiner da drin ist glücklich darüber, aber sie haben sich nach Kräften bemüht, Quentin in sterile Tücher zu wickeln und alles, an das sie herankommen konnten, mit Desinfektionsmittel zu besprühen. Es galt, keine Zeit zu verlieren und sie nicht auch noch damit zu verschwenden, sich mit ihm zu streiten. Vor allem, da allen klar war, wie das enden würde.«

»Erstaunlich, dass niemand versucht hat, ihn k.o. zu schlagen«, murmelte Duncan.

»Sie haben sein Gesicht nicht gesehen«, wiederholte DeMarco.

Duncan wünschte sich wirklich, er hätte es gesehen. »Hoffentlich hat jemand daran gedacht, ihn zu entwaffnen«, fiel ihm nur ein.

»Hab ich.« DeMarco ging nicht auf Einzelheiten ein.

»Wie ist die Situation in Serenade?«, fragte Miranda, eindeutig nicht ganz bei der Sache.

»Die Hölle«, erwiderte der Sheriff unumwunden. »Inzwischen allerdings ein bisschen ruhiger als den ganzen Nachmittag und einen Großteil des Abends über. Zum Glück sind noch mehr von Ihren Leuten aufgetaucht, um uns zu helfen. Wir haben viele Verwundete, beschädigte Gebäude, von denen immer noch Glas und andere Trümmer auf die Straße fallen, wenn der Wind auffrischt, überall Staatspolizisten, FBI-Agenten und Feuerwehrleute, jede Menge Fernsehleute von allen möglichen Sendern – und eine völlig verängstigte Bevölkerung. Aber unter den Einwohnern gab es bisher nur einen Todesfall.«

»Das mit Dale tut mir leid«, sagte Miranda.

»Mir auch. Er war nur ein Junge in Uniform, der auf der Stelle trat, ohne etwas Besonderes für seine Zukunft zu planen. Aber er hätte mehr Zeit verdient, etwas Besonderes für sich zu finden.«

»Ja.« Sie atmete langsam durch. »Tut mir leid, dass wir diese Tragödie in Ihre Stadt gebracht haben, Des.«

»Sie haben sie nicht gebracht.« Er klang stoisch. »Dieser Wahnsinnige, den Sie verfolgen, hat sie gebracht. Ich hoffe nur, Sie schnappen diesen Scheißkerl.«

»Das werden wir.«

Obwohl sie ohne Nachdruck sprach, glaubte er ihr irgendwie. Vielleicht gerade deswegen.

»Ist Dr. Edwards in Serenade?«, fragte Miranda.

»Ja, sie kam mit der ersten Gruppe Ihrer Leute. In einem der Hubschrauber. Ich hoffe, es macht Ihnen nichts aus, dass ich mich von einem habe mitnehmen lassen, der in diese Richtung flog. Der Pilot sagte, er hätte Befehl, hier herauf zu fliegen und sich bereitzuhalten, einige von Ihnen nach Serenade zurückzubringen.«

»Geht viel schneller als fahren«, stimmte Miranda zu.

»Und Sie können gerne mitfliegen. Sobald wir etwas Neues von Diana erfahren ...«

Duncan nahm an, dass Miranda möglichst bald nach Serenade zurückkehren wollte. Ein weiterer SCU-Agent war mit der ersten Gruppe eingetroffen und als Leitender Ermittler für Miranda eingesprungen, was der Sheriff jedoch für eine vorübergehende Maßnahme hielt. Aber so, wie es klang, würde Quentin wohl länger hier bleiben. Bei den anderen beiden war sich Duncan nicht sicher.

Bevor das Schweigen zu drückend wurde, sagte er: »Ihre Ärztin glaubt, dass unser Krankenhaus über genügend Grundausstattung verfügt, mit der sie und ihre Assistentin arbeiten können, plus all dem anderen Zeug, das sie mitgebracht hat.« Er hielt inne. »Ich habe noch nie einen Arzt gesehen, der mit so vielen Ausrüstungskisten reist.«

»Sie ist eine erstklassige forensische Pathologin«, erklärte Miranda. »Ich hätte sie schon gestern anfordern sollen – oder besser noch am Dienstag –, statt die beiden Mordopfer in die bundesstaatliche Gerichtsmedizin zu schicken.«

»Nach allem, was ich gesehen habe, ist es ein gewaltiger Aufwand, sie und ihr mobiles Labor anzufordern, und daher nichts, was man so ohne Weiteres tut, da Sie ja nicht wussten, wie lange Sie bleiben. Im ersten Hubschrauber war nicht mal Platz für ihre Assistentin, nur für sie und ihre Ausrüstung.« Wieder hielt er inne und fügte dann hinzu: »Wie auch immer, sie wird auf jeden Fall die Autopsie an Dale durchführen. Und sie hat sich den Mann vorgenommen, den Ihre Leute auf dem Dach des alten Kinos gefunden haben. Der sagte prompt, er sei mindestens seit zwölf Stunden tot gewesen, als er gefunden wurde.«

DeMarco warf bedächtig ein: »Also nicht der Scharfschütze von gestern, aber möglicherweise der von Dienstag.«

»Das ergibt doch keinen Sinn«, protestierte Hollis. »Zwei Scharfschützen? Ist da eine Armee auf uns angesetzt?«

»Keine sonderlich erfolgreiche.« DeMarcos Stimme war emotionslos. »Zwei Fehlschüsse am Dienstag und gestern nur ein abgefeuerter Schuss. Ich muss davon ausgehen, dass er gestern nicht nur … Glück … hatte. Wenn der Deputy nicht das Zielobjekt war – und ich glaube, davon gehen wir alle aus –, war es entweder reines Pech, dass er vor die auf Diana gerichtete Kugel geriet, oder der Scharfschütze wollte angeben und sie beide mit einem einzigen Schuss erledigen.«

»Aber warum Diana?« Hollis blickte auf ihre verschränkten Hände. »Auch das ergibt doch keinen Sinn. Sie ist bisher noch nicht mal eine voll ausgebildete Agentin. Sie hatte keine *Zeit*, sich Feinde zu schaffen.«

»So, wie wir da heute Morgen herumgerannt sind, hätte es jeden von uns treffen können«, machte DeMarco ihr klar. »Er hat uns vermutlich am Dienstag alle als Agenten erkannt, als er uns von seinem Unterstand aus beobachtet hat. Wir können nicht mit Sicherheit sagen, ob Diana gestern sein spezielles Zielobjekt war. Er könnte beabsichtigt haben, einfach irgendeinen SCU-Agenten auszuschalten, Punkt.«

»Vor allem, da die Schüsse vom Dienstag auf dich und Reese abgegeben wurden«, rief ihr Miranda in Erinnerung.

»Na gut, aber wieso zwei Scharfschützen?«

»Ich habe so eine Ahnung, dass der Mann, der auf dem Dach des alten Filmtheaters umgebracht wurde, reines … Theater war. Inszeniert, hindrapiert, damit wir ihn finden. Ein weiteres Opfer«, antwortete Miranda.

DeMarco nickte. »Das erscheint mir auch plausibler. Jedenfalls brachte es unsere Leute dazu, sich auf das falsche Gebäude, den falschen Ort zu konzentrieren, was dem echten Scharfschützen mehr Zeit verschaffte, sein Vorhaben auszuführen und sich in Sicherheit zu bringen. Und eine auf diese Weise drapierte Leiche zu finden, stellt zwangsläufig eine Ablenkung für uns dar, ein weiteres … Täuschungsmanöver.«

»Weil wir ihm zu nahe kommen?«, fragte Hollis hoffnungsvoll.

»Das würde ich gern glauben«, meinte DeMarco.

»Ich auch.« Miranda nickte. »Doch mir kommt es eher so vor, als hielte er sich für clever. Veranstaltet Spielchen. Uns einen ›Scharfschützen‹ zu präsentieren, und dann auch noch auf dem Dach eines alten Kinos, ist ziemlich dramatisch.«

Bevor jemand darauf antworten konnte, kam ein Arzt in den Warteraum. In OP-Kleidung und deutlich erschöpft, blickte er sich um, die Augen in seinem jugendlichen Gesicht viel zu alt, und erkannte in Miranda sofort die Person, mit der er sprechen musste.

»Sie hat die Operation überstanden«, sagte er mit der tonlosen Stimme eines Menschen, der einen langen Kampf durchgefochten hat, sich des Sieges aber nicht gewiss ist. »Wir haben getan, was wir konnten, um die Schäden zu reparieren. Ihr Herz hat während der Operation zweimal ausgesetzt, und wir haben sie an ein Beatmungsgerät angeschlossen. Ehrlich, ich bin überrascht, dass sie es so weit geschafft hat. Aber sie ist stark – und sie lässt nicht los. Wenn sie die nächsten achtundvierzig Stunden durchhält, hat sie eine Chance.«

»Eine Chance zur vollständigen Genesung?« Mirandas Stimme schwankte nicht.

»Ich weiß es nicht«, erwiderte er rundheraus. »Da gibt es ein paar ... Eigentümlichkeiten, die ich nicht so ganz verstehe, wie zum Beispiel ein ungewöhnliches Maß an elektrischer Aktivität in ihrem Gehirn.«

»Jetzt noch?«

»Wir haben drei Scans durchgeführt, zunächst um nach Schäden an der Wirbelsäule zu suchen, da die Kugel so nahe daran vorbeiging. Auf dem ersten Scan leuchtete ihr Gehirn auf wie ein Weihnachtsbaum. Also haben wir sie erneut gescannt, nachdem wir sie etwas mehr stabilisiert hatten, und noch einmal nach der Operation. Jede Menge Aktivität beim ersten und dritten Scan, sehr viel weniger beim zweiten. Als würde sie es an- und ausschalten. Oder die Energie in einer Art Höhen- und Tiefenrhythmus einsetzen. Die Höhen, die Spitzen, sind jedoch sehr hoch, sehr intensiv. Zu intensiv. Wenn sie zu oft auftreten oder zu lange anhalten ... Ich weiß ehrlich nicht, wie lange das gehen kann, ohne Schaden an ihrem Gehirn zu verursachen, so wie bei hohem Fieber.«

»Das steht aber nicht fest«, warf Hollis sein.

Er schaute kurz zu ihr. »Nein. Das sagen mir lediglich meine Ausbildung und Erfahrung.«

»Findet die Gehirnaktivität in einem Bereich statt, in dem Sie das nicht erwarten würden?«, fragte Miranda.

»In mehreren Bereichen, in denen ich es nicht erwarten würde. Und ich bin mir nur in einem sicher, nämlich, dass sie weit davon entfernt ist, hirntot zu sein. Ob sich das körperlich positiv oder negativ auf sie auswirken wird, ist eine Frage, die ich einfach nicht beantworten kann.«

Er seufzte. »Die Kugel hat ihre Wirbelsäule verfehlt, jedoch eine Menge Schaden angerichtet, und sie hat viel Blut verloren. Ich habe schon erlebt, dass Menschen Schlimmeres überstanden haben. Nicht viele, aber einige. Hören Sie, im Moment können Sie nichts für sie tun. Sie ist jetzt auf der Intensivstation und wird dort auch noch tagelang bleiben.« *Vorausgesetzt, sie überlebt.* »Keine weiteren Besucher für die nächsten Stunden, am besten nicht vor morgen früh, und auch dann bitte ich Sie, nur einzeln zu kommen und es kurz zu machen. Für die Ärzte und das Pflegepersonal ist es schon schwer genug, um Agent Hayes herum zu arbeiten. Machen Sie sich frisch, versuchen Sie etwas Schlaf zu bekommen. Ich habe Ihre Nummer und werde Sie anrufen, falls es irgendwelche Veränderungen gibt.« Sein Mund verzog sich leicht. »Oder er wird es tun.«

»Wir sind Ihnen dankbar, dass Sie Quentin erlaubt haben, bei ihr zu bleiben, Doktor.«

»Von Erlauben kann keine Rede sein, das wissen Sie, Agent Bishop.« Er zuckte die Schultern. »Ich habe so etwas nur einmal zuvor erlebt, und ich glaube, es hat eine entscheidende Rolle gespielt, dass sie zusammen bleiben konnten. Ich bin nicht zu stolz dazu, alle Hilfe anzunehmen, die ich bekommen kann. Also. Das Pflegepersonal hat Anweisung, Agent Hayes nicht in die Quere zu kommen.«

»Vielen Dank.«

»Wenn sie Familie hat, wäre es wohl am besten, sie zu benachrichtigen. So schnell wie möglich.«

»Vielen Dank«, wiederholte Miranda. Und als er sich abwenden wollte, fügte sie hinzu: »Doktor? Als ihr Herz aussetzte, mussten Sie einen Defibrillator einsetzen.«

Er nickte und meinte dann nur: »Agent Hayes hat ihre Hand nicht losgelassen, und er ist nicht mal zusammengezuckt. Eines Tages würde ich gerne mit Ihnen darüber reden. Denn so etwas habe ich noch nie erlebt.«

»Es wäre am besten«, sagte Brooke, »wenn du hier auf dieser Seite ins Krankenhaus gingst. Um nahe bei deinem ...«

»... meinem Körper zu sein?« Diana entfuhr ein brüchiges Lachen, ein Geräusch, das durch das hohle Fast-Echo der grauen Zeit einen unheimlichen Klang bekam. »Was soll das bringen, wenn ich nicht zu ihm zurückkann?« Sie hockte auf einer kalten Bank an einer beklemmend stillen und leeren Main Street in Serenade, wo sie seit ihrem zweiten Versuch saß, eine Verbindung zu Quentin herzustellen. Dabei hatte sie etwas erblickt, das sie am liebsten nie gesehen hätte.

Sie hatte keine Ahnung, wie viel Zeit in der Welt der Lebenden vergangen war.

War sie bereits tot? Falls es ihr gelang, sich wenigstens teilweise zurückzubringen, damit sie etwas von der Welt der Lebenden sah – und sei es nur für einen Sekundenbruchteil –, würde sie dann ihren schrecklich zugerichteten Körper auf einem Tisch in irgendeinem kalten und sterilen Leichenschauhaus erblicken?

Oder saß sie schon lange genug erstarrt auf dieser Bank, um ihre eigene Beerdigung zu sehen?

Großer Gott.

»Du hältst immer noch an der Verbindung zu Quentin fest«, bemerkte Brooke gelassen.

»Kommt mir eher vor, als hielte er daran fest. An mir.«

»Ja, er ist ein dickköpfiger Mann.«

»Allerdings«, murmelte Diana.

»Und er bekam ein oder zwei ... Kraftstöße, die ihm dabei geholfen haben. Ihm geholfen haben, die Verbindung zu verstärken. Er ist entschlossen, an dir festzuhalten, egal was passiert. Dich sogar zurückzuziehen.«

Diana konnte es spüren, schwach nur, ein stetiger Zug mit einem gelegentlichen, dringenderen Ruck, war aber machtlos, dem zu gehorchen. »Was auch immer ihm das bringen soll. Ich habe versucht, die Hand nach ihm auszustrecken, aber ... ich kann nicht. Diesmal nicht.«

Sie hatte es wirklich versucht. Verzweifelt.

Warum habe ich es nicht getan, als ich die Möglichkeit dazu hatte? Wirklich die Hand nach ihm auszustrecken, mich wirklich mit Quentin zu verbinden, so wie er es wollte?

Wie ich es wollte.

Zu spät. Verdammt, jetzt ist es zu spät.

Der Kummer darüber war schmerzlicher als alles, was sie je erlebt hatte.

»Gib nicht auf, Diana.«

»Ja, ja.« Sie erschauerte, war unfähig, die über sie hereinbrechenden Erinnerungen aufzuhalten. Sie selbst als Kleinkind, wie sie an der Hand ihres Vaters durch einen langen Krankenhausflur ging, vorbei an Zimmern voller Menschen, von denen selbst ihr ratloser, verängstigter Kinderverstand gewusst hatte, dass sie mehr tot als lebendig waren. Menschen, die still und stumm in ihren Betten lagen, angeschlossen an piepsende, surrende Maschinen, die ihren Herzschlag aufzeichneten und den Körpern »halfen«, Luft in ihre Lunge zu pumpen.

Schließlich wurde sie in eines der Zimmer geführt. Hochgehoben von ihrem Vater, damit sie ... ihre Mutter sehen konnte. Oder das, was von ihr noch da war. Ein regloser Körper, dessen Herzschlag von einer piepsenden Maschine aufgezeichnet wurde und den eine andere Maschine zum Atmen zwang.

Nur ein Körper.

Diana hatte es gewusst, mit absoluter Gewissheit, dass ihre Mutter nicht mehr da war. Und dass sie nie zurückkommen würde.

Inzwischen wusste sie, dass ihre Mutter in einem verzweifelten Versuch, ihre verlorene Tochter zu finden, paragnostische Gaben eingesetzt hatte, über Grenzen hinaus, die sie nicht mehr beherrschen konnte. Dadurch hatte sie die Verbindung gekappt, die ihren Geist mit ihrem körperlichen Selbst verband. Es war nur eine Frage der Zeit gewesen, bevor ihr von Maschinen am Leben erhaltener Körper schließlich seine Funktionen einstellte.

Diese Erinnerungen hatte Diana sehr, sehr lange unterdrückt, weil Entsetzen und Kummer gedroht hatten, sie zu überwältigen, und weil sie vor knapp einem Jahr entdeckt hatte, dass die Gaben ihrer Mutter auf sie übergegangen waren – und die Risiken, wenn man sie benutzte.

Nur war es bei ihr nicht darum gegangen, ihre Gaben übermäßig zu strapazieren, wie ihre Mutter es getan hatte, sondern die Kugel eines Scharfschützen hatte ihren Körper tödlich verwundet und die Verbindung ihres Geistes zu ihm gekappt.

»Nicht gekappt. Zumindest nicht vollkommen. Es muss nicht so enden, Diana.«

»Ach, wirklich? Ist es nicht bereits passiert?« Wie sehr Diana sich auch bemühte, sie konnte das Schwanken nicht aus ihrer Stimme halten.

In sachlichem Ton erwiderte Brooke: »Dann wärst du bereits weitergezogen. Medien verweilen hier nur selten längere Zeit.«

»Nur selten.«

»Weil sie den Tod viel besser verstehen als die meisten Menschen. Sie verstehen, dass er eine Veränderung ist, aber kein Ende. Daher sind sie eher bereit, weiterzuziehen und den nächsten Schritt auf ihrer Reise zu machen. Aber das hast du nicht getan. Du bist immer noch hier. Was bedeutet, dass du etwas tun könntest, um die Dinge für dich zu ändern.«

»Oder es könnte bedeuten, dass auch ich dickköpfig bin. Mich am Leben festklammere, selbst wenn es keine wirkliche Hoffnung mehr gibt.«

»Wir formen unser eigenes Schicksal.«

»Tun wir das?«

»Einiges davon. Vielleicht das meiste. Wenn du einen stärkeren Grund zum Leben als zum Sterben hast, kannst du es vielleicht geschehen lassen.«

Seit sie sich erinnern konnte, befürchtete Diana zum ersten Mal, von den Worten einer Führerin getäuscht zu werden. Konnte sie Brooke trauen? Sagte sie die Wahrheit? Über alles?

Bisher verspürte sie nicht dieses schreckliche Gefühl, das sie vor dem falschen Quentin gewarnt hatte. Brooke sah genauso aus wie zuvor, sprach in derselben Weise, und nichts an ihr wirkte falsch oder unstimmig. Aber Diana wagte nicht, auf ihre Gefühle zu vertrauen, nicht jetzt, wo die

Möglichkeit ihres eigenen Todes sich wie eine dunkle Wolke aus Entsetzen und Bedauern um sie legte, sie erstickte.

Dieses Schicksal hinzunehmen, fiel ihr nicht leichter, obwohl sie wusste, dass etwas von ihr selbst den Tod überdauern würde und dass es danach noch eine Art Existenz gab. Sie wollte nicht sterben. Wollte die Welt der Lebenden nicht verlassen.

Sie wollte Quentin nicht verlassen.

Sie war nicht bereit. Jetzt nicht. Noch nicht.

Bemüht, das alles von sich wegzuschieben, hörte sie sich ihrer Führerin antworten, führte ihren zwanglosen, beinahe flapsigen Ton auf einen Instinkt zurück. »Was geschehen lassen? Irgendwas tun, um mein Schicksal zu ändern? Was, hier? Ich tue *nie* etwas in der grauen Zeit, Brooke, außer mit meinen Führern reden.«

»Diesmal kannst du es vielleicht.«

»Ach ja? Und was? Rauskriegen, wer mich erschossen hat? Ich bezweifle, dass er auf dieser Seite ist.« Sie hielt inne und fügte dann rasch hinzu: »Ist er doch nicht, oder?«

»Nein.«

Diana überlegte, ob sie das glauben konnte. Ob sie es glauben *sollte*.

Und wenn er nun hier ist? Könnte er mich hier finden? Könnte er mich auf dieser Seite sogar noch mehr verletzen? Hollis befürchtete, Samuels zahmes Monster wäre dazu fähig, wenn es tot ist. Woher soll ich wissen, ob der Scharfschütze das nicht auch kann, egal, ob er lebt oder tot ist?

Verstehe ich diesen Ort, diese Zeit überhaupt so gut, wie ich immer geglaubt habe?

Konnte hier noch jemand anderes sein, ein anderer Paragnost, der sie beobachtete? Sie im Auge behielt und vielleicht eine Art Kontrolle über sie ausübte oder sie zumindest beeinflusste? Und wenn ja, wie konnte sich diese Person, dieses Wesen an einem Ort verstecken, wo es weder Dunkelheit noch Licht gab, wo nur Schatten waren?

»Du musst nach der Wahrheit suchen.«

»Der Wahrheit, die unter allem verborgen liegt, ja, ich erinnere mich. Ich habe zwar keine Ahnung, was du damit meinst, aber ich erinnere mich.«

»Hat alles mit Bindungen zu tun. Und Verbindungen.«

Diana seufzte. »Zwischen wem? Menschen? Orten? Ereignissen?«

»All dem.«

»Danke. Das war ja eine tolle Hilfe.«

Brooke drehte sich um und ging davon. Diana schaute ihr kurz nach, stand dann von der Bank auf und folgte ihr rasch. Sie wusste nicht, wohin sie geführt wurde, und hatte die Befürchtung, sie könnte an einem Ort enden, der viel schlimmer war als die gespenstische Main Street von Serenade, war sich jedoch vollkommen sicher, dass sie in der grauen Zeit nicht allein sein wollte.

»He, warte mal.«

»Mach voran«, rief Brooke, ohne sich umzudrehen.

»Für ein Kind hast du ein ganz schön freches Mundwerk.«

»Gerade du solltest wissen, dass ich kein Kind bin«, erwiderte Brooke, als Diana sie eingeholt hatte. »Keiner von uns ist in der grauen Zeit ein Kind, selbst wenn wir als Kinder gestorben sind. Ich habe mehr als einmal gelebt, bin erwachsen geworden und gestorben, und ich erinnere mich an jedes Leben, wenn ich hier bin. Wir erinnern uns hier alle.«

Das verblüffte Diana, auch wenn es eine Menge erklärte. Sie hatte ihr Leben lang mit nervtötend reifen »Kinderführern« kommuniziert. Aber es warf auch die Frage auf …

»Warte mal. Ich kann mich an kein anderes Leben erinnern. Nur an das eine. Was bedeutet das?«

»Könnte ein weiteres Zeichen dafür sein, dass du nicht hierher gehörst.«

Diana verspürte ein bisschen mehr Hoffnung, selbst als sie sich erneut fragte, ob sie an das glauben konnte, was diese Führer sagten.

»Andererseits«, fuhr Brooke fort, »könnte es auch bedeuten, dass du eine neue Seele bist.«

Diana bemühte sich, nicht laut, sondern nur innerlich zu fluchen und ihrer Stimme einen festen Ton zu geben. »Also haben die Menschen recht, die an Reinkarnation glauben?«

»Sagen wir mal, sie sind auf der richtigen Spur.«

»Karma?«

Brooke brauchte keine nähere Erläuterung zu dieser Frage. »Es gibt viel schlimmere Höllen als eine Feuergrube und Qualen. Und bessere Himmel als hübsche Wolken und Harfenmusik.«

»Und wir ernten, was wir säen?«

»Auf die eine oder andere Weise werden wir für unsere Taten zur Verantwortung gezogen, daran solltest du nie zweifeln. Ist alles eine Frage des Ausgleichs. Das Universum möchte alles ausgeglichen haben. Früher oder später.«

Diana hätte gerne darüber nachgedacht, merkte aber, dass sie nicht mehr durch die Main Street von Serenade gingen. Alles um sie herum wurde für einen Augenblick unscharf, und dann erkannte sie, dass sie sich erneut in den schimmernden, gesichtslosen Korridoren der ehemaligen psychiatrischen Anstalt befand.

»Warum sind wir hier, Brooke?«

»Weil wir hier sein müssen. Du musst hier sein.«

»Ich dachte, du wolltest, dass ich in das Krankenhaus gehe, in dem mein – in dem ich bin. Das hier kann es nicht sein, denn dieser Ort existiert nicht in der Welt der Lebenden. Nicht mehr.«

»Du musst hier sein«, wiederholte Brooke.

»Sie belügt dich«, sagte eine neue Stimme ruhig.

Diana blieb stehen, drehte sich sehr langsam um und war überhaupt nicht erleichtert oder glücklich, Quentin lächelnd in einer offenen Tür direkt hinter ihnen stehen zu sehen.

»Ich weiß, ich sollte mit dir zurückfahren, Miranda«, sagte Hollis. »Ich weiß, der Arzt hat gesagt, wir könnten hier nichts für Diana tun. Aber …«

»Aber du bist anderer Meinung?« Miranda zeigte keine Ungeduld, obwohl der Sheriff bereits vorausgegangen war, um dem Piloten mitzuteilen, dass sie für den Rückflug nach Serenade bereit wären.

Hollis zögerte, bewegte dann ihre Schultern in einer Geste, die nicht ganz einem Schulterzucken entsprach. »Ich weiß nicht genau, was ich meine. Ich *spüre* nur, dass ich erst einmal hier bleiben muss.«

»Dir ist klar, dass es hier schwierig für dich werden wird.«

»Ja. Ja, das habe ich schon vor ein paar Stunden gemerkt.« Hollis sah DeMarco nicht an, auch wenn sie merkte, dass er sie beobachtete.

Miranda nickte. »Ich dachte mir schon, dass du bestimmt eine ganze Reihe von Geistern gesehen hast.«

»Unten auf der traumatologischen Station war es schlimmer. Hier oben ist es ein bisschen besser.« Hollis vermied den Blick zum Flur, der von diesem Wartebereich einsehbar war. »Aber sie sind trotzdem … sehr plastisch. Und ich kann die Tür anscheinend nicht schließen.«

»Vermutlich eine, die du nicht geöffnet hast.« Miranda warf ihr ein schiefes Lächeln zu. »Aus den Erfahrungen mit meiner Schwester weiß ich, dass es Orte gibt, an denen Geister wandeln, und Krankenhäuser stehen ganz oben auf der Liste. Medien können es nicht vermeiden, sie zu sehen.«

»Ich kann damit umgehen.« Hollis hoffte, dass das stimmte.

»Das bezweifle ich nicht. Nur wird es nicht leicht sein. Schau, Hollis, wir wissen nicht, wie die graue Zeit funktioniert, aber, Diana war immer davon überzeugt, dass es Seelen gibt, die dort landen, abgetrennt von ihren Körpern. Dort für eine Weile gefangen sind.«

»Oder zurückkommen, ja.« Hollis betete, dass DeMarco den Mund halten würde. Sie hatten an diesem Morgen noch keine Gelegenheit gehabt, Miranda von den Ereignissen der vergangenen Nacht zu berichten, vor allem davon, dass Hollis nun jedes Mal in die graue Zeit gezogen wurde, wenn Diana eine Tür öffnete. Und Hollis wollte, dass es unter ihnen blieb, zumindest für einige Zeit. Denn sie hatte keinen Zweifel daran, dass Miranda den riskanten Plan nicht gutheißen würde, der in Hollis Gedanken Gestalt anzunehmen begann.

»Du glaubst, sie ist dort?«

»Der Arzt sagte, ihr Herz hätte zweimal ausgesetzt. Wir wissen, dass es einmal in Serenade ausgesetzt hat. Wenn die graue Zeit tatsächlich ein Korridor zwischen dieser Welt und der nächsten ist, erscheint es mir wahrscheinlich, dass Dianas Geist dorthingehen würde. Das ist ein Ort, an dem sie sich wohlfühlt, der ihr vertraut ist, beinahe wie ein Zuhause. In einer Situation wie dieser könnte es für sie ein Zufluchtsort sein.«

»Ein Versteck?«

»Vielleicht. Als Folge ihrer schweren Verletzungen ... vielleicht. Sie hat mir erzählt, dass Bishop glaubt, ihr Bewusstsein und Unterbewusstsein wären nach all den Jahren medikamentöser Behandlung noch nicht wieder vollkommen aufeinander eingespielt und ihr Unterbewusstsein sei sehr gut darin geworden, sich zu schützen. Was ihr Unterbewusstsein, ihr Geist am besten kennt, ist die graue Zeit. Ich bin überzeugt, ein Rückzug dorthin würde fast automatisch erfolgen. Falls es so ist, dann ist sie immer noch halbwegs in dieser Welt, dieser Realität. Und daher halbwegs am Leben. Sie könnte versuchen, mit einem von uns Kontakt aufzunehmen. Vielleicht mit Quentin. Oder vielleicht mit mir.«

»Ich stimme dir zu, dass sie dorthin gegangen sein könnte. Aber wir wissen nicht, ob ihre Verbindung mit Quentin stark genug ist, sie auf dieser Seite zu verankern. Nicht wenn sie wirklich gestorben ist.« Miranda bemühte sich, emotionslos zu klingen, schaffte es jedoch nicht ganz.

»Umso mehr Grund für mich, in ihrer Nähe zu bleiben. Selbst wenn sie diesen Anker verloren hat, könnte ein anderes Medium in der Lage sein, sie zu sehen. Mit ihr zu sprechen. Ihr vielleicht zu helfen.«

DeMarco mischte sich zum ersten Mal ein. »Du siehst keine Geister von Menschen, die du kennst, von Kollegen, stimmt's?«

»Bisher nicht. Was nicht bedeutet, dass ich es nicht kann. Und da Diana ein Medium ist, könnte es dadurch leichter für mich sein, sie zu sehen. Vielleicht. Ich … glaube einfach nur, dass ich bleiben sollte, Miranda.«

»Dann bleibst du.«

»Und ich auch«, verkündete DeMarco.

»Das brauchst du nicht«, wehrte Hollis ab, ohne ihn anzusehen.

»Ich bleibe«, sagte er zu Miranda. »Wenn Diana das Zielobjekt war und nicht nur zufällig unter uns ausgewählt wurde, könnte unser wahnsinniger Scharfschütze beschließen, hierher zu kommen und die Sache zu beenden.«

»Der Gedanke kam mir auch schon.«

»Also bleibe ich. Selbst ohne an ihrem Bett oder vor ihrer Tür zu sitzen, sollte ich in der Lage sein, eine Bedrohung für sie zu spüren.«

»Ohne direkte Verbindung mit ihr?«

»Ich habe immer noch ihr Blut an mir«, erwiderte er mit belegter Stimme. »Das reicht als Verbindung.«

Miranda stellte das nicht in Frage. »Okay.«

»Galen ist inzwischen vor Ort?«

»Er hat einen der Hubschrauber geflogen.«

»Dann hast du den besten Wachhund des Teams.« De Marco nickte. »Und wenn du ihm erzählst, ich hätte das gesagt, werde ich es abstreiten.«

Miranda lächelte schwach. »Alles klar.«

»Was ist mit den Zwillingen?«

Ohne Überraschung zu zeigen, dass er davon wusste, erwiderte sie: »Halten sich hoffentlich nach wie vor im Hintergrund, außer der Scharfschütze hat Gabe entdeckt. Doch auch dann wurde Roxanne sicherlich nicht entdeckt. Wir haben noch weitere vom Team vor Ort.«

»Könnte dem Scharfschützen in die Hand spielen«, bemerkte DeMarco. »Mit so vielen von uns dort könnte er uns zum Abschießen zusammentreiben.«

»Keine Bange, so leicht werden wir es ihm nicht machen.« Ohne auf eine Antwort zu warten, fügte sie hinzu: »Bevor ich abfliege, werde noch mal mit dem Arzt sprechen und dafür sorgen, dass ihr beide Erlaubnis bekommt, in Dianas Nähe zu bleiben – zu ihrem Schutz.«

»Danke«, sagte Hollis. »Und halte uns auf dem Laufenden darüber, was in Serenade passiert, ja?«

»Natürlich.« Miranda drehte den Kopf, als Sheriff Duncan gerade im Eingang auftauchte. Er trug zwei Übernachtungstaschen und blickte etwas verwirrt.

»Ihr Pilot hat mich gebeten, das hier zu bringen«, erklärte er Miranda, während er die Taschen auf zwei Warteraumstühlen abstellte. »Er schien davon auszugehen, dass Hollis und Reese bleiben würden.«

»Danke, Des.« Ohne etwas zu erklären, wandte sich Miranda an DeMarco. »In deiner Tasche ist auch etwas zum Umziehen für Quentin. Falls einer von euch ihn überreden kann, Diana lange genug allein zu lassen, um zu duschen und was Warmes zu sich zu nehmen, meine ich.«

»Wir werden unser Bestes versuchen.«

Miranda nickte. »Ein Letztes noch. Ich muss Dianas Vater benachrichtigen und ihn wissen lassen, was passiert ist.«

Hollis verzog das Gesicht. »Ich … glaube nicht, dass sie das will.«

»Ich auch nicht. Aber sie hatte nicht endgültig entschieden, diese Verbindung völlig zu kappen, und da keine gegenteiligen Anweisungen in schriftlicher Form vorliegen, muss ich mich an die übliche Vorgehensweise halten. Falls ihr es nicht bereits wisst, dann nehmt zur Kenntnis, dass Elliot Brisco ein äußerst mächtiger Mann ist und alles andere als glücklich über Dianas Tätigkeit beim FBI.«

»Stark untertrieben«, murmelte Hollis.

»Ja, er wird wahrscheinlich Feuer und Schwefel spucken.«

DeMarco lächelte, doch nur jemand, der ihn gut kannte, hätte die ironische Belustigung in diesem Ausdruck erkannt. Jeder andere hätte vermutlich das Bedürfnis gehabt, sich rasch in eine wärmere Ecke zu verziehen. »Wenn ich mit Samuels Sorte von Feuer und Schwefel fertig werden konnte, nehme ich an, dass ich auch mit Brisco fertig werde.«

»Wohl wahr. Ich wollte euch nur warnen. Und euch sagen, dass Diana jedoch etwas anderes schriftlich festgelegt hat, wie es jeder vor seinem ersten Einsatz tun muss, nämlich Quentin zum Vollstrecker ihrer Patientenverfügung bestellt hat. Was bedeutet, dass Brisco zusätzlich zu seiner Besorgnis über Dianas Zustand und der Wut über den Lebensweg, den sie gewählt hat, auch noch machtlos sein wird, medizinische Entscheidungen für sie zu treffen. Männer wie er können es nicht ausstehen, machtlos zu sein.«

»Junge, Junge«, seufzte Hollis. »Werden wir einen Spaß haben.«

»Tja, eine kleine Verschnaufpause bleibt euch noch, bevor ihr mit ihm fertig werden müsst. Höchstwahrscheinlich ist er in einem seiner Unternehmen an der Westküste oder in New York, möglicherweise auch in London oder sogar Hongkong.«

»Ich hoffe auf Letzteres. Und ich werde einen Weg finden müssen, Frieden mit meinem Gewissen zu schließen, falls er zu spät hier eintrifft.«

»Wir müssen alle hoffen, dass das gar nicht erst zum Thema wird«, ermahnte Miranda sie.

»Amen.«

»Bis später, ihr zwei.« Beim Verlassen des Warteraums sammelte sie rasch den Sheriff ein und gab ihm nicht die Möglichkeit, etwas anderes zu tun, als den beiden Zurückbleibenden zuzuwinken.

»Der Plan ist nicht nur riskant«, knurrte DeMarco, als sie allein im Raum waren, »er ist irrsinnig.«

»Mag sein, aber danke, dass du ihn nicht verraten hast.« Hollis runzelte die Stirn, während ihr diverse Gedanken durch den Kopf schossen. »Oder glaubst du, Miranda hat es auch aufgefangen? Weil ich gesendet habe?«

»Hast du nicht. Und nach dem, was in den beiden letzten Tagen passiert ist, hat Miranda ihren Schild so verstärkt, wie ich es kaum je erlebt habe. Nachdem du vor der Bombenexplosion zu ihr durchgedrungen bist, hat sie ihn noch stärker gemacht. Ich schätze, Bishop und sie schließen jeden möglichen Spalt in diesem Schild, wenn sie unter Beschuss stehen oder es erwarten. Das ist ein Kompromiss: eine verminderte Fähigkeit, die Extrasinne einzusetzen, aber dafür auch sehr viel mehr Schutz.«

Hollis nickte, fragte jedoch trotzdem: »Ich habe nicht gesendet?«

»Nicht so stark. Entweder lernst du, dich abzuschirmen, oder dein irrsinniger Plan bringt dich dazu, auf jeder Ebene verschlossener zu sein.«

Und wie konntest du dann meine Gedanken lesen? Sie sprach es nicht laut aus, sondern starrte ihn nur weiter stirnrunzelnd an.

Er erwiderte ihren misstrauischen Blick mit einem vollkommen undurchdringlichen.

Hollis beschloss, nicht nachzufragen. »Na gut. Ich weiß nicht mal, ob ich überhaupt die Chance haben werde. Zum Schlafen bin ich viel zu aufgewühlt.«

»Ich werde nicht tatenlos zusehen, wie du dich betäubst, Hollis.«

»Kannst du bitte damit aufhören?«

»Habe nur geraten.«

Das hätte sie gerne geglaubt.

»Der Punkt ist«, sagte DeMarco, »selbst wenn es dir gelingt, in die graue Zeit zu kommen und Diana dort zu finden – was dann? Wie glaubst du, ihr helfen zu können?«

»Ich weiß es nicht.«

»Du hast es schon letztes Mal kaum hinaus geschafft.«

Hollis öffnete den Mund zu einer Antwort und schloss ihn wieder.

DeMarco nickte. »Vielleicht, weil ihr beide von jemandem in der grauen Zeit angegriffen wurdet. Ein Angriff – und ein Versuch, Diana zu täuschen.«

»Wir wissen nicht, was das zu bedeuten hatte.«

»Wir wissen, dass gestern auf Diana geschossen wurde. Als der Schütze auf jeden von uns zielen konnte, hat er sie ausgewählt. Ich glaube nicht, dass es Zufall war. Er hat auf Diana gezielt, und er hat sie getroffen. Das zusammen mit dem, was neulich Nacht beim Besuch in der grauen Zeit passiert ist, würde ich als einen verdammt guten Hinweis darauf deuten, dass *jemand* da draußen ist, um sie zumindest zu verletzen.«

»So hast du das vorhin nicht ausgedrückt.«

»Tja, ich konnte Miranda gegenüber nicht so ins Detail gehen, ohne zu erwähnen, was Dienstagnacht passiert ist. Was du ja eindeutig nicht wolltest.«

Verdammte Telepathen.

Hollis atmete langsam durch. »Na gut. Zugegeben. Es besteht durchaus die Möglichkeit, dass jemand es auf Diana abgesehen hat. Die Möglichkeit, dass diese Person sowohl ihren Geist als auch ihren Körper angreifen kann, und das vielleicht sogar noch gewaltsamer. Aber ... Schau, als du mich aus der grauen Zeit gezogen hast, warst du nicht körperlich mit uns dort, stimmt's?«

Wieder nickte er. »Stimmt. Mehr so, als würde ich einen Arm hineinstrecken und dich rausziehen. Ich empfand ein Gefühl von Kälte, von etwas ... Unerfreulichem, Albtraumhaftem. Aber ich war nicht dort. Habe weder etwas gesehen noch gehört.«

»*Albtraumhaft.* Das ist ein gutes Wort für einen sehr gruseligen Ort.«

»Ein Ort, mit dem Diana sehr vertraut ist«, erinnerte sie DeMarco.

»Ja. Ein Ort, den sie während der meisten Zeit ihres Lebens besucht hat. Doch du warst nicht dort. Du verstehst nicht, wie merkwürdig und ... einsam ... dieser Ort wirklich ist. Wie absolut trostlos.«

»Hollis …«

»Sie ist immer zu einem Zweck dorthingegangen, um jemandem zu helfen. Ich glaube, das ist einer der Gründe, warum sie dort stark war und warum es ihr gelungen ist, sich ohne die geringste Furcht durch diesen Ort, diese Zeit oder was auch immer es ist, zu bewegen. Aber … was ist, wenn sie es diesmal weiß, Reese? Was ist, wenn sie dort ganz allein *festhängt* und weiß, was mit ihr passiert ist?«

»Dann tut sie mir leid. Doch ich weiß immer noch nicht, wie du glaubst, ihr helfen zu können.«

Das Schlimme daran war, dass Hollis es auch nicht wusste. Sie wusste nur, dass sie nicht tatenlos zusehen konnte, ohne etwas zu unternehmen.

Irgendwas.

10

Roxanne Wolf überprüfte zum vierten Mal die Randbezirke von Serenade. Sie bewegte sich langsam und ging sehr, sehr gründlich vor. Außerdem musste sie äußerst vorsichtig sein, denn dank des Stromausfalls war es außerhalb der Innenstadt ziemlich dunkel, und die kleine Stadt spielte immer noch die unfreiwillige Gastgeberin für mehr Polizisten, mehr FBI-Agenten und viel zu viele Medienvertreter, ganz zu schweigen von den Mannschaften des Elektrizitätswerks, die nach wie vor daran arbeiteten, den Strom wiederherzustellen.

Was bedeutete, dass jede Menge unbekannter Gesichter herumwanderten, Fremde, die nicht nur am Ort der Bombenexplosion umherstreiften, sondern in der ganzen Stadt, selbst noch zu dieser späten Stunde.

Hier und da blinkten Taschenlampen in der Dunkelheit auf, deren Strahl Roxanne mehrfach knapp verfehlte, während sie durch die Nacht schlich.

»Ich könnte über ihn stolpern, ohne es zu bemerken«, murmelte sie leise.

Er könnte mittendrin sein, stimmte Gabriel zu, als seine Zwillingsschwester zum Dach des Gebäudes nahe am Innenstadtrand zurückkehrte, von dem aus sie den besten Überblick hatte – und drei verschiedene Abstiegsmöglichkeiten.

»Normalerweise würde ich das Risiko für gering halten«, teilte ihm Roxanne mit. »Aber diesmal nicht. Der Drecksack muss Nerven wie Drahtseile haben. Zum Teufel, er könnte irgendeine Dienstmarke tragen, ein Techniker sein, ein Sanitäter oder einer der Fernsehleute. Wer denkt denn bei all dem Chaos daran, Ausweise zu kontrollieren, um sich zu vergewissern, dass jeder auch wirklich der ist, der er zu sein behauptet?«

Miranda wird das tun.

»Wenn sie zurück ist, klar. Aber jeden zu überprüfen wird viel mehr Zeit kosten, als mir lieb ist.« Roxanne richtete ihr Fernglas auf das hell erleuchtete Stadtzentrum. Dutzende Polizisten in unterschiedlichen Uniformen und fast so viele Agenten in Windjacken mit gut sichtbarem FBI-Aufdruck liefen mit Klemmbrettern, Notizbüchern und Gerätschaften herum, die nötig waren, um Zeugen zu vernehmen und die über zwei Blocks verstreuten Beweisstücke einzusammeln und zu beschriften.

Die Medienleute waren in einen Bereich am Nordende der Main Street verwiesen worden, von den Polizisten und den am Tatort arbeitenden Technikern durch gelbes Absperrband und mehrere wachsame Deputys getrennt.

Die Teilzeitdeputys wirkten, wie Roxanne bemerkt hatte, alle ziemlich verstört, aber sie hielten sich an ihre Ausbildung und bemühten sich nach Kräften um professionelles Auftreten angesichts des Chaos, mit dem niemand in dieser freundlichen kleinen Stadt hatte rechnen können.

Wie aus dem Bilderbuch, ertönte Gabes ironische Stimme in ihrem Kopf. *Die Stadtverwaltung wird ihre Werbung überdenken müssen.*

»Ja, ja.«

Das dumpfe Dröhnen der tragbaren Generatoren, die den

Strom für die großen Arbeitsscheinwerfer lieferten, war das lauteste Geräusch in der sonst unnatürlichen Stille der kleinen Stadt. Roxanne ging es durch und durch. Sie verspürte ein ruheloses, kribbelndes Unbehagen, eine Warnung, dass etwas die Straßen durchstreifte, das finsterer war als die Nacht. Und sie hatte gelernt, auf dieses sehr menschliche Gefühl zu vertrauen.

Ja, er ist in der Nähe. Aber ich kann ihn nicht richtig orten. Kommt mir fast so vor, als würde ich durch ... zu viel negative Energie blockiert. Irgendwelche Störungen. Möglicherweise ausgelöst durch die Bombenexplosion. Oder etwas anderes.

»Vielleicht er selbst. Mittendrin, wie du gesagt hast. Warum habe ich das Gefühl, dass er uns viel besser kennt als wir ihn?«

Durchaus möglich, wenn er uns lange genug beobachtet hat. Er muss unsere Wanze gefunden haben und hat sein Auto stehen lassen. Ist mit einem anderen Fahrzeug zurückgekommen. Und seitdem ist er wahrscheinlich zu Fuß unterwegs, läuft hier herum. Diesmal werden wir weder ihn noch seine Sachen in einem Motelzimmer finden.

»Verdammt. Ich wünschte, Miranda wäre zurück.«

Sie wird bald hier sein. Egal, was die anderen Cops oder die Medienleute bis dahin tun, die SCU-Agenten konzentrieren sich aufs Wichtige. Identifizieren den hindrapierten Scharfschützen vom Kinodach. Obwohl ...

»Obwohl was?«

Ich frage mich allmählich, ob es darauf überhaupt ankommt, Rox. Ich wette mit dir fünf zu eins, wenn sie den Kerl identifizieren, werden sie herausfinden, dass er gestern im Wald auf der Jagd war, vielleicht letzte Nacht.

»Wieso?«

Weil er wie ein Jäger gekleidet war, weil sich in seinem Rucksack nur minimale Vorräte und Campingausrüstung befanden, und weil ich nicht glaube, dass der Kerl allzu viel Zeit hatte, sich umzuziehen.

Roxanne bewegte sich ein bisschen, damit sich ihre Muskeln nicht verkrampften, allerdings nur mit äußerster Vorsicht, obwohl es dunkel war.

»Also hat er ein leichtes Opfer gefunden und ihn da oben mit der Waffe liegen lassen. Klingt einleuchtend. Aber ...«

Aber was?

»Ich habe den Schützen da auf dem Dach gespürt, Gabe.«

Klar hast du das – zunächst, bevor wir zu dem alten Kino kamen. Doch als wir da ankamen, hast du bereits gesagt, es fühlte sich anders an, merkwürdig.

»Okay, aber wenn ich ihn gespürt habe, weil er dort war, wie ist der dann so schnell vom Dach gekommen – und hat sich auf Straßenebene an der Ecke des Justizgebäudes mehrere Blocks entfernt in Stellung gebracht?«

Sie wussten, dass er dort gewesen war, weil er ihnen ein höhnisches Beweisstück zurückgelassen hatte: eine Patronenhülse, aufrecht stehend auf dem Beton – mit einem roten Kreidekreis darum, damit die dämliche Polizei ihn auch ja nicht übersehen würde.

Drecksack.

Ich weiß nicht, Rox. Ich bezweifle immer noch, dass er das Risiko einging, das Gebäude so zu verlassen, wie er hineingekommen ist, durch die Vordertür. Zu viele Menschen hätten ihn dabei sehen können. Vielleicht hatte er ein Seil und hat sich außen am Gebäude abgeseilt, während wir drinnen waren. Er könnte in der kleinen Gasse zwischen dem Kino und dem nächsten Haus abgestiegen sein. Ich glaube nicht, dass ihn dort jemand gesehen hätte.

»Mag sein – allerdings haben wir keine Anzeichen dafür gefunden, dass ein Greifhaken benutzt wurde, oder?«

Nein. Aber wir haben auch nicht ausdrücklich danach gesucht, oder?

»Mir geht es darum, dass ich überhaupt nichts hätte spüren dürfen, nachdem der Schütze das Dach verlassen hatte, nicht wenn der tote Mann ein unschuldiges Opfer war.«

Vielleicht hast du Restenergie von der Waffe aufgefangen, meinte Gabriel.

»Ja. Und vielleicht war es etwas anderes.«

Was denn?

»Weiß ich nicht. Aber die Möglichkeiten ängstigen mich zu Tode.«

Von einem anderen Aussichtspunkt, nicht allzu weit entfernt und sich Roxannes Beobachtung durchaus bewusst, erfasste der Scharfschütze ebenfalls die Stadt durch ein hoch entwickeltes Infrarot-Fernglas, die Lippen unbewusst geschürzt, als er die fortgesetzte Anwesenheit zahlloser Polizeikräfte wahrnahm.

Das würde die Sache nicht leichter machen.

Wobei es ihm letztlich egal war. Er mochte Herausforderungen. Außerdem war es keine ungeplante Entwicklung.

Er veränderte die Einstellung des Fernglases, während er es auf die wenigen hell erleuchteten Blocks um das Stadtzentrum richtete, wo am meisten los war. Er entdeckte ein bestimmtes Individuum dort unten, verfolgte dessen methodisches und professionelles Vorgehen mit kritischem Blick und wartete auf einen Augenblick der Ruhe und Abgeschiedenheit, um Kontakt aufzunehmen.

Irgendwelche Schwierigkeiten?

Die Antwort kam sofort zurück, klar und deutlich.

Natürlich nicht. Der Ausweis ist absolut authentisch, genau wie ich. Mit all den neuen Leuten hier wird niemand mich befragen. Keiner wird auch nur den geringsten Verdacht schöpfen.

BJ hatte da seine Zweifel. *Mag sein, mag aber auch nicht sein.*

Ich sag dir doch, sie werden das nicht erwarten, vor allem, wenn du weiter deinen Job machst. Und er seinen. Wo ist er?

Das weißt du nicht?

Treib keine Spielchen mit mir, BJ. Wenn du ihn nicht am Zügel hältst, sind wir alle am Arsch.

Reg dich nicht auf, er ist mit seinem neuesten Spielzeug beschäftigt. Für die nächsten acht bis zehn Stunden ist der vollkommen glücklich.

Und niemand wird ihn finden?

Auch dessen war sich BJ nicht so sicher, doch er achtete darauf, dass sich nicht der geringste Zweifel in seine Antwort schlich. *Absolut nicht.*

Gut. Also sind wir bereit für den nächsten Schritt.

Wir sind bereit. Irgendwelche Präferenzen?

Mit so vielen Profilern vor Ort wollen wir nicht zu vorhersehbar werden. Ich stimme dafür, eine Zivilperson auszuschalten.

Über diese Möglichkeit hatten sie schon gesprochen. Ja, sie hatten über fast alle Möglichkeiten gesprochen, die ihnen eingefallen waren.

Am besten, man war immer auf alles vorbereitet.

Das dürfte ein Leichtes sein. Die ganze Stadt ist voll davon, selbst um diese Uhrzeit.

Also such dir jemanden aus. Aber warte. Bis sie zurück ist. Bis sie sieht, wie es geschieht. Wir müssen dafür sorgen, dass sie verunsichert bleibt, dass sie ihr Gleichgewicht nicht so leicht wiederfindet.

BJ dachte nach. *Kann mich nicht erinnern, sie je verunsichert erlebt zu haben.*

Sie muss sich bedroht fühlen, angegriffen.

Tut sie das nicht schon?

Etwas. Doch nicht genug, weil er noch nicht hier ist.

Bist du dir sicher?

Ganz sicher. Wir können die Sache erst beenden, ein für alle Mal, wenn er hier ist.

Verstanden.

Jetzt lass mich eine Weile in Ruhe. Ich muss mich konzentrieren.

Verstanden.

BJ schloss die Tür in seinem Geist mit der Leichtigkeit lebenslanger Übung und benutzte seine anderen Sinne, während er die geschäftige kleine Stadt weiter unter Beobachtung hielt. Diesmal würde es nicht so leicht sein, seinen Schuss abzufeuern und ungesehen zu verschwinden, das wusste er. Nicht mal im Schutz der Nacht. Denn inzwischen wurde er von mehr Menschen gejagt, zu denen auch der Wolf gehörte, der ihm in den letzten zwölf Stunden schon zu oft sehr nahe gekommen war.

Am liebsten würde er den Wolf ausschalten. Beide Wolfs. Aber das sah der Plan nicht vor. Noch nicht.

Er ließ den Blick durchs Fernglas erneut über die Stadt schweifen und beschäftigte sich dann mehrere Minuten gedanklich mit seiner Fluchtroute, bis er sicher war, dass es keine verschwendete Bewegung und keinen verschwendeten Augenblick geben würde.

Als er davon überzeugt war, dass der Plan funktionierte, ging er wieder dazu über, die Stadt zu beobachten, nahm erst dieses potenzielle Ziel ins Auge, dann jenes, suchte mit Bedacht nach etwas Unerwartetem.

Etwas, was keiner von ihnen würde kommen sehen.

Und während er suchte, lauschte er ständig nach dem Geräusch eines zurückkehrenden Hubschraubers.

Haven

Bailey ließ ihre Schultertasche auf einen Stuhl fallen und seufzte, als sie John und Maggie Garrett ansah. »Haltet ihr das wirklich für eine gute Idee?«

»Ich finde, es ist eine miserable Idee«, erwiderte John ohne Zögern.

»Mir gefällt sie auch nicht besonders«, gestand Maggie. »Aber sie besteht unerbittlich darauf, Bailey.«

»Sie ist zwölf, Maggie. Glaubst du wirklich, sie sollte diese Entscheidung allein treffen?«

»Ja, allerdings.«

Ohne viel Erstaunen zu zeigen, fragte Bailey nur: »Und was sagt Bishop dazu?«

»Du weißt, was er gesagt hat. Er hat dich angewiesen, herzukommen, Ruby zu holen und sie sofort nach Serenade zu bringen.«

»Serenade. Wo eine Bombe hochgegangen ist und einer unsere Leute angeschossen wurde. Wo ein Serienmörder zwei seiner Opfer abgeladen hat und wo ein Scharfschütze – möglicherweise derselbe Serienmörder – sich auf freiem Fuß befindet, nach wie vor bewaffnet und vermutlich immer noch stinkwütend. Wo Medienvertreter ihre Nase in alles stecken, zu viele Cops sich gegenseitig über die Füße stolpern und die Einwohner eine Scheißangst haben. *Dieses* Serenade?«

»Ganz genau.«

»Großer Gott, Maggie! Ich wusste, dass Bishop bereit ist, unglaubliche Risiken einzugehen, aber von dir hätte ich das nie erwartet.«

»Da steht viel auf dem Spiel.«

»Ich weiß, was auf dem Spiel steht. Und ich weiß, wozu Ruby fähig ist. Aber sie ist nur ein Kind.« Bailey schüttelte den Kopf. »Hör zu, abgesehen von Ethik und Moral, wie steht es mit der rechtlichen Seite? Ihr zwei seid vorläufig zu Rubys gesetzlichen Vormündern bestellt worden, zusammen mit Bishop und Miranda, während Rubys Mutter und diese anderen seltsam apathischen Gemeindemitglieder von Psychologen und vom Sozialdienst beurteilt werden. Doch es gibt Regeln für vorläufige Vormundschaft, und ich kann mir nicht vorstellen, dass ein Richter es für eine gute Idee halten würde, Ruby in eine Stadt zu bringen, in der laufende Ermittlungen durchgeführt werden. Vor allem eine Ermittlung, bei der es so viel Gewalt gegeben hat wie bei dieser.«

Mit ruhiger Stimme wandte Maggie ein: »Ruby will dorthin. Einer ihrer Vormünder wird dort sein. Wir haben die rechtliche Erlaubnis.«

»Großer Gott«, wiederholte Bailey.

»Pass gut auf sie auf«, meinte Maggie schlicht.

Ohne auf die Schwierigkeiten einzugehen, die es ihr bereiten würde, dieser Bitte zu entsprechen, erwiderte Bailey nur: »Während sie was macht? Und was hat das alles überhaupt mit ihr zu tun?«

Von der Tür des Arbeitszimmers antwortete eine sehr kleine Stimme: »Ich muss dort sein. In Serenade. Es ist wichtig.«

Bailey wandte den Kopf zu Ruby um. »Warum?«

»Das kann ich dir nicht sagen. Tut mir leid, das kann ich nicht. Es könnte die falschen Dinge verändern, wenn ich es dir erzähle. Könnte alles noch schlimmer machen.«

»Hast du es Bishop erzählt?«, fragte Bailey unverblümt.

»Nein. Aber ... ich glaube, er weiß, warum. Jedenfalls teilweise.«

Bailey blickte Maggie mit erhobenen Brauen an. »Und das macht dich überhaupt nicht neugierig?«

»Was glaubst du denn?« Maggie seufzte. »Doch wenn ich eines im Leben gelernt habe, dann dass Menschen die Freiheit haben müssen, ihre eigenen Entscheidungen zu treffen.«

»Zugegeben. Menschen. Kinder nicht. Kinder müssen von uns beschützt werden. Das wissen wir beide.«

Maggie schüttelte leicht den Kopf. »Falls du es noch nicht bemerkt hast, Ruby ist eine sehr alte Seele.«

»Das bin ich«, bestätigte Ruby ernst. »Und ich bin schon seit sehr langer Zeit kein Kind mehr, Bailey.«

»Trotzdem.«

»Ist schon okay. Ich weiß, was ich tue.«

Bailey hielt den zweifelnden Blick weiter auf das ernste

Mädchen gerichtet. »Dort ist es gefährlich, Ruby. Menschen sind getötet worden. Menschen wurden … verletzt. Schlimm verletzt. Das ist kein Ort, an dem du sein solltest.«

»Ich wünschte, ich müsste nicht dorthin.« So ruhig ihre Stimme blieb, sie hatte doch etwas Verlorenes. »Ich wünschte … Aber ich muss.«

Maggie schaute Ruby eindringlich an, schien zu zögern und sagte dann zu Bailey: »Der Flieger steht bereit. Galen wird euch in Empfang nehmen und nach Serenade bringen. Ihr werdet vor Tagesanbruch da sein, und mit all der Aufregung dort stehen die Chancen gut, dass euch niemand bemerken wird. In der Nähe der Pension, in der das Team untergebracht ist, gibt es ein Haus. Er wird euch sicher dorthinbringen und von da an bewachen. Du hast die Aufgabe, Ruby drinnen und außer Sichtweite zu behalten.«

»Aber Maggie …«, protestierte Ruby sofort.

»Das ist die Bedingung, Ruby. Du bleibst drinnen und außer Sichtweite. Du gehorchst Bailey. Wenn es etwas gibt, was Miranda oder der Rest des Teams erfahren soll, sagst du es Bailey und überlässt ihr die Übermittlung. Du gehst auf keinen Fall hinaus und zeigst dein Gesicht auch nicht am Fenster. Und wenn Bailey oder Miranda dir sagen, es sei Zeit zu gehen, widersprichst du nicht. Verstanden?«

Ruby nickte langsam.

»Was ist mit Lexie?«, fragte Maggie und spielte damit auf die Abwesenheit von Rubys kleiner Hündin an.

»Ich hab sie Cody … Sie bleibt hier bei ihm, wenn das in Ordnung ist.«

»Natürlich ist das in Ordnung. Aber bist du dir sicher, Schatz?«

»Ja. Sie hasst Flugzeuge. Sie liebt Winston, Reiko und Archie«, fügte Ruby hinzu, womit sie die drei Hunde meinte, die den Garretts gehörten. »Und außerdem wird es hier … ruhiger sein. Dann braucht sie sich nicht zu fürchten.«

»Und du brauchst sie nicht zu verstecken?«

»Ich glaube nicht, dass das nötig sein wird. Aber … für alle Fälle. Sie sollte hier bei Cody bleiben. Er wird sich um sie kümmern.«

Maggie nickte. »Ist deine Tasche fertig?«

»Ja. Ich habe sie schon vor einer Weile gepackt. Dann hole ich sie jetzt.« Und als John aufspringen wollte, um ihr zu helfen, winkte sie ab. »Ist schon gut, die Tasche hat Räder. Ich kann sie allein holen.«

Als sie gegangen war, schüttelte John den Kopf. »Das Kind ist wirklich viel zu alt für sein Alter. Himmel, ich hoffe, Bishop weiß, was er tut.«

»Für gewöhnlich weiß er das.« Baileys Ton war eher ironisch als beruhigend.

»Na gut, doch seit wann benutzt er Kinder als Soldaten?«

»Sie war eine Soldatin im Kampf gegen Samuel bei dieser seltsamen Kirche«, erinnerte ihn Bailey ruhig. »Ohne ihre äußerst effektive Hilfe hätten sie diesen Scheißkerl nie besiegen können.«[*]

John schüttelte erneut den Kopf. »Das war anders. Sie war zum Sterben zurückgelassen worden und musste dort sein, musste ihnen beim Kampf helfen – allein aus purer Selbstverteidigung. Doch es war keine absichtliche, vorsätzliche Entscheidung, ihr Leben aufs Spiel zu setzen.«

---

[*] Vgl. Kay Hooper: *Blutsünden*

»Tja«, murmelte Bailey nach kurzem Schweigen, »ein guter Anwalt könnte vermutlich auch dagegen argumentieren. Weil Bishop eben Bishop ist und so. Aber ich verstehe, was du meinst.«

»Er scheint entschlossen zu sein, ihr Leben in diesem Fall nicht aufs Spiel zu setzen«, warf Maggie ein. »Und sie so gut wie nur möglich bewachen zu lassen. Doch sie will nach Serenade, und er fand, es sei eine gute Idee. Vielleicht glaubt er, dass sie etwas Hilfreiches sehen wird.«

»Sie hat von hier aus gesehen, was mit Diana passiert ist«, rief John seiner Frau ins Gedächtnis. »Weit entfernt von Serenade. Und was hat es genützt? Wir konnten es doch nicht verhindern.«

»Weil wir nicht rechtzeitig Verbindung mit ihnen aufnehmen konnten. Wenn noch etwas passiert und sie näher am Geschehen ist, könnte die Warnung rechtzeitig kommen.«

»Miranda ist eine Seherin, und sie war vor Ort.«

»Und du weißt nur allzu gut, dass Seher sehr wenig Kontrolle über das haben, was sie sehen. Miranda hatte keine Vorahnung von dem, was mit Diana passierte. Ruby jedoch schon.«

»Wer kann denn sagen, dass sie eine weitere Vorahnung haben wird?«

»Wer kann sagen, dass sie keine haben wird?«

John gab sich geschlagen. Niemand wusste besser als er, dass seine Frau, so sanft sie auch war, einen stahlharten Kern besaß. Und sie war dickköpfig wie der Teufel, wenn sie überzeugt war, recht zu haben. »Hör zu, ich habe keine Ahnung, wie viele Agenten inzwischen dort sind, oder auch nur, welche spezifischen paragnostischen Fähigkeiten auf diese Ermittlung ausgerichtet sind, doch ich wette, dass jeder SCU-Agent und jeder Ermittler von Haven viel mehr Erfahrung besitzt als ein zwölfjähriges Mädchen. Erfahrung mit paragnostischen Fähigkeiten *und* Erfahrung in der Verteidigung gegen einen entschlossenen Feind.«

»Da bin ich mir nicht so sicher«, meinte Bailey. »Du hast nicht gesehen, was Samuel seiner Gemeinde angetan hat. Und ich meine denen, die es überlebt haben.«

»Ich habe diese Kinder gesehen«, widersprach er. »Ich habe sie nachts weinen gehört, und ich habe gesehen, was es Maggie kostet, ihnen wenigstens etwas von ihrem Entsetzen und der Qual zu nehmen. Ich weiß, dass sie alle durch die Hölle gegangen sind, Bailey. Und genau aus diesem Grund glaube ich, dass Ruby in einem Kriegsgebiet nichts verloren hat.«

Leise warf Maggie ein: »John, du weißt, dass es mir genauso wenig gefällt wie dir. Wenn Bishop mich darum gebeten hätte, dann hätte ich ohne Zögern Nein gesagt. Aber er war es nicht. Ruby selbst hat mich darum gebeten. Sie hat darauf bestanden, dass sie dort hinmüsse. Ruby spürt mit jeder Faser ihres Seins, dass sie dort sein muss.«

»Und das findest du nicht seltsam, Maggie?«, fragte Bailey bedächtig. »Dass ausgerechnet Ruby sah, was mit einer Frau passieren würde, der sie nie begegnet ist? Einer Frau, zu der sie keine Verbindung hat?«

»So was passiert.«

»Älteren Paragnosten, ja. Manchen, wenn auch nicht vielen. Kindern praktisch nie. Sie brauchen eine Verbindung. Das kann so was Einfaches sein wie eine Berührung, so komplex wie ein paragnostischer Link oder eine Blutsverwandtschaft, doch sie brauchen irgendeine Art von Verbindung. Das weißt du.«

»Sie hat Quentin kennengelernt. Ich nehme an, das war die Verbindung.«

»Und wenn nicht?«

»Bailey ...«

»Wenn nicht, Maggie? Wenn Rubys Verbindung nun zu jemand – oder etwas – vollkommen anderem besteht?«

Auf diese Frage wusste Maggie keine Antwort.

John Garrett hatte die Angewohnheit, jeden Abend das große Haus zu überprüfen, bevor er zu Bett ging. Sie besaßen ein ausgezeichnetes Alarmsystem für Haus und Grundstück, und die drei großen Mischlingshunde, die bei ihnen lebten, konnten sich im ganzen Haus frei bewegen und hatten einen starken Beschützerinstinkt, besonders gegenüber Maggie. Doch für seinen Seelenfrieden musste John trotzdem die Türen und Fenster überprüfen, bevor er sich entspannen und einschlafen konnte.

Wenngleich es bisher noch nie Probleme gegeben hatte.

Trotzdem.

Die Hunde begleiteten ihn auf seinen nächtlichen Runden, ihre entspannte Aufmerksamkeit ein zusätzlicher Beweis, dass nichts das Haus oder seine Einwohner bedrohte, zumindest momentan nicht. Mehr Beruhigung erwartete John auch nicht.

Zur Zeit wohnten und arbeiteten mehrere Haven-Ermittler im Haus, doch der Flügel mit den Büros, Gemeinschaftsräumen und Schlafzimmern besaß ein eigenes, unabhängiges Alarmsystem – plus vier weitere Hunde –, und John verspürte nie das Bedürfnis, dort die Schlösser zu überprüfen oder in die Privatsphäre jener einzudringen, die Haven notgedrungen als ihr zweites Zuhause betrachteten.

Schließlich kehrte er zu den Schlafzimmern im Privatflügel zurück, zufrieden, dass alles so sicher wie möglich war.

»Legt euch schlafen«, wies er die Hunde leise an, und die beiden gehorchten sofort, zogen sich zu ihren bequemen Matten in den Flurnischen nahe des großen Schlafzimmers zurück.

John fragte sich, warum er sie überhaupt dorthin schickte. Am Morgen würde er wie üblich mindestens zwei der Hunde in seinem und Maggies Bett vorfinden und den dritten ausgestreckt auf dem Schlafzimmersofa.

Amüsiert schüttelte er den Kopf, betrat das Zimmer und ließ die Tür einen Spaltbreit offen, denn wenn er das nicht tat, würde Maggie mitten in der Nacht aus dem Bett schlüpfen, um die Hunde hereinzulassen.

»Alles gut verschlossen?« Sie stand am Fenster, wandte ihm den Rücken zu.

Sofort war er alarmiert, beunruhigt über den Klang ihrer Stimme. Schmerz.

»Ja. Ist was mit dir?« Er durchquerte den Raum, legte ihr die Hände auf die Schultern und spürte die Anspannung, das leichte Beben. »Vermisst du Ruby schon jetzt?«

Er spürte, wie sie ein stärkeres Beben schüttelte.

»Ja«, murmelte sie. »Ich vermisse sie.«

»Maggie, bist du traurig, weil sie dir nicht erzählt hat, warum sie so unbedingt nach Serenade wollte?«

»Nein.« Sie wandte sich ihm zu, und er sah, dass sie geweint hatte. »Ich bin traurig, *weil* sie es mir erzählt hat.«

Serenade

Kopfschüttelnd schaute sich Special Agent Tony Harte auf der Main Street um, auf der immer noch Betrieb herrschte, obwohl es weit nach Mitternacht war. »Hat sich jemand Überblick über all die Polizeikräfte und Techniker verschafft, die hier arbeiten? Elektriker, FBI-Agenten, Beamte vom Sheriffdepartment des County, Tennessee Bureau of Investigation, sowie Feuerwehrleute und Notfallsanitäter aus mindestens drei Countys. Sieht allmählich wie bei einer Katastrophenübung aus.«

Special Agent Jaylene Avery sah von der eingetüteten Patronenhülse auf, die sie untersuchte. »Das hat der Sheriff schon vor Stunden veranlasst, Tony, noch bevor er zum Krankenhaus aufbrach. Er hat die Aufgabe seinem Chief Deputy übertragen. Wie heißt er noch – Scanlon? Der da drüben, neben dem Justizgebäude, der so abgespannt aussieht.«

Tony folgte ihrem Blick, bis er den hochgewachsenen, gut gebauten Mann mittleren Alters entdeckte, der in seiner frisch gebügelten Uniform eindeutig Autorität ausstrahlte. »Oh, Neil. Hab ihn vorhin kennengelernt. Wenn ich jetzt darüber nachdenke, hat er sich meine Dienstmarke ganz genau angeschaut und sich die Nummer notiert.«

»Er ist dafür zuständig, den Überblick zu behalten, zumindest was die Polizeikräfte angeht«, erklärte Jaylene. »Wobei ich allerdings bezweifle, dass er Zeit hatte, alle Angaben zu verifizieren. Allein die Namen und Dienstmarken- oder andere Identifizierungsnummern aufzunehmen, dauert Stunden. Niemand bleibt dem armen Kerl zuliebe wirklich still stehen.«

»Wenigstens hat das Bombenräumkommando vom TBI seine Arbeit beendet und ist abgezogen.«

»Viel zu tun hatten die ja auch nicht«, meinte Jaylene. »Nur ein paar Bombenfragmente einzusammeln, die uns wahrscheinlich nicht mehr Informationen liefern werden, als wir bereits haben. Wir wissen alle, dass wir es nicht mit einem Bombenleger im engeren Sinne zu tun haben, daher wird uns die Bombe nicht viel über ihn verraten. Wir wissen, dass er kein Terrorist ist. Wir sind ziemlich sicher, dass es ihm nicht um Geld geht. Daher waren ihre Fachkenntnisse eher verschwendet.«

»Ich würde nur gerne wissen, wo der Dreckskerl jetzt ist. Man braucht keine Zusatzsinne, um dieses unheimliche Gefühl zu haben, beobachtet zu werden. Apropos, fängst du irgendwas von dieser Patronenhülse auf?«

»Ich wünschte, ich könnte das bejahen, aber – leider nicht.« Sie runzelte die Stirn. »Überhaupt nichts, kein Gefühl für die Persönlichkeit des Scharfschützen oder seine Motive. Genauso gut könnte ich einen Stein in der Hand halten.«

Tony seufzte. »Den Versuch war es wert.«

»Fängst *du* irgendwas auf?«, fragte sie.

»Nichts, bis auf das allgemeine Gefühl von Panik und Angst. Das allerdings so stark, dass es sogar zu meiner niederrangigen Telepathiefähigkeit durchdringt. Beinahe knisternd vor statischer Elektrizität. Ich bekomme Kopfschmerzen, und das passiert nicht oft, glaub mir. Die Leute befürchten, dass der Scharfschütze-Schrägstrich-Bombenleger noch nicht fertig ist.«

»Ich kann's ihnen nicht verdenken. Das macht mir ebenfalls Sorgen. Und das Medieninteresse ist auch nicht hilfreich.«

Mit einem Kopfnicken deutete sie auf den Bereich etwa einen Block von ihnen entfernt, wo quer über die Straße gespanntes gelbes Absperrband, zusammen mit mehreren Deputys, die kleine, aber entschlossene Menge von Reportern und Aufnahmeteams zurückhielt. Nach wie vor gab es Gedränge um die besten Kamerapositionen für den Bericht über den Bombenanschlag. Und über die Morde.

Der vierundzwanzigstündige Nachrichtenkreislauf war der moderne Fluch für Polizeikräfte überall – so sah Jaylene es zumindest.

Tony nickte, meinte jedoch hoffnungsvoll: »Wenn sie noch die ganze Nacht bleiben und irgendwann schlafen wollen, bleibt ihnen nur das Kakerlakenmotel am Stadtrand, also hauen sie vielleicht demnächst ab.«

»Glaub ich nicht. Diejenigen, die wegwollten, sind schon vor Mitternacht abgezogen. Der Rest ist hartnäckiger. Oder glaubt einfach, er wäre auf eine größere Geschichte gestoßen, als die von Sheriff Duncan angebotene.«

»Tja, zwei Mordopfer und eine Bombenexplosion könnten sich zwar nach ›vermutlichem Survivalisten mit einem Groll‹ anhören, aber ich glaube nicht, dass das so uninteressant klingt, wie der Sheriff offenbar hoffte.«

»Immer noch besser als ›vermutlicher Serienmörder mit einer Hinterlassenschaft an Leichen in drei Staaten und einem neu hinzugekommenen Faible für Bomben‹«, bemerkte Jaylene.

»Stimmt auch wieder.«

»Wie auch immer, ich gehe davon aus, dass die Medienvertreter uns erhalten bleiben. Außer, es passiert irgendwo anders etwas viel Interessanteres.«

»Ja. Und ich schätze, es wäre falsch, auf eine Katastrophe anderswo zu hoffen.«

Jaylene sah ihn mit hochgezogenen Brauen an.

»War nur Spaß«, erklärte er.

»Ehrlich?«

»Ich schwör's. Schau, wenigstens haben sich die meisten Anwohner entschlossen, ihr Gesicht nicht unbedingt im Fernsehen zeigen zu wollen, und sind in ihre Häuser zurückgekehrt. Haben vermutlich die Türen verbarrikadiert und ihre Waffen gereinigt.«

»Würde ich genauso machen, wenn ich sie wäre«, murmelte Jaylene.

»Ja, ich fühle mich hier unter diesen Arbeitsscheinwerfern auch nicht sonderlich wohl. Wenn Leute wie Galen und die Zwillinge glauben, unser Scharfschütze säße uns immer noch zu dicht auf der Pelle, dann höre ich auf sie.«

»Ich auch.«

»Diese Schutzwesten sind mir zuwider, Jay.«

»Mir auch. Aber wir wollen es diesem Dreckskerl ja nicht zu leicht machen, nicht wahr?«

Tony seufzte. »Du hast recht. Und hat jemand all diesen Fernsehleuten da drüben gesagt, dass es nicht die klügste Idee der Welt ist, ohne jeden Schutz im Licht ihrer eigenen Scheinwerfer zu stehen?«

»Ich hab es ihnen schon zweimal selbst gesagt.«

»Idioten. Sheriff Duncan wird vor morgen – ich meine, später am Tag – keine weitere Presseerklärung geben, also können sie jetzt nichts als Vor-Ort-Aufnahmen für die Kabelnachrichten und das Frühstücksfernsehen machen. Außerdem sehe ich da viel mehr Nachrichtensprecher als investigative Journalisten, also werden vielleicht sogar die Dagebliebenen nicht mehr herumschnüffeln.«

Sie musterte ihn weiter. »Du bist einer von diesen Glas-halb-voll-Typen, was?«

Wie aus dem Nichts tauchte Galen neben ihnen auf dem Bürgersteig auf. »Das ist er definitiv. Außer, was das Wetter angeht. Aus irgendeinem Grund setzt ihm das Wetter zu.«

Tony war beim ersten Wort zusammengezuckt. »Verdammt, kannst du damit aufhören? Das ist jetzt das dritte Mal. Du bist schlimmer als eine Katze, schleichst dich an Leute an.«

»Ich bin nicht geschlichen, ich bin gegangen. Du hast mich nur nicht gehört.«

Jaylene lächelte schwach und fragte, an Galen gewandt: »Gibt's was Neues von Diana?«

»Sie hat die Operation überstanden, aber die nächsten achtundvierzig Stunden bleiben kritisch. Wie ich mitbekommen habe, sind die Ärzte nicht allzu hoffnungsvoll – nennen wir sie einfach Glas-halb-leer-Typen und hoffen selbst auf das Beste. Miranda ist mit Duncan auf dem Rückweg.« Er blickte auf die Uhr. »Sie sollten in etwa einer halben Stunde landen.«

»Was ist mit den anderen?«

»Sind offenbar geblieben. Ich hab nicht weiter nachgefragt.«

Jaylene war ernst geworden. »Ich weiß, warum Quentin bleibt. Die anderen beiden kenne ich nicht gut genug, um zu raten.«

»DeMarcos Bleiben verwirrt mich«, gab Galen zu. »Wenn es nicht aus persönlichem Interesse geschah oder Miranda es ihm befohlen hat, dann hätte ich erwartet, dass er hierher zurückkehrt, an den Ort des Geschehens. Wir könnten ihn definitiv gebrauchen, vor allem, wenn der Scharfschütze noch weitermacht.«

»Falls der Anschlag auf Diana geplant war, könnte DeMarco als Wächter geblieben sein«, meinte Jaylene.

»Das ist eine Rolle, die ihm nicht liegt. Beobachten und bewachen sind zu zahm für seinen Geschmack.«

»Seit wann ist Wächterdienst zahm?«, wollte Tony wissen. »Wurdest du dabei nicht letztes Mal angeschossen?«

»Ja, aber das ist eher ungewöhnlich. Meist vergeht viel Zeit damit, zu beobachten und auf etwas zu warten, von dem man hofft, dass es nicht passiert.«

»Nach mehr als zwei Jahren verdeckter Tätigkeit hat DeMarco vielleicht nichts gegen einen ruhigeren Job«, meinte Jaylene milde.

Galen schnaubte. »Glaub mir, wenn der sich ruhig gibt, dann weil es die Rolle verlangt. Ansonsten liegt ihm das gar nicht. Der Typ steht die meiste Zeit unter Spannung und ist bereit, jederzeit schlagartig in Aktion zu treten.«

»Klingt gefährlich.« Jaylene klang immer noch milde.

»Ist es. Aber er verfügt auch über eine unglaubliche Beherrschung und Selbstdisziplin. Und wenn du ihm erzählst, ich hätte das gesagt, werde ich es abstreiten.« Galen zuckte die Schultern. »Wie auch immer, ich schätze, wir werden es erfahren, wenn Miranda zurückkommt. Oder auch nicht.«

»Ich nehme an, du hast bei deinem letzten Rundgang nichts gefunden?«, fragte Tony. Galen war einer von mehreren Agenten, die den ganzen Abend die Randbezirke der Stadt durchstreift hatten, und Tony konnte nicht umhin, sich zu fragen, wie oft sie einander in der Dunkelheit um Haaresbreite verpasst hatten. Andererseits tauschten diese Ex-Militärs in solchen Situationen vielleicht spezielle Signale aus.

Tony stellte sich vor, wie Galen in der Nacht eine Art Vogelruf ausstieß, und schob diesen lächerlichen Gedanken schnellstens wieder zur Seite. Das gelang ihm, ohne laut zu lachen, was er für eine beachtliche Leistung hielt.

Ohne die Belustigung seines Kollegen wahrzunehmen, antwortete Galen: »Ich fand drei herumstrolchende Anwohner mit Schrotflinten, die ich konfisziert habe, nachdem ich die Besitzer nach Hause gebracht hatte. Einen Beliebtheitswettbewerb werde ich hier kaum gewinnen.«

»Wir alle nicht, schätze ich«, meinte Tony. »Vor zwei Tagen war das hier noch eine friedliche Stadt. Schau sie dir jetzt an.«

»Wir verfolgten einen Mörder«, warf Jaylene ein. »Ist nicht unsere Schuld, dass die Spur hierher geführt hat.«

Galen griff nach der eingetüteten Patronenhülse, die sie noch in der Hand hielt, und betrachtete sie einen Moment, bevor er seine Kollegen ansah. »Vielleicht ist es unsere Schuld. Ich meine, zugegeben, keiner von unseren Leuten schien ins Visier genommen zu werden, bevor am Dienstag auf Hollis und DeMarco geschossen wurde. Aber eine der Arbeitshypothesen besagt, dass es hier um uns geht – um die SCU. Richtig?«

»Ja, das hat Bishop gesagt, als er Jaylene und mir unsere Befehle gab«, stimmte Tony zu.

»Okay. Wenn also dieser Dreckskerl jetzt erst anfängt, auf uns zu schießen, könnte es daran liegen, dass er uns genau hier haben wollte.«

»Was die Frage aufwirft: Warum hier?«, ergänzte Tony. »Wenn wir angelockt oder geführt wurden, warum findet der Showdown hier statt?«

11

Diana betrachtet den grauen Quentin in dieser grauen Zeit und wusste, dass es nicht der echte Quentin war. Ihr Quentin.

»Sie belügt dich«, wiederholte er, immer noch lächelnd.

Brooke stritt es nicht ab oder wehrte sich gegen den Vorwurf. Sie schaute nur mit unbewegtem Blick von ihm zu Diana.

»Sag irgendwas«, forderte Diana.

Brooke schüttelte den Kopf. »Bei dieser Sache kann ich mich nicht einmischen. Du musst selbst entscheiden, was wahr ist, Diana. Was echt ist.«

»Ich weiß, dass er – dieses Ding – nicht echt ist.« Dianas Blick fixierte den lächelnden Nicht-Quentin.

»Natürlich bin ich echt«, sagte er.

»Du bist nicht Quentin.«

»Tja, *da* könnte was dran sein.«

Diana blinzelte. »Bitte sag mir nicht, dass du versuchst, witzig zu sein. Denn ich bin wirklich nicht in der Stimmung.«

»Schau, ich meinte nur, dass diese ... Form ... ausgewählt wurde, um besser mit dir kommunizieren zu können.«

»Ausgewählt? Aus was gewählt?«

Er wirkte überrascht. »Diese Frage hätte ich von dir nicht erwartet.«

»Wie schön, dass ich dich überraschen konnte. Beantworte sie trotzdem.«

»Na ja, aus jenen Personen in deinem Leben gewählt, denen du vertraust. Was in der Tat nur sehr wenige sind. Dein Vertrauen zu Quentin ist das am wenigsten ... überschattete.«

»Wer *bist* du?«, fragte sie.

»Na siehst du, das ist die Frage, die ich erwartet hatte.«

»Dann beantworte sie.«

Mit hochgezogenen Brauen blickte er zu Brooke. »Ganz schön fordernd, was?«

»Sie hat allen Grund dazu.«

»Noch so ein strittiger Punkt, nehme ich an.«

»Du verschwendest Zeit«, rügte ihn Brooke.

»Ich habe sehr viel Zeit. Im Überfluss.«

Brooke legte den Kopf schräg, als lauschte sie auf ein fernes Geräusch. »Eher nicht.«

Das Gesicht des Nicht-Quentin verspannte sich, behielt jedoch das Lächeln bei. »Willst du dich mir in den Weg stellen, kleines Mädchen?«

Brooke korrigierte seine Annahme über ihr Alter nicht, sondern antwortete in nachdenklichem Ton: »Weißt du, eines solltest du über die graue Zeit wissen. Diana hat das längst begriffen. Hier kann nichts Lebendes für längere Zeit existieren. Genau genommen kann hier nicht mal spirituelle Essenz länger existieren. Und dafür gibt es einen Grund.«

Diana wusste nicht so genau, was hier vorging, fühlte sich aber genötigt anzufügen: »Es liegt daran, dass es ein Korridor ist, ein Ort des Durchgangs. Kein Ort, um darin zu leben.«

»Und?«, drängte Brooke.

Einen Moment lang war Diana noch verwirrter, doch

dann erkannte sie, worauf Brooke hinauswollte. »Und … man wird von jeder Seite des Korridors angezogen. Von der Seite der Lebenden – und von dem, was nach dem Tod kommt. Beide Seiten ziehen ständig. Darum ist es so grau und flach und kalt hier. Darum ist es so ermüdend für mich, hier zu sein. Der Ort zehrt an der Kraft, der Energie.«

»Energie«, murmelte Brooke. »Macht.« Ihr Blick verharrte auf dem Gesicht des Nicht-Quentin. Er starrte sie länger an, drehte sich dann um, ging zurück durch die offene Tür und schloss sie hinter sich.

Allein mit Brooke in dem anscheinend endlosen Korridor mit den geschlossenen Türen, fragte Diana: »Was zum Teufel ist da gerade passiert?«

»Vielleicht habe ich dir ein wenig mehr Zeit verschafft.«

»Bevor was geschieht? Und ich dachte, du sagtest, du könntest dich nicht einmischen?«

Brooke runzelte die Stirn, doch ihre Stimme klang fast abwesend. »Ich frage mich, ob du eine Ahnung hast, wie viele Menschen wollen, dass du lebst, Diana.«

»Hör zu, das ist doch wohl keine Anspielung auf *Ist das Leben nicht schön?* Denn wenn es das ist …«

»Nein, natürlich nicht. Das ist Hollywood-Zeug.«

Diana gelang ein zittriges Lachen. »Im Gegensatz zur grauen Zeit, zum Geistersehen und ach, ich weiß nicht, Visionen der Zukunft oder der Vergangenheit zu haben, Auren zu sehen oder Menschen zu veranlassen, das zu sehen, was du sie sehen lassen willst – *die* Art von Zeug? Weil Hollywood-Engel all das viel einfacher wirken lassen, als ich es im tatsächlichen Leben gesehen habe?«

»Da ist was dran.«

Diana verging das Lachen. Seufzend bat sie: »Gib mir einen Hinweis, Brooke, ja? Du sagst, ich sei hier, weil ich hier sein muss, um etwas zu tun. Dieses als Quentin verkleidete ... Ding behauptet, du lügst. Ich weiß, ich *fühle* nur eines, nämlich dass einer von euch beiden mich zu täuschen versucht.«

»Du hast sehr gute Instinkte.«

»Brooke, um Himmels willen!«

»Ich kann dir nicht viel sagen, Diana. Und ich kann dir auch nur bis zu einem gewissen Grad helfen. Das meiste musst du selbst herausfinden.«

»Warum?«

»Weil das die Regel ist.«

»Warum wusste ich, dass du genau das sagen würdest?« Sich plötzlich noch größerer Müdigkeit bewusst, wehrte sich Diana gegen den kalten Hauch eines Ortes, an dem es sogar noch kälter war als in der grauen Zeit. »Du kannst mir also nicht sagen, wer oder was da vorgibt, Quentin zu sein.«

»Nein.«

»Kannst du mir wenigstens sagen, was ich hier soll?«

»Das habe ich dir bereits gesagt, Diana.« Brooke drehte sich um und begann den endlosen Korridor hinabzugehen. »Du bist hier, um die Wahrheit zu finden.«

Diana folgte ihr. »Ja, das hast du gesagt. Die Wahrheit, die unter all dem verborgen ist. Unter all *was*, Brooke? Wie viele Schichten muss ich aufdecken, bevor ich die Wahrheit finde?«

»Mehrere«, gestand Brooke und fügte dann zu Dianas Erstaunen hinzu: »Die Wahrheit über die Ermittlung, an der du beteiligt bist. Die Wahrheit, warum du angeschossen wurdest. Die Wahrheit über deine Beziehung zu Quentin. Die Wahrheit darüber, wer dich zu täuschen versucht – und warum.«

»Und die Wahrheit unter all dem?«

»Die auch. Deck die anderen Wahrheiten auf, und sie wird freigelegt.«

»Wie soll ich hier denn Wahrheiten aufdecken, Brooke?«

»Gib dein Möglichstes. Und ... ich rechne damit, dass du Hilfe bekommst.«

Hollis hoffte wirklich, DeMarco hätte recht mit der Annahme, dass Verschwiegenheit sie davon abhielte, ihre Gedanken – und Intentionen – in voller Lautstärke zu senden. Sie bemühte sich nach Kräften, Ruhe und Stille in ihre Gedanken einkehren zu lassen, und gab vor zu schlafen.

Noch nie war sie so hellwach gewesen, obwohl ihr vor Müdigkeit die Knochen wehtaten.

Sie waren in einem kleineren, privaten Warteraum untergebracht worden, nur ein Stück von der Intensivstation entfernt: ein Raum, der eindeutig dazu gedacht war, Familien mit Patienten in der Intensivpflege die Möglichkeit zu geben, dort längere Zeit in recht bequemen Ruhesesseln zu verbringen.

Allerdings hätte sich auch ein Bett aus Stein nicht besser angefühlt, dachte Hollis.

Sie öffnete die Augen ein wenig und schaute zu DeMarco, nur mit einem flüchtigen Blick, damit sie seinen stets wachsamen Primärsinn nicht weckte. Sie stellte zwar keine Gefahr für ihn dar, ahnte aber, dass dieser Sinn ihn vor allem Möglichen warnen konnte.

Wie zum Beispiel davor, dass sie den Raum verließ, um etwas wirklich Dummes zu tun.

Er schien zu schlafen, hatte die Augen geschlossen und die Hände friedlich vor der schlanken Taille verschränkt, den Ruhesessel fast ganz bis zum Anschlag zurückgekippt. Sein Gesicht – das unerwartet, enervierend gut aussehende Gesicht – war auf eine Weise entspannt, wie sie es im Wachzustand nie bemerkt hatte.

Hollis traute diesem Anschein von Gelassenheit nicht, vor allem, da sie seine Aura nicht sehen konnte. Doch laut der großen Uhr an der Wand war es kurz vor fünf Uhr morgens, und sie wollte nicht länger warten. Nach allem, was sie von Krankenhausaufenthalten im Gedächtnis hatte – wenngleich Intensivstationen ihren eigenen Rhythmus hatten und dort mitunter hektische Aktivität herrschte – fing die allgemeine Krankenhausroutine früh an.

Das Risiko, erwischt und von Dianas Bett weggescheucht zu werden, stieg beträchtlich, wenn sich die Zeit für Visiten, Essensverteilung und Besuchsstunden näherte.

Mit angehaltenem Atmen glitt sie vom Ruhesessel, dankbar dafür, nicht durch Knarren oder Quietschen verraten zu werden, und schlich sich zur Tür. Ein Blick zurück zu DeMarco zeigte ihr, dass er immer noch schlief. Hollis glaubte nicht so recht daran, doch für sie hieß es, jetzt oder nie.

Verstohlen schlüpfte sie durch die Tür und stand gleich darauf mit klopfendem Herzen im Flur.

Oh, Mist. In ihrer Entschlossenheit, DeMarco durch ruhige Gedanken zu täuschen, hatte sie die andere kleine Sache vergessen, die hier ihre Nerven auf die Probe stellen würde.

Geister.

Schon auf diesem kurzen Flurstück sah sie fünf – drei Männer und zwei Frauen –, die ziellos herumwanderten, einen Ausdruck von Unsicherheit und Verwirrung im Gesicht, vermischt mit Grauen. Alle trugen normale Kleidung statt Krankenhaushemden, und Hollis verschwendete einen Moment damit, sich flüchtig darüber zu wundern. Wo hatte sie gelesen, dass Geister die Kleidung trugen, in der sie gestorben waren, zumindest so lange, bis sie die Welt ganz verließen?

»Du kannst mich sehen?«

Hollis merkte, dass sie sich die Arme rieb, weil die Gänsehaut schmerzte. Ihr war sehr kalt, und alles, bis auf die ängstliche Frau direkt vor ihr, wirkte verblasst ... oder entrückt ... oder weniger real.

Fast, als stünde sie selber mit einem Fuß in der Welt der Toten.

Großer Gott, hat das für Diana auch so begonnen? Konnte ich schon immer auf die graue Zeit zugehen, ohne mir dessen bewusst zu sein?

Sie holte rasch Luft und flüsterte: »Ich kann dich sehen. Aber ich muss jetzt dringend woanders hin.«

»Nein, bitte – sag mir nur eines. Bin ich tot?«

Bevor Hollis antworten konnte, eilte eine Schwester, deren farbige Uniform seltsam verblichen wirkte, an ihr vorbei und blieb stehen. Ihr zerstreuter Ausdruck wurde forschend. »Kann ich Ihnen helfen, Agent?«

Hollis räusperte sich. »Nein. Nein, vielen Dank. Ich wollte mir nur die Füße vertreten.« *Und bitte treten Sie etwas zur Seite, weil Sie halb in dieser armen Frau stehen ...*

»Entfernen Sie sich bitte nicht zu weit.« Die Schwester lächelte und eilte weiter, ohne zu ahnen, dass sie sich durch den Geist einer anderen Frau bewegt hatte.

»Ich bin tot, nicht wahr?«, flüsterte der Geist.

Hollis blickte sich rasch um und hoffte, niemand in der Nähe würde mitbekommen, dass sie anscheinend leise mit sich selbst sprach. »Es tut mir leid. Wirklich. Aber ich kann dir nicht helfen. Eine Freundin von mir lebt noch, und ich muss jetzt dringend zu ihr.«

Der Geist trat einen Schritt zurück und nickte. »Oh ... okay. Ich verstehe. Nur ... Ich weiß nicht, was ich jetzt tun soll.« Sie blickte den Flur hinunter und fügte etwas verloren hinzu: »Sollte da nicht ein Licht sein?«

Oh, Mist.

»Tut mir leid, ich weiß es nicht. Aber ich glaube, du kannst ... weiterziehen, wenn du willst.«

»Schätze, das sollte ich wohl, nicht wahr?« Der Geist nickte, ging davon und sah noch verlorener und einsamer aus als zuvor.

Hollis fühlte sich vollkommen nutzlos und nahm sich vor, falls sie das hier überleben sollte, *viel* mehr Zeit auf das Erforschen von Medien im Allgemeinen und ihrer eigenen Fähigkeiten im Besonderen zu verwenden, damit sie wenigstens die richtigen Worte für diese armen Seelen fand. Aber jetzt bewegte sie sich erst mal vom Warteraum weg und auf die Intensivstation zu. Dabei hielt sie die Augen gesenkt, um keinen Blickkontakt mit den anderen Geistern aufnehmen zu müssen.

Vier weitere wanderten vor der Intensivstation herum.

Außerdem waren da zwei Krankenschwestern.

Da Hollis annahm, dass es nicht gut ankommen würde, wenn sie darum bat, um fünf Uhr morgens Diana besuchen zu dürfen, schlüpfte sie in einen Raum mit der Aufschrift NUR FÜR PERSONAL, der sich als Vorratskammer herausstellte. Sie ließ die Tür einen Spaltbreit offen und behielt das Schwesternzimmer im Blick.

Das Warten fiel ihr schwer genug, doch am meisten verstörte Hollis die Erkenntnis, dass alles hier einen grauen Schimmer hatte, eine Art Verschwommenheit, als blickte sie auf etwas viel weiter Entferntes. Nichts entsprach den tatsächlichen Abständen. Ganz gleich, wie oft sie sich die Augen rieb und das Gefühl abzuschütteln versuchte, es blieb gleich.

Nur die wandernden Geister sahen farbig, nahe und real aus. Ihre Auren leuchteten vor Energie.

Und das war verflixt unheimlich.

Erst nach einer weiteren langen Viertelstunde wurde eine der Schwestern zu etwas fortgerufen, was eindeutig kein Notfall war, und die andere wandte Hollis den Rücken zu, um ein anscheinend privates Telefonat zu führen.

Hollis konnte am Schwesternzimmer vorbei und in die Intensivstation schlüpfen.

Nur drei Patienten waren dort: zwei Männer und Diana. Alle drei wurden künstlich beatmet, daher war das beklemmende Geräusch der Beatmungsgeräte das Erste, was Hollis wahrnahm. Dann gab es noch andere Maschinen, die piepsten und surrten, während sie irgendwelche Werte überwachten und maßen. Lichter ließen verschwommene rote Zahlen aufblinken. Aus Beuteln, die über den Patienten hingen, tropfte Flüssigkeit in Schläuche, dann in Nadeln und in die

Körper. Tiefer neben den Betten hängende Beutel nahmen Flüssigkeiten auf, die der Körper nicht mehr brauchte.

Bemüht, all das zu übersehen, war Hollis erleichtert, dass es zu beiden Seiten der Betten wenigstens Vorhänge gab, die in Dianas Fall weit genug vorgezogen waren, um etwas Privatsphäre zu gestatten. Sie betrat diesen halb privaten Bereich.

»Hallo, Hollis.«

Seine Stimme war leise und rau, immer noch heiser von dem Brüllen am Tag zuvor und vielleicht vom ständigen Reden mit Diana seitdem. Sein Haar sah aus, als wäre er mehrfach mit den Fingern hindurchgefahren, obwohl er Dianas Hand fest mit seinen beiden Händen umklammert hielt, und auf seinem Gesicht lag der hohlwangige Ausdruck von Erschöpfung, Elend und einem verzweifelten Wunsch.

Hollis musste den Blick abwenden, doch als sie es tat, sah sie Diana im Bett liegen, so reglos und unnatürlich gerade. Eine Maschine atmete mit gleichmäßigen, sich ständig wiederholenden Geräuschen für sie, und andere Maschinen überprüften ihren Puls, ihren Blutdruck und was nicht noch alles. Da waren Verbände und Drainagen und …

Diana anzuschauen, fiel ihr noch schwerer. Nicht wegen der Maschinen, Schläuche oder Verbände, sondern weil sie denselben grauen Schimmer hatte wie alles andere, und das ängstigte Hollis bis ins Mark.

»Hallo, Quentin.« Sie bemühte sich, ihrer Stimme einen ruhigen Klang zu geben.

»Die Ärzte haben mir gesagt, dass sie es vielleicht nicht schaffen wird.« Sein Blick blieb auf Dianas Gesicht gerichtet. »Da irren sie sich, weißt du. Sie wird es schaffen. Sie muss.«

»Ich weiß.«

»Ja? Ich wusste es nicht, ehrlich gesagt. Nicht, wie ich es jetzt weiß. Nicht, bis ich sie fallen sah, all das Blut sah … Da wusste ich es. Es ist so schnell passiert, so verdammt schnell, und mir blieb nicht mal Zeit, es ihr zu sagen. All diese Monate hätte ich es ihr sagen können. Und hab's nicht getan. Welchen verfluchten Sinn soll das denn ergeben?«

Hollis schwieg. Schließlich wandte er ihr den Kopf zu und blickte sie an, mit Augen, von denen sie wusste, dass sie blau waren, jedoch grau aussahen, blutunterlaufen und dunkler, als Hollis es je gesehen hatte. In einem seltsamen Plauderton fuhr er fort: »Ich kann die Zukunft nicht sehen. Nicht jetzt, wo ich es bräuchte. Doch eines kann ich sehen: Ganz gleich, was sie über Hirnaktivitäten und Pulsschlag sagen, Diana ist nicht hier. Ich halte mit aller Kraft an ihr fest, mit so viel Kraft, wie es mir möglich ist, aber … ich halte ihren Körper, nicht ihre Seele.«

»Ich glaube, du hältst auch ihre Seele. Ihren Geist.«

»Sie ist nicht hier«, wiederholte er.

»Ich meine, du hältst etwas von ihr hier verankert. Damit sie den Weg zurück finden kann.«

»Wird sie das?«

»Ja. Weil sie muss.«

Er nickte bedächtig. »Ja. Ich lasse nicht los. Egal, wie lange es dauert, ich lasse nicht los. Obgleich …«

»Obgleich?«

»Das hier war ihr Albtraum, weißt du. Als kleines Mädchen hat sie ihre Mutter so gesehen. So wie das hier. Ein Körper mit einem schlagenden Herzen, beatmet von einer Maschine. Ein Körper ohne Seele.«

»Sie wird zurückkommen, Quentin.«

Er nickte erneut. »Weil sie muss.«

»Ja. Weil sie muss.«

Hollis hatte gedacht, sie könnte ihn überreden, Diana wenigstens für ein paar Minuten zu verlassen, doch nun versuchte sie es nicht mal. Stattdessen schlug sie vor: »Leg doch deinen Kopf aufs Kissen und versuch dich auszuruhen.«

»Ich könnte ihr wehtun«, meinte er.

»Ach was.« Hollis hatte auf einmal ein kleines Kissen in der Hand und fragte sich nicht mal, woher es gekommen war. Sie beugte sich über das Bett und platzierte das Kissen so, dass er sich nur seitlich drehen musste, um seinen Kopf darauf zu legen. Das war zwar nicht die bequemste Stellung, doch er würde sich wenigstens entspannen können.

»Ruh dich aus«, wies sie ihn an. »Du wirst weder Diana noch sonst jemandem nützen, wenn du es nicht tust.«

»Ich mag nicht aufhören, sie anzuschauen«, murmelte er.

»Ist schon gut. Schließ einfach nur für eine Weile die Augen.«

Kaum war sein Kopf auf dem Kissen gelandet, schlief Quentin ein. Trotzdem lockerte er den Griff um Dianas Hand nicht für einen Augenblick.

»Und was jetzt?«, fragte DeMarco.

Hollis drehte den Kopf und sah DeMarco an. »Hat es dir Spaß gemacht, mich dabei zu beobachten, wie ich aus dem Raum geschlichen bin?«

»Sicher.« Er lächelte nicht mal.

Verdammte Telepathen.

»Was jetzt?«, wiederholte er.

Sie sprachen beide leise.

Hollis versuchte gar nicht erst, ihn hinters Licht zu führen. »Ich möchte etwas ausprobieren. Vermutlich wird es nicht funktionieren, aber ich muss es probieren.«

»Kein Besuch in der grauen Zeit, hoffe ich.«

»Nein, etwas anderes. Aber ...« Sie zögerte.

»Aber was?«

»Nichts. Ich werde ...« Sie brach ab, als DeMarco ihren Arm packte und sie halb zu sich herumdrehte.

»Aber was?«, fragte er. »Ich habe gehört, was Quentin gesagt hat. Es könnte schnell etwas passieren, und uns könnte die Zeit knapp werden. Also sag mir, was dich jetzt beunruhigt. Lass mich nicht später darüber nachdenken müssen.«

»Ich dachte, du würdest einfach meine Gedanken lesen.«

»Nein. Sag's mir, Hollis.«

Sie atmete langsam durch, war bemüht, nicht an die verstreichende Zeit zu denken. »Es geht ... um die Geister. Hier ist alles voll von ihnen.«

»Das habe ich schon aus deinem Gespräch mit Miranda geschlossen. Was hat sich verändert?«

Wieder zögerte Hollis. »Seit ich aus dem Wartezimmer gekommen bin, seit ich durch die Tür getreten bin, sind sie das Einzige, was real aussieht.«

»Was meinst du damit?«

»Alles andere ist ... eher grau.«

Er blickte sich um. »Eigentlich wirkt hier alles eher grau.«

»Nein, das meine ich nicht. Quentin und Diana ... du. Ihr habt alle einen grauen Farbton. Verwaschen. Wie ein Fernsehbild, bei dem die Farben rausgenommen sind. Und Auren kann ich nur um die Geister sehen.«

DeMarco dachte kurz darüber nach, eine leichte Falte

zwischen den Brauen. »Du glaubst also, du könntest eine Tür in die graue Zeit geöffnet haben.«

»Wenn ja, dann ist es meine eigene verquere Version, denn das hier ist nicht wie Dianas graue Zeit. Überhaupt nicht. In ihrer grauen Zeit gibt es weder Menschen noch Geister – abgesehen von ihren Führern –, und dort es ist trostlos, wie ich dir erzählt habe. Kalt und leer. Aber das hier ... ich sehe die Lebenden und die Toten, und die Toten haben mehr Farbe, mehr ... ja, zum Teufel, mehr Leben. Daher weiß ich nicht genau, was ich getan habe, Reese. Und wie ich es rückgängig machen kann.«

Ob ich es überhaupt rückgängig machen kann.

Mit einem Kopfnicken deutete er auf Diana. »Was hattest du hier vor?«

»Ich kann mich selbst heilen. Mirandas Schwester ist ein Medium, und sie kann andere heilen. Ich dachte, es wäre einen Versuch wert.«

»Das erfordert Energie, stimmt's? Kraft.«

»Ja. Wenn das Heilen anderer so was ist wie mich selbst zu heilen ... ja. Viel Energie, vor allem, wenn es ernste Verletzungen sind.«

»Ich bezweifle, dass du so viel übrig hast«, bemerkte er kühl.

»Ich hoffe, dass es reicht. Um zu helfen, wenn auch nur ein wenig. Vielleicht reicht das Wenige ja schon aus.«

»Du wirst es tun, egal, was ich sage.«

Hollis nickte.

»Na gut. Dann kümmern wir uns später um diese fast graue Zeit. Probier's.«

Etwas in seiner Stimme veranlasste sie, ihn fragend anzuschauen, nicht mal sicher, was sie fragen wollte. Aber De-Marco war sich sicher.

»Etwas, was mir in Serenade aufgefallen ist«, teilte er ihr mit. »Du hast es bei all dem Durcheinander vielleicht gar nicht bemerkt. Als Dianas Herz aussetzte, hat es nicht durch Reanimation wieder zu schlagen begonnen. Du hast die Hand auf sie gelegt und ihren Namen gerufen. Das hat es bewirkt.«

»Führt das hier zu irgendwas?«, fragte Diana. »Diesen endlosen Korridor hinabzugehen, als erwarteten wir, etwas zu finden?«

»Sag du's mir.«

»Himmel noch mal, Brooke, ich dachte, wir hätten dieses kryptische Führergetue hinter uns.«

»Da wird aber jemand unleidig.«

»Nein, jemand wird stinkig. Ich bin euch Führern fast mein ganzes Leben lang gefolgt, habe mein Möglichstes getan, um euch zu helfen, obwohl ich mir selbst nicht helfen konnte, und jetzt, wo ich ein wenig Gegenleistung brauchen könnte, bekomme ich nur noch mehr von dem alten Schwachsinn.«

»Ob du mir glaubst oder nicht, Diana, ich helfe dir.«

»Hilfst mir, meine Energie zu verbrennen, damit ich schneller sterbe?« Diana wusste, wie barsch das klang, aber sie konnte nicht anders.

»Nein. Ich helfe dir, die Wahrheit zu finden. Schau dir beim Vorbeigehen diese Türen an. Denk darüber nach, was hinter ihnen sein könnte.«

»Vermutlich noch so ein falscher Quentin.«

Brooke blieb im Korridor stehen, blickte sie an und ging weiter. »Na gut. Dann denk über diesen Ort nach. Die Tatsache dieses Ortes.«

»Tatsache ist, dass er nicht existiert. Nicht mehr.«

»Warum nicht?«

»Weil es ein Ort des Bösen war, der zerstört wurde.«

»Warum war er böse?«

»Weil hier ein böses Wesen untergebracht war. Weil hier böse Dinge passiert sind. Entsetzliche Dinge.«

»Und warum sind wir jetzt wohl an diesem bösen Ort?«

»Sind wir nicht. Er ist zerstört.«

»Dann eben in einer … Kopie davon. Einer Nachbildung.«

»Weil du in meinem Kopf herumpfuschen willst, höchstwahrscheinlich.«

»Diana.«

Sie seufzte. Und versuchte zu denken, wenn auch nur, um Brooke nicht so sauer zu machen, dass sie verschwand und Diana hier allein ließ. Sie hatte zwar nie erlebt, dass ein Führer sauer wurde, aber trotzdem. Man wusste ja nie.

»Warum sind wir hier? Quentin sagt …« Das Zittern in ihrer Stimme zu unterdrücken, kostete sie Mühe. »Quentin sagt, es müsse eine Verbindung geben zwischen diesem Ort und der Ermittlung. Warum sollte dieser Ort sonst ständig wieder auftauchen? Warum muss ich ihn in der grauen Zeit immer wieder aufsuchen?«

»Alles ist miteinander verbunden, Diana.«

Sie runzelte die Stirn. »Dieser Ort ist also mit der Ermittlung in Serenade verbunden? Auf welche Weise?«

»Das ist die Wahrheit, die du aufdecken musst.«

»Verdammt.«

Abrupt öffnete sich eine der Türen, und der falsche Quentin lächelte sie an. »Du solltest wirklich aufhören, diesem Kind zuzuhören. Sie weiß nicht, wovon sie redet.«

Diana war instinktiv stehen geblieben, und ein Blick zeigte ihr, dass auch Brooke innegehalten hatte. Doch die Führerin schwieg, und es blieb Diana überlassen, zu antworten.

»Was willst du?«

»Ich will dir helfen, Diana. Das weißt du. Ich will nur das, was am besten für dich ist. Ich weiß, was am besten für dich ist.«

»Das hast du schon mal gesagt. Aber du bist eine Fälschung. Du bist ein Imitat, das Quentins Gesicht trägt, und ich möchte wissen, warum.«

»Du weißt, warum.«

Weiß ich das? Oder lügt dieses ... Ding?

Sie verließ sich auf ihr Bauchgefühl. »Nein, weiß ich nicht. Ich weiß nur, dass du mich belügst.«

»Wirklich?«

»Ja.«

Sein Ton wurde plötzlich seidig. »Möchtest du dich nicht lieber um den Körper dort im Krankenhaus kümmern? Dir nicht lieber Sorgen darum machen, ob du leben oder sterben wirst?«

Ihr war klar, dass er sie zu manipulieren versuchte, sie ängstlich und unsicher machen wollte. Nur wusste sie nicht, warum. Um sie zu schwächen? Sie verletzlicher zu machen? Aus reiner Bosheit?

Doch er war gut darin. Gut, weil es zumindest ein wenig

funktionierte, als sich ihre Gedanken, wenn auch nur kurz, ihrem entsetzlich verletzten Körper zuwandten und der furchterregenden Unsicherheit, ob es ihr möglich sein würde, ihn zurückzubekommen.

Einen flüchtigen Augenblick lang meinte sie, Quentins Hände zu fühlen – beide Hände –, die eine der ihren umklammert hielt, und sie blickte erstaunt auf diese Hand hinunter.

»Er wird nicht da sein, Diana. Wenn du ihn wirklich brauchst. Wenn du endlich den Mut hast, die Hand nach ihm auszustrecken. Er wird nicht da sein.«

Sie schaute den falschen Quentin an und verspürte zum ersten Mal nichts als Wut. »Du irrst dich.«

»Er wird nicht da sein. Er wird dich enttäuschen.«

Diana schüttelte den Kopf. »Du kennst ihn nicht. Was auch immer du bist, du kennst ihn nicht. Aber ich kenne ihn. Gut möglich, dass ich mich auf nichts oder niemanden sonst verlassen kann, aber auf Quentin schon.«

»Jetzt bist du diejenige, die sich irrt.«

An ihre schweigende Führerin gewandt, fragte Diana: »Du wirst mir nicht helfen, oder?«

»Ich helfe dir, so gut ich kann.« Brookes Blick war auf den falschen Quentin gerichtet, mit einer seltsamen Wachsamkeit, die Diana fast noch anstrengender fand als alles andere. »Aber du musst die Wahrheit alleine finden, Diana.«

»Weil das die Regel ist?«

»Es ist frustrierend, ich weiß.«

»Kannst du mir nicht wenigstens einen Hinweis geben, verdammt noch mal?«

Schließlich sah Brooke sie an und sagte nüchtern: »Er ist

hier, weil du es ihm erlaubst. Schau unter die Maske, und er wird keine Macht mehr über dich haben.«

»Ich weiß nicht ...« Diana drehte den Kopf, nur um zu entdecken, dass die Tür geschlossen war und kein falscher Quentin mehr vor ihr stand. Bedächtig wiederholte sie: »Ich weiß nicht ... wie man unter die Maske schaut.«

Brooke ging weiter. »Vielleicht bekommst du es heraus, während du hier bist. Vielleicht solltest du das lieber tun.«

»Drohung oder Warnung?«

Brooke ging nicht darauf ein. »Wir sind aus einem bestimmten Grund hier, Diana. An genau diesem Ort. Denk darüber nach. Warum solltest du in der grauen Zeit an einen Ort kommen, den es nicht mehr gibt?«

»Weil ...« Die schnippische Antwort, die ihr auf der Zunge lag, verschwand, als ihr eine viel ernstere – und beängstigendere – aufging. »Weil ... das *Böse* nach wie vor existiert.«

Brooke drehte den Kopf und lächelte sie an. »Na siehst du, das war doch nicht so schwer, oder?«

»Du meinst, ich habe recht?«

»Fühlt es sich nicht richtig an?«

Zu ihrer Überraschung merkte Diana, dass es stimmte. Dann überlief sie ein so kaltes Schaudern, dass sie es selbst in der grauen Zeit wahrnahm. »Das Böse existiert immer noch. Aber – sie haben ihn gefangen genommen. Er ist eingesperrt.« Brooke ging gelassen weiter.

»Brooke, das böse Wesen, das an diesem Ort getötet hat, dieses Wesen, das Hollis fast umgebracht hat – es ist eingesperrt. Tötet nicht mehr. Ist nicht mehr gefährlich. Sie haben ihn erwischt.«

»Wenn du das sagst, Diana.«

»Wenn ich das sage? Du meinst, er ist immer noch gefährlich?«

Brooke warf ihr einen ruhigen Blick zu. »Du musst in Schichten denken, Diana. Musst eine Schicht nach der anderen aufdecken.«

Schweigend ging Diana eine Weile weiter, blickte abwesend auf die Türen, an denen sie vorbeikamen, während sie sich mit der Frage beschäftigte, wie das Böse, das an diesem Ort existiert hatte, nach wie vor existieren konnte – und mit dem in Verbindung stehen konnte, was in Serenade passiert war und passierte.

Schichten.

Schichten ...

Sie blieb stehen und starrte eine der Türen an, die nicht ganz so gesichtslos war wie die anderen, ohne zu bemerken, dass Brooke auch innegehalten hatte und schweigend wartete. Langsam bildete sich vor Dianas Blick auf Augenhöhe eine Form.

Ein Kreuz.

»Mein Gott«, flüsterte sie. »Nicht die Marionette – der Puppenspieler. Die böse Hand an der Leine des bösen Wesens. Samuel.«

Schwester Ellen King kam mit der festen Absicht um den Vorhang, Zorn über alle auszugießen, die es gewagt hatten, ohne Erlaubnis ihre Intensivstation zu betreten. Aber der Anblick, der sich ihr bot, ließ sie verstummen.

Auf der einen Seite von Diana Briscos Bett war Agent Hayes endlich eingeschlafen, seitlich zusammengesackt mit dem Kopf auf einem Kissen neben ihren Knien, die Hände immer noch um eine der ihren geklammert.

Der wird einen mächtig steifen Hals bekommen, dachte sie. Ihr professioneller Blick überprüfte die Monitore, und sie war sowohl erstaunt als auch erfreut, als sie sah, dass Dianas Vitalparameter stärker geworden waren, gleichmäßiger.

Dann sah sie die anderen beiden Bundesagenten. Sah, dass die hochgewachsene, schlanke Brünette auf der anderen Seite des Bettes zusammengesackt war, als hätte alle Kraft sie verlassen. Sah, wie der große, kraftvolle Blonde sie hochhob, als sei sie gewichtslos, und sie vorsichtig in seine Arme bettete.

»Was ist mit ihr?«

Er drehte sich zu ihr um, die Frau auf den Armen. »Sie braucht Schlaf. Haben Sie ein zusätzliches Bett?«

Ellen King blickte in das fast ausdruckslose, gut aussehende Gesicht und dachte flüchtig: *Diesen Ausdruck sehe ich jetzt zum zweiten Mal. Wow. Ich frag mich, ob sie das weiß.*

Dann riss sie sich zusammen. »Ja. Ja, natürlich. Folgen Sie mir.« Und ging voraus.

12

Serenade

Naomi Welborne plante, eines Tages Moderatorin bei einem großen Fernsehsender zu werden, und das, bevor sie fünfunddreißig war. Also blieben ihr noch zehn Jahre, sich diese Position zu erarbeiten, zusätzlich zu den dreien, die sie bereits bei dem kleinen Lokalsender in Tennessee verbracht hatte, an dem sie es durch gutes Aussehen und blondes Haar nur bis zur zwitschernden Wetteransagerin gebracht hatte.

Naomi hatte mehr drauf, das wusste sie. Sie hatte es satt, in den Sendungen bloß als Wettermädchen im kurzen Rock aufzutreten oder in sechzig Sekunden langen Füllern, wenn an diesem Tag die Nachrichten zu kurz geraten waren. Sie hatte es satt, dass man ihr statt echter Nachrichtenbeiträge nur Schnipsel zuteilte, die der Chefredakteur des Senders heiter als *wichtige Geschichten aus dem Leben* bezeichnete.

»Weil die Menschen abschalten, wenn wir ihnen nur deprimierendes Zeug liefern, Naomi.«

Wichtige Geschichten aus dem Leben. Anheimelnde und kuschelige Geschichten über kleine Kinder, heldenhafte Hunde und hundertjährige Menschen. Sie war auf so vielen Geburtstagsfesten gewesen, dass sie befürchtete, das Konfetti hätte sich dauerhaft in ihrem Haar festgesetzt. Und wenn sie noch einmal mit ansehen musste, wie einem Köter eine Medaille verliehen wurde, weil er gebellt hatte, als er Rauch roch, oder gelernt hatte, einen Lichtschalter zu betätigen, weil sein Besitzer das nicht konnte, würde sie sich wahrscheinlich eine Waffe von einem ihrer Polizeikontakte borgen, um sich zu erschießen.

Genug war mehr als genug.

Am Tag zuvor hatte Naomi gerade am letzten Entwurf ihrer Kündigung gearbeitet, als der Polizeifunkscanner im Sender plötzlich völlig durchdrehte. Polizei-, Feuerwehr- und Sanitätseinheiten, Notfalltechniker von den Elektrizitätswerken – alle wurden nach Serenade gerufen. Es hatte eine Explosion unbekannter Ursache gegeben … Polizist getötet … mindestens ein Bundesagent lebensgefährlich verletzt … ein ziviler Toter … Scharfschütze nach wie vor auf freiem Fuß …

Naomi sah sich in der verwaisten Nachrichtenredaktion des Senders um und erkannte glücklich, dass das Schicksal beschlossen hatte, sie für ihre Geduld zu belohnen und ihr eine echte, karrierefördernde Geschichte in den Schoß zu werfen.

Der Chefredakteur war offenkundig und beleidigend skeptisch gewesen, als sie sich hartnäckig für den Auftrag einsetzte, aber da die anderen Reporter unterwegs waren, blieb ihm nichts anderes übrig: Widerstrebend schickte er sie mit einem Kameramann nach Serenade.

»Sieh zu, dass du ein bisschen Bildmaterial bekommst, und versuch, Aussagen von Zeugen und vielleicht einem Cop zu bekommen, falls einer mit dir redet. Und vergiss nicht, Naomi, wir können es nicht mit den Kabelsendern aufnehmen, also mach nichts Verrücktes. Sieh zu, dass du den Bericht in den Kasten kriegst, ohne dabei im Weg zu stehen oder jemandem auf die Füße zu treten. Verstanden?«

»Klar, Keith.«

»Sag mir, dass du verstanden hast, wie ernst ich das meine.«

»Ich hab's kapiert, Keith, okay? Du brauchst dir überhaupt keine Sorgen zu machen.«

Ja, sie hatte es durchaus kapiert. Sie verstand, dass es ihre Chance war, und sie würde sie verdammt noch mal nützen.

Was der Grund war, weshalb sie trotz der Beschwerden ihres Kameramanns dickköpfig vor Ort blieb, zusammen mit der schrumpfenden Gruppe von Reportern und Kameracrews hinter dem gelben Absperrband, nachdem sich längst nichts mehr tat – zumindest nichts *Filmbares*. Und lange nachdem sie von den ernst blickenden Deputys auf der anderen Seite des Bandes etwas anderes gehört hatte als ein höfliches, aber distanziertes »Bitte halten Sie Abstand«.

Der Tagesanbruch lag nicht mehr fern, und die Aufräumarbeiten waren so gut wie erledigt.

Verdammt, ich hab überhaupt nichts für die Morgennachrichten.

Die Leiche des jungen Deputys war abtransportiert worden, vermutlich zur Autopsie, obwohl Naomi das verblüffte. Jeder wusste doch, dass der arme Kerl erschossen worden war, mit der einzigen Kugel, die der Scharfschütze an dem Tag abgefeuert hatte. Eine einzige Kugel, die auch eine Bundesagentin lebensgefährlich verletzt hatte.

Wobei keiner der Cops bereit war, das zu bestätigen.

Was von den Trümmern des zerstörten SUV übrig war, hatte man auf einen Abschleppwagen geladen und weggebracht, angeblich in die Autowerkstatt des Sheriffdepartments – obwohl ihr das entgangen war, während sie versucht hatte, einen unwilligen Zeugen vor laufender Kamera zum Sprechen zu bewegen.

Verdammt.

Zerbrochenes Glas war von der Main Street gefegt worden, der andere Schutt – bestehend aus Holz, Ziegelsteinen, Beton und verbogenem Metall – war ebenfalls entfernt worden, und zahllose Männer hatten den größten Teil der Nacht durchgearbeitet, um im Umkreis der Explosion geborstene Fenster mit Brettern zu vernageln. Die Feuerwehrwagen waren einer nach dem anderen abgefahren, zusammen mit mehreren Sanitätsmannschaften aus den umliegenden Countys.

Der schwarze Transporter mit der Aufschrift BOMBENENTSCHÄRFUNG – für ein Interview mit deren Technikern vor laufender Kamera hätte Naomi ihre besten Schuhe und möglicherweise ihre Seele verkauft – war ebenfalls früh verschwunden, wenngleich ein größerer Transporter – eine Art mobile Kommandozentrale, schätzte sie – nach wie vor gegenüber dem Polizeirevier parkte.

Erkennbar wachsame Männer in offensichtlich kugelsicheren Westen und mit Waffen in der Hand hatten vor und hinter dem Transporter Stellung bezogen, ohne auch nur zu versuchen, sich zwanglos zu geben, und sowohl Agenten als auch Deputys stiegen nach wie vor ein und aus, wie sie es schon seit Stunden taten, die ganze Nacht lang. Aber sie hatten die großen Arbeitsscheinwerfer so positioniert, dass keiner der Nachrichtencrews eine Aufnahme gelungen war, die nicht von dem Licht überstrahlt wurde.

Keine Möglichkeit, was Vernünftiges in den Kasten zu bekommen, und alles andere war todlangweilig. Selbst die

Elektriker hatten ruhig und methodisch – und mit einem Minimum an Funken, verdammt – kurz nach Mitternacht den Strom für einen Großteil der Main Street wiederhergestellt und arbeiteten jetzt an weiter entfernten durchgebrannten Umspannanlagen.

Und nicht einer der zahllosen FBI-Agenten hatte während der Nacht auch nur einen Blick für die Fernsehcrews übrig gehabt, ganz gleich, wie laut die Fragen gebrüllt wurden.

»Gib's auf«, riet ihr Rob, der Kameramann, trocken. »Wir sollten heimfahren und sehen, dass wir noch ein bisschen Schlaf bekommen. Die werden keinen Piep von sich geben, weder offiziell noch inoffiziell. Die Deputys könnten genauso gut Klebeband über dem Mund haben, und die Feds werden sich hüten.«

»Früher oder später müssen sie mit uns reden«, beharrte Naomi.

»Nein, müssen sie nicht. Sie überlassen es dem Sheriff als Sprecher, weil es seine Stadt ist, aber die Wahrheit ist, dass sie so gut wie nichts rauslassen, bevor sie dazu bereit sind. Und wenn die Explosion durch eine Bombe ausgelöst wurde ...«

»Du weißt, dass es eine war.«

»Ich weiß, dass die Zeugen das behaupten und die Cops nichts sagen. Doch falls es eine Bombe war, kannst du darauf wetten, dass es Tage dauern wird – wenn überhaupt –, bevor es eine offizielle Bestätigung gibt. Bei all dem Terroristenscheiß, der in der Welt passiert, brauchen die Leute nur das Wort *Bombe* zu hören, und sie geraten in Panik. Keiner will eine Panik, schon gar nicht in einer netten kleinen Stadt, die vom Tourismus abhängig ist.«

Nach dem Teil über die Tage, die es bis zur offiziellen Bestätigung dauern würde, hatte Naomi abgeschaltet. Ihr blieben keine Tage. Sie konnte von Glück sagen, dass Keith noch keinen anderen Reporter hergeschickt und sie zurückbeordert hatte. Und falls es eine Bombe *war*, würde er das mit Sicherheit tun.

Außer, es gelang ihr, etwas wirklich Saftiges in den Kasten zu bekommen.

»Vergiss, was auch immer du da in deinem hübschen blonden Köpfchen ausbrütest«, sagte Rob. »Ich möchte noch lange genug leben, um mit einer goldenen Armbanduhr oder so in den Ruhestand geschickt zu werden.«

Sie schenkte ihm ihr zuckersüßestes Lächeln. »Halt du nur die Kamera bereit – und sorg um Gottes willen dafür, dass das Objektiv scharf gestellt bleibt.«

»He, mach du deinen Job, ich mache meinen.«

»Oh, ich mach meinen Job, keine Sorge. Halt den Mund und folg mir.«

Rob folgte ihr, als sie sich allmählich vom Absperrband entfernte und sich den Gebäuden auf der einen Seite der Main Street näherte. Aber er hielt erst den Mund, nachdem er gemurmelt hatte: »Wenn ich die ganze verdammte Nacht wach bleiben muss, dann sollte endlich was passieren, das sich wirklich zu filmen lohnt.«

Dieser Wunsch würde ihn für lange, lange Zeit verfolgen.

Innerhalb der mobilen Kommandozentrale war mehr Platz, als man erwartet hätte, selbst mit all den Apparaten und Gerätschaften, doch es war trotzdem eng, obwohl die meisten Agenten und Sheriff Duncan stehen blieben.

»Leider wissen wir nicht viel mehr als bei deinem Abflug, Miranda.« Special Agent Dean Ramsey von der SCU war nach der Bombenexplosion und den Schüssen mit der ersten Welle der Agenten eingetroffen. Als einem von Bishops hochrangigsten Mitarbeitern war es ihm zugefallen, während Mirandas vorübergehender Abwesenheit Ordnung in das Chaos zu bringen, auch wenn sie die Leitende Ermittlerin in diesem Fall war und es weiterhin blieb.

Als Bishop ihn rekrutiert hatte, war Ramsey kurz zuvor aus dem Militärdienst ausgeschieden. Jetzt war er fünfundvierzig, also älter als die meisten anderen Agenten, hielt sich jedoch in bester körperlicher Verfassung. Er war etwas über mittelgroß und schlank, hatte kastanienbraunes Haar, kühle braune Augen und strahlte eine Härte aus, die jedermann wünschen ließ, ihn auf seiner Seite zu haben, ganz egal, worum es in dem Kampf ging.

Und in der Art, wie er Informationen weitergab oder einforderte, ohne viele Worte zu machen, lag immer noch militärische Schärfe. »Wenigstens ist es uns gelungen, ein paar Fakten abzuklären. Tony?«

»Wir haben die Leiche vom Dach des alten Kinos identifiziert«, berichtete Tony gehorsam. »Wobei uns das nicht viel helfen wird. Er ist ein Einheimischer; der Sheriff bestätigt, dass der Mann als Jäger bekannt ist.«

»Und das selbst außerhalb der Jagdsaison.« Duncan seufzte schwer. »Aber ansonsten befolgt – befolgte – er die Vorschriften, und er war ein gewissenhafter, umsichtiger Jäger.«

Tony nickte. »Cal Winston, dreiundvierzig. Geschieden, Vater von zwei Kindern, die bei seiner Ex in Gatlinburg leben. Keine der bei ihm gefundenen Waffen ist auf ihn registriert. Seine eigenen sind in seinem Haus, etwas außerhalb der Stadt – mit Ausnahme seines Jagdgewehrs, das fehlt. Seine sämtlichen Waffen waren ordnungsgemäß registriert, und er bewahrte sie in einem Waffensafe auf.«

»Wegen der Kinder«, murmelte Duncan. »Wollte kein Risiko eingehen. Er war ein ... gewissenhafter Mann, wie gesagt. Ein guter Mann.«

»Es tut mir leid, Des«, sagte Miranda mit ernster Miene.

»Ja, mir auch. Hat schon jemand seine Ex angerufen?«

»Noch nicht«, meldete sich Tony.

»Dann mach ich das. Ich kannte sie als Paar, bevor Cal einen Sommer lang durchdrehte und Sheila vertrieben hat.«

Niemand bat ihn um nähere Erläuterung.

»Offenbar war er sehr beliebt«, fuhr Tony in seinem Bericht fort. »Bisher haben wir keine Feinde gefunden, und alle scheinen ehrlich betroffen, dass er tot ist. Anscheinend nicht der Typ, jemanden gegen sich aufzubringen, und sicherlich nicht der Typ, Selbstmord zu begehen.«

Miranda schwieg eine Weile, dann runzelte sie die Stirn. »Irgendwas an den Waffen, die bei ihm gefunden wurden?«

Tony schüttelte den Kopf. »Nicht viel. An beiden Waffen wurden die Seriennummern weggefeilt, doch die Handfeuerwaffe ist vermutlich diejenige, mit der er getötet wurde. Keine Schmauchspuren an seinen Händen. Außerdem war er Linkshänder, wurde aber in die rechte Schläfe geschossen, daher kann man darauf wetten, dass er es nicht selbst getan hat. Jedoch war es eine Schusswunde aus nächster Nähe, daher muss der Täter ihm den Lauf direkt an die Schläfe gehalten haben, bevor er abdrückte.«

»Nah und persönlich«, murmelte Jaylene.

»Ja. Daher schätze ich, dass der Scharfschütze praktisch über ihn stolperte und ihn töten musste, mit dem Vorsatz, diesen Mord anders auszuführen, um Verwirrung zu stiften. Oder er brauchte ihn so lange lebend, bis er ihn auf dem Dach hatte.«

»Was ist mit dem Gewehr?«, fragte Miranda.

»Könnte die Waffe sein, die Dienstag und gestern benutzt wurde – das Kaliber stimmt –, doch das werden wir erst genau wissen, wenn der Ballistikbericht vorliegt. Vermutlich heute im Verlauf des Tages.« Nach kurzem Schweigen fügte Tony hinzu: »Eine verdammt teure Waffe, um sie einfach liegen zu lassen. Dem wahren Mörder muss klar gewesen sein, dass er uns durch das Zurücklassen des Gewehrs, zusammen mit einem falschen Scharfschützen-Schrägstrich-Bombenleger, nicht länger als fünf Minuten zum Narren halten konnte. Das beunruhigt mich. Ich weiß aber nicht, warum.«

Wieder trat ein kurzes Schweigen ein.

»Wir haben den bei ihm gefundenen Rucksack durchsucht«, setzte Dean den Bericht auf seine methodische Weise fort. »Nichts Ungewöhnliches für einen Jäger, der damit rechnete, ein paar Tage im Wald zu verbringen, und es sieht aus, als gehörte alles ihm. Nur seine eigenen Fingerabdrücke wurden gefunden.«

Mit hochgezogenen Brauen blickte Miranda zu Jaylene, die daraufhin nickte. »Keine Anzeichen, dass es nicht seine Sachen waren.«

Den Blick wieder auf Dean gerichtet, wartete Miranda.

»Die Sprengstoffexperten sagen, an der Bombe sei nichts

Spezielles gewesen, keinerlei Signatur, die sie erkannt hätten. Es handelte sich um einen neueren Plastiksprengstoff, doch an dieses Zeug kommt man ziemlich leicht ran, wenn man weiß, wen man fragen muss. Der Fernzünder war Fertigware und hätte bei fast jedem gut bestückten Waffen- oder Munitionshändler erworben sein können.«

»Von denen wir hier in der Gegend genügend haben«, warf Duncan ein.

Tony nickte. »Kann man wohl sagen. Und ein paar davon stehen auf der Beobachtungsliste, Miranda. Aber da springt nichts ins Auge.«

»Na gut. Trotzdem werden wir die üblichen Überprüfungen vornehmen und sehen, ob wir den Händler nicht ausfindig machen können. Auch wenn es eine Annahme ist, können wir wohl davon ausgehen, dass unser Scharfschütze Dienstagabend hier war, die Stadt verließ und gestern am frühen Morgen mit dem Sprengstoff zurückkam. Ich würde sehr gerne wissen, woher er den hatte.«

Dean fuhr fort: »Die Zeitspanne verschafft uns einen groben Radius für unsere Suche, da er sich in den paar Stunden nicht allzu weit entfernt haben und zurückgekommen sein kann. Wir haben zusätzliches Personal für die Suche: Die FBI-Zweigstelle in Knoxville stellt es uns gerne zur Verfügung. Sie werden heute Morgen so früh wie möglich Agenten losschicken und Händler für Waffen, Munition und Armeebestände befragen, dazu Waffenexperten und jeden, mit dem der Scharfschütze Umgang gehabt haben könnte. Das ist, wie der Sheriff schon sagte, eine ziemlich lange Liste, und es wird vermutlich mehrere Tage dauern, alles abzuchecken, aber wir werden es so schnell wie möglich bewältigen.«

»Gut. Hat Dr. Edwards den Todeszeitpunkt von Mr. Winston bestätigt?«

Ohne in sein Notizbuch schauen zu müssen, antwortete Dean: »Achtzehn bis zwanzig Stunden, bevor er gefunden wurde.«

Miranda atmete langsam durch. »Also kann er nicht der Schütze vom Dienstag sein. Keine große Überraschung, schätze ich.«

Sheriff Duncan meldete sich zu Wort. »Ich verstehe einfach nicht, warum sich der Schütze so viel Mühe gemacht hat. Vielleicht ist ihm Cal nur durch Zufall in den Weg geraten. Vermutlich war es sein Unterstand, den Ihre Leute am Dienstag gefunden haben, und er könnte dort gewesen sein, als der Scharfschütze den Unterstand brauchte. Oder er kam später dorthin und wurde zum ernsthaften Problem für den Scharfschützen. Dass er Cal getötet hat, leuchtet mir noch ein. Aber dann einen ziemlich großen Mann über eine beträchtliche Entfernung zu transportieren – egal, ob er noch auf den Füßen stand und protestierte oder buchstäblich totes Gewicht war –, nur um ihn auf ein Dach zu schleppen und ihn als Schaufensterdekoration zu drapieren? Wozu das Ganze?«

»Als Ablenkung«, antwortete Miranda. »Für uns. Und wir *wurden* abgelenkt. Wir mussten Mitarbeiter einsetzen, um Mr. Winston zu identifizieren und ihn als Verdächtigen auszuschließen. Mussten Zeit aufbringen. Schwierigkeiten überwinden.«

Duncan runzelte die Stirn. »Aber wieso? Ging es nur darum, uns – Sie – einzubremsen? Zeit zu gewinnen? Wieso?«

»Das weiß ich nicht«, erwiderte Miranda.

»Aber Sie glauben, das war der Grund?«

Miranda zögerte mit ihrer Antwort. »Zumindest teilweise. Außerdem glaube ich, dass der Schütze sich über uns lustig gemacht hat. Uns verspottet hat. Er glaubt, dass er klüger ist als wir. Gerissener. Und das will er uns wissen lassen.«

BJ hatte sei Gewehr in der letzten Stunde mehrfach hin und her geschwenkt, während er sich für ein Zielobjekt zu entscheiden versuchte. Er hatte das Fadenkreuz seines Zielfernrohrs erst auf ein mögliches, dann auf ein anderes Ziel gerichtet, den Finger streichelnd am Abzug, und jedes Mal war ein geflüstertes »Bumm« von seinen Lippen gekommen.

Aber er hatte nicht abgedrückt.

Keines davon war das Richtige.

Wie er bemerkt hatte, war es unten auf der Main Street allmählich ruhiger geworden, und er wusste, dass seine Zeit, ein Opfer für den maximalen Schockeffekt auszuwählen und hinzurichten, knapp wurde, doch eine Stimme in seinem Kopf drängte ihn, noch zu warten.

Noch nicht. Beobachte weiter. Nimm sie alle ins Ziel. Merk sie dir.

Wir kriegen sie alle noch früh genug.

Warte. Der Zeitpunkt muss genau richtig sein.

Das war eine Stimme, die er kannte. Eine Stimme, auf die er hörte.

Er wartete. Selbst als der Hubschrauber nahe beim Justizgebäude landete und sie sich ihrem Team wieder anschloss, mehrere Minuten nahe bei dem Transporter stand, in dem ihre mobile Kommandozentrale untergebracht war, mit ihnen redete, wartete er. Auch wenn es leicht gewesen wäre.

So leicht.

Er richtete das Fadenkreuz des Zielfernrohrs auf ihr Gesicht, das ihm so nahe kam, als bräuchte er nur die Hand ausstrecken, um es zu berühren. Das Zielfernrohr erlaubte nicht, das Stahlblau ihrer Augen zu sehen, doch er hatte sie bei Tageslicht gesehen und konnte sie sich daher gut vorstellen. Stahlblaue Augen in einem fast perfekten Gesicht.

Er dachte daran, wie rasch er ihre Schönheit und ihr Leben zerstören konnte, aber er wartete. Sein Finger streichelte den Abzug, und er flüsterte »Bumm«, aber er wartete.

Er sah sie in die mobile Kommandozentrale steigen und fragte sich, ob er den Schuss für diese Nacht verpasst hatte.

Nein. Warte.

Er wartete.

Naomi lauerte. Sie glaubte nicht, dass sie es besonders gut hinbekam, da ihr blondes Haar sie zu einer Art Leuchtreklame machte, und nachdem der Strom für die Straßenbeleuchtung wieder funktionierte, war es hier auch nicht mehr wirklich dunkel, doch sie bemühte sich. Zuerst war sie ein bisschen verwundert, dass anscheinend keiner der Deputys oder Agenten von ihr Notiz nahm – oder sie nicht für wert befand, weggescheucht zu werden, wenn sie bemerkt wurde. Das ärgerte sie sogar ein bisschen. Doch dann führte sie es darauf zurück, dass alle müde waren.

Die Nacht war ja auch lang gewesen.

Außerdem gab es sowieso nichts mehr zu sehen.

Trotzdem wagte sie nicht, sich der mobilen Kommandozentrale zu nähern. Sie hatte das Gefühl, dass die Kerle mit den sichtbaren Waffen viel wachsamer waren, viel weniger müde und viel mehr dazu geneigt, sie und ihren Kameramann als eine Bedrohung zu betrachten, der man Beachtung schenken sollte.

Und auf die man möglicherweise schießen sollte.

Ohne auf Robs leises Gegrummel zu achten, hielt sie sich an der Stelle versteckt, die sie sorgfältig ausgewählt hatte, im Schatten unter der zerfetzten Markise eines Innenstadtrestaurants, nicht mehr als zwanzig Meter von der Kommandozentrale entfernt.

»Der Deputy wurde direkt da drüben erschossen«, sagte Rob plötzlich und deutete auf einen Fleck nur wenige Schritte von ihnen entfernt.

»Ich weiß.« Die Straße war nicht vollkommen gesäubert worden.

»Und die Agentin wurde nicht weit von dort getroffen, wo jetzt ihre Kommandozentrale steht.«

»Das weiß ich auch. Worauf willst du hinaus, Rob?«

»Nur, dass wir nicht allzu weit davon entfernt sind, mehr nicht. Und sie haben den Kerl noch nicht gefasst, weißt du.«

»Inzwischen ist der meilenweit fort«, sagte sie.

»Weißt du das genau?«

»Glaubst du, der ist dämlich genug, hier herumzuhängen, wo die ganze Stadt vor Cops und FBI-Agenten wimmelt?«

»Er war dämlich genug, einen Cop und eine Agentin zu erschießen. Das setzt ihn ganz oben auf die Dämlichkeitsliste, finde ich.«

Naomi wandte kurz den Blick von der Kommandozentrale ab und schaute Rob an. »Du hast Angst.«

»Ich stünde auch ganz oben auf der Dämlichkeitsliste, wenn ich keine hätte.«

»Großer Gott!«

»Was? Darf ich nicht zugeben, dass mir die ganze Sache einen Mordsschiss einjagt? Eine Bombenexplosion legt eine nette Stadt in Trümmer, ein Deputy – ein Junge! – wird erschossen und eine Bundesagentin lebensgefährlich verletzt, ein irrsinniger Scharfschütze läuft frei herum, hat uns vermutlich in diesem Augenblick vor seiner Flinte, und das soll mich kein bisschen erschüttern? Himmel, Naomi, du schießt wirklich den Vogel ab. Hast du denn nichts *anderes* mehr vor Augen als diesen Moderatorenstuhl in New York?«

Sie war überrascht und wusste, dass man es ihr anmerkte, als er lachte. »Das ist kein Geheimnis, glaub mir. Ich bin seit fünfzehn Jahren beim Sender, und ich hab ein Dutzend wie dich kommen und gehen sehen. Alle voll hochfliegender Pläne, auf einem dieser wichtigen Stühle in New York zu sitzen. Und weißt du, was? Keine hat es geschafft.«

»Ich schon«, verkündete sie rundheraus. »Ich werde es schaffen.« Sie wandte den Blick wieder der Kommandozentrale zu und sah, dass mehrere Agenten herauskamen. Sofort eilte sie los und bedeutete Rob, ihr zu folgen. »Schalt die Kamera ein. Jetzt. Nimm alles auf.«

»Meine Güte, wenn ich dafür verhaftet werde ...«

Als sie näher kamen, hörte sie einen der Männer fragen: »Wo ist eigentlich Galen? Er hat die Besprechung verpasst.«

»Er hatte was zu erledigen«, erwiderte die hochgewachsene, umwerfende Brünette.

Mann, die wird im Fernsehen toll rüberkommen.

»Agentin? Agentin, Naomi Welborne, Chanel 3 News. Könnten Sie uns ein paar Worte sagen, um unsere nervösen Zuschauer zu beruhigen?«

Zu ihrem Entzücken blieb die Frau stehen, obwohl ihr Ausdruck alles andere als ermutigend war. Genau genommen wirkte sie etwas abwesend.

»Hören Sie, Ms. Welborne ...«

»Nur ein paar Worte, bitte.« Naomi lächelte mit allem Charme, den sie aufbringen konnte. »Bitte, wir stehen hier schon die ganze Nacht. Wenn ich ohne das Geringste zum Sender zurückkomme, wird mein Chef mich feuern.«

Die Brünette warf ihr einen schrägen Blick zu. »Netter Versuch, Ms. Welborne.«

Lass sie nicht weglaufen, verdammt.

Verzweifelt sagte Naomi: »Okay, vielleicht wird er mich nicht feuern, aber ich muss wieder das schei-, ich meine scheußliche Wetter ansagen. Kommen Sie, geben Sie mir eine Chance, ja? Ich bitte Sie ja nicht, mir Ihr Herz auszuschütten, nur geben Sie mir etwas, was ich in den Morgennachrichten bringen kann. Glauben Sie, dass die Explosion und die Schießerei von gestern mit den Überresten der beiden Mordopfer in Verbindung stehen, die hier diese Woche gefunden wurden? Glauben Sie, dass Einheimische damit zu tun haben?«

»Sheriff Duncan hat vor Stunden eine Presseerklärung abgegeben, Ms. Welborne. Dem habe ich wirklich nichts hinzuzufügen.«

Sie hätte sich abgewandt, aber Naomi trat weiter vor und drehte sich so, dass die andere Frau ihr Gesicht deutlicher im Licht der Straßenlaternen sehen würde.

»Kommen Sie, lassen Sie mich wenigstens den Bericht bestätigen, dass Agenten des FBI die Ermittlungen zum gestrigen Bombenanschlag leiten ...«

»Netter Versuch«, wiederholte die Agentin.

Sie wird nicht zugeben, dass es ein Bombenanschlag war. Mist.

»Okay ... Gestern wurde eine Bundesagentin verletzt, richtig? Das berichten alle, das kam über den Polizeifunk. Angeschossen mit derselben Kugel, die den jungen Deputy getötet hat. Halten Sie das für einen zufälligen Treffer, oder glauben Sie, dass er so gut ist?«

»Ms. Welborne ...«

»Die Agentin wurde vor fast achtzehn Stunden ins Krankenhaus geflogen, oder? Wie geht es ihr?«

»Sie ... hält bisher durch.« Mit leichtem Stirnrunzeln blickte die Brünette zu Rob, als er bisschen zur Seite wich, um einen besseren Blickwinkel zu bekommen.

Naomi beeilte sich. »Dann wird sie wieder gesund?«

»Das wissen wir noch nicht. Ich finde es zwar anerkennenswert, dass Sie versuchen, Ihren Job zu tun, Ms. Welborne, aber mehr kann ich nicht sagen. Wenn Sie mich jetzt entschuldigen würden ...«

Oh, Mist.

»Agentin ...«

Da. Jetzt. Du weißt, was du zu tun hast.

BJ lächelte. Er richtete das Fadenkreuz seines Zielfernrohrs aus, und sein Finger streichelte den Abzug.

»Bumm«, flüsterte er.

Und drückte ab.

13

»Habe ich recht?«, fragte Diana ihre Führerin. »Gehört es zu den Wahrheiten, die ich hier aufdecken soll, dass Samuel auf dem Kirchengelände nicht vernichtet wurde, wie es im Bericht steht?«

Sachlich erwiderte Brooke: »Er wurde getötet. Du weißt, dass das stimmt, weil deine Freunde dort waren. Quentin war dort.«

»Ja, aber er ... Quentin sagte, dort hätte es an jenem Tag sehr seltsame Energien gegeben, die sich auf alle auswirkten. Ein starkes Gewitter, plus die seltsamen Energien, *plus* mehrere Paragnosten, die plötzlich über völlig neue Fähigkeiten verfügten. Dort hat Hollis herausgefunden, dass sie sich selbst heilen kann, nachdem Samuel versucht hatte, sie zu töten. Und das kleine Mädchen – Ruby. Sie hat den Ermittlern von Haven und den SCU-Agenten geholfen, Samuel zu täuschen.«

Brooke schwieg, blickte Diana nur gelassen an.

»Sie haben eine Autopsie durchgeführt, bevor er eingeäschert wurde«, fuhr Diana fort. »Ich habe den Bericht gelesen. Habe mir Fotos angeschaut, bei denen mir schlecht wurde. Die Ärzte wollten herausfinden, ob er körperlich von der Norm abwich. Und Bishop wollte es auch wissen.«

»Und was haben sie gefunden?«, fragte Brooke.

»Sein Gehirn war ... Sie sagten, es wäre nicht normal. Nicht gesund. Keine Tumoren oder so etwas, kein Krebs, nur einfach nicht gesund. Irgendwas wegen der Farbe des

Gewebes und dem Gewicht des Gehirns. Sie sagten, so etwas hätten sie noch nie gesehen.« Diana zögerte. »Vielleicht ist durch all die elektrische Energie, die er kanalisierte, sein Gehirn ... verändert worden.«

Wieder bestand Brookes Reaktion in schweigendem Warten.

Diana bemerkte es kaum. Gedanken und Spekulationen schossen ihr wie wild durch den Kopf, viel zu schnell, um sie zu verarbeiten. »Aber sie glaubten, sie hätten seine paragnostischen Fähigkeiten zerstört, bevor er starb. Sie ausgebrannt durch einen massiven Strahl reiner Energie, dem er nicht standhalten konnte. Sie waren sich fast sicher. Er war keine Bedrohung, absolut keine Bedrohung mehr.« Sie blickte ihre ernste, anscheinend so junge Führerin an. »Haben sie sich geirrt?«

Brooke konterte mit einer Gegenfrage. »Glaubst du, sie waren die Einzigen, die zu einer Täuschung fähig waren?«

Diana schaute sich in dem grauen, aber trotzdem schimmernden Korridor um, der sich endlos in beide Richtungen erstreckte, alle Türen gesichtslos. Bis auf die eine mit dem Kreuz, einer Kontur, die sich nun anscheinend in das Metall gefressen hatte. »Er hat sie zum Narren gehalten?«

»Was glaubst du?«

»Ich glaube, Bishop lässt sich nicht so leicht zum Narren halten. Quentin auch nicht.«

»Vielleicht war es nicht leicht. Vielleicht hat es Samuel ... eine Menge gekostet.«

»Inwiefern?«

»Vielleicht musste er lernen, was jeder lernen muss. Dass selbst die besten Pläne selten so funktionieren, wie wir erwarten. Vielleicht war er doch nicht so sehr Herr über sein eigenes Schicksal, wie er geglaubt hatte.«

Diana runzelte die Stirn. »Also hat er sie zum Narren gehalten ... aber am Ende die Kontrolle darüber verloren.«

»Vielleicht.«

Während Diana darüber nachdachte, kam ihr eine sehr beunruhigende Frage in den Sinn. »Kann man das pure Böse töten? Kann man es vernichten?«

»Was glaubst du?«

Diana atmete langsam durch. »Er ist nicht weitergezogen«, flüsterte sie. Die Erkenntnis lag wie ein eisiger Klumpen in ihrem Magen. »Vielleicht war er bereit für sie, bereit ...«

Sie richtete ihren Blick wieder auf Brookes ruhiges Gesicht. »Er hatte Vorahnungen. Er sah die Zukunft. Ist es möglich, dass er wusste, was passieren würde? Möglich, dass er wusste, wie sie ihn vernichten wollten?«

Brooke spitzte die Lippen, als handelte es sich um eine beiläufige Diskussion. »Tja, Vorahnungen sind trickreich, und es ist nicht immer leicht, sie zu interpretieren. Man kann von etwas erfahren, ohne zwangsläufig zu wissen, wie es sich ereignen wird.«

Diana dachte darüber nach, während sich ihre Gedanken noch immer überschlugen. »Er könnte also gewusst haben, dass er verlieren würde. Dass er – ganz gleich, was sie ihm antun wollten und wie stark er sich dagegen wehren konnte – am Ende trotzdem verlieren würde. Sie würden ihm seine Fähigkeiten nehmen. Er könnte sogar gewusst haben, dass ihm jemand, der ihm nahestand, das Leben nehmen würde. Und da er das wusste, plante er möglicherweise vor und fand vielleicht eine Möglichkeit … damit etwas von ihm überlebte.«

»Energie lässt sich nicht vernichten«, wies Brooke sie hin. »Nur umwandeln.«

»Bishop weiß das.«

»Vielleicht haben er und die anderen geglaubt, die Energie *sei* umgewandelt worden. Da war so viel davon um sie herum, als sie gegen Samuel kämpften, selbst in ihnen. Hat sie verändert. Und am Ende gab es so viele Verletzte, um die man sich kümmern musste, und Tote zu begraben. Und Samuel *war* tot.«

»Vielleicht«, fügte Diana hinzu, »mussten sie das glauben.«

Brooke nickte zustimmend. Diana verspürte eine Kälte, die ihr bis tief in die Knochen drang. Sie fror jetzt schon so lange, dass sie sich fragte, ob ihr je wieder warm werden würde.

Noch einmal schaute sie sich im Korridor um, der Darstellung eines Ortes, an dem mehr als eine böse Seele schreckliche Dinge getan hatte. »Das ist der Grund, warum ich ständig hierher zurückkomme. An diesen … symbolischen Ort. Weil er hier so mächtig wurde. Weil er hier so viel von der dunklen Energie aufnahm, die seine böse Kreatur erzeugte. Hier wollte er seine Feinde zum ersten Mal vernichten. Bishop und die anderen. Hier hat er es versucht.«

»Und ist gescheitert«, rief ihr Brooke ins Gedächtnis.

»Ja. Aber er hat überlebt, um es erneut zu versuchen. Um stärker zu werden. Und diesmal war er an einem Ort, an dem er sich noch mächtiger fühlte. Wo er sich mehr zu Hause fühlte als irgendwo sonst. Warum bin ich dann nicht dort, auf dem Kirchengelände? Warum ist dieser Ort wichtiger?«

Brooke schwieg.

Dieser Ort. Korridore. Glänzend und steril. Endlose Korridore ... Ein Ort des Durchgangs ...

Und dann begriff sie.

»Er ist hier, nicht wahr? Hier in der grauen Zeit. Sein Geist ist nicht ... Dieser schwarze und verdrehte Geist fand irgendwie eine Möglichkeit, in der grauen Zeit zu bleiben. Sich hier zu verstecken.«

»Glaubst du, es entsprach seiner Natur, sich zu verstecken?«, fragte Brooke in neutralem Ton.

Dianas Antwort kam langsam.

»Nein. Nein, ich habe sein Profil gelesen. Ihm ging es immer um Aufmerksamkeit, Bewunderung. Verehrung. Aber ... es hätte vielleicht seiner Natur entsprochen, zu warten. Wenn er einen Plan hatte. Wenn er glaubte, es gebe für ihn einen Weg zurück.«

»Wie sollte er das machen? Zurückkehren? Sein Körper ist Asche, verstreut im Wind.«

»Er bräuchte einen anderen«, erwiderte Diana automatisch. »Wenn er zurückgehen will, wieder leibhaftig werden will. Wenn er eine Möglichkeit oder die Kraft findet, das zu tun. Es ist ... möglich. Ich habe es schon mal erlebt.* Doch es war nicht dauerhaft. Der Kampf, den ein Verstand gegen den anderen um Dominanz ausfechten muss, die Energie von zwei Seelen in einem Körper ist ...«

Sie brach ab, und für einen schwindelerregenden Moment

---

* Vgl. Kay Hooper: *Kalte Angst*

schien sich die ganz graue Zeit um sie zu drehen. »Er ist – er kann – er wird doch nicht *meinen* Körper wollen? Oder?«

Unbewegt erwiderte Brooke: »Falls das sein Plan war, würde ich sagen, dass dabei zwei Dinge für ihn falsch gelaufen sind. Deine Verletzungen waren wesentlich schwerer, als er vorhersehen konnte, und Quentin weigert sich, dich loszulassen.« Diana sah sie benommen an, und Brooke nickte. »Wie auch immer sein Plan aussehen mochte, das hier ist die Realität. Er saß an diesem kalten, trostlosen Ort für lange Zeit gefangen, und er will wieder leben.«

»Aber ...«

»Er will wieder leben, Diana.«

Serenade

Miranda bedauerte ihren Impuls, die beharrlichen Fragen der jungen Fernsehjournalistin zu beantworten, noch bevor sie sah, dass Tony sie aus einiger Entfernung mit hochgezogenen Augenbrauen beobachtete und Jaylene demonstrativ auf ihre Armbanduhr schaute. Ihre Mienen waren leicht zu lesen, ohne Telepathie zu Hilfe zu nehmen. Sie waren alle erschöpft, und wenn sie sich beeilten, könnten sie noch ein paar Stunden Schlaf bekommen, ehe sie weitermachen mussten.

Also warum beeilte sie sich dann nicht?

Sie war weiß Gott so müde, dass sie sowieso nur automatisch antwortete, ohne der verbissenen Blonden mit den Raubvogelaugen irgendwas Nützliches zu verraten.

Ich bin zu müde dafür. Werde bestimmt Fehler machen. Zeit zu gehen.

»… finde es zwar anerkennenswert, dass Sie versuchen, Ihren Job zu tun, Ms. Welborne, aber mehr kann ich nicht sagen. Wenn Sie mich jetzt entschuldigen würden …«
»Agentin …«
Und in diesem Moment explodierte die Welt.
Miranda blickte immer noch die junge Frau an, und obwohl sie wusste, dass alles in einem Sekundenbruchteil geschah, schien die Zeit stehen zu bleiben, sodass sie jedes grausige Detail mit ansah.
Naomi Welborns Gesicht … platzte einfach auf. Blut und Hirnmasse bespritzten Miranda und machten sie fast blind. Die Fernsehreporterin ruckte zur Seite und sackte in sich zusammen, das Mikrofon noch in der Hand.
Erst da hörten sie den Knall des leistungsstarken Scharfschützengewehrs.
Danach ging alles ganz schnell.
Mirandas Instinkte und ihr Training setzten ein, und sie hechtete auf das nächste Gebäude zu, hakte dabei den Arm um den verdatterten Kameramann, um ihn mit hinunterzuziehen. Ein rascher Blick zeigte ihr, dass ihre Leute ebenfalls in Deckung gingen, genau wie die anderen Polizisten und FBI-Agenten. Selbst die wenigen verbliebenen Medienleute hinter dem Absperrband waren so vernünftig, sich zu Boden zu werfen.
Derselbe Blick zeigte ihr, dass Jaylene am Oberarm getroffen war und von Tony hinter einen der großen, dekorativen Abfalleimer auf dem Bürgersteig gezogen wurde.
Ich frage mich, ob der Dreckskerl wieder zwei auf einmal erwischen wollte … Wo zum Teufel ist er … muss ein Nachtsichtgerät verwendet haben …

Eine seltsame Stille senkte sich herab.

Miranda merkte, dass sie ihre Waffe in der Hand hielt, obwohl sie sich nicht erinnern konnte, danach gegriffen zu haben. Ihr Hechtsprung hatte sie in den Schatten eines dreistöckigen Gebäudes befördert; eine schnelle und ungefähre Berechnung sagte ihr, dass sie sich höchstwahrscheinlich außerhalb der Sichtlinie des Scharfschützen befand.

Höchstwahrscheinlich.

»Jaylene?«, rief sie.

»Alles okay. Nur eine Fleischwunde. Tony hat die Blutung bereits gestillt.« Sie klang ruhig.

Tony rief: »Sie braucht einen Sanitäter, Miranda.« Auch er klang viel ruhiger, als es rechtens war.

Aus der Nähe der Kommandozentrale rief Dean: »Schuss kam eindeutig aus südlicher Richtung. Dem Winkel zufolge befindet er sich in oder auf einem Gebäude in der Nähe, nicht weiter entfernt oder höher oben. Wir lassen Leute ausschwärmen.«

»Sie sollen sich nahe an die Häuserfronten halten.« Miranda musste in der unheimlichen Stille kaum die Stimme heben. »Jedes Gebäude überprüfen, Dean, und danach Posten vor jedem Ein- und Ausgang.«

»Uns gehen die Leute aus.«

»Setz ein, was wir haben, bis Verstärkung eintrifft. Lass von einem Deputy oder Agenten mehr als eine Tür bewachen, wo das möglich ist. Wenn wir diesen Hurensohn nicht finden, können wir ihn wenigstens aufscheuchen und zwingen, sich weiter von hier zu entfernen. Das hier wird nicht zu seinem Schießstand, verdammt noch mal.«

»Verstanden.«

Tony fragte beinahe im Plauderton: »Wir bekommen Verstärkung?«

»Jetzt ja«, erwiderte Miranda.

»Prima. Was ist mit der Reporterin? Noch Hoffnung?«

»Nein. Sie ist tot.« Ein wimmernder Laut drang an ihr Ohr, und sie schaute hinter sich auf den Kameramann, der wie gelähmt neben ihr auf dem Pflaster lag. »Alles in Ordnung?«, fragte sie mechanisch, noch während sie sich der Absurdität der Frage bewusst wurde. Auf seinem Gesicht waren Blutspritzer, und ein kleines Stück, das wie Hirnmasse aussah, klebte an der Linse seiner Kamera.

Er starrte sie mit riesigen, blicklosen Augen an und wimmerte weiter wie ein verängstigtes Kind.

Miranda konnte es ihm kaum verdenken. Beinahe war sie versucht, sich auch irgendwo zusammenzurollen und zu wimmern. Aber dieser Versuchung konnte sie nicht nachgeben. Sie zögerte nur einen Moment und aktivierte dann den kleinen, in ihrem Ohr verborgenen Stöpsel.

»Roxanne?«

»Hier. Tut mir leid, Miranda – ich weiß nicht, wie er an uns vorbeischlüpfen konnte.« Die Stimme in ihrem Ohr war leise, aber eher, weil sie schwach war, nicht weil Roxanne leise sprach. Sie waren sich nicht sicher gewesen, ob die neuen Kommunikationsgeräte in dieser Gegend funktionieren würden, doch mit Hilfe der Verstärkerantennen der taktischen Kommandozentrale gelang die Übertragung hier im Innenstadtbereich zumindest im Radius einer halben Meile.

»Vergiss das jetzt. Kannst du ihn spüren?«

»Das ist es ja gerade. Wir haben es versucht und können es nicht. Muss irgendeine Art Störung sein. Wir haben beide

Kopfschmerzen, und wir bekommen normalerweise keine Kopfschmerzen. Selbst jetzt können wir dir nicht mit Sicherheit sagen, wo er war, ob er unterwegs ist oder wohin er will. Nichts.«

»Verstanden.« Viel anderes hätte Miranda nicht sagen können.

»Wir hatten die Main Street unter Beobachtung.« Roxannes Stimme klang jetzt grimmig. »Sahen, was passiert ist. Nach Gabes Einschätzung der Geschossbahn war der Scheißkerl auf dem Dach des zweistöckigen Gebäudes bei der Bibliothek am Südende der Main Street. Aber das ist nur eine Schätzung. Wir sind jetzt dorthin unterwegs.«

»Pass auf dich auf.«

»Verstanden.«

Der Kameramann wimmerte lauter. Ohne auf ihn zu achten, hob Miranda die Stimme. »Tony, kannst du Jaylene in die Kommandozentrale bringen?«

»Ja, glaube schon. Kannst du dich bewegen?«

»Na ja, da ich nicht gedenke, hier den ganzen Tag zu liegen, werde ich es wohl versuchen müssen.« Ihr wurde klar, dass es keine fünf Minuten her war, seit die Kugel des Scharfschützen die Reporterin getötet hatte.

Der Himmel wurde allmählich heller. Lange würde es nicht mehr dauern, bis die Leute eintrafen, die in den Innenstadtrestaurants das Frühstück zubereiteten. Und bald darauf würden die Anwohner folgen, die normalerweise in ihren Lieblingsrestaurants frühstückten, bevor sie ihren eigenen hektischen Tag begannen.

Den normalen Tag. *Ob in dieser Stadt wohl jemals wieder Normalität einkehren wird?*

»Kommen Sie«, forderte Miranda den Kameramann auf.

»Ich ... ich weiß nicht ...«

»Ich auch nicht«, sagte sie grimmig. »Aber ich glaube, ein bewegliches Ziel ist schwerer zu treffen als ein ruhendes, meinen Sie nicht auch?«

Er gab ein ersticktes Keuchen von sich, drehte sich auf den Bauch und kroch im Krebsgang auf das Gebäude zu.

Miranda hob die Kamera auf, die er vergessen hatte, und folgte ihm, nicht kriechend, aber tief gebückt. Nachdem sie sich gegen die Fassade gedrückt hatten, führte sie ihn nordwärts in Richtung der Kommandozentrale.

Wieso ich davon überzeugt bin, dass er dort kein Explosivgeschoss hineinfeuern wird, ist mir schleierhaft.

Denn es sah aus, als hätte jemand tatsächlich dieser einst so friedlichen Stadt den Krieg erklärt.

Die Frage war nur, wer?

Hollis schreckte hoch, tauchte mit wild klopfendem Herz aus einem Albtraum voller Blut und Feuer und Schreien auf.

DeMarcos Arme schlangen sich fester um sie. »Schlaf wieder ein.«

Verwirrt merkte sie, dass sie zusammen im Bett lagen. Nein, nicht *im* Bett, sondern *auf* einem Bett. Sicherlich nicht unter einer Decke, doch nur durch ihre Kleidung getrennt. Sie lag auf der Seite, er hinter ihr – direkt hinter ihr, die Arme um sie gelegt, sodass sie fast jeden Zentimeter von ihm spüren konnte.

Sie war sich seines gleichmäßigen Herzschlags an ihrem Rücken und seines Atems in ihrem Haar sehr bewusst.

Äh, wie ist das denn passiert?

»Deine Bemühung, Diana zu heilen, hat dich fertiggemacht«, sagte er.

»Kannst du bitte damit aufhören?« Trotz aller Anstrengung war ihre Stimme ein bisschen zittrig.

»War nur logisch, dass du mich das fragen würdest.«

»Ja, so was sagst du immer. Ich glaube dir nicht.« Sie erkannte, dass sie sich in einem kleinen, kahlen Raum befanden, erleuchtet nur von einer schwachen Lampe auf einem niedrigen Nachttisch in der Ecke. Und das Bett war ... nicht breit. Waren sie noch im Krankenhaus? Wenn ja, dann war das hier kein typisches Patientenzimmer. Vielleicht ein Zimmer, in dem sich Ärzte aufs Ohr legten, wenn sie Bereitschaftsdienst hatten?

»Wie bin ich – wie sind wir – hierhergekommen?«

»Ich habe dich getragen.«

Mich getragen? »Oh.« Mehr fiel ihr dazu nicht ein.

»Schlaf weiter«, wiederholte er. »Ist noch nicht mal halb acht, also hast du höchstens ein Nickerchen gemacht. Und du musst dich unbedingt ausruhen.«

»Was ist mit Diana? Hab ich ihr überhaupt helfen können?«

»Glaub schon. Die Schwester, die uns rausgeworfen hat, sagte, Dianas Vitalparameter wären viel stabiler als zuvor.«

»Wir wurden rausgeworfen?«

»So was in der Art.«

Sie wartete einen Moment, dann fragte sie nach. »Warum wurden wir rausgeschmissen?« Das war nicht das Einzige, was ihr verschwommen vorkam. Sie erinnerte sich, den Versuch unternommen zu haben, bei Dianas Heilung zu helfen, erinnerte sich an das heiße Pulsieren von Energie, das in ihrem Körper aufgewallt war, und dann … nichts. Als wäre sie in ein tiefes schwarzes Loch der Stille gefallen.

»Um fünf Uhr morgens ohne Erlaubnis einen Patienten auf der Intensivstation zu besuchen, erweckt im Allgemeinen den Zorn des Pflegepersonals«, antwortete DeMarco.

»Oh.« Mehr als diese nützliche Silbe fiel ihr beim besten Willen nicht ein.

Einerseits wollte Hollis sich einfach nur entspannen, die Wärme und das seltsame Gefühl von Sicherheit genießen, das sie hier bei ihm empfand, aber andererseits war sie so argwöhnisch, dass sie dagegen ankämpfen musste, sich nicht zu verkrampfen. Der Kampf fand jedoch nur unterschwellig statt, da sie so müde war, dass sie kaum geradeaus denken konnte.

»Du musst dich ausruhen«, wiederholte er.

»Ich habe mich ausgeruht. Anscheinend.«

»Du warst bewusstlos. Das ist ein Riesenunterschied.«

»Mir geht's gut«, log sie.

»Hollis. Du brauchst Schlaf.«

Sie zögerte. Wenn sie ihn dabei nicht anschauen musste, fiel ihr das Sprechen leichter. »Ich glaube, ich habe Angst vorm Schlafen. Habe Angst, dass ich in die graue Zeit gezogen werde, wenn ich nicht stark genug bin, mich selbst wieder hinauszuziehen.«

»Das werde ich nicht zulassen.«

»Nein?«

»Nein.«

»Ich glaube, ich war vorhin mit einem Fuß drin. Oder jedenfalls in etwas recht Ähnlichem.«

»Und ich glaube, du bist in einem Krankenhaus, das voller Schmerzen ist. Hier sind viele Menschen gestorben, und du bist ein Medium. Sie sehen für dich realer aus, weil dieser Sinn weit offen war, und all deine anderen Sinne waren vor Erschöpfung abgeschaltet.«

Hollis dachte darüber nach und fand, dass diese Erklärung ihr besser gefiel als ihre eigene. Sie erlaubte es ihr, der Müdigkeit nachzugeben und sich wieder zu entspannen. Und sobald sie sich entspannte ... »Oder es könnte an meinen Augen liegen«, nuschelte sie schläfrig und bemühte sich, die kleine Lampe im Fokus zu behalten.

»Deinen Augen?«

»Diesen Augen, verstehst du. Das sind nicht meine.«

»Natürlich sind es deine.«

»Ich meine, ich wurde nicht mit ihnen geboren.«

»Ich weiß, was du meinst.«

»Ehrlich? Hast du das in meinen Personalunterlagen gelesen und in meinem Kopf?«

»Schlaf jetzt, Hollis.«

Endlich schloss sie die Augen, murmelte jedoch: »Ich sehe anders mit ihnen, weißt du. Durch sie.«

»Wirklich?«

»Ja. Ist schwer zu erklären. Farben sind anders. Manchmal funktioniert ... die Tiefenschärfe ... nicht. Und da sind ... Linden. Ich meine Linien. Extralinien um Dinge herum. Um manche Dinge. Manchmal. Und ... die Auren ... um ... lebende Dinge. Das ist ... sonderbar. Ich glaube ... ich bin sonderbar ...«

DeMarco wartete noch einen Moment, doch ihr gleichmäßiges Atmen verriet ihm, dass sie endlich eingeschlafen war. Er entspannte sich nicht, sondern konzentrierte sich –

wie er sich während der letzten Stunden konzentriert hatte – in dem Bemühen, seinen Schild weit genug auszudehnen, um auch Hollis darin mit aufzunehmen.

Es war eine Art Experiment, da er noch nie versucht hatte, seinen Schild auf diese Weise zu benutzen, doch er wusste, dass es möglich war: Miranda konnte es, und ein paar weitere Schutzengel der SCU, Bailey zum Beispiel, konnten es auch. Und da er in der Lage war, etwas von seiner Energie nach außen zu projizieren, um die Kraft anderer Paragnosten zu dämpfen, war er der Meinung – genau wie Hollis bei ihrer Bemühung, Diana zu heilen –, dass es einen Versuch wert war.

Er musste es versuchen, denn er wusste verdammt gut, dass Hollis im Moment nicht die Energie oder die Kraft hatte, in der grauen Zeit herumzuwandern. Und falls Dianas Geist tatsächlich dorthin gegangen war, falls sie diese Tür geöffnet hatte, würde Hollis unweigerlich dorthin gezogen werden, wenn sie schlief und die wenigen Schutzmechanismen, über die sie verfügte – so gut wie alle auf emotionaler Ebene – abgeschaltet wurden.

Wenn sie schlief, war sie vollkommen wehrlos. Er musste sich konzentrieren, um ihre Gedanken nicht zu lesen, und selbst dann nahm er immer noch deren fernes Flüstern wahr: ihre Träume.

Das würde ihr nicht gefallen. Überhaupt nicht.

Er wusste nicht mal, ob es ihm gefiel. Nicht so, wie es jetzt war. Genau wie sie gespürt hatte, dass sie mit einem Fuß in der grauen Zeit stand, spürte er, dass er nur eine partielle Verbindung zu ihr hatte, die auch nur schwer fassbar und ungewiss war. Was kaum erstaunlich war, da sie sich erst vor ein paar Monaten kennengelernt hatten und beide seither zu aktiv mit Ermittlungen beschäftigt waren, um viel Privatleben zu haben. Trotzdem, er wusste, was er wollte.

DeMarco war ein geduldiger Mann, hatte jedoch schon viel zu lange auf Messers Schneide gelebt, um sich noch Illusionen über die Sicherheit des eigenen Lebens zu machen. Wie Quentin in einem einzigen, entsetzlichen Moment entdeckt hatte, konnte einem die Zeit innerhalb eines Herzschlags ausgehen, und die wichtigsten Worte blieben ungesagt – vielleicht für immer.

Doch er verstand auch, warum Quentin so viele Monate lang geschwiegen hatte. Da er Telepath war, hatte DeMarco Informationen aufgeschnappt, die zweifellos nicht für ihn bestimmt waren, und die unverlangten und ungewollten Einsichten hatten ihm verraten, dass Diana mehr emotionale Narben hatte, als irgendeine Frau zu ihren Lebzeiten ertragen sollte.

Ähnlich wie Hollis.

Die eine von Ärzten und einem dominanten Vater seit der Kindheit mit Medikamenten vollgestopft, angeblich zu ihrem eigenen Besten, gezwungen, durchs Leben zu driften, ohne Mitspracherecht über ihre Zukunft. Die andere brutal verstümmelt bei einem grauenhaften Angriff, der ihr entsetzliche Schäden zugefügt hatte, an Körper und Seele. Und beide mit mächtigen paragnostischen Gaben versehen, die sie verzweifelt zu meistern versuchten.

Kein Wunder, dass die Männer in ihrem Leben – und die Männer, die dieses Leben mit ihnen teilen wollten – einen schweren Kampf austragen mussten.

DeMarco gestattete sich diese Erkenntnis und wies sie

dann zurück. Er hatte sich noch nie vor einem Kampf gedrückt und gedachte nicht, ausgerechnet jetzt zum Drückeberger zu werden.

Er konzentrierte sich darauf, seinen Schild zu verstärken, die Arme fest um Hollis geschlungen, während ein Faden seiner Wahrnehmung auf den Raum ein Stück den Flur hinunter gerichtet blieb, in dem Diana sich ans Leben klammerte.

DeMarco war fest davon überzeugt, dass sich beide Frauen in tödlicher Gefahr befanden. Nicht nur durch die Kugeln eines Scharfschützen.

Serenade

Zeit zum Schlafen war doch nicht geblieben, aber wenigstens war es Miranda und zwei anderen gelungen – sie hatten sich zu dem Zweck aufgeteilt –, heiß zu duschen und sich umzuziehen, bevor sie sich in der Pension zu einem mehr als willkommenen Frühstück niederließen. Jewel und Lizzie, beide in gedämpfter Stimmung, bedienten sie und ließen sie dann allein.

»Geht es dir wirklich gut?«, fragte Miranda, an Jaylene gewandt.

»Ja, alles bestens. Die Sanitäter haben die Wunde mit ein paar Stichen genäht und mir eine Spritze gegen eine eventuelle Entzündung gegeben. Ich muss nicht mal eine Schlinge tragen. Mir geht's gut, Miranda, ehrlich.« Sie hielt inne. »Wie geht es dir? Ich meine, selbst bei allem, was wir in diesem Job zu sehen bekommen, muss es doch traumatisch sein, wenn direkt neben einem jemand in den Kopf geschossen wird.«

»Ich vermute, das wird später noch hochkommen.« Miranda wusste, dass sie fast so müde klang, wie sie sich fühlte. Sie erinnerte sich flüchtig, wie sie vor dem Duschen in den Badezimmerspiegel geschaut und schockiert über das Blut auf ihrem Gesicht gewesen war, aber sie schob es weg. Später. Denn jetzt hatte sie keine Zeit, sich mit ihren Gefühlen zu befassen.

Es gab so verdammt viel zu tun.

Dean war draußen geblieben, überwachte die Agenten und Deputys bei der methodischen Durchsuchung der Stadt. Nach wie vor hatten sie kein Anzeichen des Scharfschützen gefunden – bis auf eine weitere Patronenhülse, wieder wie zum Hohn in einem Kreidekreis, damit sie ja nicht übersehen wurde. Galen fehlte noch immer, wozu Tony meinte, eine Bemerkung machen zu müssen.

»Wo ist er? Wir könnten ihn verdammt gut gebrauchen.«

»Das tun wir bereits.« Auf seinen fragenden Blick hin schüttelte Miranda den Kopf. »Glaub mir, Tony, er ist da, wo er sein muss.«

Tony seufzte. »Ich hätte wohl damit rechnen sollen, dass es einiges gibt, von dem du uns nichts erzählt hast. Gott weiß, dass das bei der SCU üblich geworden ist.«

Wenigstens klingt er nicht verbittert.

Miranda zwang sich, noch etwas mehr von dem zu essen, was unter anderen Umständen bestimmt köstlich geschmeckt hätte, kämpfte gegen ihr Übelkeitsgefühl und blickte dann zu Tony und Jaylene. SCU-Agenten seit langer Zeit. Zuverlässige Agenten. Freunde.

Bedächtig sagte sie: »Ihr wart beide nicht an den Ermittlungen gegen Samuel und seine Kirche beteiligt, daher wart ihr auch am Ende nicht dabei, als Noah und die anderen ihn stellten. Ebenso wenig wie ich. Aber Noah und ich sind verbunden, das wisst ihr. Daher hat das, was sich auf ihn auswirkt, bis zu einem gewissen Grad auch Auswirkungen auf mich.«

»Wie hat es sich denn auf ihn ausgewirkt?«, frage Jaylene.

»Wir arbeiten noch daran, das genauer herauszufinden. Aber sagen wir mal, es war für uns beide keine positive Erfahrung. Euch dürfte aufgefallen sein, dass er nicht hier ist. Und bei einem so schwerwiegenden Fall wie diesem wäre er das normalerweise.«

»Er hat die Ermittlung offensichtlich im Auge behalten«, meinte Tony. »Und er scheint wie gewöhnlich eine verdammt gute Vorstellung zu haben, wo wir alle in jedem Augenblick sind. Voodoo nenne ich das.«

Miranda wusste, dass er es nicht ernst meinte, entgegnete jedoch: »Das war immer eine von Noahs Gaben. Wenn ihm an jemandem gelegen ist, bildet sich eine Verbindung.«

»Voodoo«, beharrte Tony und grinste leicht, als sie ihn ansah. »Das klingt für mich irgendwie akzeptabler.«

»Du bist ein Spinner«, schnaubte Jaylene.

»Ganz ohne Zweifel.« Er wurde wieder ernst. »Da alles so schnell passiert, die technischen Kommunikationsmittel miserabel sind und für Berichte keine Zeit bleibt, nehme ich an, dass er sich hauptsächlich durch eure Verbindung auf dem Laufenden hält?«

Miranda zuckte die Schultern.

»Teilweise. Wie sehr wir uns auch bemühen, sie zu schließen, manches dringt durch. Gedanken. Emotionen. Ich weiß, dass er besorgt ist. Er weiß, dass ich müde bin. Solche

Dinge. Doch da ist ... etwas anderes, das ich jetzt in ihm spüre. Etwas Dunkleres.«

»Sollten wir uns Sorgen machen?«, fragte Tony gedehnt.

»Ehrlich gesagt, ich weiß es nicht. Was auch immer da vorgeht, er scheint damit umgehen zu können. Bisher zumindest.«

Sie verfielen einen Moment in Schweigen. Schließlich sagte Jaylene: »Ich dachte, er wollte herausfinden, wer dem Direktor von SCU-Informationen und Aktionen berichtet hat.«

»Das hat er getan.«

»Und?«

In bedächtigem Ton erwiderte Miranda: »Was auch immer dabei herauskam, er hat es mir nicht mitgeteilt.«

Tony runzelte leicht die Stirn. »Seid ihr beide deswegen seit Wochen verschlossen wie Austern?«

Sie nickte. »Es war schwierig. Für ihn und, ehrlich gesagt, auch zwischen uns. Er hat sich verändert. Jeder, der an jenem Tag auf dem Kirchengelände war, ist durch die Ereignisse verändert worden. Buchstäblich verändert. Da schwirrte so viel Energie in der Luft, und so viel davon war dunkel, negativ. Einige der Veränderungen waren ... unvorhersehbar.«

»Inwiefern?«, fragte Tony.

»Sie folgten keinem für uns erkennbaren Muster, selbst nach all den jahrelangen Untersuchungen und Feldforschungen, die wir gesammelt haben. Hollis hat auf paragnostischem Gebiet einen Quantensprung vorwärts gemacht, das wisst ihr. Sie hat sich am meisten verändert und tut das immer noch, vermutlich, weil sie einen direkten Treffer von

Samuel abbekam und fast daran gestorben ist. Aber Galen hat auch einen direkten Treffer abbekommen, und trotz der Tatsache, dass er nicht im traditionellen Sinne paragnostisch ist, sind bei ihm einige Phänomene aufgetreten, die wir nicht erklären können.«

»Zum Beispiel?«, fragte Jaylene gespannt.

»Man könnte ihn fast als telepathisch bezeichnen«, erwiderte Miranda. »Wenn auch nicht im eigentlichen Sinne. Wir haben so viele Tests und Experimente durchgeführt, wie wir konnten, bevor er die Geduld verlor, aber aus alldem ergab sich nur, dass er seit der Konfrontation auf dem Kirchengelände manchmal, ganz schwach, Stimmen hört.«

»Normal, wenn er Telepath ist«, bemerkte Tony. »Aber nicht normal, wenn er keiner ist.«

»Genau.«

»Mir kommt er nicht anders vor als sonst«, warf Jaylene ein. »Ich meine, ihn scheint nichts zu beunruhigen.«

»Er gehört nicht zu denjenigen, die sich ihre Gefühle anmerken lassen. Doch wir können wohl davon ausgehen, dass er Schwierigkeiten mit der Situation hat.«

»Warum ist er dann hier?«, fragte Tony unverblümt.

Miranda verzog das Gesicht. »Weil eine der Stimmen ihm gesagt hat, er müsse hier sein.«

Nach kurzem Schweigen meinte Tony: »Sag mir bitte, dass du nur Spaß gemacht hast.«

»Leider nicht.«

»Aber ... Miranda, wenn er *nicht* paragnostisch ist ...«

»Ich weiß, glaub mir. Wenn er nicht paragnostisch ist, könnte er schizophren sein, sogar psychotisch. Hast *du* irgendwelche Anzeichen dafür gesehen?«

»Nein. Allerdings bin ich weder Arzt noch Psychiater.«

»Ich auch nicht. Aber ich kenne Galen seit Jahren, und ich glaube nicht, dass es ohne offensichtliche Anzeichen eine so fundamentale Veränderung in seiner Persönlichkeit geben könnte. Oder zumindest ohne feststellbare Anzeichen.«

»Du glaubst also, dass er geistig gesund ist?«

»Im selben Maße wie wir alle«, murmelte sie.

»Hat die Stimme ihm zufällig verraten, warum er hier sein muss?«, fragte Jaylene.

»Nein.«

»Verzeih mir, wenn ich paranoid klinge, aber weißt du das mit Sicherheit oder nur, weil er es dir gesagt hat?«

»Weil er es mir gesagt hat. Ich fange momentan von niemanden allzu viel auf. Verschlossen wie eine Auster, wie Tony schon sagte. Die Tatsache, dass Hollis durchgedrungen ist – dazu noch laut und klar –, bevor die Bombe explodierte, sagt mehr über ihre stärker werdenden Fähigkeiten aus als über meine.«

»Ist sie jetzt Telepathin?«, fragte Jaylene.

»Nicht im für uns üblichen Sinne. Sie kann nichts empfangen, so weit wir bisher wissen. Doch sie überträgt nicht nur, weil ihr ein Schild fehlt. Sie kann senden – in voller Wattleistung, wie Quentin sagen würde.«

»Das könnte ein praktisches kleines Werkzeug sein«, meinte Jaylene nachdenklich.

»Ja, das hoffen wir.« *Vorausgesetzt, ihr Gehirn wird dadurch nicht überlastet.*

»Verändern sich deine Fähigkeiten?«, fragte Tony. »Ich meine, weil Bishop auf dem Kirchengelände war und das Geschehene auch Auswirkungen auf dich hatte?«

»Ja. Meine Fähigkeiten … verändern sich. Und bevor du fragst: Ich bin mir nicht ganz sicher, wie sie sich verändern, nur dass sie es tun.« Ohne ihm Zeit zu lassen, sie nach weiteren Einzelheiten zu löchern, fügte sie hinzu: »Wie gesagt, die anderen, die an jenem Tag dort waren, wurden auch verändert. Quentin ist sich dessen nicht bewusst, aber er entwickelt eine sekundäre Fähigkeit. Paige hat es während der Nachbesprechung aufgefangen.«

Paige Gilbert war der »Geigerzähler« der Einheit, wie Quentin sie genannt hatte: eine Paragnostin, deren Spezialität darin bestand, latente und aktive paragnostische Fähigkeiten bei anderen wahrzunehmen – und besondere Fähigkeiten zu bestimmen, die diesen Paragnosten gar nicht bewusst waren. Sie war bei den Einsatznachbesprechungen immer anwesend, ein weiteres Werkzeug, das Bishop regelmäßig einsetzte, um die Verfassung seiner Leute zu überprüfen.

»Welche Art sekundärer Fähigkeit?«, fragte Tony.

»Sie konnte es nicht genau sagen.«

»*Paige* war sich nicht sicher?« Mit einer über achtzigprozentigen Genauigkeitsrate war sie einer der stärksten Paragnosten des Teams.

»Nein. Sie sagte, sie würde – mangels einer besseren Definition – eine Art Störung empfangen, wenn sie versuchte, zu denjenigen durchzudringen, die an jenem Tag dabei waren. Ein Knistern, wie statisches Rauschen. Und die Störung hat sich seitdem nicht wieder gelegt.«

»Das gefällt mir aber gar nicht.«

»Noah auch nicht. Und mir ebenfalls nicht.«

Ein langes Schweigen trat ein, bis Jaylene herausplatzte: »Wieso habe ich das Gefühl, dass du nicht nur darauf zu sprechen gekommen bist, um Veränderungen zu erklären, die wir beim Team wahrnehmen könnten?«

»Vielleicht weil keiner von uns an Zufälle glaubt. An diesem Fall war von Anfang an etwas Unstimmiges, und bisher kommen wir auf die eine oder andere Weise immer wieder auf eines zurück: Samuel.«

»Aber Samuel ist tot«, sagte Tony gedehnt.

»Ja, er ist tot, Doch wie oft sind wir mit der Gewissheit konfrontiert worden, dass in unserer Welt tot nicht unbedingt ausgelöscht bedeutet?«

14

BJ genoss dieses Katz-und-Maus-Spiel. Ihm gefiel die Vorstellung, dass alle, die so eifrig die Stadt nach ihm durchsuchten, ihn für die Maus hielten.

Idioten.

Doch als die Sonne voll aufgegangen war und die Anwohner sich allmählich wieder vorsichtig aus ihren Häusern wagten, beschloss er, dass er Besseres zu tun hatte, als mit den Cops und den FBI-Agenten Räuber und Gendarm zu spielen. Zudem gerieten ihm diese neugierigen Medienleute immer öfter in den Weg.

Dass er eine von ihnen getötet hatte, konnte die anderen offenbar nicht abschrecken. Inzwischen war sogar noch mehr von diesem Gewürm aufgetaucht. Die Helligkeit schien ihnen Mut zu machen. Oder sie waren einfach nur strohdumm.

Beiläufig dachte er darüber nach, richtete vor Verlassen seines Postens noch mal das Fadenkreuz erst auf ein Gesicht, dann auf ein anderes und wünschte, er könnte sie alle wegpusten. Es wäre so einfach.

Bumm.

Aber es war nicht der richtige Zeitpunkt. Also zog er sich aus dem Innenstadtbereich zurück, sacht und unmerklich, alles genau nach Plan.

Ich bin weg.

Gut. Geh und schau nach ihm.

Lieber hätte er alles andere getan, doch er wusste nur allzu gut, welche Rollen ihm in dem Plan zugedacht waren. Daher bestätigte er bloß und setzte seinen Weg fort. Nachdem er den dichter bebauten Innenstadtbereich verlassen hatte, standen Häuser und Geschäftsgebäude in größerem Abstand, und es war ein Leichtes für ihn, ungesehen hindurchzukommen.

Er benutzte die üblichen Tricks, um für die auf ihn angesetzten Hunde keine Spur zu hinterlassen, erneut von dem Gedanken angetan, wie diese erfahrenen Spurenleser wohl mit ihrem Versagen umgehen würden.

Wobei ihm das eigentlich völlig egal war.

Schließlich erreichte er ein altes, aber gut erhaltenes Farmhaus inmitten einer beträchtlichen Weidefläche. Hinter weißen Zäunen grasten einige Rinder und ein paar träge Pferde. Er schlich die lange, gewundene Auffahrt hinauf, sehr vorsichtig, obwohl er wusste, dass ihn niemand beobachten würde. Um ins Haus zu kommen, benutzte er den Schlüssel, der unter einem Blumentopf auf der breiten Vorderveranda lag, da er davon ausgehen konnte, dass der Bewohner des Hauses zu beschäftigt war, um die Klingel zu hören.

Wie fast immer.

Und tatsächlich hörte BJ Geräusche aus dem Keller. Sein Mund verzog sich. Er brachte sein Gewehr und die Tasche in die Küche und ließ beides auf dem Tisch liegen. Später würde er das Gewehr reinigen und neue Vorräte einpacken, bevor er wieder loszog.

Da die geschlossene Kellertür der Küche so nahe lag, waren die Geräusche von unten noch lauter zu hören, ansteigend und abfallend wie die klagenden Schreie eines verängstigten Nachttieres.

Ohne darauf zu achten, schaute BJ in den Kühlschrank und beschloss, dass ihm nicht danach zu Mute war, Eier zu braten. Stattdessen nahm er die Zutaten für ein Sandwich heraus, belegte es großzügig, nahm sich ein Bier aus dem Kühlschrank und Chips aus der Speisekammer und setzte sich zum Essen an den Tisch.

Ein besonders gellender Schrei aus dem Keller, der in einem nassen Gurgeln endete, ließ ihn für einen Moment innehalten, doch dann setzte er die Mahlzeit fort. Als er fertig war, wusch er sein Geschirr sorgfältig ab, blickte auf die Uhr, holte sich ein weiteres Bier und machte sich ans Reinigen seines Gewehrs.

Vor der nächsten Phase des Plans musste er sich aufs Ohr legen, aber er wusste nur zu gut, dass er bei dem Krach aus dem Keller nicht schlafen konnte. Also hielt er sich in der Zwischenzeit beschäftigt, schaute ab und zu auf die Uhr und wunderte sich, dass es diesmal so lange dauerte.

Er war seit fast zwei Stunden im Haus, als die Geräusche schließlich verstummten. Und das wurde auch Zeit!

Sieh nach ihm. Mach sauber.

Verdammt.

Ach, Scheiße, ich will das nicht. Da wird's wie im Schlachthaus aussehen, bis er sein Spielzeug so weit hat, dass ich es rausbringen kann. Und außerdem weißt du, dass er gerne selbst sauber macht. Das gehört zu seinem Spaß.

Dafür haben wir keine Zeit, BJ, *nicht, wenn du dich noch aufs Ohr legen willst. Glaub ja nicht, dass du Schlaf bekommst, bevor du dafür gesorgt hast, dass er auch eingeschlafen ist. Gib ihm eine Spritze.*

Okay, okay, ich kümmere mich darum.

Kümmere dich vor allem um ihn. Du weißt, was passiert, wenn du es nicht tust.

Das war eher ein Versprechen als eine Drohung, und BJ wollte sich lieber nicht auf einen Streit einlassen. Trotzdem zog er erst Stiefel und Socken aus und verzog angewidert das Gesicht bei dem Gedanken, in was er beim Saubermachen zweifellos treten würde. Hinterher seine Füße zu säubern statt seiner Stiefel, war leichter und einfacher, was den Gedanken jedoch nicht erfreulicher machte.

Seine Vorstellung von *nah und persönlich* war das, was er durch das Zielfernrohr sah.

Er öffnete die Kellertür, ging die Treppe hinunter und atmete dabei automatisch durch den Mund.

»Rex?«, rief er.

»Hey, BJ. Wann bist du zurückgekommen?« Wie immer klang Rex fröhlich. Und er sah auch so aus, die strahlenden Augen und das breite Lächeln in seinem freundlichen Gesicht nur verunstaltet durch das verschmierte Blut auf seiner Wange.

»Vor zwei Stunden. Du warst beschäftigt.« BJ erreichte die unterste Stufe und blieb kurz stehen, schaute sich in dem hell erleuchteten Keller um. Fenster gab es nicht, da der Keller vollkommen unterirdisch lag, doch eine Kombination aus großen, gut platzierten Lampen, weißen Fliesen und Edelstahl machten das Fehlen natürlichen Lichts mehr als wett.

Trotzdem war BJ, wenn er hier runterkam, immer leicht erstaunt über die ... Nüchternheit ... dieses Raums. Hier hätte Eisen, altes Leder und blutgetränktes Holz sein müssen, fand er; so sollte eine Folterkammer aussehen.

Nicht wie ein Operationssaal.

Aber das war nur ein flüchtiger Gedanke, vor allem, nachdem BJ sah, was Rex länger als gewöhnlich beschäftigt hatte.

Auf einem der zwei langen Edelstahltische lag ein Brocken blutiges Fleisch, das nur vage als menschlich zu erkennen war. BJ konnte nicht mal erkennen, ob es männlich oder weiblich war, obwohl er wusste, dass es ein Mann gewesen war, da er ihn früher am Tag bei Rex abgeliefert hatte, verschnürt wie einen Thanksgiving-Truthahn.

Er schätzte, dass Rex diesmal mit Häutungsmethoden experimentiert hatte. So hatte jedenfalls sein Plan ausgesehen, und er war ganz aufgeregt gewesen.

Aber das Häutungsexperiment war zweifellos schon vor Stunden wegen eines neuen Spielzeugs auf dem Tisch liegen gelassen worden, wo es vor sich hin trocknete.

Wegen eines Spielzeugs, für das er offenbar die Sicherheit dieses Hauses verlassen hatte, um es sich selbst zu holen.

Sie lag auf dem zweiten Edelstahltisch, festgeschnallt, obwohl jeder Kampfgeist sie längst verlassen hatte – zusammen mit dem größten Teil ihres Blutes, wie es aussah. Zahllose kleine Schnitte bedeckten ihren nackten Körper, dazu ein paar längere und tiefere Stichwunden.

Man hätte es beinahe künstlerisch nennen können.

Blut tropfte vom Tisch, vereinte sich mit einer größer werdenden Lache auf dem weißen Fliesenboden. Das sah schon nicht mehr so künstlerisch aus, sondern saudreckig, vor allem, da Rex mal wieder vergessen hatte, den Tisch über den großen Abfluss im Boden zu schieben.

Verdammt.

Das neue Spielzeug war einst irgendwann mal hübsch gewesen. Vermutlich. Sie hatte blondes Haar, was nicht weiter verwunderlich war, da Rex Blondinen bevorzugte. Jung. Mit jeder Menge Kurven. Und sie lebte noch. BJ sah den schwachen Pulsschlag unter der blutigen Haut ihres Halses.

»Großer Gott, Rex, was hast du denn da gemacht?«

Sein fröhliches Lächeln verblasste. Ängstlich murmelte Rex: »Bubba wird diesmal nicht schimpfen, BJ, ehrlich. Weil Father es mir befohlen hat. Und wir tun immer das, was Father uns befiehlt, nicht?«

Du weißt, dass du ihn bald töten musst, nicht wahr, BJ? Bevor er nicht mehr zu beherrschen ist?

»Ja, ja.« BJ seufzte.

»Das da draußen war kein Geist, das war ein echter Scharfschütze«, beharrte Tony. »Genau wie gestern. Und am Dienstag. Wahrscheinlich derselbe, aber definitiv aus Fleisch und Blut. Mit echten Kugeln. Und wirklich wahnsinnig geschickt mit dem Gewehr, ganz zu schweigen von der beinahe magischen Fähigkeit, ungesehen zu verschwinden, während Dutzende bewaffneter und erfahrener Polizeikräfte ihn jagen.«

»Ja«, stimmte Miranda zu. »Ich weiß.«

»Wie kann das dann irgendwas mit Samuel zu tun haben?«

»Wenn wir eines mit Sicherheit über Samuel wissen, dann, dass er in den letzten Jahren immer besser darin wurde, Paragnosten aufzuspüren und zu rekrutieren. Das haben uns die eingeschleusten Agenten bestätigt.«

»Ja, ich erinnere mich. Und?«

»Noah glaubt, Samuel hätte nicht alle, die er gefunden

hat, in die Gemeinde gebracht, zumindest nicht in die Siedlung. Dass er ... einige in Reserve gehalten hat, ohne Wissen seiner Gemeindemitglieder, einschließlich der von uns eingeschleusten Leute. Und dass jene, die er getrennt von den anderen hielt, nicht nur seine fanatischsten Anhänger waren, sondern auch die militanteren, potenziell gewalttätigeren. Und vielleicht die stärksten Paragnosten.«

Jaylene runzelte die Stirn. »Warum?«

»Weil er vorausplante.«

»Über seinen Tod hinaus?«, fragte Tony.

»Die meisten von uns planen über den Tod hinaus. Wir setzen Testamente auf, bestimmen Menschen, die unseren Besitz verwalten und unsere Kinder großziehen könnten, hinterlassen unser Geld den nächsten Verwandten oder Wohltätigkeitsorganisationen.«

»Ja, gut, aber das ist weit davon entfernt, blutige Rachephantasien von bewaffneten Verbrechern ausführen zu lassen, nachdem wir gestorben sind. Oder?«

»Samuel war ein funktionierender Präkog, Tony. Ein Seher. Er hatte apokalyptische Visionen, ja, und die haben ihn eindeutig getrieben, doch nichts spricht dagegen, dass er nicht auch ein paar Visionen von seiner eigenen Zukunft hatte. Seiner sehr persönlichen Zukunft. Vielleicht nur allgemeine, vielleicht aber doch konkret genug, um zu wissen, dass er diesen Kampf gegen Noah und die anderen nicht überleben würde.«

Nach kurzer Pause fügte sie hinzu: »Angesichts der kaltblütigen Grausamkeit der Morde, die uns hierher geführt haben, und der ebenso kaltblütigen Präzision des immer noch nicht gefassten Scharfschützen, schätze ich, dass Samuel dafür gesorgt hat, wenigstens einen – und möglicherweise mehr als diesen einen – treu ergebenen Anhänger zu haben, der sich vollkommen der Aufgabe verschrieb, den Tod ihres geliebten ›Father‹ zu rächen. Egal, was es ihn kostet.«

»O Mann«, murmelte Tony. Seine Stirn verzog sich. »Warum hat er dann nicht angefangen, SCU-Agenten abzuknallen, als er die Möglichkeit hatte? Denn dazu hatte er in dieser Woche jede Menge Gelegenheit. Selbst davor schon, wenn er uns länger beobachtet hat.«

»Um mit uns zu spielen?«, meinte Miranda. »Das Gefahrenpotenzial zu verstärken, um noch mehr von uns reinzuziehen? Das hat jedenfalls funktioniert. Oder er hoffte, Noah würde auftauchen. Denn so sehr Samuel auch die SCU generell als seinen Feind betrachtete, wusste er doch ganz genau, wer die Einheit aufgebaut und geführt hat.«

»Ist das ein weiterer Grund, warum Bishop nicht hier ist?«, fragte Jaylene. »Weil er den Beschuss eher anzieht, uns andere sogar noch mehr in Gefahr bringen könnte?«

»Du kennst ihn«, erwiderte Miranda. »Was glaubst du wohl?«

In Tonys Stimme schwang nicht der leiseste Zweifel mit. »Er würde sich jederzeit allen Kugeln in den Weg stellen, um einen von uns zu retten. Selbst Samuels dunkle Energie kann das nicht verändert haben. Daher setze ich darauf, dass er nicht hier ist, weil er glaubt, es sei sicherer für uns alle, wenn er woanders ist.« Miranda lächelte. »Das glaube ich auch.«

»Dem kann ich nicht widersprechen«, meinte Jaylene.

Sie aßen ein paar Minuten schweigend weiter, nicht so sehr, weil sie hungrig waren oder es ihnen schmeckte, sondern weil sie wussten, dass sie die Stärkung brauchten.

»Wie sicher bist du dir, dass Samuel hinter all diesen gefolterten Opfer, und dem Scharfschützen steckt?«, fragte Tony schließlich.

»Wenn du damit meinst, ob ich eine eigene Vorahnung hatte, dann lautet die Antwort Nein. Aber wir wussten seit Monaten, dass wir einen Feind hatten, lange vor der Konfrontation auf dem Kirchengelände. Wir wussten, dass Samuel vor mehr als einem Jahr einige SCU-Mitglieder unter Beobachtung hatte, sich über uns kundig machte und uns als Bedrohung betrachtete. Dass er uns in eine Falle zu locken versucht hat, bevor wir überhaupt wussten, wer er war. Wir wissen von seinen beträchtlichen Mitteln. Wir wissen, dass er fanatisch war und unter seinen Anhängern fanatische Treue erweckte. Wir wissen, dass er ein hochbegabter Präkog war, außerordentliche Energien kanalisieren konnte, telepathisch war – und von anderen Energie abzapfen sowie Fähigkeiten anderer Paragnosten stehlen konnte. Wir wissen von seinem starken Gottkomplex, und aus all dem können wir schließen, dass er erwartete oder plante, zumindest einige Ereignisse nach seinem Tod unter Kontrolle zu behalten.«

Miranda hielt inne und fügte dann abschließend hinzu: »Zählt man das alles zusammen, ergibt sich eine mehr als starke Wahrscheinlichkeit, dass Samuel etwas mit diesem Mörder – oder diesen Mördern – zu tun hat. Mit dem Schlächter und dem Scharfschützen.«

»Na gut.« Diana bemühte sich, ruhig zu klingen. »Samuel will also leben. Kann ich davon ausgehen, dass er derjenige ist, der Quentins Gesicht trägt?«

»Das musst du selbst herausfinden.«

Natürlich würde Brooke es ihr nicht leicht machen. Oder auch nur weniger schwer.

Diana wünschte sich, es gäbe in diesem endlosen, gesichtslosen Korridor etwas, auf das sie sich setzen konnte. Sie war müde. Und das war beängstigend.

»Falls er es ist ... was soll dann das mit Quentins Gesicht?«, überlegte sie laut, in der Hoffnung, Brooke würde hier und da etwas einstreuen, denn das schien ihre bevorzugte Art zu sein, Informationen weiterzugeben. »Ich weiß, dass es nicht Quentin ist, er weiß, dass ich das weiß, also warum macht er damit weiter? Um mich durcheinander zu bringen? Aus dem Gleichgewicht? Weil er es für spaßig hält? Warum?«

Da diese Fragen Brooke nicht mehr entlockten als eine leicht interessierte Miene, versuchte Diana es mit einer anderen Taktik.

»Er will wieder leben. Samuel will wieder leben. In Fleisch und Blut. Hat er es versucht? Nein, das kann er nicht. Kein Geist kann die graue Zeit ohne eine Tür verlassen. Und nur Medien öffnen Türen. Richtig?«

»Darüber weißt du besser Bescheid als ich, Diana.«

Darauf ging sie nicht ein. »Das ist die einzige Fähigkeit, der er stets aus dem Weg gegangen ist, die einzige Fähigkeit, die er nicht haben wollte. Laut Hollis, laut den Berichten könnten Medien das Einzige gewesen sein, wovor er sich wirklich fürchtete, und es gab keinen Hinweis, dass er diese Fähigkeit besaß. Oder ... falls sie latent in ihm vorhanden ist, dann als etwas, was er sein ganzes Leben lang unterdrückt hat. Daher ist die Annahme berechtigt, dass er keine eigene Tür öffnen kann. Selbst mit all seiner Kraft – warte.

Seine Kraft. Er ist hier geschwächt worden, nicht wahr? Denn hier wird Kraft entzogen, Energie entzogen. Er war zu lange hier. Wenn er es in all der Zeit nicht geschafft hat, sich eine Tür zu schaffen, kann er es jetzt wirklich nicht mehr.«

»Nicht ohne Hilfe«, murmelte Brooke.

»Was, meine Hilfe? Ich kann ja selbst nicht mal hinaus. Was bedeutet, ich kann die Tür nicht finden, die ich geöffnet habe, um hierher zu kommen, vorausgesetzt, sie ist immer noch da, vorausgesetzt, sie ist geöffnet oder ich könnte sie öffnen. Wieso glaubt er, ich könnte – oder würde – ihm dabei helfen?«

Brooke wartete bloß.

»Wenn er mich hätte zwingen können, hätte er das bereits getan. Glaube ich. Was bedeutet, er kann mich nicht zwingen. Oder ... es bedeutet, er weiß, dass ich selbst nicht hinaus kann, die Tür nicht finden kann, die ich geöffnet habe.« Diana kam eine plötzliche Erkenntnis. »Warte. Wenn diese Tür immer noch offen ist, auch nur einen Spaltbreit ... wird Hollis zu ihr gezogen. Wenn sie schläft, wenn ihre Abwehr geschwächt ist.«

Sie starrte Brooke an, von neuer Furcht ergriffen. »Ist es das, worauf er wartet? Auf Hollis? Weil er ihr aus der Tür hinaus folgen könnte, selbst wenn ich es nicht kann? Großer Gott!«

»Glaubst du nicht, Hollis kann auf sich selbst aufpassen?«

»Nicht hier drin. Nicht allein.« Diana biss sich unschlüssig auf die Unterlippe, dann machte sie kehrt und ging den Weg zurück. Zumindest dachte sie das, obwohl der endlose Korridor nach allen Richtungen gleich aussah.

Brooke folgte ihr. »Wo willst du hin, Diana?«

»Ich gedenke nicht, an einem Ort zu bleiben, an dem er meint, sich ein paar Paragnosten krallen zu können, nicht wenn Hollis jeden Moment auftauchen könnte. Das hier könnte jetzt eine andere Art Falle sein, um sie zu erwischen.«

»Glaubst du das wirklich?«

»Ich glaube, es ist ein schlimmer Ort, und ich will ihn verlassen. Jetzt.«

Die Worte waren ihr kaum über die Lippen gekommen, als der schimmernde, sterile Korridor um sie verschwamm – und sie sich auf der grauen, stillen Main Street von Serenade wiederfand. Direkt hinter ihr war eine Bank, und sie zögerte keinen Augenblick, sich zu setzen.

»Diana?«

»Ich will mich nur eine Minute ausruhen.« Mit gerunzelter Stirn sah sie sich auf der unheimlich stillen, grauen Straße um. »Und du brauchst mir nicht zu erzählen, dass es hier keine Minuten gibt. Ich weiß, dass es sie nicht gibt. Aber ich muss mich ein bisschen ausruhen. Das Atmen fällt mir … etwas schwer.«

Brooke schwieg.

»Ich … kann mich anscheinend nicht erinnern, dass ich angeschossen wurde. Sollte ich mich nicht daran erinnern, wenn ich nicht zurückkehre?«

»Das weiß ich nicht. Solltest du das?«

»Du willst es mir wirklich nicht sagen, oder?«

»Was sagen?«

»Ob ich tot bin. Oder sterben werde.«

»Alles stirbt. Das weißt du.«

»Und du weißt, was ich meine.«

»Ich weiß nur, dass du hier Wahrheiten aufdecken musst.

Bevor du weiterziehen oder zurückkehren ... oder das tun kannst, was dir vorbestimmt ist. Zuerst musst du die Wahrheit finden. Alle Wahrheiten.«

»Aber kein Druck«, murmelte Diana. »Hör zu, egal, was mit mir passiert, Hollis hat es nicht verdient, an diesen Ort gezogen zu werden. Gibt es für mich keine Möglichkeit, sie zu warnen, von hier fort zu bleiben?«

»Glaubst du, eine Warnung hätte Erfolg?«

Diana legte kurz den Kopf in die Hände. Dann richtete sie sich auf und blickte Brooke an. »Weißt du, dieser Fragen-mit-Fragen-beantworten-Scheiß kriegt langsam einen Bart.«

Brooke lächelte.

»Genau wie das.« Diana wandte den Blick von der Führerin ab und betrachtete wieder die Straße. Etwas setzte ihr zu. »Ich wurde angeschossen. Ich wurde ... absichtlich angeschossen. Der Scharfschütze hat mich herausgepickt. Wir rannten alle herum, keiner hatte eine Schutzweste an, und wenn er uns gestern beobachtet hat – oder auch schon am Tag zuvor –, dann hatte er uns alle als Polizisten erkannt, vielleicht als SCU. Warum dann ich? Ich bin ja noch nicht mal voll ausgebildete Agentin. Das ist – war – mein allererster Einsatz als Ermittlerin. Warum war ich das Zielobjekt?«

»Es ist mir ja nicht erlaubt, mit einer Frage zu antworten«, sagte Brooke.

Diana beachtete sie nicht. »Wenn der Scharfschütze die SCU als Feind betrachtete, warum hat er dann nicht jemanden gewählt, der ... zählt? Jemanden, der eine größere Trophäe für ihn sein würde? Miranda war da. Quentin. Hollis und Reese. Warum hat er mich ausgewählt? Es sei denn, ich war aus irgendeinem Grund die größere Bedrohung. Oder ... ich hatte etwas, was er wollte. Etwas, was sein Boss wollte. Wie zum Beispiel ... die Fähigkeit, eine Tür in die graue Zeit zu öffnen, oder aus ihr heraus. Er muss gewusst haben, dass es die einzig sichere Möglichkeit war, mich hierher zu kriegen, zumindest nach seinem Zeitplan.«

Sie drehte den Kopf und sah die schweigende Führerin an. »Er ist nicht nur hier drin und versucht hinauszukommen, er beeinflusst auch die Dinge da draußen. Er bestimmt, wo es langgeht. Der Scharfschütze, die Morde: Alles dreht sich um Samuel.«

Serenade
Galen tigerte unruhig von einem Fenster zum anderen, ohne sich dessen bewusst zu sein, bevor Ruby ihn ansprach.

»Du wärst lieber da draußen bei ihnen, nicht wahr? Bei deinen Freunden.«

»Bei meinem Team«, erwiderte Galen.

»Tut mir leid, dass du hier festhängst, weil du auf mich aufpassen musst.«

»Ich hänge nicht fest, Ruby.« Er bemühte sich um einen sanfteren Ton. »Hör mal, Bailey sagte, du hättest im Jet nicht geschlafen, und du hast die Augen nicht zugemacht, seit wir hier eingetroffen sind. Warum legst du dich nicht eine Weile hin?«

»Ich bin nicht müde. Bailey sagte, Soldaten müssten lernen, dann zu schlafen, wenn sie eine Möglichkeit dazu bekämen. Das verstehe ich. Sie schläft jetzt, daher wirst du später schlafen.« Ruby betrachtete ihn mit ihren viel zu alten Augen. »Nur glaube ich nicht, dass du später schlafen wirst.«

»Doch, das werde ich. Wenn Zeit dazu ist.«

»Wenn das alles vorbei ist, meinst du.«

»So kannst du es auch sehen.«

Ruby schwieg eine Weile, dann fragte sie fast beiläufig: »Reden deine Stimmen immer noch mit dir?«

Abrupt blieb er stehen und starrte sie an. Sein erster Impuls war, es abzustreiten, doch stattdessen fragte er: »Was weißt du darüber?«

»Über deine Stimmen? Nur dass du sie hörst. Seit der Kirche. Seit dem, was wir Father angetan haben. Seit sich die Dinge für so viele von uns verändert haben.« Sie hielt inne. »Reden sie immer noch mit dir?«

»Sie flüstern«, antwortete er schließlich. »Und ich kann nicht verstehen, was sie sagen. Kann sie nicht richtig hören.«

»Vielleicht strengst du dich nicht genug an.«

»Was meinst du damit?«

Zusammengerollt auf dem großen Sessel neben dem dunklen Kamin, erwiderte Ruby seinen starren Blick mit seltsamer Gelassenheit. »Du hast dich ... in dir verschlossen. Vermutlich, um deinem Team helfen zu können. Damit du andere Leute beschützen kannst. Mich beschützen kannst. Aber das erzeugt eine Hülle um dich herum. Eine sehr harte. Vielleicht können die Stimmen sie nicht durchdringen, damit du verstehst, was sie sagen.«

»Vielleicht will ich das auch nicht«, platzte es aus ihm heraus.

»Fürchtest du dich vor dem, was sie dir erzählen könnten?«

Verdammt.

Galen fand es lächerlich, sich einem zwölfjährigen Mädchen anzuvertrauen, aber er konnte das Gespräch irgendwie auch nicht abbrechen.

»Ich weiß nicht, woher sie kommen, Ruby. Ich höre keine Stimmen, das ist nicht mein Ding.«

»Jetzt ist es dein Ding.«

»Tja, hm, sieht wohl so aus. Aber es *war* nicht mein Ding, daher weiß ich nicht, wie ich es beherrschen soll.«

»Manchmal können wir das nicht. Manchmal beherrscht dieses Zeug uns.«

»Das ist eindeutig nicht mein Ding«, gab er zurück.

»Nein, das war mir schon klar. Dein Ding ist … nicht zu sterben. Stimmt das nicht?«

»Ich heile mich selbst. Bisher bedeutet das, nicht zu sterben. Aber jeder muss früher oder später sterben.«

»Um dich wirklich zu töten, müssten sie dir wohl den Kopf abhacken«, meinte sie ernst.

Galen war verdutzt, doch nur kurz. »Du siehst gerne Horrorfilme«, riet er.

Sie lächelte schüchtern. »In der Siedlung durften wir die nicht sehen. Aber Maggie sagt, es wäre gut für uns, manchmal zum Schein geängstigt zu werden. Und John mag Horrorfilme. Darum haben wir uns welche angeschaut.«

»Verstehe.«

»Sie haben mir keine richtige Angst gemacht«, gestand sie. »Nicht nach dem, was in der Siedlung passiert ist. Nicht nach Father. Ist nur nett, so zu tun, als wären schlimme und gruselige Sachen nicht real. Wenigstens für eine Weile.«

Er schüttelte den Kopf und hörte sich fragen: »Ruby, was *machst* du hier?«

Ihr Gesicht verschloss sich ein wenig, und in ihre Augen

schlich sich ein geheimnisvoller Ausdruck, den er noch nie zuvor gesehen hatte. »John bringt mir bei, Schach zu spielen. Man beginnt mit allen Figuren auf dem Brett. Das ist der Grund, warum ich hier bin. Weil ich eine der Figuren bin.«

»Ruby ...«

»Du solltest versuchen, auf deine Stimmen zu hören, Galen. Das solltest du wirklich. Ich glaube, sie haben dir etwas Wichtiges mitzuteilen.«

»Glaubst du?«

»Ja.«

»Woher willst du das wissen?«, fragte er leise.

»Weil ich auch Stimmen höre. Und sie erzählen mir immer – *immer* – Dinge, die ich wissen muss.«

»Wie den Grund, warum du hier herkommen musstest? Den Grund, warum du eine Schachfigur sein musst?«

»Ja.« Ruby wandte den Kopf ab, schaute aus einem der Fenster, denen sie sich nicht nähern durfte, und fuhr mit derselben sanften, nachdenklichen Stimme fort. »Gerade erzählen sie mir, dass wieder etwas Schlimmes passiert ist. Etwas, was wir nicht aufhalten konnten. Armes Ding. Sie war auch eine Schachfigur. Bauern heißen die. Sie musste geopfert werden.«

»Wir haben eine komplette Durchsuchung der Innenstadt durchgeführt«, berichtete Dean, als Miranda und die anderen zum mobilen Kommandozentrum zurückkamen. »Sheriff Duncan hat seine sämtlichen Leute eingesetzt, einschließlich der Teilzeitkräfte, und noch ein paar pensionierte Deputys und Freunde verpflichtet, denen er vertraut, damit wir genügend Einsatzkräfte haben, um einen Großteil der

Gebäude überwachen zu können. Aber wir haben den Mistkerl nicht gefunden.«

»Kein Glück mit den Hunden?«

»Nada. Die Hundeführer waren genauso verblüfft wie anscheinend die Hunde. Willst du sie abziehen?«

Miranda überlegte. »Nein. Nein, lass sie einfach patrouillieren. Unabhängig voneinander, kreuz und quer durch die Stadt. Nach dem Zufallsprinzip. Sie können selbst entscheiden, wann sie Pause machen wollen, doch ich möchte, dass diese Hunde so sichtbar wie möglich bleiben. Wenn sie sonst schon nichts bewirken, sollte es den Scharfschützen wenigstens in seiner Bewegungsfreiheit einschränken.«

»Verstanden. Ich werde es ihnen mitteilen.«

»Und dann solltet ihr, du und einige der anderen Agenten, eure Pause machen. Geht frühstücken, duschen, wenn ihr wollt, schlaft ein paar Stunden. In der Pension steht alles für euch bereit. Es gibt genug Betten und Liegen, obwohl einige von uns sich das Zimmer teilen. Wobei das kaum eine Rolle spielt, weil wir weiterhin Schichtdienst machen werden.«

»Ihr hattet aber nicht viel Zeit zum Ausruhen«, bemerkte er.

»Es hat gereicht. Außerdem sind weitere Agenten unterwegs und werden am späten Nachmittag hier eintreffen, daher sollten wir heute Nacht genügend Schlaf bekommen.«

Tony murmelte leise: »Verschrei es nicht, das bringt Unglück.«

Miranda warf ihm einen Blick zu, wandte sich aber weiter an Dean. »Lass dir Zeit. Wir warten hauptsächlich auf den Papierkram – von den Autopsien, die Sharon durchgeführt hat, und von der Ballistik. Und wir werden wahrscheinlich noch mal die Akten der Opfer durchgehen, nach Verbindungen suchen. Viel mehr gibt es in den nächsten Stunden nicht zu tun. Außer, du hast etwas aufgefangen, was du bisher noch nicht erwähnt hast.« Dean Ramsey war Hellseher fünften Grades.

Er schüttelte den Kopf. »Nicht allzu viel, muss ich leider sagen. Zuerst dachte ich, es läge an dem allgemeinen Durcheinander, all der Gewalt, aber … dieser Ort hat eine seltsame Atmosphäre. Kann es nicht näher bestimmen, doch so etwas habe ich noch nie gespürt.«

»Willkommen im Club«, seufzte Tony.

Dean schenkte ihm ein schiefes Lächeln. »Wenn ich mich stärker bemühe, ist es, als finge ich eine Art Störung auf, fast wie statisches Rauschen im Radio.«

Tony und Jaylene wechselten rasche Blicke.

Miranda nickte nur. »Versuch es nicht zu erzwingen. Vielleicht hilft die Ruhepause.«

»Ja, kann sein.« Er klang nicht besonders überzeugt, ging aber widerspruchslos, um ihre Anweisungen auszuführen.

»Störungen«, sagte Jaylene. »Warum bekomme ich ein ungutes Gefühl dabei, dass dieses Wort immer wieder auftaucht?«

»Weil es eine Anomalie ist«, antwortete Miranda. »Und Anomalien sind Hinweisschilder. Auf Dinge, denen man Aufmerksamkeit schenken sollte.«

»Betrachte mich als aufmerksam«, erwiderte Jaylene. »Denn obwohl die Schwingungen, die ich auffange, so gut wie immer von Objekten stammen, habe ich die Seltsamkeit dieses Ortes ebenfalls gespürt.«

Tony nickte. »Ich auch. Dauernd will ich mir über den Nacken streichen, weil ich das Gefühl habe, mir stehen die Haare zu Berge. Kein besonders angenehmes Gefühl.«

»Meine Frage ist«, überlegte Miranda, »ob es sich dabei um etwas Natürliches und aus geografischen Gründen für diese Stadt Spezifisches handelt oder um etwas Neues. Und wenn es neu ist, möchte ich wissen, wann es angefangen hat und ob es künstlich ist. Von Menschen verursacht oder ...«

»Oder paragnostisch?«, meinte Jaylene.

Miranda verzog das Gesicht. »Dean kann nichts auffangen. Keinem von euch ist das gelungen. Mir auch nicht. Reese merkte, dass eine Waffe auf ihn und Hollis gerichtet war, aber das war außerhalb der Stadt, weiter oben in den Bergen – und vor der Bombenexplosion war er sich nur sicher, dass wir von einem Scharfschützen beobachtet wurden. Außerdem hat er nichts gespürt, bevor der Scharfschütze auf Diana schoss, und eine auf ihn gerichtete Waffe löst so gut wie immer gewaltigen Alarm bei ihm aus. Gabe und Roxanne besitzen eine stabile innere Verbindung, doch ansonsten waren sie wie ... benebelt, haben Dinge übersehen, die ihnen normalerweise nicht entgangen wären.«

Tony seufzte erneut. »Also paragnostisch.«

»Ich hoffe, nicht. Um einen Dämpfungseffekt auf so viele Paragnosten mit den unterschiedlichsten Fähigkeitsgraden auszuüben, wäre eine enorme Menge Energie nötig. Und es klingt viel zu sehr nach dem, was an jenem letzten Tag auf Samuels Kirchengelände passierte.«

»Verdammt«, murmelte Jaylene.

»Du hast es heraufbeschworen«, sagte Tony zu Miranda. »Jedes Mal, wenn jemand sagt, wir würden in der Nacht genügend Schlaf bekomme, geht es los. Dann passiert immer was.«

Kaum hatte er das gesagt, betrat Sheriff Duncan mit grimmiger Miene die Einsatzzentrale. »Einer meiner Deputys wird vermisst.«

»Welcher?«, fragte Miranda – und Tony sah sie neugierig an, denn er hatte die seltsame Ahnung, dass sie genau wusste, was der Sheriff antworten würde.

»Bobbie. Bobbie Silvers. Soweit sich feststellen lässt, wurde sie seit gestern Nacht nicht mehr gesehen.«

15

Als Hollis aufwachte, hatte sie keine Ahnung, wie viel Zeit vergangen war. Der kleine Raum im Inneren des Krankenhauses hatte keine Fenster, durch die natürliches Licht verraten hätte, ob es Tag oder Nacht war.

Sie hoffte, dass immer noch Donnerstag war. Bestimmt hatte sie – hatten sie beide – doch nicht den ganzen Tag verschlafen, obwohl sie durchaus das Gefühl hatte, es könnte sein. Verflucht, sie fühlte sich, als hätte sie eine Woche lang geschlafen. Ihre Augen waren verklebt, ihre Muskeln steif, da sie anscheinend Gott weiß wie lange in derselben Stellung gelegen hatte, und eine knurrende Leere im Magen verriet ihr, dass sie seit vielen Stunden nichts gegessen hatte.

Ob DeMarco wach war, konnte sie auch erst ergründen, als sie sich aus seiner lockeren Umarmung befreit und auf die Kante des schmalen Bettes gesetzt hatte. Während sie auf ihn hinabblickte und sich dabei abwesend mit den Fingern durch die Haare fuhr, schwand ihre anfängliche Unsicherheit über seinen Bewusstseinszustand. Er schlief, und zwar tief.

Sein Gesicht war auf eine Weise entspannt, wie sie es nie zuvor gesehen hatte, seine Atmung tief und gleichmäßig, und die Anspannung, die sie für gewöhnlich an ihm wahrnahm, war verschwunden.

Hollis runzelte leicht die Stirn, obwohl sie nicht genau hätte sagen können, was sie beunruhigte. DeMarco hatte schließlich genauso viel Recht auf Schlaf wie sie, und selbst seine anscheinend immer wachsamen Sinne mussten sich irgendwann ausruhen. Keiner aus dem Team war in den letzten paar Tagen viel zur Ruhe gekommen, und darüber hinaus hatte sie keine Ahnung, womit er beschäftigt gewesen war, bevor er sich ihnen in Serenade angeschlossen hatte oder wie lange er zu dem Zeitpunkt schon ohne Schlaf ausgekommen war.

Sie schüttelte die Gedanken ab, beschloss einfach, dankbar dafür zu sein, dass es zu keinen peinlichen Gesprächen – wie sie es empfand – mehr kommen würde, während sie zusammen im Bett lagen.

Beweg dich. Denk nicht nach, beweg dich einfach.

Da der stille, vom Lampenlicht erhellte Raum klein war, brauchte sie nur ein paar Schritte, bis sie die Tür erreichte, und sie schlüpfte hinaus, ohne zu DeMarco zurückzublicken.

Ihnen war angeboten worden, die Besuchertoiletten zu benutzen, in denen es auch Schließfächer für ihre Sachen sowie Duschen gab. Eigentlich waren diese Annehmlichkeiten für die Familien von Patienten gedacht, wenn sie die Tage oder Wochen auf den verschiedenen Intensivstationen dieses Stockwerks verbringen mussten. Hollis und DeMarco hatten sich gewaschen und umgezogen, kurz nachdem Miranda und der Sheriff nach Serenade aufgebrochen waren, doch Hollis hatte das Bedürfnis, erneut zu duschen, hauptsächlich, um ihren benebelten Kopf freizubekommen.

Sie fand sich in einem stillen und unbekannten Flur wieder, und sie brauchte einen Moment, bis ihr wieder einfiel, dass sie ja bewusstlos gewesen war, als DeMarco sie aus der Intensivstation getragen hatte, auf der Diana lag.

Getragen hatte. Himmel.

Hollis verdrängte den Gedanken und machte ein paar zögernde Schritte nach links, unsicher, ob es die richtige Richtung war. Nach wie vor wirkte alles unnatürlich für sie, zu blass und farblos, um zum wirklichen Leben zu gehören, und doch nicht ganz so wie die trostlose Leere in Dianas grauer Zeit.

Nur unheimlich genug, dass ihr unbehaglich zumute wurde.

»Hollis?«

Mist.

Hollis drehte sich langsam um und sah Andrea ein paar Schritte entfernt vor ihr stehen. Wie die anderen Geister, die Hollis hier schon gesehen hatte, wirkte sie realer als ihre Umgebung, und ihre Aura schimmerte in strahlenden Blau- und Grüntönen.

Zum ersten Mal konnte sie Andreas Aura sehen.

»Du musst Diana helfen«, sagte der Geist.

»Andrea ...«

»Du musst ihr beim Gesundwerden helfen. Wenn ihr Körper nicht geheilt wird, kann sie nicht in ihn zurückkehren.«

»Erzähl mir was, was ich noch nicht weiß.«

Andrea nahm die sarkastische Bemerkung anscheinend wörtlich. »Sie ist in großer Gefahr. Je länger sie in der grauen Zeit verweilt, desto weniger wird sie fähig sein zurückzukehren. Ihr Geist wird dort geschwächt, und ihr Körper ist hier schwach.«

»Ich habe versucht, ihren Körper zu heilen. Oder ihr wenigstens bei der Heilung zu helfen. Viel genützt hat es nicht, fürchte ich.«

»Du musst es noch mal versuchen.«

Da Hollis geplant hatte, genau das zu tun, nickte sie, fragte aber: »Sag mal, kannst du mir nicht endlich erzählen, wer du bist? Und warum du offenbar mit mir verbunden bist?«

Andrea trat einen Schritt zurück, eindeutig verblüfft. »Ich ... ich bin nicht ... du hast eine Tür geöffnet.«

»Aber das war vor Monaten. Ich meine, als ich dich zum ersten Mal gesehen habe. Warum kommst du immer wieder zurück? Oder kannst du ... habe ich dich auf dieser Seite gelassen? Kannst du nicht zurück?«

»Nicht, bis es beendet ist.«

»Bis was beendet ist?«

Einen Moment lang wirkte Andrea abgelenkt, schaute sich um, als hätte sie sich verlaufen, und antwortete dann: »Er versucht dich zu beschützen, aber was er tut ... Es hält dich davon ab, Diana zu helfen. Kannst du das nicht spüren?«

»Was spüren?«

»Er hat versucht, einen Schleier zwischen dir und der Geisterwelt zu errichten. Energie. Zu deinem Schutz, glaubt er.«

»Wer glaubt das?«

»Reese.«

»Warte. Liegt es an Reese, dass alles so seltsam aussieht und mir nur die Geister real vorkommen?«

Andrea nickte. »Er will dir helfen. Dich beschützen. Doch er kann sich nicht zwischen dich und die Geisterwelt stellen. Er kann deine natürlichen Energien nicht blockieren. Darum wirkt die reale Welt auf dich so blass, weil seine Energie von dort stammt und nur so funktioniert, wie sie dort seiner Meinung nach funktioniert. Du musst dem Einhalt gebieten, bevor er dich noch näher an die Geisterwelt rückt. Das ist nicht der richtige Weg. Vor allem jetzt nicht. Du musst Diana beim Gesundwerden helfen, und dazu musst du mit allen Sinnen in der Welt der Lebenden sein.«

»Beim letzten Mal musste ich Ruby helfen.« Das klang zwar wie Protest, war jedoch eher Hollis' Versuch zu begreifen, was hier vorging.

»Sie haben beide eine Rolle zu spielen.«

»Andrea, um Himmels willen …«

Der Geist begann zurückzuweichen, zu verblassen. »Es gibt eine bessere Möglichkeit, seine Energie einzusetzen, seinen Schild. Seinen Schutz. Sag ihm das. Hilf Diana. Alles hängt davon ab, und es bleibt nicht mehr viel Zeit …«

Hollis stand wieder allein im Flur. Sie atmete langsam durch und kehrte in das Zimmer zurück, in dem DeMarco schlief. Sie setzte sich auf den Bettrand, legte ihm die Hand auf die Schulter und wollte ihn wachrütteln.

»He!«

Erst später begriff Hollis, dass es nicht die klügste Idee der Welt war, einen Mann von DeMarcos Herkunft, Ausbildung und offensichtlicher Natur einfach so zu wecken, aber in diesem Moment dachte sie nicht an irgendwelche Gefahr von seiner Seite.

Seine Augen schnappten auf, und im selben Herzschlag schoss seine Hand vor und packte ihr Handgelenk. Sie spürte, wie sich seine Finger fest schlossen und dann wieder entspannten.

Interessanterweise verspürte sie nicht die geringste Angst.

»Das«, sagte er ruhig, »war nicht sehr klug. Ich hätte dir den Kopf abreißen können.«

Sie wischte es mit einer Geste ihrer freien Hand beiseite. »Vergiss es. Du musst aufhören.«

»Womit?«

»Dein Schild. Ihn zu projizieren, schätze ich. So was wie das, was du im Januar auf dem Kirchengelände gemacht hast. Du bist damit zwischen mich und die *reale* Welt geraten, statt der Geisterwelt, und damit musst du aufhören.« Noch während sie das sagte, kam ihr ein anderer Gedanke, und sie fügte hinzu: »Ich frag mich, ob das der Grund ist, warum ich damals die Geisterwelt nicht erreichen konnte. Nicht dasselbe, aber vielleicht hat dein Dämpfungsfeld viel mehr bewirkt, als wir gedacht hatten.«

Ohne irgendetwas abzustreiten, erwiderte DeMarco nur: »Wer sagt, dass ich das tue?«

»Andrea.«

»Andrea, der Geist? Die dich vor der Bombe gewarnt hat?«

Hollis nickte. »Und sie wusste, wovon sie da sprach, daher muss ich jetzt auf sie hören. Du musst ihn zurückziehen, Reese, aufhören, zwischen mir und der Geisterwelt zu stehen. Du kannst es nicht verhindern.«

»Sagt Andrea.«

»Ja. Und sie sagt auch, dass ich helfen muss, Diana zu heilen, bevor es zu spät ist. Und das kann ich nicht erfolgreich tun, solange dein Schild mich umhüllt. Das könnte sogar der Grund sein, warum ich zusammengeklappt bin, als ich vorhin versucht habe, ihr bei der Heilung zu helfen. Energie, die auf Energie stößt – tja, würde da nicht das meiste zurückprallen?«

Er ließ ihr Handgelenk los, stemmte sich auf dem Ellbogen hoch und sah sie weiter ruhig an. »Zurückprallen?«

»Ja. Meine Energie trifft auf deine Energie und prallt zurück.« Plötzlich runzelte sie die Stirn. »Warum, übrigens? Ich meine, warum versuchst du, mich zu beschützen?«

»Auf die Frage habe ich schon seit einer Weile gewartet.« Er legte ihr die Hand in den Nacken und zog sie so weit zu sich, dass er sie küssen konnte. Kein besonders sanfter Kuss, eher ein besitzergreifender, und als er von ihr abließ, hatte Hollis keinen Zweifel mehr, was er wollte.

»Noch Fragen?« Seine Stimme klang ein wenig rau.

Sich seiner Finger auf ihrem Nacken und der Härte seiner Schulter unter ihren eigenen Fingern sehr bewusst, dachte Hollis nur *Wow*, war aber klug genug, das nicht auszusprechen.

Nur ist er Telepath und ... verdammt.

»Ähm ... das kommt sehr plötzlich«, hörte sie sich dümmlich sagen.

»Eigentlich nicht. Wir kennen uns seit Monaten.«

»Ja, schon, aber ... wir haben nicht ... ich meine ... Du hast nie etwas gesagt.«

»Dann sage ich es jetzt.«

Auf der Suche nach einer nicht zu dümmlichen Antwort brachte sie schließlich heraus: »An deinem Timing könntest du noch ein bisschen arbeiten.«

DeMarco lächelte schwach. »War nie der richtige Zeitpunkt oder Ort. Hollis, falls einem von uns etwas zustößt, möchte ich nicht wie Quentin dastehen und mir wünschen, ich hätte den Mund aufgemacht, als ich die Gelegenheit dazu hatte. Also mache ich ihn jetzt auf. Du brauchst dich nicht dazu zu äußern, aber ich wollte dich wissen lassen, dass ich ... mehr als nur interessiert bin. An dir. Daran, mit dir zusammen zu sein.«

Sie zögerte, sich der tickenden Uhr in ihrem Kopf mit der beunruhigenden Dringlichkeit bewusst, die Andrea hervorgerufen hatte. Trotzdem musste sie *irgendwas* sagen. Er wusste es vermutlich bereits, aber ...

»Reese, zu behaupten, ich trüge eine Menge Ballast mit mir herum, wäre eine starke Untertreibung.«

»Das ist okay. Ballast stört mich nicht. Er macht uns zu dem, was wir sind.«

Sie versuchte es erneut: »Nach dem, was mir passiert ist, weiß ich nicht mal, ob ich *normal* auf einen Mann reagieren kann.« Dieses Geständnis war ihr unangenehm, doch sie schätzte, dass er auch das bereits wusste.

Er zog sie wieder an sich, um sie zu küssen, und diesmal dauerte es länger.

Als sie wieder atmen konnte, murmelte Hollis: »Na gut, vielleicht ist es doch kein so großes Problem.«

DeMarco hatte nach wie vor das schwache Lächeln im Gesicht, nur hatte es jetzt etwas Sinnliches. »Das glaube ich auch nicht. Doch du brauchst dir keine Sorgen zu machen. Ich werde dich nicht drängen.«

»Wirklich?« Ihr gelang ein unsicheres Lachen. »Und wann fängt der Nicht-drängen-Teil an?«

»Genau jetzt.« Er küsste sie ein letztes Mal, kurz, aber intensiv, dann ließ er sie los und stieg aus dem Bett. Mit völlig normaler Stimme sagte er: »Wenn du versuchen willst, Diana zu helfen, sollten wir vorher duschen und etwas essen.«

»Aber ...«

»Du brauchst Energie, Hollis. Brennstoff. Wenn du zusammenbrichst, weil du seit mehr als vierundzwanzig Stunden nichts gegessen hast, wird es Diana wenig nützen. Es ist schon nach zwei.«

Sie nahm ihm die normale Stimme übel, da sie ihr nichts entgegensetzen konnte; für ihre Ohren klang sie immer noch atemlos und aus der Fassung. Und voll von dümmlichen Fragen. »Zwei Uhr morgens oder nachmittags?«

»Nachmittags. Immer noch Donnerstag. Komm.«

Hollis ergriff seine ausgestreckte Hand, sich einer schwachen Panik und eines viel stärkeren Gefühls der Unausweichlichkeit bewusst.

Manche Dinge mussten so geschehen, wie sie geschahen.

Wenn sie bei der SCU nichts anderes gelernt hatte, dann ganz sicher das.

Washington, D.C.

Er war überrascht, aber nicht erstaunt, als der Direktor sich mit ihm in Verbindung setzte, um ein weiteres Treffen zu vereinbaren, da er annahm, dass es nach einigen wohl bedachten Überlegungen zu einem Sinneswandel gekommen war. Etwas ärgerlich fand er, dass Micah Hughes als Treffpunkt einen Konferenzraum in einem kleinen Hotel direkt am Beltway gewählt hatte, aber er vermutete, der Direktor wolle damit öffentlichere Orte und das Risiko vermeiden, erkannt zu werden,.

Er fand den Raum ohne Hilfe des Personals und öffnete die Tür in der festen Annahme, FBI-Direktor Micah Hughes vorzufinden.

Stattdessen saß Noah Bishop auf der anderen Seite des großen Konferenztisches, die Hände auf einer Akte. Die Akte war geschlossen.

»Sieh an, Agent Bishop. Sie hätte ich hier nicht erwartet.« Er blieb äußerlich gelassen, während er den Raum betrat; zu viele mächtige Männer an zu vielen Sitzungstischen hatten ihm schon gegenübergesessen und waren beim ersten Anzeichen von Schwierigkeiten eingeknickt. Mit der Hand auf einer hohen Rückenlehne blieb er stehen, ohne den Stuhl herauszuziehen. Wenn er sich setzte, räumte er Bishop die Machtstellung ein, das wusste er.

Seine Gedanken rasten, betrachteten die möglichen Auswirkungen der Situation hier, doch er hatte nicht die Absicht, es Bishop leicht zu machen, ganz gleich, was der Agent vorhatte.

»Danke, dass Sie gekommen sind. Wir waren uns da nicht ganz sicher. Ich nehme an, die Treffpunkte wurden für gewöhnlich von Ihnen gewählt«, sagte Bishop kalt.

»Ich weiß nicht, was Sie meinen.«

Bishop schüttelte nur einmal den Kopf. »Ich habe den Anruf nicht abgefangen, falls Sie das denken. Ja, nach allem, was ich folgern kann, scheinen Sie das Ausmaß meiner Reichweite stark übertrieben zu haben. Und meiner Interessen. Mir ging es nie um Macht. Nicht um Ihre Art von Macht.«

»Natürlich nicht. Sie haben einfach nur zum Spaß Ihre Beziehungen zu anderen mächtigen Männern ausgebaut.«

»Nicht zum Spaß, sondern weil ich wusste, dass ich sie eines Tages brauchen würde. Wenn ein Mann wie Sie hinter mir her ist – aus welchem Grund auch immer.« Die Narbe auf Bishops linker Wange hob sich weiß von der gebräunten Haut ab, das einzig sichtbare Zeichen von Anspannung. »Ich muss zugeben, einen Grund wie den Ihren hätte ich nie erwartet. Rache, sicher. Vergeltung. Sogar mich auszuschalten, bevor ich für jemanden zum Problem werde. Doch ich hatte nicht erwartet, eine Art Rivale zu sein. Dieser Art zumindest nicht.«

»Agent Bishop ...«

»Sie irren sich in so vielem, dass es kaum wert ist, darüber zu reden. Außer anzumerken, dass Ihre Eifersucht und Ablehnung Sie auf einen der düstersten Pfade geführt hat, die ich je gesehen habe.«

»Wie dramatisch. Sollte ich Sie bitten, diesen ›düstersten Pfad‹ für mich zu definieren?«

Wieder schüttelte Bishop nur einmal den Kopf. Ganz kurz, fast beiläufig, als wäre nichts Besonderes passiert.

»Ihnen ist doch wohl klar, dass Senator LeMott – sobald ich ihm erzähle, wer wirklich für den Mord an seiner Tochter verantwortlich ist – Sie vernichten wird.«

Das war eindeutig nicht als Frage gemeint.

Er erstarrte kurz, erwiderte jedoch: »Ich stand in keinerlei Verbindung zu dem tragischen Tod des bedauernswerten Mädchens.«

»Das standen Sie ganz gewiss. Oh, ich habe keine Beweise, die vor Gericht Bestand haben würden. Aber genug für LeMott, glauben Sie mir. Er hat Samuel für viel weniger umbringen lassen. Im Gegensatz zu Ihnen hat er volles Vertrauen in meine Fähigkeiten und die meines Teams. All unsere Fähigkeiten.«

»Sie werden ihm also erzählen, Sie hätten mein Gesicht in

Ihrer Kristallkugel gesehen?« Ihm gelang ein Lachen, und er wusste, dass es überzeugend amüsiert klang.

»Ich werde ihm die Wahrheit erzählen. Dass Samuel und sein zahmes Monster in Boston voll von Ihnen finanziert wurden. Ich weiß nicht, ob Ihnen von Anfang an klar war, was er vorhatte – oder wie er es bewerkstelligen wollte. Doch ich weiß, dass Sie ihn selbst dann noch finanziell unterstützt haben, als sie begriffen hatten, wofür Ihr Geld verwendet wurde.« Bishops breite Schultern hoben und senkten sich in einem Zucken. »Nicht dass LeMott mir über diesen Punkt hinaus zuhören wird. Ihm wird es genügen, dass Sie der Katalysator waren, durch den es zum Mord an seiner Tochter kam.«

»Sie haben den Verstand verloren.«

Als hätte er ihn nicht gehört, fuhr Bishop fort: »Eine interessante Taktik, die Sie da gewählt haben, dieser Angriff auf drei Ebenen. Als Erstes Samuels Amoklauf, der mich und mein Team voll beschäftigt hielt, dann das Gift, das Sie dem Direktor über die Einheit und mich ins Ohr geträufelt haben, um schließlich dafür zu sorgen, dass ich von dem Gift erfuhr. Und mich fragte, woher Sie es hatten.«

»Vielleicht haben Sie einen Verräter im Team, Bishop.« Trotz seiner Bemühung kamen die Worte bösartig heraus.

»Nein. Sie wollten, dass ich das glaube. Dass wir alle es glauben. Damit wir uns gegenseitig in Frage stellen oder uns zumindest misstrauen. Damit das über die Jahre so sorgfältig zwischen uns aufgebaute Vertrauen zusammenbrach. Und damit haben Sie es wirklich übertrieben. Denn dieser Teil des Angriffs, war … sehr persönlich. Das war ein Versuch, mich auszuweiden – und die SCU. Daher musste ich mich fragen, wer mich derart hassen könnte. Und warum.«

»Ich würde mich eher wegen des Verräters fragen, wenn ich Sie wäre.« Er versuchte es weiter, glaubte immer noch, das sei der richtige Keil.

Hoffte immer noch.

Ein sehr schwaches Lächeln spielte um Bishops harten Mund. »Ich hörte auf, mich das zu fragen, als wir uns Samuel vor seiner Kirche stellten. Als ich die Kraft seines Geistes aus erster Hand zu spüren bekam. Wir hatten keinen Verräter in unseren Reihen. Was wir hatten, war ein Feind, der sich zwischen uns schleichen konnte – paragnostisch. Unerkannt. Mitbekam, was wir sagten und taten. Und viel von dem, was wir dachten. Das ist die eigentliche Ironie, wissen Sie. Dass Sie den Informationen vertrauten, die Sie von Samuel bekamen – absolut exakte Informationen –, ohne zu hinterfragen, woher er sie hatte. Vielleicht wussten Sie, tief in Ihrem Inneren, was er Ihnen sagen würde, wenn Sie ihn fragten. Vielleicht haben Sie ihn deshalb nicht gefragt.«

»Sie brauchen Hilfe, Bishop. Sie sind ein kranker Mann.«

»Ich habe die Nase voll von Ihrem Kreuzzug. Und der Direktor ebenfalls, nur damit Sie es wissen. Er hat mir eine komplette Dokumentation seiner Verhandlungen mit Ihnen gegeben. Und er hat mir die Verfügungsfreiheit erteilt, sie nach meinem Gutdünken zu verwenden.«

Der Mund des Mannes verzog sich. »Er ist eine Memme.«

»Nein, er ist ein ehrbarer Mann. Ein Mann mit Moral. Ich wusste das. Und ich wusste, er würde sich letztlich dafür entscheiden, die SCU zu unterstützen. Eine Entscheidung, zu der er zweifellos früher gekommen wäre, hätten Sie Ihr Gift nicht verspritzt.«

Der andere Mann schwieg.

»Wobei ich den größten Teil der Informationen, die Direktor Hughes mir geben konnte, gar nicht brauchte. Das meiste wusste ich bereits. Er war nur eine Bestätigung.«

»Wie hätte das möglich sein sollen?«

Bishop schüttelte leicht den Kopf. »Sie können viel, aber nicht alles. Das ist mein Metier. Ermitteln. Ich musste einen erbitterten Feind mit sehr tiefen Taschen finden, und leider gibt es davon mehrere. Also kostete es Zeit. Zeit und viel zu viel von meiner Aufmerksamkeit. Aber die anderen konnten nach und nach ausgeschlossen werden. Es hat mich Monate gekostet, doch schließlich blieben Sie als Einziger übrig.«

»Schlussfolgerungen wie bei Sherlock Holmes? Alles Unmögliche eliminieren, und das, was übrig bleibt, muss die Wahrheit sein? Sie überraschen mich, Bishop. Das ist so schrecklich ... altmodisch.«

»Wenn Altmodisch funktioniert, benutze ich es. Ich benutze alles, was funktioniert. Alles. Jedes Werkzeug, das ich in die Hände bekomme – außer einem. Ich verkaufe mich nie an den Teufel.«

»Wenn Sie damit andeuten wollen, ich hätte das ...«

»Ich deute nicht an, ich stelle fest. Sie wussten, was Samuel war, wozu er fähig war. Aber Sie glaubten, er könnte Ihnen das geben, was Sie wollten, und alles andere war Ihnen egal. Solange die SCU vernichtet wurde, solange ich vernichtet wurde, spielte nichts anderes mehr eine Rolle für Sie.«

»Ich weiß nicht, wovon Sie sprechen.« Die Worte kamen fast mechanisch.

»Ich wünschte, ich könnte das glauben. Ich wünschte, ich könnte glauben, es hätte Grenzen für Sie gegeben, die Sie nicht überschreiten würden, egal wie entschlossen Sie waren, zu gewinnen. Mich zu vernichten. Doch das glaube ich nicht. Sie wussten Bescheid. Alles anderen kümmerte Sie einen Dreck.«

»Ich werde Sie ruinieren, Bishop. Ganz gleich, welche Informationen Sie über mich zu haben meinen, sie werden vor Gericht keinen Bestand haben. Und wenn meine Anwälte mit Ihnen fertig sind, wird das FBI Sie nicht mehr haben wollen. Ihre Frau wird Sie nicht mehr haben wollen.«

»Oh, es wird nicht vor Gericht gehen«, antwortete Bishop, ohne auf die persönlichere Anspielung einzugehen. »Sie haben recht. Für eine Anklage habe ich nicht genug Beweise gegen Sie. Zumindest noch nicht, wobei ich sicher bin, dass sich welche finden werden, wenn meine Leute erst einmal genauer wissen, wo sie graben müssen.«

Dem anderen gelang ein weiteres Lachen. »Viel Glück dabei. Und da Sie keine Beweise haben, um diese wilden Beschuldigungen zu untermauern, werde ich jetzt gehen. Sie können mit meinen Anwälten sprechen, falls Sie mir noch mehr zu sagen haben.«

»Nein, was ich Ihnen zu sagen habe, sage ich jetzt.« Bishop schob die vor ihm liegenden Akten über den Tisch zu dem anderen Mann. »Ich möchte, dass Sie sich ansehen, was Ihr Geld Ihnen erkauft hat.«

»Ich gedenke nicht …«

Kategorisch sagte Bishop: »Vor der Tür stehen zwei Agenten. Entweder werfen Sie einen Blick in diese Akte, oder ich lasse Sie verhaften, sobald Sie aus der Tür treten. Glauben

Sie mir, ich habe genug Beweise, um Sie festzunehmen. Und Sie offiziell zu verhören. Und einen Mordsskandal heraufzubeschwören, den Ihre PR-Leute dann aufräumen dürfen.«
Er hielt inne, sah, wie der andere zu schäumen begann, und fügte hinzu: »Oder wir können das alles vermeiden – wenigstens für den Augenblick –, und Sie schauen in diese Akte. Ihre Entscheidung.«

Nach einem Moment griff der Mann steif nach der Akte und öffnete sie mit ausdruckslosem Gesicht. Doch dann sog er Luft ein, die Farbe wich aus seinem Gesicht, und er strauchelte fast, als er nach dem Stuhl vor ihm tastete und sich setzte. Der Aktendeckel fiel zu Boden, während der Mann ein einzelnes Foto umklammert hielt.

Bishop beobachtete ihn, ohne auch nur das geringste Mitgefühl für das zu empfinden, was er als echten Schock, Kummer und Schuldgefühl erkannte. »Ich hätte Ihnen alle Opfer Ihres Kreuzzugs zeigen können. Doch ich entschied mich für dieses hier. Mit Geld kann man viele Dinge kaufen. Aber was sich damit nicht kaufen lässt, nicht für alles Geld der Welt, ist die totale Kontrolle über Ereignisse. Was auch immer Sie mit Ihrem Geld zu erkaufen glaubten, *das* hat es Ihnen gebracht.«

Elliot Brisco starrte auf das brutale Foto seiner einzigen überlebenden Tochter, die in einer Lache ihres eigenen Blutes auf der Straße lag. »Das ist nicht wahr. Das ist eine Lüge. Sie ist nicht tot. Sie ist doch nicht tot?« Seine Stimme zitterte, seine Hände zitterten, und als er Bishops Blick begegnete, waren seine Augen weit aufgerissen und seltsam leer.

»Sie kämpft um ihr Leben. Und nach Aussage der Ärzte sieht es nicht gut aus. Die Kugel eines Scharfschützen kann einem menschlichen Körper Schreckliches antun.« Seine Stimme war verhalten, gleichförmig. Unerbittlich. »Im besten Fall war sie ein Kollateralschaden, am falschen Ort zur falschen Zeit. Im schlimmsten war sie ein Zielobjekt, das er aus eigenen Gründen zu treffen gedachte. Sie haben jedenfalls jegliche Kontrolle über die Situation verloren.«

»Er ... Von wem reden Sie? Wer hat das getan?«

»Ihr zahmes Monster. Samuel.«

»Er ist tot. Samuel ist tot.«

»Sagen wir einfach, er hat ein ... Vermächtnis hinterlassen, das ihn überleben sollte. Mit Befehlen, die Arbeit zu vollenden, für die Sie ihm das Startkapital gegeben haben.«

»Schwein ... Dreckskerl ...«

Bishop fragte nicht, ob er damit gemeint war oder der Mörder – die Mörder –, hinter denen er her war. Er sagte nur: »Sie werden mir also verraten, wer die ganze Zeit auf Samuels Gehaltsliste gestanden hat, auf *Ihrer* privaten Gehaltsliste. Denn genau dieser Mensch hat das hier getan. Er führt in Serenade einen Krieg. Sie werden mir sagen, wer er ist, und Sie werden mir alles andere sagen, was Sie wissen oder über die Situation zu wissen glauben. Alles. Damit es mir vielleicht, und wirklich nur vielleicht, gelingt, dafür zu sorgen, dass es nicht noch schlimmer wird, als es bereits ist.«

Serenade

Die Hunde hatten den Scharfschützen nicht aufspüren können, doch am Donnerstagnachmittag gegen vier gelang es den beiden besten Spürhunden der Gegend, Deputy Bobbie Silvers zu finden.

Oder das, was von ihr übrig war.

Sie fanden sie kurz hinter der Stadtgrenze, die nackte Leiche in einen flachen Straßengraben geworfen, bedeckt mit feuchten und vermoderten Herbstblättern.

Miranda schaute auf das bleiche Gesicht hinunter, das sie vorsichtig von Blättern gesäubert hatte, nahm die krächzenden Flüche von Sheriff Duncan und das entsetzte Schweigen der anderen Deputys und Agenten um sie herum nur von ferne wahr. Sie blickte auf das junge Gesicht, das sie kaum zur Kenntnis genommen hatte, als es noch lebendig war, dachte daran, wie Bobbie Überstunden gemacht hatte, um Informationen für sie zu beschaffen.

Eifrig. Klug. Ehrgeizig.

Tot.

Schließlich hob Miranda den Blick und fand Dean Ramsey neben sich. »Das ist nur der Abladeort, aber wir werden alles auswerten. Als wäre es der Tatort«, sagte sie leise.

»Verstanden.« Er winkte ein paar Agenten zu sich und bedeutete ihnen, mit dem Aufsammeln, Fotografieren, Beschriften und Eintüten aller auffindbaren Spuren zu beginnen.

»Miranda.« Tony tauchte neben ihr auf. »Ich fühle mich hier ziemlich exponiert, trotz der Bäume und unseren Westen.«

»Die Gegend wird von unseren Leuten gesichert«, beruhigte sie ihn. »Außerhalb des Absperrgürtels treiben sich überall Medienleute herum, trotz unserer Warnung. Und in der Nähe sind keine Gebäude, die eine klare Sichtlinie bieten würden. Ich bin zwar keine erfahrene Scharfschützin, doch ich kann dir sagen, dass er ein Narr wäre, auf einen der

Bäume in Sichtweite zu klettern. Und bisher hat er sich nicht als Narr erwiesen.«

Tony blickte sich um. »Da ist was dran. Trotzdem, falls wir vorhaben, längere Zeit hier zu bleiben, sollten wir das mobile Kommandozentrum hierher verlegen. Ansonsten sollten wir in die Stadt zurückkehren.«

»Was veranlasst dich zu der Annahme, dass es in der Stadt sicherer ist?«

»Nichts Bestimmtes«, gab er zu. »Aber wir haben alles getan, sie zu durchkämmen und die meisten Gebäude zu bewachen, daher ist es dort so sicher wie möglich, bis wir dieses Scheusal erwischt haben. Außerdem können wir hier nicht mehr viel tun – und wir müssen immer noch diese Akten durchsehen.«

»Du hast vermutlich recht.« Miranda wusste, dass es so war, doch es fiel ihr schwer, sich von dem armen Mädchen abzuwenden und zu gehen.

»Wann trifft die Verstärkung ein?«, fragte Jaylene.

»Sollte jeden Moment hier sein.« Sie zog ihr Handy heraus, um zu prüfen, ob sie ein Netz hatte. »Ich werde mich nach der voraussichtlichen Ankunftszeit erkundigen. Fahrt ihr beide doch zurück ins Kommandozentrum und fangt schon mal mit den Akten an. Ich kann mich vom Sheriff mitnehmen lassen.«

Ohne anzumerken, dass der Sheriff wahrscheinlich noch eine Weile hier bleiben würde, antwortete Tony nur: »Pass auf dich auf.« Dann machte er kehrt und folgte Jaylene zu dem verbliebenen SUV.

Pass auf dich auf.

Sie spürte es auch in der Luft: ein kribbelndes Gefühl der

Gefahr, der Bedrohung. Aufgrund ihrer Ausbildung war ihr klar, dass ein Teil davon psychologischer Natur war. Zu wissen, dass es da draußen immer noch einen Scharfschützen gab, der jemanden aus hundert Meter Entfernung in den Kopf schießen konnte, ließ sich nicht so leicht vergessen oder auch nur verdrängen.

Aber es war mehr als das. Trotz des Schildes, der ihren Verstand, ihr innerstes Selbst beschützte, hatte Miranda das beunruhigende Gefühl, irgendwo einen Riss in ihrer Abwehr zu haben, von dem der Feind wusste.

Schließlich schüttelte sie den Kopf, beruhigte sich damit, dass sie alles Menschenmögliche taten, um sich zu schützen. Mehr konnte man nicht tun, außer mit der Arbeit weiterzumachen. Sie richtete ihre Aufmerksamkeit wieder auf ihr Handy und bemerkte, dass sie versehentlich auf die falsche Taste gekommen war – nicht so ungewöhnlich bei diesen hoch entwickelten kleinen Dingern – und die Fotogalerie aufgerufen hatte.

Sie starrte das Farbfoto auf dem Handydisplay an: eine Aufnahme von Diana, als sie nur wenige Blocks von dort, wo Miranda jetzt stand, blutend auf dem Boden gelegen hatte.

Sie betrachtete es einen Moment, dann löschte sie das Foto mit Bedacht und wünschte sich, sie könnte es genauso leicht aus dem Gedächtnis löschen. Als sie wieder auf Anruf schaltete, entdeckte sie, dass nicht mal ein einziger Balken minimalen Empfang anzeigte.

Seufzend steckte Miranda das Telefon in die spezielle Hülle an ihrem Gürtel zurück und berührte den winzigen, in ihrem Ohr versteckten Stöpsel. »Gabe?«

Rauschen.

Ihrer Schätzung nach befand sie sich nicht mehr als zwei Meilen von der Kommandozentrale entfernt, möglicherweise weniger. Offenbar aber weit genug, um auch noch das bisschen an schlechtem Empfang einzubüßen, das sie näher am Stadtzentrum gehabt hatten. Ob zufällig oder absichtlich, Serenade schien für Funkverbindungen eine absolut tote Zone zu sein.

Keine besonders glückliche Wortwahl.

Im Vertrauen darauf, dass Gabe wie befohlen das Gebiet im Auge behielt, blendete Miranda die mangelnde Verständigungsmöglichkeit für den Augenblick aus und wandte sich wieder Sheriff Duncan zu. Ihr blieb ja nichts anderes übrig.

»Des?«

»Das wird ihre Mutter umbringen. Ich habe Ihnen von ihrer Mutter erzählt, nicht wahr?«

»Ja, haben Sie.« Während der fieberhaften Suche nach seinem jungen Deputy hatte er kaum von etwas anderem gesprochen. Miranda wusste, dass Bobbie Silvers bei ihrer verwitweten Mutter in einem kleinen Haus auf der anderen Seite der Stadt gewohnt hatte; von der Familie waren nur sie beide übrig, nachdem Bobbies Vater vor einigen Jahren gestorben war.

»Ich kann es … Ich verstehe es einfach nicht. Sie war so ein nettes Mädchen. Wer würde ihr etwas so Schreckliches antun?« Er wirkte um Jahre gealtert, hatte tiefe Falten im Gesicht und rot unterlaufene Augen. Er deutete auf die Leiche, so weit freigelegt, dass sie all die zahllosen Schnitte und tiefen Stichwunden sehen konnten, an denen Bobbie gestorben war.

Miranda atmete langsam durch. »Ich weiß nicht, ob es das besser oder schlimmer macht, aber für ihn war sie kein menschliches Wesen. Keine junge Frau, die mit ihrer kränklichen Mutter zusammenlebte und schwer arbeitete, weil sie Polizistin werden wollte. Für ihn war sie nur … ein Ding. Vielleicht bloß ein Experiment, um zu sehen, wie lange es dauert, bis jemand verblutet.«

»Großer Gott.«

Sie legte ihm die Hand auf den Arm. »Des, überlassen Sie das hier den anderen. Sie wissen, dass man sie mit Respekt behandeln wird.«

»Ich möchte sie einfach nicht … allein lassen.«

»Ich weiß. Doch es gibt etwas, was Sie und ich tun müssen, und das sobald wie möglich, bevor die Fernsehleute, hilfreiche Nachbarn oder sonst jemand uns zuvorkommt.«

Duncan sah sie an, die Augen voller Grauen.

Miranda nickte. »Wir müssen es ihrer Mutter sagen.«

16

Diana wusste nicht, wie viel Zeit verstrichen war, während sie erstarrt auf der Bank an der grauen, leblosen Main Street saß, aber sie wusste, dass ihr das Ausruhen wenig genützt hatte. Das Atmen fiel ihr immer noch schwer.

Brooke war in ihrer Nähe geblieben, hatte jedoch nichts gesagt, sondern nur ... gewartet. Diana hatte keine Ahnung, worauf sie wartete, bis ihr auffiel, dass Brookes Blick auf die gegenüberliegende Straßenseite gerichtet war.

Als sie der Blickrichtung folgte, sah Diana den falschen Quentin. Er ging von Tür zu Tür, drückte auf die Klinken, öffnete Türen, wenn es ging, nur um sie wieder zu schließen und weiter die Straße entlang zu gehen.

»Was macht er da?«, fragte Diana.

Brooke sah sie schweigend an.

Seufzend dachte Diana darüber nach, weil Brooke das ja wohl von ihr erwartete. Sie beobachtete, wie der falsche Quentin es an einer Tür nach der anderen probierte, in die Fenster lugte – und plötzlich ging es ihr auf.

»Er sucht nach *der* Tür. Der einen, die nach draußen führt.« Sie runzelte die Stirn. »Weiß er denn nicht, dass es nur dann eine Tür im eigentlichen Sinne ist, wenn sie anders gemacht wurde, irgendwie fehl am Platz, damit es auffällt?«

»Er wird es bald wissen, wenn du noch lauter sprichst«, murmelte Brooke.

»Oh.« Diana beobachtete ihn noch eine Weile. »Hat er Türen in der grauen Zeit ausprobiert, seit er herkam?«

»Nehme ich an. Er will ja schließlich hinaus.«

Diana hatte versucht, nicht daran zu denken, wusste aber, dass sie es nicht auf Dauer von sich wegschieben konnte. Mit möglichst fester Stimme fragte sie: »Wenn ich ... mich entscheide, weiterzuziehen ... wenn niemand mehr da ist, der eine Tür für ihn öffnen kann, wird er dann hier gefangen bleiben?«

»Würdest du das tun?«

Quentin.

»Ich weiß nicht«, erwiderte Diana ehrlich. »Ich würde es gern glauben. Dass ich bereit wäre, jeden Preis dafür zu zahlen, ein Monster wie ihn hier eingesperrt zu halten, wo er niemandem Schaden zufügen kann. Aber ...«

Brooke sah sie an, ließ sich einen Moment Zeit. »Du bist nicht das einzige Medium, das sich in der grauen Zeit aufhalten kann, Diana. Daher wäre dein Opfer höchstwahrscheinlich umsonst. Früher oder später wird jemand eine Tür für ihn öffnen. Die einzige Frage ist, ob er bis dahin durchhält.«

Dianas Erleichterung verging rasch, als ihr einfiel, dass auch sie hier in der Falle zu sitzen schien. »Einmal ist es uns gelungen, etwas ... Böses durch ein Tor und darüber hinaus zu schieben. Nicht zurück in die Welt der Lebenden, sondern aus der grauen Zeit hinaus.* An einen Ort, von dem es nie zurückkehren konnte.«

»Ja. Mit Hilfe spiritueller Energie. Einer Menge Energie, die sich über sehr lange Zeit angestaut hatte. Ich glaube nicht, dass es in diesem Fall gehen würde.«

---

* Vgl. Kay Hooper: *Kalte Angst*

»Was soll ich denn dann tun?«

»Das ist deine Entscheidung, Diana.«

Sie legte den Kopf in die Hände und zählte stumm bis zehn. Als sie ihn wieder hob, war Brooke verschwunden.

Oh, Mist.

So frustrierend die Gespräche mit Brooke oft auch waren: Ohne die Anwesenheit ihrer Führerin fühlte sich Diana sehr allein. Nur war sie nicht allein. Sie musste sich vorbeugen und genau hinschauen, um den falschen Quentin zu entdecken. Gerade hatte er das letzte Innenstadtgebäude auf seiner Seite der Straße erreicht, probierte die Klinke, lugte durch das Fenster, überquerte die Straße und begann sich in ihre Richtung vorzuarbeiten.

Sie war sich ziemlich sicher, dass er die Tür, nach der er suchte, nicht finden würde.

Allerdings wusste sie nicht, was sie tun konnte, um ihn hier gefangen zu halten, bis all seine Energie, seine innerste Essenz aufgezehrt oder auseinandergerissen war und er keine Bedrohung mehr darstellte.

Doch selbst wenn sie eine Möglichkeit fände, ihn hier noch eine Weile festzuhalten, würde ihre Energie schon lange vor seiner aufgezehrt sein, das spürte sie mit eisiger Gewissheit.

Sie wusste nicht, was sie tun sollte. Was sie tun konnte. Und sie war so müde.

Und allein.

Der Gedanke hatte kaum Gestalt angenommen, als sie den Griff von Quentins Hand auf ihrer spürte, so stark, dass sie beim Hinschauen erwartete, seine Hand zu sehen. Sie war nicht da. Natürlich nicht. Aber …

Halt fest, Diana. Verlass mich nicht.
»Ich gebe mir die größte Mühe«, flüsterte sie.

»Sie haben sie vor ein paar Stunden vom Beatmungsgerät genommen«, berichtete Quentin, als Hollis und DeMarco hereinkamen. »Sie atmet selbstständig.«

»Das ist gut«, meinte Hollis.

»Ja. Aber sie hat nicht reagiert, als sie es versuchten. Stimulation nennen sie das. Schmerz. Sie hat nicht auf den Schmerz reagiert.«

»Wir holen sie zurück, Quentin«, versprach Hollis.

Quentin sah schrecklich aus, sein Gesicht eingefallen, tiefe Ringe unter den erschöpften dunklen Augen, doch wenigstens war er frisch gewaschen und rasiert, dank einer sehr beherzten Krankenschwester.

»Sie hat gesagt, ich könnte hier nicht die ganze Intensivstation vollstinken.« Etwas von seinem üblichen Humor blitzte durch. »Während ihrer Schicht ließe sie das nicht zu. Ich sagte, ich würde Diana nicht loslassen, und sie sagte, gut, sie hätte Erfahrung mit Katzenwäsche.« Nach kurzer Pause fügte er hinzu. »Und ob sie die hatte! Was ziemlich peinlich ist, kann ich euch sagen, wenn man kein Patient ist.«

»Selbst dann«, murmelte DeMarco.

Hollis hätte ihm zugestimmt, fragte jedoch nur: »Hast du was gegessen?«

»Etwas Suppe getrunken.« Und dann: »Die Schwester ist wirklich sehr entschlossen. Sophie. Ich habe sie gefragt, und sie sagte, ich soll sie Sophie nennen.«

»Na, ich bin froh, dass sie sich um dich gekümmert hat.« Hollis wechselte einen Blick mit DeMarco. »Ich habe etwas ausprobiert, während du geschlafen hast. Vielleicht hat es ein bisschen geholfen, ich weiß es nicht, doch wir glauben, diesmal könnte es besser funktionieren.«

Quentin runzelte die Stirn. »Was hast du probiert?«

»Ihr beim Gesundwerden zu helfen.«

»Seit wann kannst du das denn?«

»Ich weiß nicht, ob ich es kann. Aber ich kann mich selbst heilen. Und Bonnie ist ein Medium, das andere heilen kann.« Bonnie war Mirandas Schwester. »Also dachte ich mir, es wäre einen Versuch wert.«

DeMarco fügte hinzu: »Wir glauben, dass ich beim ersten Versuch im Weg stand. Daher war Hollis nicht fähig, Diana zu erreichen, zumindest nicht vollständig.«

»Trotzdem habe ich etwas gespürt«, berichtete Hollis. »Obwohl Reese' Schild mich blockiert hat, habe ich etwas gespürt. Ich möchte es noch mal versuchen.«

Quentin überlegte. »Das könnte ein Fehler sein, Hollis.«

Sie brauchte keine Telepathin zu sein, um zu wissen, was er meinte. »Hör zu, ich weiß, dass Bishop und Miranda sich Sorgen um mich gemacht haben. All diese tollen neuen Fähigkeiten, die mir ständig ... zuwachsen.«

»Eine berechtigte Besorgnis«, erwiderte Quentin bedächtig. »Und wenn du jetzt andere zu heilen versuchst, ist das eine weitere, vollkommen neue Fähigkeit, die verdammt schnell auf die letzte folgt. Vielleicht zu schnell. Du könntest dich überanstrengen, zu viel von deinen Sinnen verlangen. Von deinem Körper. Deinem Gehirn. Das könnte gefährlich sein.«

»Bei unseren Extrasinnen ist das eine Gefahr, der wir uns alle aussetzen, die ganze Zeit. Doch es ist kein Grund, es nicht zu versuchen, wenn die Chance besteht, Diana damit zu helfen. Ich möchte es tun, Quentin.«

Quentin blickte zu DeMarco, der die Schultern zuckte. »Sie ist fest entschlossen. Ich glaube, wir werden es ihr beide nicht ausreden können.«

»Wirst du sie verankern?«

»Auf jeden Fall.« DeMarco hob die Hand, um Quentin zu zeigen, dass seine und Hollis' Finger bereits ineinander verflochten waren. »Und genau wie du werde ich nicht loslassen. Ich kann ihr vielleicht sogar helfen, ihr ... Signal verstärken, sozusagen.«

Quentins Stirn war immer noch gerunzelt. »Ich bin müde, und ich weiß, dass ich nicht klar denken kann. Aber ich weiß zumindest, dass Bonnie nicht in der grauen Zeit wandeln kann, und meines Wissens nach hat sie noch nie jemanden zu heilen versucht, der das konnte. Hollis, diese Situation ... ist einmalig. Ich meine, du magst in der Lage sein, zu heilen, dabei zu helfen, Dianas Körper zu heilen, oder auch nicht. Aber wenn ihr Geist in der grauen Zeit ist, und falls sie diese Tür auch nur einen Spaltbreit offen gelassen hat, könntest du hineingezogen werden. Und wenn deine eigenen Energien aufs Heilen gerichtet sind, dazu auch noch durch die von Reese verstärkt ... weiß ich nicht, was passieren könnte.«

»Ich auch nicht.« Sie lächelte etwas schief. »Also lass es uns machen und sehen, was dabei herauskommt, ja?«

Er schaute auf Dianas stilles Gesicht und wandte seinen Blick wieder Hollis zu. »Danke.«

»Dank mir noch nicht.« Sie ließ es unbeschwert klingen. »Kann gut sein, dass ich nur einen Kurzschluss bei einem dieser Apparate auslöse.«

»Sophie wird einen Anfall kriegen«, erwiderte er mit offensichtlicher Anstrengung.

»Darum mache ich mir später Gedanken.« Sie lächelte und blickte zu DeMarco. »Denk dran, *blockier* mich nicht. Du hast eine Weile gebraucht, deinen Schild zurückzuziehen, und jetzt sieht die Welt für mich wieder normal aus, was mir sehr viel lieber ist.«

»Wovon redest du?«, fragte Quentin.

»Ist jetzt nicht wichtig«, erwiderte Hollis. »Hört zu, ich weiß zwar nicht, ob das möglich ist, aber wir drei waren alle an jenem letzten Tag auf Samuels Gelände, waren diesen seltsamen Energien ausgesetzt und alle irgendwie … miteinander verbunden. Vielleicht kann uns das jetzt helfen. Vielleicht können wir uns verbinden und einer auf den Fähigkeiten des anderen aufbauen, wie wir es dort getan haben.«

»Mir ist bis heute schleierhaft, wie das funktioniert hat«, gestand Quentin. »Bishop war der Stützpfeiler des Ganzen, vermutlich weil er der stärkste Telepath ist.«

»Dann ernenne ich Reese zu unserem Stützpfeiler.«

»Tausend Dank«, meinte DeMarco. »Ich weiß die Ehre zu schätzen, aber ich habe keine Ahnung, wie ich das machen soll.«

Hollis ließ sich davon nicht aufhalten, denn sollte Reese auch nur ein wenig von dem aufgeschnappt haben, worüber sie in der letzten Stunde sehr sorgfältig *nicht* nachgedacht hatte, würde er sich dazu verpflichtet fühlen, ihr beschützenden Sand ins Getriebe zu streuen. »Schließt einfach nur die Augen und konzentriert euch darauf, ein helles, heilendes Licht auf Diana zu richten. Den Rest übernehme ich. Hoffe ich.«

Bevor einer der Männer weiteren Protest äußern konnte, schloss Hollis die Augen, atmete tief durch und legte ihre freie Hand auf Dianas Stirn. Dort war sie zwar nicht verletzt – körperlich zumindest –, doch Hollis folgte einer weiteren Intuition, nämlich dass sie in der Lage sein könnte, zweierlei zu tun: Dianas Körper beim Heilen zu helfen und ihr zu helfen, den Weg zurück zu finden.

Bevor Reese oder Quentin sie aufhalten konnten.

Sie konzentrierte sich darauf, zwei ganz unterschiedliche Dinge zu tun, richtete ihre Energie in einem heilenden Strahl weißen Lichts aus, während sie tiefer hinabging, eine Tür suchte, von der sie nicht mal sicher war, ob sie sie erkennen würde.

Sie spürte das heiße, ansteigende Pulsieren ihrer Energie, spürte sie durch ihren Arm und ihre Hand in Dianas Körper fließen. Und sie wusste mit einem Gefühl der Erregung und Befriedigung, dass es funktionierte.

Sie heilte Diana. Sie ...

Sie fiel. Und landete mit einem mentalen, wenn nicht körperlichen, Plumps.

Aua?

»Hollis. Verdammt, du solltest nicht hier sein.«

Hollis öffnete die Augen und blickte ein wenig benommen zu Diana, die in der grauen Zeit auf einer Bank an einer wirklich kalten und unheimlichen Version der Main Street von Serenade saß. Hollis hatte vergessen, wie seltsam und jenseitig dieser Ort – diese Zeit – war, selbst nach ihren kurzen Erlebnissen in der grauen Zeit während der letzten zwölf Stunden.

Kein Ort, an dem man gern verweilen wollte, o nein.

»Ich freu mich auch, dich zu sehen.« Und dann, vorsichtig: »Diana, du weißt, was mit dir passiert ist, oder?«

»Auf mich wurde geschossen. Bin ich gestorben?«

Hollis war verblüfft über diese sachliche Frage. »Nein. Nein, du bist – ich versuche dir jetzt bei der Heilung zu helfen. Damit wir dich hier rausholen und in deinen Körper zurückbringen können.«

Diana schüttelte leicht den Kopf. »Ich glaube nicht, dass die Sache so ausgehen wird.«

»Natürlich wird sie das. Quentin hält immer noch an dir fest, und bald wird es dir besser gehen. Du wirst schon sehen.« Aus dem Augenwinkel fing Hollis eine Bewegung auf und drehte den Kopf. »He, ist das …«

»Pst. Mach ihn nicht auf dich aufmerksam. Das ist der falsche Quentin, und er sucht nach der Tür, die du eben wieder geöffnet hast.«

»Diana …«

»Hollis, das ist Samuel. Und wir dürfen nicht zulassen, dass er hier rauskommt.«

Serenade

»Ich komme immer wieder auf eines zurück«, sagte Dean Ramsey. »Warum hier? Warum wurden wir … hierher geführt, gescheucht, gelockt – was auch immer. Warum hier?«

»Weil es ein perfekter Schießplatz ist?«, mutmaßte Tony. Er stand neben der offenen Tür der mobilen Kommandozentrale, blickte hinaus auf die erleuchtete und größtenteils verlassene Main Street, unheimlich leer an einem kühlen Donnerstagabend im April. »In einem Talkessel gelegen, umgeben von Bergen in entsprechender Nähe, um einem wirklich guten Scharfschützen mit einem wirklich guten Zielfernrohr ein paar wirklich gute Schüsse zu ermöglichen.«

»Er hat nicht von den Bergen aus in die Stadt geschossen«, erinnerte ihn Miranda. »Bisher nicht.«

»Dann haben wir was, worauf wir uns freuen können. Juhu.«

»Für mich stellt sich eher die Frage«, warf Jaylene ein, »warum er uns, nachdem wir hier waren und er mit seinem Präzisionsgewehr für weiteren Tumult gesorgt hat, noch eine gefolterte Leiche vor die Füße werfen musste? Was soll das? Ich meine, wir sind hier, wir werden offensichtlich nicht verschwinden, ohne unser Bestes zu tun, diesen Dreckskerl zu finden. Wozu dann noch Deputy Silvers töten? *Ausgerechnet* sie? Das sind zwei tote Deputys aus Pageant County innerhalb einer Woche, und beide waren nicht mal Vollzeitcops. Was soll das, wenn wir die Zielobjekte sind?«

Miranda blickte zu Sheriff Duncan, der uninteressiert wirkte, abgetaucht in eine eigene, schmerzerfüllte Welt, und ließ ihren Blick zu seinem Chief Deputy Neil Scanlon weiterwandern. »Gehe ich recht in der Annahme, dass Sie sich hier in letzter Zeit niemand zu einem derartigen Feind gemacht haben?«

Er schnaubte. »Weder in letzter Zeit, noch jemals. Himmel, das hier war immer eine friedliche Stadt. Bis dieser Mist angefangen hat, gab es hier seit Jahren im Umkreis von fünfzig Meilen keinen einzigen Mord.«

»Ja, das habe ich mir schon gedacht.« Miranda klopfte auf einen geschlossenen Laptop neben sich. »Sämtliche bisherigen Folteropfer – mit Ausnahme von Deputy Silvers – stehen in irgendeiner Verbindung zu früheren SCU-Ermittlungen.«

Tony drehte sich um, die Schulter an den Türrahmen gelehnt. »Wenn es also um uns geht, warum wirft er uns dann eine weitere Leiche vor die Füße? Zum Hohn? Weil wir hier sind und er direkt unter unserer Nase foltern und töten kann?«

»Mag sein. Auch als eine Art psychologischer Folter. Wir alle, die ganze Technologie und das Fachwissen, das wir bei einer Ermittlung zum Tragen bringen können – und er sitzt da draußen und entscheidet, wer lebt und wer stirbt. Vielleicht.«

Etwas an ihrem Ton ließ Tony aufhorchen. »Das glaubst du aber nicht.«

»Ich glaube«, erwiderte Miranda bedächtig, »dass wir es mit zwei Mördern zu tun haben.«

Tony blickte rasch vom Sheriff zu seinem Chief Deputy und bemerkte, dass nur Letzterer das Gespräch aufmerksam verfolgte. »Das war schon immer eine Möglichkeit«, stimmte er zu.

»Tja, mit jedem der ... Geschehnisse wurde ich mir dessen sicherer. Ich glaube, wir haben es da draußen mit einem besonnenen Scharfschützen zu tun, und ich glaube, es gibt einen verkorksten Hurensohn, der das Foltern genießt. Der Scharfschütze ist derjenige, der die Dinge plant. Der andere tötet einfach gern. Das könnte eine Erklärung für Bobbie Silvers sein – wenn der Folterer irgendwo in der Nähe ist und sie als Gelegenheitsopfer fand. Gestern Nacht waren alle Deputys unterwegs, haben versucht, die Stadt abzusichern, haben nach der Bombenexplosion und der Schießerei

Menschen überprüft. Möglicherweise haben sie nur an die falsche Tür geklopft.«

»Wollen Sie damit sagen, der Kerl *lebt* hier?«, fragte Scanlon

»Ich bezweifle, dass er irgendwo in den Wälder kampiert. Seine Art der Folter erfordert ruhige, abgeschiedene Räumlichkeiten. Höchstwahrscheinlich ein Untergeschoss oder einen Keller. Vermutlich nicht in der Innenstadt, jedoch ganz in der Nähe.«

Scanlon fluchte. Nicht allzu verhalten.

Sheriff Duncan rührte sich. »Ich sollte nach Bobbies Mutter schauen. Die Nachbarn kümmern sich, aber ...«

»Heute Abend können wir sowieso nicht mehr viel tun, Des«, meinte Miranda leise, »und die meisten Ihrer Leute waren fast so lange auf den Beinen wie meine. Nachdem wir Verstärkung durch das Bureau und die State Police bekommen haben, sollten wir schauen, dass wir ein wenig Schlaf kriegen. Morgen früh machen wir ausgeruht weiter.«

Der Sheriff stand auf, mit unauffälliger Hilfe von Scanlon. »Sie haben wohl recht. Ja. Dann bis morgen früh.«

Scanlon folgte seinem Sheriff und murmelte beim Vorbeigehen Miranda zu: »Ich sorge dafür, dass er nach Hause kommt.«

Als die SCU-Agenten allein im Kommandozentrum waren, sagte Tony: »Ich will dich zwar nicht im Nachhinein kritisieren ...«

Miranda schnaubte.

Ihm gelang ein schwaches Grinsen. »Okay, dann tu ich es eben doch. Warum hast du ihnen von den zwei Mördern erzählt? Ich dachte, wir wollten das für uns behalten. Ich wette mein nächstes Gehalt darauf, dass die ganze Stadt es vor Tagesanbruch weiß.«

»Einschließlich unserer Mörder.« Sie nickte. »Wird Zeit, ein bisschen Bewegung in die Sache zu bringen, den Scharfschützen darüber in Kenntnis zu setzen, dass wir wissen, er ist nicht allein da draußen. Schätze, er muss den anderen an der Leine halten. Und die scheint ihm zu entgleiten.«

»Bobbie?«

Sie nickte. »Bobbie war nicht geplant. Bobbie war ein Fehler. Genau wie Taryn Holder, nehme ich an, das weibliche Opfer, das Hollis und Diana in den Bergen gefunden haben. Das Opfer, das wir nicht finden sollten.«

Jaylenes Stirn legte sich in Falten. »Aber sie steht mit einem früheren Fall in Verbindung. Sie war in der Lodge.«

»Ja, schon, nur halte ich diese Verbindung für fraglich. Die Lodge ist berühmt, zieht Besucher aus allen Landesteilen an. Taryn Holder fuhr offenbar mehrmals im Jahr zur Wellness, und die Lodge ist der Ort, für den sich die meisten wohlhabenden Frauen aus dieser Gegend entscheiden würden.«

»Na gut«, meinte Jaylene. »Doch wenn sie sich nur zufällig von unserem wahnsinnigen Folterer abschlachten ließ, hieße das nicht, den Zufall etwas weit zu fassen?«

»Vielleicht nicht. Hör zu, ich könnte mich genauso gut irren. Aber ich glaube, wir sollten uns Taryn Holder noch mal genauer ansehen. Da könnte noch eine andere Verbindung bestehen, die uns bisher entgangen ist. Eine Verbindung mit demjenigen, der sie umgebracht hat.«

»Du bist der Boss«, sagte Tony.

»Der Boss muss jetzt ins Bett.« Miranda stand auf. »Das gilt für uns alle.«

Dean war ebenfalls aufgestanden. »Ich habe heute Morgen Pause gemacht, daher kann ich noch bis Mitternacht durchhalten. Wenn du nichts dagegen hast, begleite ich dich zur Pension und hole die Ablösung für euch, die dort mit Kaffee und Sandwiches versorgt wurde.« Er nickte Tony und Jaylene zu. »Sie werden in einer Viertelstunde hier sein.«

»Alles klar«, erwiderte Jaylene, und Tony nickte.

Miranda und Dean legten den Weg zur Pension größtenteils schweigend zurück, nickten nur den Agenten, Deputys oder Staatspolizisten zu, denen sie unterwegs begegneten. Inzwischen waren über zwei Dutzend Agenten vor Ort und genauso viele Staatspolizisten. Zusätzlich zu allen anderen, die schon vorher hier waren ...

»Wir stolpern fast übereinander«, murmelte Miranda. »Doppelpatrouillen im Innenstadtbereich bedeuten, dass hier heute Abend eine Menge Leute herumwandern. Die Kabelsender kampieren nach wie vor außerhalb der Absperrung, trotz aller Warnungen. Sie von der Innenstadt fernzuhalten, weil es sich um einen Tatort handelt, wird nicht lange funktionieren. Zudem sind inzwischen ein paar wirklich gute Reporter hier, und die Publicity, die sie ihm bieten können, wird ihn nur noch dreister machen. Wenn wir die Sache nicht schnell zu Ende bringen, besteht kaum Hoffnung, das Gemetzel zu beenden.«

»Dann werden wir das tun.«

Sie verfielen wieder in Schweigen. Als sie die Pension erreichten, wurde es bereits dunkel. Die Lampen an der Veranda brannten, und durch die Fliegengittertür war das leise Stimmengemurmel der Agenten und Cops zu hören, die sich an den Sandwiches und dem Kaffee gütlich taten, die

die Pensionswirtin bereitgestellt hatte. Statt durch die Vordertür einzutreten, schlüpften sie außen herum zur dunklen Hintertreppe, die zum Balkon im zweiten Stock hinaufführte.

Miranda ging voraus, gefolgt von Dean, und klopfte sacht an die Tür ihrer Suite, bevor sie eintrat. »Wir sind da«, rief sie leise.

Dean Ramsey kam aus dem Badezimmer, steckte seine Waffe ins Halfter zurück. »Verdammt, ihr seid leise wie Katzen. Ich hatte kaum Zeit, im Bad zu verschwinden.« Er starrte sein Double an, schüttelte unwillkürlich den Kopf. »Könntest du dich bitte entzaubern?«

»Verwende keine Magieausdrücke. Das hat damit nichts zu tun.«

»Sieht aber ganz so aus.«

»Wie alles andere, ist es nur Energie. Und eine Verschiebung der Perspektive.«

»Tja, könntest du dann bitte Ruby sagen, sie soll das lassen, es irgendwo anders hin verschieben oder was auch immer sie tut? Denn es ist verdammt gruselig, sich von seinem Spiegelbild anpflaumen zu lassen.«

»Entschuldige.« *Danke, Ruby. Du kannst jetzt loslassen.*

Ein seltsamer Schimmer erfüllte die Luft – so erschien es zumindest –, und Bishop stand da. Dean schüttelte den Kopf. »Dieses kleine Mädchen besitzt eine erschreckende Gabe.«

Nüchtern entgegnete Bishop: »Eine sehr wirkungsvolle, das schon, und noch stärker als vor ein paar Monaten. Aber ich möchte sie nicht zu sehr damit belasten, die Illusion unnötig aufrechtzuhalten.«

»Also kann ich wieder ich sein?«

»Wenn's dir nichts ausmacht. Hast du schlafen können?«

»Ein wenig.«

»Gut. Du machst Dienst bis Mitternacht. Geh die Außentreppe hinunter und durch den Vordereingang hinein. Du bist hier, um zwei Agenten abzuholen, die Tony und Jaylene im Kommandozentrum ablösen sollen.«

»Verstanden. Und morgen?«

»Ich lass es dich morgen früh wissen.«

»In Ordnung. Seht zu, dass ihr euch beide ein bisschen ausruht, ja? Selbst wenn alles nach Plan läuft, wird's morgen verflixt schwierig werden.«

»Gute Nacht, Dean«, sagte Miranda.

»Gute Nacht.« Er schlüpfte auf den Balkon hinaus und schloss die Tür hinter sich.

Miranda verriegelte die Tür, schnallte ihre Weste auf und ließ sie mit einer Grimasse auf den nächsten Stuhl fallen. Dann sank sie in Bishops Arme. »Du hast mir so gefehlt«, murmelte sie.

Er hielt sie umschlungen, schmiegte sein Gesicht an ihren Hals. »Du mir auch, Liebste. Aber wir haben es fast geschafft.«

»Hast du mit Gabe und Roxanne gesprochen?«

»Wir konnten uns treffen, kurz nachdem ich als Dean aufgetreten bin.«

Miranda nickte. Für sie war es normal, sich größtenteils telepathisch mit ihm zu unterhalten, wenn sie allein waren. Doch diesmal nicht. »Was ist mit Galen?«

»Mir ist unwohl dabei, ihn nicht zu warnen«, gestand Bishop leise. »Ihm nicht zu erzählen, was wir inzwischen wissen. Aber es könnte morgen der einzige Vorteil für uns sein.«

»Er wird uns vergeben. Hoffe ich. Und Bailey?«

»Sie weiß Bescheid. Es geht ihr gegen den Strich, Ruby unabgeschirmt zu lassen, doch anders ist es nicht möglich. So stark Ruby auch ist, sie wird die Illusion, die wir morgen brauchen, nicht aufrechterhalten können, wenn sie hinter Baileys Schild ist.«

Miranda wich nur so weit zurück, dass sie zu ihm aufschauen konnte. »Ruby mag zwar unser Vorteil sein, aber sie ist auch eine Gefahr. Für uns – und für sich selbst. Galen weiß, wozu sie fähig ist, also werden sie sich gefragt haben, wo sie hineinpasst.«

»Vielleicht nicht. Bailey sagt, Galen hätte sich vollkommen abgeschottet. Möglicherweise genug.«

»Und wenn nicht?«

»Die unvorhersehbare Variable. Zumindest eine gibt es davon immer.«

Sie nickte. »Brisco?«

»Auf dem Weg zum Krankenhaus. Könnte bereits dort sein. Ich hatte nur ein wenig Vorsprung, weil mein Jet bereits aufgetankt und startklar war.«

»Geht es ihnen da oben gut? Im Krankenhaus? Außerhalb unserer Verbindung konnte ich nicht das Geringste auffangen.«

»Ja, ich hab's auch sofort nach der Landung gespürt. Samuel hatte ein paar sehr talentierte Schüler.« Er schüttelte den Kopf. »Quentin hält durch. Ich glaube, Hollis und Reese versuchen, Diana zu helfen.« Wieder schüttelte er den Kopf. »Ich bin mir immer noch nicht sicher, ob es eine gute Idee war, Diana auf mögliche Täuschungen in der grauen Zeit aufmerksam zu machen.«

»Das hat sie wachsam gemacht. Und das brauchte sie.«

»Ja. Aber sollte alles gut ausgehen, wird sie – wenn sie herausfindet, dass ich einen fremden Paragnosten mit ihr in die graue Zeit geschickt habe – wahrscheinlich ... ziemlich sauer sein.«

Miranda lächelte wehmütig. »Ich wünschte, wir könnten sehen, wie es für Diana und Quentin ausgeht. Damit wir Bescheid wissen.«

»Das liegt nicht in unseren Händen, Liebes.«

»Ich weiß. Trotzdem.«

Er küsste sie, und sie standen lange eng umschlungen da. Schließlich sagte Bishop: »Du hast letzte Nacht keinen Schlaf bekommen. Du brauchst Schlaf. Vor allem jetzt brauchst du Schlaf.«

»Mir geht's gut.« Sie lächelte ihn an. »Und ich werde schlafen. Später.«

Hollis verschwendete keine Zeit, packte Diana an der Hand und zog sie in die nächste Gasse. »Wir können hinten herum gehen, während er vorne weitersucht. Er wird mich nicht sehen.«

»Früher oder später doch. Und dann wird ihm klar sein, dass du durch eine Tür gekommen bist. Er wird wissen, dass du durch sie hinauskannst, selbst wenn ich es nicht kann.«

»Du kommst auch hinaus«, versicherte ihr Hollis mit leiser Stimme. »Zum Teufel noch mal, ich werde dich hier nach all dem nicht zurücklassen.« Sie zog Diana mit sich.

»Du verstehst es nicht. Das ist Samuel. Er will aus der

grauen Zeit hinaus. Er will wieder leben. Und das können wir nicht zulassen.«

»Er will wieder leben? Du meinst, in Fleisch und Blut? Ist das denn möglich?«

»Ja«, erwiderte Diana schlicht. »Wenn er hinausgelangt. Wenn er von einem lebendigen Wirt Besitz ergreifen kann.«

»Besessenheit gibt's also wirklich?« Hollis schüttelte den Kopf. »Verdammt, ich liebe meinen Job. Lerne täglich was Neues dazu.«

»Hollis ...«

»Diana, wir müssen von hier verschwinden, jetzt sofort, ohne dass Samuel uns an der Tür sieht. Okay?«

»Aber jemand anderes könnte ...«

»Was, hierherkommen und ihn rauslassen? Wenn seit seinem Tod in der ganzen Zeit niemand gekommen ist, können wir vermutlich davon ausgehen, ihn gefahrlos noch ein oder zwei Wochen hier zu lassen. Bis du stärker bist, bis du geheilt bist. Und in der Zwischenzeit finden wir heraus, wie man seinen Arsch für immer hier festsetzen kann.«

»Nicht für immer«, murmelte Diana. »Nur bis seine Energie ... zerrissen wird. Von hier vertrieben wird. Wenn wir die Tür auf unserer Seite verschlossen halten können, ist er gezwungen, hinüberzuwechseln.«

»Na toll. Dann halten wir also unsere Tür geschlossen und warten.«

»Und sorgen dafür, dass ich nicht einschlafe?«

»Uns wird schon was einfallen. Jetzt geht es darum, dass du von hier verschwindest, in deinen Körper zurückkehrst. Ich habe nicht meine ganze Energie auf deine Heilung verschwendet, damit du im Sarg gut aussiehst.«

Wie beabsichtigt, rissen die Worte Diana aus ihrer Lethargie. »Meine Güte, kannst du starrköpfig sein.«

»Da kannst du Gift drauf nehmen, wenn es darum geht, meine Freunde zu retten.« Sie zog Diana in eine andere Gasse und schlich sich zur Vorderseite des Gebäudes. Mit einem raschen Blick um die Ecke entdeckte sie den falschen Quentin. »Okay, er ist mehr als einen Block entfernt und immer noch in die andere Richtung unterwegs. Das sollte uns genügend Zeit verschaffen, von hier zu verschwinden.«

»Du kannst noch nicht fort.«

Hollis fuhr zusammen und starrte Brooke an. »Wo kommst du denn her? Vergiss es!«

»Diana kann noch nicht fort. Sie hat Geheimnisse aufzudecken.«

»Sie hat einen Körper, in den sie zurückkehren muss«, protestierte Hollis.

»Nein«, sagte Diana. »Als ich … als ich angeschossen wurde, kam ich hierher, um Wahrheiten aufzudecken, hat Brooke mir erzählt. Wenn das die Regel ist, kann ich nicht gehen, bevor ich es getan habe.«

Hollis verkniff sich einen ungeduldigen Seufzer. »Das hier ist mehr deine Welt als meine, so viel ist sicher. Also gut, welche Wahrheiten?« Sie lugte noch mal rasch um die Ecke, um sich zu vergewissern, dass sich der als Quentin getarnte Samuel weiter von ihnen fortbewegte.

Diana betrachtete die Führerin. »Ich kenne die Wahrheit um meine Beziehung mit Quentin. Ich kann sie nicht verleugnen, und ich will mich nicht mehr davor verstecken.« Sie blickte auf ihre freie Hand, spürte immer noch, dass er sie hielt.

»Das ist eine Wahrheit«, bestätigte Brooke.

»Die Wahrheit im Zentrum der Ermittlung ist Samuel. Nicht nur hier, sondern ebenso da draußen.«

»Was?«, rief Hollis.

Diana nickte. »Der Scharfschütze ist sein Mann. Möglicherweise war alles schon vor Samuels Tod geplant, oder er könnte fähig sein, es von hier aus durch eine Art Verbindung zu lenken, die er aufgenommen hatte, bevor er starb. Darum wurde auf mich geschossen. Samuel erkannte, dass es der schnellste Weg war, mich hierher zu bringen. Die Tür zu öffnen.«

»Dieser Drecksack«, schnaubte Hollis. »Ich wäre nie auf die Idee gekommen, dass er dir schaden oder hinter dir her sein könnte – auf diese Weise, meine ich –, weil er sich immer so vor medial Veranlagten gefürchtet hat.«

»Bis er ein Medium brauchte, um hier rauszukommen.«

»Die reinste Ironie. Oder nur der schräge Humor des Universums. Wissen Bishop und Miranda davon?«

»Keine Ahnung.«

»Das sind zwei Wahrheiten«, bemerkte Brooke.

»Drei«, protestierte Diana. »Du sagtest, eine Wahrheit sei die, warum auf mich geschossen wurde.«

»Dann eben drei. Du musst immer noch zwei Wahrheiten aufdecken. Die Wahrheit darüber, wer dich zu täuschen versucht, und die Wahrheit unter allem.«

»Großer Gott«, murmelte Hollis. »Wir müssen uns beeilen, Diana. Ich weiß nicht genau, ob ich uns zu der Tür bringen kann, von hinaus ganz zu schweigen – aber ich habe so eine Ahnung, dass Reese mich demnächst rausziehen wird. Dann musst du bereit sein mitzukommen.«

Diana lehnte sich etwas fester an die kalte Ziegelwand, ohne es allzu offensichtlich zu machen, wie schwer ihr das Atmen jetzt fiel und wie ungeheuer schwach sie sich fühlte. »Wer mich zu täuschen versucht. Ich habe keine Ahnung, wer das ist. Bist du es, Brooke?«

»Warum sollte ich dich täuschen, Diana?«

»Ich weiß es nicht. Vielleicht ... vielleicht zum Schutz dieser allmächtigen Wahrheit unter allem.«

Hollis blickte sie mit einem plötzlichen Stirnrunzeln an. »Die Wahrheit unter allem. Verdammt, jetzt weiß ich, warum mir das so bekannt vorkam. Andrea hat immer wieder gesagt, ich müsste die finden.«

»Andrea, der Geist?«

»Genau. So hat sie es ausgedrückt. Die Wahrheit unter allem.«

»Du meinst ... dieselbe Wahrheit?«

»Nehme ich an. Sie sagte, alles wäre miteinander verbunden.«

Diana schaute zu Brooke. »Das hast du auch gesagt.«

Brooke schwieg.

»Hm«, machte Hollis. »Vielleicht ist tatsächlich alles miteinander verbunden. Was bedeutet, dass Andrea nicht nur mit mir, sondern auch mit dieser ganzen Sache um Samuel verbunden ist. Sie ist erst aufgetaucht, als die Ermittlungen begannen, als wir Samuels zahmem Monster von Boston nach Venture gefolgt sind.«

Diana schüttelte den Kopf. »Also ... mit Samuel verbunden und irgendwie mit mir? Falls es dieselbe Wahrheit ist, meine ich.«

»Na ja ...«

»Diana.«

Die neue Stimme ließ ihre Köpfe herumfahren, doch Hollis fand als Erste die Stimme wieder. »Andrea. Na toll, vielleicht kannst du ...«

»Das ist nicht fair«, schimpfte Brooke, schaute den offenbar älteren Geist finster an. »Sie muss es allein herausfinden.«

»Ihr geht die Zeit aus.« Andreas Blick blieb auf Dianas Gesicht gerichtet. »Und ich muss ihr helfen.«

Hollis hatte Dianas Handgelenk nicht losgelassen und spürte nun die Anspannung der anderen Frau. »He, was ist los?«

Diana hatte Andrea nicht aus den Augen gelassen. »Mein Gott. O mein Gott, das ist ... Mama?«

17

Hollis sah von der einen zur anderen. »Du meinst – Andrea ist deine Mutter?«

»Sie hieß nicht Andrea.« Dianas Stimme, seltsam hohl in der grauen Zeit, klang wie betäubt.

»Das war mein zweiter Vorname, mit dem ich groß geworden bin. Bis ich geheiratet habe. Dein Vater bevorzugte meinen ersten Vornamen, daher benutzte ich den.«

Diana schüttelte langsam den Kopf. »Missy sagte … dir ginge es gut. Du hättest Frieden gefunden. Hat sie mich belogen?«

»Nein, deine Schwester hat nicht gelogen. Ich hatte Frieden gefunden. Bis … sie mich geholt haben.«

»Wer?«

»Seine Opfer.«

»Warte«, warf Hollis ein. »Sie haben dich aus dem Himmel gezerrt?«

»Es war meine Entscheidung. Ich hätte ablehnen können. Doch sie waren beharrlich. Sämtliche Opfer. Seine Opfer haben mich gebeten, ihnen zu helfen. Die armen Seelen konnten nicht weiterziehen, bis er für das bezahlte, was er getan hatte.«

»Samuel?«

»Nein.« Andreas Augen waren von Gram erfüllt. »Dein Vater. Ohne ihn, ohne sein Geld und seine Versessenheit, Bishop zu vernichten, wäre vieles nicht passiert. Er glaubte, er könnte die Kontrolle über dein Leben wiedererlangen, dich zurückbekommen, wenn er die SCU vernichtete. Aber darüber hinaus hasste er Bishop. Hasste ihn, weil er dir erlaubte, an deine Gaben zu glauben, und dir zu einem sinnvollen, zielgerichteten Leben verhalf. Etwas, was er selbst nie konnte.«

»O mein Gott«, wiederholte Diana.

»Die Wahrheit unter allem.« Hollis war fast ebenso verblüfft wie ihre Freundin.

»Ich versuchte dir zu helfen, aber ... ich war schon so lange fort, dass es schwierig für mich war, mich auch nur sichtbar zu machen«, fuhr Andrea fort. »Ich konnte nie hierher, in die graue Zeit, wenn du hier warst, und es war noch schwerer, mich auf der Seite der Lebenden sichtbar zu machen. Bis ich Hollis fand.«

»Du hättest mir sagen können, wer du bist«, meinte Hollis. »Das wäre hilfreich gewesen, weißt du.

»Tut mir leid. Ich war ... verwirrt. Das wenige, was ich bei meiner Rückkehr an Wissen noch hatte, war ein einziger Wirrwarr. Es hat eine Weile gedauert, bis ich mich darin zurechtfand.«

Diana kämpfte sichtbar mit dem, was sie da gehört hatte. »Aber ... Dad ... Er hat Samuel geholfen? Er hat diesem Monster geholfen, so viele unschuldige Menschen zu vernichten?«

»Du warst alles, was er noch hatte. Als du versucht hast, dich von ihm zu lösen, als du Quentin und Bishop kennengelernt hast, wusste er, dass er dich verlieren würde. Er war bereit, alles zu tun, um das zu verhindern. Alles.«

Hollis spürte ein plötzliches Ziehen. »Diana, ich glaube, Reese will mich hier rausholen. Wir müssen gehen. Sofort.«

Sie warf einen raschen Blick um die Ecke und fügte drängend hinzu: »Samuel kommt in unsere Richtung. Wenn wir fort wollen, ohne dass er uns sieht, muss es jetzt sein.«

»Keine Zeit mehr«, sagte Brooke zu Andrea.

Andrea griff nach Dianas Hand, hielt sie nur ganz kurz fest. »Du wirst dich erinnern. Wenn du aufwachst, wirst du dich an alles erinnern. Ich wünsche dir ein glückliches, sinnerfülltes Leben, Diana. Kämpfe darum. Trotz deines Vaters.«

»Aber ... warte. Nein, ich möchte ...«

Doch Andrea war fort, hatte sich aufgelöst wie eine Seifenblase. »Keine Zeit mehr«, wiederholte Brooke.

Hollis vergewisserte sich, Dianas Arm fest im Griff zu haben. »Du hast deine Wahrheiten gefunden«, sagte sie rasch. »Komm jetzt zurück mit mir, Diana. Komm zurück zu Quentin. Streck mit mir die Hand aus. Tu es.«

Diana sah sie blicklos an, anscheinend immer noch fassungslos, dann nickte sie. »Quentin. Ich strecke die Hand nach Quentin aus.«

Hollis spürte, wie eine Welle großer Erleichterung über sie schwappte, selbst als das Ziehen stärker wurde. Zu stark, um Widerstand zu leisten. Sie spürte, wie sie diesen Ort, diese Zeit oder was immer es war losließ und in ihre eigene Realität zurückkehrte, und in der letzten Sekunde, als die graue Zeit zu flackern und dann zu verblassen begann, schaute sie zu Brooke, wie um sich zu verabschieden.

Die Führerin lächelte. Und in ihren Augen war ein seltsamer, flacher Glanz.

Diana sog Luft ein, öffnete die Augen und war sich augenblicklich ihres lebenden, atmenden Körpers – und ihrer

Schmerzen – bewusst. Sie sah eine ihr unbekannte Zimmerdecke, hörte das Piepsen und Surren von Apparaten und erkannte, dass sie im Krankenhaus war. Sie spürte, wie sich etwas von ihrer Stirn hob, und sah Hollis' Hand, daher blickte sie automatisch nach links.

Hollis war zusammengesackt, gestützt von Reese, aber sie war hellwach. Bleich und mit tiefen Ringen unter den Augen, doch immer noch auf den Füßen. Mehr oder weniger. Und sie grinste. »He! He, du! Wir haben's geschafft. Haben es hingekriegt.«

»*Du* hast es hingekriegt«, murmelte Diana, ihre Stimme genauso kratzig, wie sich ihr Hals anfühlte. »Vielen Dank.«

»Keine Ursache. Gern geschehen. Lass uns das nicht noch mal machen, okay?«

»Okay.«

»Diana …«

Sie blickte nach rechts, zu Quentin, und spürte einen schmerzhaften Stich: Er war abgehärmt und hohläugig, und es tat ihr weh, ihn so zu sehen. Es tat weh und bewegte sie zutiefst, gewahr zu werden, dass er immer noch nicht an ihre tatsächliche Rückkehr zu glauben schien.

Er hielt ihre Hand an seine Wange gedrückt, und es gelang ihr, die Finger an seiner Haut zu bewegen.

Mit kratziger Stimme sagte sie: »Ich liebe dich.« Seine Augen leuchteten mit einer Wärme auf, in die sie sich würde hüllen können, um nun wirklich ein glückliches Leben zu beginnen. »Ich liebe dich so sehr.«

Immer noch grinsend sah Hollis zu DeMarco auf. »Meinst du, wir sollten verschwinden?«

»Wäre bestimmt eine gute Idee.«

Diana wandte den Blick nur widerstrebend von Quentin ab. Zu Hollis gewandt, drängte sie: »Du musst es ihnen sagen. In Serenade. Damit sie wissen, mit wem sie es wirklich zu tun haben.«

»Oh, ja. Stimmt. Nur – hör mal, ist wirklich alles in Ordnung mit dir?«

»Mir geht's gut. Müde und wund, aber ich glaube, die Ärzte werden staunen, wenn sie unter die Verbände schauen. Mächtig staunen.«

»In dem Fall«, sagte Hollis zu Reese, »müssen wir nach Serenade. Denn es ist schlimmer, als du ahnst, und sie werden deine Primärfähigkeit brauchen, um die Bedrohung zu spüren, und meine schicke neue Fähigkeit zu heilen, und …«

»Ja, das habe ich schon alles mitbekommen«, erwiderte er ruhig. »Du sendest.«

»Ach ja? Tut mir leid.«

»Spart aber Zeit.« Er blickte zu Quentin, die Brauen gehoben. »Ich glaube, wir können hier nichts mehr tun, und sie brauchen uns eindeutig in Serenade. Diana wird dich ins Bild setzen, nehme ich an.«

»Werde ich«, bestätigte Diana.

DeMarco nickte. »Und wir werden den anderen berichten, dass es dir gut geht. Quentin, du solltest sicherheitshalber in ihrer Nähe bleiben. Ich glaube zwar nicht, dass es hier eine Bedrohung gibt, aber bis wir die Sache in Serenade aufgeklärt haben …«

»Keine Bange, ich gedenke für die nächsten fünfzig bis sechzig Jahre nicht von ihrer Seite zu weichen.«

An Diana gewandt, bemerkte Hollis: »Deiner ist romantischer als meiner. Das könnte zum Problem werden.«

Diana musste sich ein Lächeln verkneifen, als sie DeMarco anschaute. »Sie ist ... jetzt wirklich müde.«

»Ich weiß. Später wird sie sauer auf sich sein. Vorausgesetzt, sie erinnert sich. Passt auf euch auf, ihr beiden. Komm, Schätzchen, lass uns gehen.«

»Schätzchen? Das meinst du sarkastisch, oder?«

»Ein wenig.«

»Tja, ich weiß nicht, ob mir Sarkasmus von meinem ... meinem ... wie auch immer, dagegen solltest etwas tun.«

»Ja, Ma'am.«

»Ich meine *jetzt*, nicht erst später ...«

Als DeMarco sie hinausführte und Hollis' nörgelnde Stimme in der Ferne verklang, meinte Diana zu Quentin: »Ich bin froh, dass die beiden sich mögen.«

»Ja. Reese hat einen schrägen Sinn für Humor, nur zeigt sich der nicht oft. Ich glaube, sie werden einander guttun.«

»So wie du mir gutgetan hast.«

»Daran kamen mir allmählich Zweifel.«

»Ich weiß. Lange Zeit gab es nichts in meinem Leben, und dann war da so viel, zu viel, um allem zu trauen ... Es tut mir leid, Quentin.«

»Das muss es nicht. Manche Dinge müssen genau so geschehen, wie sie geschehen, schon vergessen? Diese letzten dreißig Stunden möchte ich nie wieder durchmachen, doch das letzte Jahr, dich kennenzulernen und zu erleben, wie du direkt vor meinen Augen ... erblühst? Das würde ich um nichts in der Welt missen wollen.«

»Darüber bin ich froh. Und sobald ich aus diesem Krankenhausbett komme, werde ich dir zeigen, wie froh.«

»Ach, das sind doch alles leere Versprechungen.« Er sah,

wie sie mit der anderen Hand nach der Fernbedienung tastete und das Kopfteil höher stellte. »He, willst du das wirklich tun?«

»Ist schon gut. Ich bin nur ein bisschen ... steif. Aber ich will ihm nicht liegend die Stirn bieten.«

»Wem?«

»Meinem Vater.« Als das Kopfteil auf halber Höhe war, atmete sie tief durch und rückte sich ein wenig zurecht. »Aua. Quentin, ich möchte, dass du das hörst, okay? Zuhörst und mir glaubst, wenn ich dir sage, dass er sich nie wieder in unser Leben einmischen wird. Was mir mehr als recht ist.«

»Diana ...«

Sie drehte den Kopf und rief: »Du kannst jetzt reinkommen, Dad.«

Erstaunt sah Quentin, wie Elliot Brisco um den Vorhang kam, anscheinend aus der anderen Ecke des Raumes. Unwillkürlich wollte er aufstehen und den Mann begrüßen, trotz der Spannung, die seit dem ersten Zusammentreffen vor einem Jahr zwischen ihnen geherrscht hatte, doch was er in Diana spürte, hielt ihn davon ab.

»Was machst du hier, Dad?«

»Ich bin selbstverständlich gekommen, um dich zu besuchen. Sobald ich von dem ... Unfall hörte.« Sein Gesicht war bleich, und er wirkte sonderbar starr, wie etwas Brüchiges, das Gefahr lief, zu zersplittern.

»Ein Unfall? Du würdest es also gern als Unfall abtun, dass ein Scharfschütze am helllichten Tag auf einer öffentlichen Straße auf deine Tochter geschossen hat?«

Er wollte die Hand nach ihr ausstrecken, doch etwas in ihrem Gesicht, etwas Hartes und Verschlossenes, hinderte ihn daran. »Das war ... eine schreckliche Sache. Entsetzlich. Es tut mir so leid, dass dir das passieren musste, Diana.«

»Ich nehme an, du wusstest nicht, dass er auf mich schießen würde.«

Sein Gesicht wurde noch bleicher. »Himmel, Diana, ich schwöre dir, das war das Letzte, was ich mir gewünscht hätte.«

Sein offensichtlicher Kummer rührte sie nicht sonderlich. »Je nun, die Sache ist, wenn du auch nur irgendwas über meine Fähigkeiten begriffen hättest, wenn du aufgeschlossen geblieben wärst und *versucht* hättest zu glauben, dass das, was ich dir erzählte, wirklich war und keine Krankheit, die du durch haufenweise Geld kurieren konntest, dann hättest du es gewusst. Du hättest gewusst, dass Samuel von dem Moment an, als er getötet wurde, hinter mir her sein würde.«

»Weißt du, wie geistesgestört das klingt?« Seine Stimme war barsch.

»Du kannst es offenbar immer noch nicht zugeben. Er hat auf mich schießen lassen, weil er meine Fähigkeiten brauchte, Dad. Er brauchte sie, um von einem Ort fortzukommen, den du vielleicht eine Art Zwischenwelt nennen würdest – wenn du an irgendetwas glauben würdest, was nicht von dieser Welt ist. Aber das tust du nicht. Selbst jetzt nicht.«

»Diana ...«

»So viel von all dem war deine Schuld. Weil du nicht ertragen konntest, die Kontrolle über mein Leben zu verlieren, hast du viele andere Leben zerstört. Unschuldige Leben. Sie zerstört, Dad. Ausgeblasen wie Kerzen.«

»Du weißt nicht, was du da sagst.«

»Ich weiß ganz genau, was ich sage. Du hast versucht, das

Geschehen zu kontrollieren, seit ich Quentin kennengelernt habe. So wie du immer das Geschehen zu kontrollieren versuchst. Nur, diesmal handelte es sich nicht um Geschäftsvereinbarungen oder Ärzte oder auch nur darum, deine Tochter so sehr mit Medikamenten vollzustopfen, dass sie kein normales Leben führen konnte. Diesmal waren es verkorkste Menschen mit eigenen üblen Plänen. Du dachtest, du könntest sie unter Kontrolle halten und sie benutzen, um die SCU zu vernichten. Um Bishop zu vernichten.«

Er schien kaum zu atmen, während er sie anstarrte.

»Ich frage mich, wie viel es dich gekostet hat, genug Privatdetektive zu engagieren oder genügend Polizisten oder FBI-Agenten zu bestechen, um die eine Information zu finden, die du haben wolltest: einen Namen. Den Namen von jemandem, der Bishop genauso hasste wie du und der bereit war, alles zu tun, um ihn zu vernichten. Was auch immer es gekostet hat, du bekamst den Namen. Samuel. Adam Deacon Samuel. Ein Mann, der die SCU bereits im Visier hatte, bereits begonnen hatte, sie und ihre Abwehr zu testen.

Der Rest war dir ziemlich egal, nicht wahr? Dir war egal, wie krank und verdreht er war. Dich kümmerten die Opfer seiner bösen Taten nicht, die Leichen, die sich wie Klafterholz stapelten. Die Anhänger seiner sogenannten Kirche, die *Kinder*, denen er Schaden zufügte und die er tötete. Und natürlich glaubtest du nicht, dass er über irgendeine Art paranormaler Fähigkeit verfügte. Dir reichte die Gewissheit, dass er die SCU vernichten wollte. Also hast du ihm geholfen.«

»Ich habe für die Kirche gespendet«, brachte er schließlich heraus, die Stimme noch heiserer als zuvor.

»Du hast für ein Monster gespendet.« Sie schüttelte leicht

den Kopf, ließ seinen Blick nicht los. »Du wirst für das bezahlen, was du getan hast. Ich weiß nicht, was Bishop mit den Beweisen tun wird, die er schon hat und noch bekommen wird, doch auch was immer er damit tun wird, ich werde ihm helfen.«

»Diana ...«

»Ich werde ihm helfen. Aber was immer er tut oder nicht tut, du bist kein Teil meines Lebens mehr. Nicht mehr meine Familie. Was mich betrifft, bist du genauso böse, wie Samuel es war. Und die Welt sollte von euch beiden befreit werden.«

Serenade

»Hab dir doch gesagt, dass das nichts wird mit dem Ausschlafen.« Tony gähnte, als sie kurz nach sechs zwei andere Agenten im Kommandozentrum ablösten.

»Also, mir hat's gereicht.« Jaylene setzte sich an die Konsole und loggte sich im Computer ein. »Aber ich bin ja auch ins Bett gegangen, als wir in die Pension kamen. Wie lange hast du dich denn noch im Frühstückszimmer unterhalten?«

»Bei dir klingt das wie 'ne lockere Plauderei«, beschwerte sich Tony und loggte sich an der zweiten Workstation ein. »Wir sind noch mal alles durchgegangen. Haben versucht, einen neuen Ansatzpunkt zu finden. Sind allerdings nicht viel weiter gekommen, bis Dean um Mitternacht von seiner Schicht kam und sich uns zum Kaffeetrinken angeschlossen hat.«

»Kaffee um Mitternacht. Ja, danach kann man gut schlafen.«

Tony ging nicht darauf ein. »Außerdem kamen Reese und

Hollis um die Zeit zurück. Mit der tollen Nachricht, dass es Diana gut geht. Und mit weiteren Teilen des Puzzles.«

»Einer Bestätigung«, verbesserte Jaylene. »Wir hatten bereits herausbekommen, dass Samuel seine Finger im Spiel hat. Oder zumindest hatte Miranda das herausbekommen.«

»Stimmt allerdings. Trotzdem nett, es bestätigt zu bekommen. Und bin ich der Einzige, der es total gruselig findet, dass dieser Drecksack aus dem Grab heraus immer noch hinter uns her ist?«

»Nein.«

Tony seufzte. »Na gut. Als Dean vom Dienst kam, hat er berichtet, er hätte alle Informationen über Taryn Holder herangezogen, um eine Verbindung zu jemandem hier in der Stadt zu finden.«

»Und hat keine gefunden, nehme ich an.«

»Nein, aber er hat zumindest eine Grundlage geschaffen. Jetzt können wir weitersuchen.«

Bevor sie mit der Arbeit loslegte, hielt Jaylene inne. »Weißt du, mir ist letzte Nacht aufgegangen, dass wir überhaupt nicht über die arme Reporterin gesprochen haben.«

»Tut mir leid, wenn es schrecklich direkt klingt, aber was gibt es da zu sagen? Sie wurde gewarnt, sie wurden alle gewarnt.«

»Ja, das weiß ich. Und um ebenso direkt zu sein, darüber habe ich gar nicht nachgedacht. Der Scharfschütze hätte genauso leicht Miranda erschießen können. Warum hat er es dann nicht getan? Warum hat er sich die Reporterin ausgesucht?«

»Vielleicht, um alle Zivilisten in der Gegend aufzuschrecken.« Tony zuckte mit den Schultern. »Das würde ich tun.«

Jaylene starrte ihn an.

»Ach, komm schon, ich meine das aus Sicht des bösen Buben. Darum geht es doch beim Erstellen eines Profils.«

»Ja, ja. Allerdings will ich darauf hinaus, dass Miranda vielleicht mit ihrer Vermutung recht haben könnte, all das ziele darauf ab, Bishop aus der Deckung zu locken. Einen eindeutigen Beweis dafür zu liefern, dass er Miranda hätte ausschalten können, würde das vielleicht bewirken.«

»Sie tatsächlich auszuschalten ebenfalls«, entgegnete Tony.

»So würde ein typischer Feind denken. Doch wenn der Feind nun ein Paragnost ist, Tony? Paragnostisch genug, um zu wissen, dass er Bishop durch das Ausschalten von Miranda bestenfalls lähmen und im schlimmsten Fall töten würde, wo auch immer er sein mag?«

Tony schüttelte bedächtig den Kopf. »Nur sehr wenige Menschen außerhalb der SCU wissen, dass die Verbindung zwischen Bishop und Miranda sie derart verletzlich macht.«

»Aber diese Verletzlichkeit besteht. Töte einen, und du wirst höchstwahrscheinlich den anderen auch töten oder ihn zumindest kampfunfähig machen. Denn sie sind verbunden, und das auf einer tieferen Ebene, als wir sie je gefunden haben, selbst zwischen Geschwistern. Wenn der Scharfschütze das nun weiß? Weil er Paragnost ist oder weil Samuel es war. Und falls er es weiß, warum reicht es dann nicht, Bishop aus der Entfernung zu töten?«

»Dann ... hast du recht. Die Reporterin zu erschießen, als sie nur zwei Schritte von Miranda entfernt stand, könnte Bishop eilends hierher bringen. Erscheint sinnvoll. Bishop war immer derjenige, hinter dem Samuel am meisten her war. Und das Ganze hier stinkt gewaltig nach einer Falle.«

»Ein weiteres Anzeichen dafür, dass der Scharfschütze ein Anwohner sein könnte, zumindest jemand mit einer Verbindung zu diesem Ort. Sonst könnte er sich hier nicht so frei bewegen. Er kennt diesen Ort wie seine Westentasche.«

Nach einem Augenblick meinte Tony: »Ich sag dir was. Grab du weiter nach Hintergrundinformationen über Taryn Holder.«

»Während du *was* machst?«

»Während ich die Personalien aller Deputys von Pageant County überprüfe.«

»Glaubst du im Ernst, er könnte ein Cop sein?«

»Ich glaube, dass der Scharfschütze eine Militärausbildung besitzt, und wenn er hier zu Hause ist, könnte der einzige Beruf, in dem er sich wohlfühlt, einer sein, bei dem er eine Waffe trägt.«

»Ein ziemlicher Gedankensprung«, meine Jaylene nach einer Pause.

»Kein so großer. Nach der Bombenexplosion, selbst davor schon, gab es so viel Durcheinander, dass ein Deputy, der sich in der Gegend auskennt, schnell genug davonschlüpfen konnte, um Scharfschütze zu spielen. Und das sollten wir ausschließen. Zum Teufel, das hätten wir bereits tun sollen, nachdem der Scharfschütze die ersten Schüsse abgegeben hat.«

»Wohl wahr. Na gut. Graben wir los.«

Gabriel Wolf betrachtete das alte Farmhaus, stellte sein Fernglas scharf, bis er das Haus kristallklar im Blick hatte. Nichts bewegte sich, kein Anzeichen von Leben.

Vielleicht stellt er sich tot, meinte Roxanne.

»Warum sollte er?« Gabriel sprach leise. »Du hast die ganze Nacht Wache gehalten, und wenn Bishop weiß, wovon er redet, kann dieser Kerl keinen von uns beiden paragnostisch auffangen.«

Was nicht bedeutet, dass er nichts von uns weiß.

»Oh, ich wette, er weiß von uns. Ich wette, er hat uns entdeckt. Der Drecksack hat den Vorteil, diesen Ort gut zu kennen.«

Ärgere dich doch nicht so. Wir hätten es nicht wissen können.

»Ja, ja.« Gabriel runzelte die Stirn, als im Fernglas schließlich ein wenig Bewegung zu sehen war, nach seiner Einschätzung am Küchenfenster. »Warte. Sieht aus, als wäre er endlich aufgestanden.«

Wird auch Zeit.

Gabriel beobachtete angespannt und wurde etwa zehn Minuten später belohnt: Ein hochgewachsener, dunkelhaariger Mann Ende vierzig mit eindeutig militärischer Haltung, trotz der lässigen Jeans und des Sweatshirts, kam aus dem Haus. Das Gewehr, von dem Gabriel wusste, trug er heute verborgen in einem übergroßen Seesack. Der Mann schien sich sicher zu fühlen, zeigte keine Anzeichen von Unbehagen oder Besorgnis, während er den kleinen Hof überquerte und forsch die lange, von Zäunen gesäumte Auffahrt zur Straße hinunterging.

Und zur Stadt.

»Mann, wie gerne würde ich den ausschalten«, murmelte Gabriel.

Entspricht nicht dem Plan. Wir haben nichts über den anderen, das weißt du. Wir müssen ihn rauslocken.

»Ja. Aber gefallen muss mir das nicht.« Gabriel berührte

den fast unsichtbaren Stöpsel in seinem Ohr. »Er ist unterwegs.«

»Hab ihn«, flüsterte eine Stimme zurück. »Laut unseren Informationen sollte der im Haus euch keine Schwierigkeiten machen. Aber pass auf dich auf.«

»Verstanden.« Er berührte das Gerät erneut, beobachtete den Scharfschützen, bis der sich weit genug entfernt hatte, und verließ dann sein Versteck, um sich vorsichtig zum Haus zu schleichen.

Kurz nach acht kam Dean Ramsey zu Tony und Jaylene ins Kommandozentrum. Er brachte heißen Kaffee und Neuigkeiten mit. »Seht in eure E-Mail«, wies er sie an. »Nachricht von Bishop.«

Tony stöhnte. »Ich fange schon an zu schielen, nachdem ich zwei Stunden auf diesen Bildschirm gestarrt habe.«

»Was gefunden?«

»Weiß nicht. Vielleicht.« Abwesend blies Tony auf den heißen Kaffee, den Blick auf den Bildschirm gerichtet. »Hier gibt's zwar Militärausbildungen, nur nicht das, wonach wir suchen. Zumindest …«

Jaylene fluchte leise, drehte den Kopf zu Tony. »Schau in deine E-Mail. Sieht so aus, als hättest du recht, Tony. Der Scharfschütze hat eine Verbindung zu dieser Stadt.«

»Und das ist nicht seine einzige Verbindung«, ergänzte Dean.

Tony klickte auf seinen E-Mail-Account, öffnete die Mail von Bishop und begann zu lesen. Nach nur zwei Absätzen begann auch er zu fluchen, und das nicht leise. »Großer Gott, ich glaub es nicht. Wieso wussten wir nicht …«

»Weil Galen es nicht wusste«, unterbrach Dean. »Die Verbindung lag zu weit zurück. Lies weiter. Und dann stöpselt eure Ohrhörer ein. Wir ziehen in ein paar Minuten los.«

Der Schlüssel lag unter dem Blumentopf, wie versprochen. Gabriel schloss die Tür auf und schlüpfte in das alte Farmhaus, bewegte sich äußerst leise.

Das macht doch keinen Spaß, maulte Roxanne. *Ein Schlüssel, Himmelherrgott.*

»Pass weiter auf, Rox.« Gabriels Stimme war kaum mehr als ein Hauch. »Nur weil er angeblich keine Schwierigkeiten machen soll, heißt es noch lange nicht, dass er sich daran halten wird.«

Okay, okay. Lass mal sehen ... Er ist im Keller. Tür ist in der Küche, Gabe.

Gabriel schlich zur Küche, immer noch so gut wie lautlos, die Waffe in der Hand. Er fand die Kellertür ohne Weiteres und zog die Brauen hoch, als er den Riegel an der Außenseite bemerkte.

Da soll wohl eher etwas eingesperrt als ausgesperrt werden, meinst du nicht? Denn der Keller hat keinen anderen Ausgang. Bishop hatte recht. Sie glauben wohl, dass ihnen die Leine entglitten ist. Pass auf, Gabe.

Er schob den Riegel vorsichtig zurück und zog die Tür ebenso vorsichtig auf. Gleich darauf hörte er ein Geräusch aus dem Keller.

Jemand summte.

Und auch noch eine fröhliche Melodie. Großer Gott.

Ohne laut zu antworten, stieg Gabriel langsam und behutsam die gut erleuchtete Treppe hinunter, in einen sehr hellen Keller. Überall weiße Kacheln und Edelstahl, und die großen Lampen beleuchteten den Raum heller als Tageslicht.

In der Mitte standen zwei Edelstahltische. Auf einem lag eine in durchsichtige Plastikfolie eingewickelte Leiche, die kaum mehr als menschlich zu erkennen war.

Der andere Tisch war mit dick geronnenem Blut bedeckt, das gerade abgespült wurde und in den großen Abfluss im Boden lief. Der Mann mit dem Schlauch ähnelte stark demjenigen, der vor wenigen Minuten das Haus verlassen hatte, nur dass er vielleicht ein paar Jahre jünger war und nichts von dessen militärischer Haltung besaß.

Überhaupt nichts.

Und in seinen Augen lag das eindeutige Leuchten des Wahnsinns, als er den Kopf drehte, Gabriel sah und lächelte.

»Hallo. BJ sagte, ich könnte diesmal sauber machen. Er war gestern Nacht zu müde. Hat Bubba dich geschickt?«

»Ja.« Nur mit Anstrengung gelang es Gabriel, seine Stimme ruhig klingen zu lassen. »Bubba hat mich geschickt. Wir müssen in die Stadt gehen, Rex.«

Ruby schlich sich früh in Baileys Schlafzimmer, um noch einmal nachzusehen, und war beruhigt, einen ihrer Schutzengel schlafend vorzufinden. Nur um sicherzugehen, legte sie die Hand auf Baileys Schulter und konzentrierte sich ein paar Momente lang, bevor sie vom Bett zurücktrat.

Ohne große Anstrengung brachte sie das Bett zum Schimmern und dann dazu, sich scheinbar zu verändern. Wo es zuvor zerknüllte Laken und eine schlafende, dunkelhaarige Frau gegeben hatte, war jetzt nur noch ein ordentlich gemachtes Bett. Gut. Bailey würde hier in Sicherheit sein. Bis alles vorbei war.

Sie ging nach unten und fand Galen, der sich in der Küche Kaffee einschenkte.

»Du bist früh auf«, bemerkte er.

»Ich habe nicht gut geschlafen«, gestand Ruby. Sie holte sich Müsli aus der Speisekammer, dann Milch aus dem Kühlschrank, dazu Schale und Löffel. »Legst du dich hin, wenn Bailey aufsteht?«

»Wahrscheinlich.« Er setzte sich zu ihr an den Küchentisch.

Sie machte sich ihr Müsli zurecht und aß ein paar Löffel voll. »Du hast nicht wieder versucht, auf deine Stimmen zu lauschen, oder?«

»Doch, habe ich«, erwiderte er. »Verstehen kann ich immer noch nichts. Stimmen, aber keine richtigen Wörter.«

»Ich schätze, sie möchten nicht, dass du sie jetzt verstehst.«

Er runzelte die Stirn. »Weißt du, wo die Stimmen herkommen, Ruby?«

»Sie wurden eingelassen, als Father starb«, erklärte sie sachlich. »Davor haben sie nur zugehört.«

»Zugehört? Wem?«

»Dir. Deinen Freunden. Dem Team. Father brauchte einen Spion. Er hat sich gefreut, als er sie fand. Denn obwohl sie von dir wussten, wusstest du nichts von ihnen.«

Galen wurde es eiskalt. »Wovon redest du, Ruby?«

»Von deinen Brüdern.«

»Ich habe keine Brüder.«

Sie blickte ihn mit diesen viel zu alten Augen an. »Nein, du hast nie von ihnen erfahren. Deine Mutter hat dir nie erzählt, dass der brave Mann, der dich großgezogen hat, nicht dein Vater war. Sie hat dafür gesorgt, dass niemand von ihm erfuhr. Hat ihren Namen geändert, ist von hier fortgezogen. Weil dein leiblicher Vater sehr … gemein war. Er hat deine Mutter misshandelt und deine Brüder. Er hätte auch dir etwas antun können, wenn er von dir gewusst hätte. Aber deine Mutter hat dich geheim gehalten. Bis es ihr gelang, von hier zu fliehen. Deine Brüder konnte sie nicht mitnehmen. Sie waren schon … verdorben. Verkorkst. Von ihm. Sie wusste das. Sie wollte dich retten. Also ist sie weggelaufen.«

»Ruby …«

»Ich hätte es dir schon eher erzählt, aber ich wusste es erst, als ich hierherkam. Und selbst da war es noch verschwommen. So viele Figuren auf dem Schachbrett, weißt du?«

Die Kälte, die Galen empfand, drang ihm bis ins Mark. Er starrte in ihr liebes, unschuldiges Gesicht mit den viel zu alten Augen und wusste ohne jeden Zweifel, dass sie ihm die Wahrheit sagte. Er hatte Brüder. Und, wichtiger noch, sie waren in seinem Kopf, vielleicht seit langer Zeit, hatten ihn ausspioniert. Und durch ihn die Einheit.

»Es war nicht deine Schuld«, fuhr Ruby fort. »Bishop weiß das. Die anderen werden es auch erfahren. Father war unglaublich stark. Er konnte Dinge tun, von denen die meisten Menschen nicht mal eine Vorstellung haben. Und er plante voraus.«

Automatisch machte sich Galens Ausbildung bemerkbar. »Wenn sie in meinem Kopf sind, dann wissen sie von dir. Ich muss dich von hier fortbringen.«

Traurig erwiderte Ruby: »Tut mir leid. Bitte mach dir keine Vorwürfe, ja? Das ist als Ende nicht vorgesehen.«

»Da hat die kleine Missgeburt recht.«

Galen versuchte vergeblich, von seinem Stuhl hochzukommen, und erhaschte nur einen flüchtigen Blick auf den hochgewachsenen Mann, der im Türrahmen stand, bevor er das leise Husten einer Automatik mit Schalldämpfer hörte und spürte, wie Kugeln in seinen Brustkorb einschlugen.

18

Hollis hielt den Kaffeebecher zwischen beiden Händen und schaute Miranda mit trüben Augen an. »Ich weiß, dass ich geschlafen habe. Der Uhr nach jedenfalls. Aber ich fühle mich, als wäre mir ein ganzes Wochenende verloren gegangen.«

»Laut Reese hat es Stunden gedauert, und du hast eine Menge Energie gebraucht, um Diana zu heilen. So ist das mit dem Heilen. In gewisser Weise gibst du dabei einen Teil von dir auf. Bonnie hat mir erzählt, das sei ein erstaunliches Gefühl.«

Hollis dachte darüber nach. »Im Moment ist es hauptsächlich ein Gefühl der Müdigkeit. Ihr wusstet also schon über Samuel Bescheid.«

»Wir sind allmählich dahintergekommen.«

»Und ihr habt den Scharfschützen identifiziert?«

»Ja, schließlich hat sich alles zusammengefügt, größtenteils dank der Informationen von Elliot Brisco.«

»Dann hat dieser Dreckskerl ja wenigstens einmal was richtig gemacht. Arme Diana.«

»Ja, und obwohl sie jetzt gut damit klarkommt, wird es nicht einfach für sie.«

»Wird LeMott ihn vernichten? Brisco?«

»Wahrscheinlich. Er ist … gnadenlos. Und wir hätten Brisco vor Gericht nie etwas nachweisen können.«

»Also bekommt LeMott seine Rache?«

»Nennen wir es Gerechtigkeit«, meinte Miranda.

Hollis nickte. »Keine Einwände. Großer Gott. Und was ist mit dem Scharfschützen?«

»Über seine Identität Bescheid zu wissen, ist das eine. Allerdings müssen wir ihn jetzt noch herauslocken.«

»Und wie willst du – wollen wir – das machen?«

»Mit einem Köder.« In ihrem Ohr knisterte es, und Miranda hörte ihren Namen. Sie drückte auf den winzigen Ohrstöpsel. »Ja?«

»Hab ihn«, sagte Gabriel.

»Hat er dir Schwierigkeiten gemacht?«

»Nee, ist mir gefolgt wie ein Lamm. Sogar lächelnd. Aber warte, bis du gesehen hast, was er in seinem Keller hat.«

»Kann's kaum erwarten. Du weißt, was du zu tun hast.«

»Verstanden.«

Miranda drückte wieder auf den Ohrstöpsel. »Fühlst du dich dem wirklich gewachsen?«, fragte sie Hollis.

»Machst du Witze? Das will ich mir auf keinen Fall entgehen lassen. Mir kommt es vor, als würde ich schon seit Ewigkeiten auf diesen Schlussvorhang warten.«

»Geht uns wohl allen so. Vergiss deine Weste nicht.«

»Okay. Wo ist Reese?«

»Draußen mit Dean und den anderen. Und ich hoffe, dass sein Spinnensinn funktioniert, weil wir anderen Schwierigkeiten haben, irgendwas aufzufangen.« Miranda trank ihren Kaffee aus und stand auf. »Halt dich vom Kommandozentrum fern. Ich hoffe zwar, dass ich mich irre, doch ich habe das Gefühl, es könnte ein Zielobjekt sein.«

»Wer hält dort die Stellung?«

»Niemand. Wir sehen uns draußen.« Miranda verließ den Frühstücksraum der Pension, rückte etwas abwesend ihre

Weste und die Waffe an der Hüfte zurecht und trat hinaus auf die Veranda. Sie wusste, dass sie von Agenten, Polizisten und Deputys umgeben war, doch es war seltsam still, und das beunruhigte sie.

Wieder berührte sie den Ohrstöpsel. »Tut sich was?«

Sofort kam die geflüsterte Antwort. »Nein. Aber Reese ist kribbelig, und mir geht's genauso. Irgendwas stimmt hier nicht.«

»Bist du in Position?«

»Ja. Pass auf dich auf.«

Miranda schlenderte den Bürgersteig entlang, nach außen hin ungezwungen oder zerstreut, während sie sich fragte, ob sie dieses Mal nicht ein bisschen zu clever gewesen waren. Bishop vor aller Augen zu verbergen, hatte einmal geklappt, doch hier kämpften sie gegen einen Insider und hatten keine Ahnung, wie er reagieren würde.

Denn er hatte seine Rolle bisher perfekt gespielt.

Sie sah Tony und Jaylene ein paar Meter vom Kommandozentrum nahe dem Eingang zum Sheriffdepartment stehen und schloss sich ihnen an. »Gabe sollte jeden Augenblick hier sein«, teilte sie ihnen leise mit.

Tonys Blick war wie gleichgültig auf ein Grüppchen von Deputys und Agenten gerichtet, zu denen auch Dean Ramsey gehörte. Sie unterhielten sich auf der anderen Straßenseite. »Sind wir sicher, dass der Köder ihn herauslocken wird?«, fragte er.

»Eine Reaktion wird er auf jeden Fall auslösen«, erwiderte Miranda. »Keine Ahnung, was darüber hinaus passieren wird.« Sie sah, wie sich DeMarco der Gruppe anschloss und irgendwas sagte, was zwei von ihnen zum Lachen brachte.

»Eine Vision käme uns jetzt sehr zupass«, murmelte Jaylene.

»Wem sagst du das. Leider wird es diesmal ein Blindflug.« Was Miranda sonst noch hätte sagen wollen, wurde verdrängt, als sie Gabriel Wolf einen Mann in Handschellen zum Sheriffdepartment führen sah.

Der Mann wirkte erschreckend normal. Um die vierzig, etwas über mittelgroß, kräftig gebaut und mit einem unordentlichen, schwarzen Haarschopf. Und er lächelte.

»Wie kommt es nur, dass Serienmörder so selten der Vorstellung entsprechen?«, fragte sich Tony laut. »Himmel, wirklich der Kerl von nebenan. Das ist erschreckend.«

»Er ist ein Tier«, schnaubte Miranda. »Spielt keine Rolle, wie er aussieht.«

»Ja, schon, ganz ohne Zweifel. Nur ...«

Miranda sah, wie sich DeMarco plötzlich umdrehte und zu einer Baumgruppe auf einer niedrigen Erhöhung hinter dem Sheriffdepartment starrte. In fast demselben Augenblick ruckte der Kopf des Gefangenen zurück, Blut und Hirnmasse spritzten aus dem, was sein Gesicht gewesen war, und als er stolperte und zu Boden fiel, war schließlich der Knall eines Präzisionsgewehrs zu hören.

Bevor das Echo verklang, knallte ein zweiter Schuss.

Und dann Stille.

Viele der Cops und Agenten hatten sich hingeworfen, doch andere waren auf den Füßen geblieben. Miranda fing DeMarcos Blick auf und wartete auf sein Nicken, ehe sie langsam auf Gabriel zuging.

Gabriel zeigte nicht das geringste Mitgefühl. »Tja, er hat dem Staat eine Menge Ärger und Kosten erspart. Und die

Psychiater der Möglichkeit beraubt, einen weiteren Serienmörder zu analysieren. Kein großer Verlust, schätze ich.«

Wie Miranda erwartet hatte, schlossen andere Polizisten und Agenten sich ihnen allmählich an, orientierten sich an dem ruhigen Paar, das bei dem hingerichteten Gefangenen stand. Doch ihr Herz setzte kurz aus, als sie bemerkte, dass sich ein bestimmter Mann nicht unter ihnen befand.

Bevor sie ihre Gedanken ordnen konnte, trat Chief Deputy Neil Scanlon aus dem Kommandozentrum, einen kleinen, schlaffen Körper wie einen Schild an den Brustkorb gedrückt. Ruby. Bestenfalls bewusstlos, möglicherweise bereits tot.

Aber ich sehe keine Wunde, daher ... Gott verdammt ...

»Wo ist BJ, Miranda?«, rief Scanlon, die Stimme unnatürlich ruhig.

Trotz Gabriels gemurmelten Fluchs trat Miranda einen Schritt auf Scanlon zu. Aus dieser Entfernung konnte sie ihn ausschalten, ohne Ruby zu treffen, das wusste sie. Falls sie ihre Waffe ziehen und zielen konnte, bevor er seine abdrückte. Selbst ohne die sperrige Weste, die ihre Bewegungsfreiheit einschränkte, hätten die Chancen nicht gut gestanden.

»Er ist tot, Neil«, rief sie zurück, ihre Stimme ebenso ruhig. »Als er Rex erschoss, hat er damit seinen Standort verraten. Und wir waren vorbereitet. Wo ist Galen?«

»Ich habe ihm ein paar Kugeln reingejagt. Aber wir wissen beide, dass ihn das nicht lange aufhalten wird, stimmt's? Na ja, lange genug. Wo ist Bishop?«

Sehr betont antwortete Miranda: »Er ist derjenige, der BJ ausgeschaltet hat.«

Etwas Bösartiges flackerte über Scanlons kantiges Gesicht, und er rückte Ruby ein wenig zurecht. »Auge um Auge. Ich werde deine kleine Missgeburt hier ausschalten.«

»Wozu denn? Es ist vorbei.«

»Nicht ganz. Wenn ich Bishop nicht haben kann …«

Mit einer blitzschnellen Handbewegung zielte er auf Miranda. Auch Miranda bewegte sich, warf sich instinktiv zur Seite.

Der scharfe Knall eines Gewehrs erklang fast gleichzeitig mit dem dumpferen von Scanlons Waffe. Miranda sah seinen Kopf regelrecht zerplatzen, sah ihn schwanken und auf das Pflaster fallen, Rubys schlaffen Körper immer noch an sich gedrückt. Miranda stemmte sich hoch und rannte, erreichte das Mädchen nur Sekunden später.

»Ruby? *Ruby?*« Dem Kind war keine Verletzung anzusehen.

Die Zeit schien sich abrupt zu verlangsamen. Undeutlich nahm Miranda wahr, dass Hollis von der Pension auf sie zu rannte, nahm andere rennende Schritte und laute Stimmen wahr, doch sie sah nur Rubys bleiches Gesicht.

Dann öffnete Ruby blinzelnd die Augen und flüsterte: »Er hat mir … eine Art … Spritze gegeben. Ist schon okay. Ich … wusste, dass ich … ein Bauer war. Geopfert … werden musste … um zu gewinnen. Ich konnte Bishop … und mich … nicht gleichzeitig … verbergen. Sag Galen, es ist nicht seine Schuld. Sei nicht traurig …« Ein letzter Atemzug, und ihr Kopf rollte zur Seite.

Miranda verspürte einen stechenden Schmerz und dachte, dass es nicht weh genug tat, dass nichts für den Verlust dieses Kindes zu sehr schmerzen konnte.

»Hollis – hilf ihr. Hilf Ruby.«

Hollis griff nach Ruby, löste sie sanft aus Mirandas Armen – und reichte das Kind an jemand anderen weiter. Sie sprach, doch was sie sagte, ergab keinen Sinn.

»Leg dich hin, Miranda. Vorsichtig. Lass dir von Gabe helfen. Himmel, zieht ihr die Weste aus ...«

»Was soll das? Ich bin nicht ...«

In dem Moment kam Bishop angerannt, sein Gesicht aschfahl. Er ließ das Gewehr fallen, sank auf die Knie und schob seine Armbeuge unter ihren Kopf. »Miranda ...«

Sie schaute zu ihm auf, wollte ihm versichern, dass es ihr gut ging, spürte aber dann einen weiteren stechenden Schmerz im Unterleib.

Und wusste, was geschah.

Was geschehen war.

»Nein«, flüsterte sie. »O Gott ... Noah. Es tut mir so leid ...« Dann senkte sich ein weißer Vorhang, und sie fiel mit ihm in die Stille.

»Hollis – hilf ihr, bitte.« Bishops Stimme krächzte.

Sobald die Weste aus dem Weg war, legte Hollis beide Hände auf die Schusswunde tief an Mirandas gerundetem Unterleib. Sie wurde ganz still, schloss die Augen und blickte Bishop dann entsetzt an.

»Verdammt. Ich kann ... Bishop, ich kann es nicht retten. Das Baby. Es ist bereits tot.«

Auch er schloss kurz die Augen, dann nickte er ruckhaft. »Ich weiß. Hilf ... einfach Miranda.«

Sie nickte bestätigend und schloss wieder die Augen, um sich zu konzentrieren, um alle Energie, die sie aufbringen konnte, auf die Heilung zu richten ...

»Geht's dir besser?«, fragte Reese und setzte sich neben Hollis auf das große Sofa im Vorderzimmer der Pension.

»Die Energie kommt zurück. Langsam. Mir geht's gut. Ich mache mir aber immer noch Sorgen um Miranda. Ich sollte bei ihr in der Klinik sein ...«

»Nein, solltest du nicht. Du sollst genau da sein, wo du bist, um wieder zu Kräften zu kommen. Außerdem wissen wir alle, dass Bishop und Miranda jetzt lieber allein sein wollen. Um zu trauern.«

»Ja. Ja, natürlich. Ich hab den Sanitäter sagen hören, dass sie mindestens im fünften Monat war. Zu sehen war nichts.«

»Dank dieser lockeren Pullover. Und der Weste, die vorne für sie etwas verlängert worden war.«

»Sie hätte nicht hier sein sollen.«

»Wahrscheinlich nicht. Aber diese beiden gehen ständig Risiken ein. So viele Menschen starben, und sie fühlten sich verantwortlich. Sie wussten, die Leichen waren Köder und das hier war eine Falle, für Bishop und die SCU. Beide konnten dem nicht ausweichen. Es würde erst aufhören, wenn sie der Sache ein Ende bereiteten.«

Hollis nickte bedächtig.

»Ich weiß, dass sie am besten als Team funktionieren. Ich weiß, dass sie Risiken eingehen. Und dass sie dieses Risiko eingehen mussten. Trotzdem ... wünschte ich, dass ich mehr für sie hätte tun können.«

»Du hast Miranda wahrscheinlich das Leben gerettet, Hollis. Ihr vielleicht sogar ermöglicht, wieder schwanger zu werden. Aber für das Baby konntest du nichts tun. Die Kugel hatte zu viel Schaden angerichtet. Es war bereits tot.«

»Ich weiß, ich weiß. Es ... tut mir nur einfach leid für sie.

Das Baby und Ruby zu verlieren – ich weiß nicht, ob Bishop sich das je verzeihen wird.«

»Sie haben getan, was sie konnten, um Miranda zu schützen. Die Weste hätte sie schützen sollen. Und hätte es vermutlich auch getan, wenn sie sich nicht zur Seite geworfen hätte. Ihre Ausbildung und ihre Instinkte haben sie diesmal im Stich gelassen. Was Ruby betrifft ... Tja, vielleicht sollte Bishop sich dafür nicht verzeihen.«

Hollis sah ihn an. »Findest du das wirklich?«

DeMarco zögerte, dann schüttelte er den Kopf. »Ich weiß es nicht. Genau wie ich nicht weiß, ob Galen je wieder derselbe sein wird, nachdem er erfahren hat, dass seine Höllenbrüder ihn als Spion und Fernglas benutzt haben.«

Hollis zuckte zusammen. »Ja, das ist allerdings ziemlich krass. Ich meine, ich bin froh, dass wir keinen Verräter im Team hatten, aber herauszufinden, dass man drei schwer geistesgestörte ältere Brüder hat – hatte –, wäre schon traumatisch genug, ohne auch noch so benutzt und dann vom großen Bruder Neil erschossen zu werden.«

»Ja, ja. Familie.«

Sie blickte ihn wieder an, nicht sicher, ob das als ironischer Kommentar oder als Feststellung einer wehmütigen Wahrheit zu werten war. Sie räusperte sich. »Ähm ... hör zu.«

»Ja?«

»Ich erinnere mich vage, gestern Nacht im Krankenhaus ein paar wirklich ... seltsame Sachen gesagt zu haben. Weil ich so müde war. Nachdem ich Diana geheilt hatte.«

Er zog eine Braue hoch. »Ich kann mich an nichts Seltsames erinnern.«

»Nein?«

»Nein.«

Erleichterung überkam sie. Misstrauen, aber auch Erleichterung. *Ich werde Diana später fragen. Oder auch nicht.* »Okay. Also gut.«

Er musterte sie. »Irgendwas beschäftigt dich doch. Was ist?«

»Du würdest mich auslachen.«

»Wäre das so schlimm? Ich würde gerne mal wieder lachen.«

Hollis runzelte die Stirn. »Ich finde es wirklich deprimierend, dass man aus dem Himmel gezerrt werden kann. Ich meine ... schließlich ist es der *Himmel*. Ist denn nichts mehr heilig?«

»Wovon sprichst du?« Er klang weiterhin geduldig, jedoch leicht amüsiert.

»Dianas arme Mutter wurde aus dem Himmel gezerrt – anscheinend – und hierher geschickt, um diesen Brisco aufzuhalten. Wie verrückt ist das denn?«

»Ziemlich verrückt.«

Jetzt musterte sie ihn. »Du glaubst mir nicht.«

»Tut mir leid. Dir glaube ich schon, aber die Sache mit dem Himmel ...«

»Tja, ich bin mir auch nicht sicher, ob ich daran glaube. Und gerade jetzt umso weniger, denn wenn man aus dem *Himmel* gezerrt werden kann ...«

Hollis sah zur Tür, brach plötzlich ab, und ihre Augen wurden weit. DeMarco sah, wie sich Gänsehaut auf ihrem nackten Arm bildete, und fing nur einen Wirrwarr von Emotionen auf statt tatsächlicher Gedanken.

Erstaunen. Verwunderung. Glück. Eine Art Befriedigung. Und Ehrfurcht.

»Ruby«, murmelte sie.

Er wartete, bis sie blinzelte, als sei sie aus einem Traum erwacht. »Du hast ihren Geist gesehen. Geht es ihr gut?«

»Besser als gut. Wow.«

Neugierig meinte er: »Du siehst doch dauernd Geister.«

»Ja.« Hollis lächelte ihn an. »Aber ich habe zum ersten Mal einen … mit Flügeln gesehen.«

Epilog

Am ersten Juni wachte Sonny Lenox aus dem Koma auf. Die Ärzte waren verblüfft, doch auf genauere Nachfragen versuchten sie es so hinzustellen, als hätte er wenigstens eine Chance gehabt, das Krankenhaus auf eigenen Füßen zu verlassen. Trotzdem, drei Monate im Koma nach einem Autounfall ... Tja, die meisten Patienten mit so einem Trauma wurden nie mehr wach.

Erstaunlich, diese Fähigkeit des menschlichen Körpers, sich selbst zu heilen.

Das Pflegepersonal, das viel unverblümter mit solchen Dingen umging, flüsterte, mit ihm *könne* nicht alles in Ordnung sein nach der langen Zeit. Da *müsse* ein Schaden zurückgeblieben sein.

Doch ihm ging es gut genug, um nur fünf Tage später ein paar Worte zu einer der Fernsehreporterinnen zu sagen, die ihn mit Genehmigung des Krankenhauses besuchen durfte. Gut genug, um zu lächeln und fast von Anfang an selbstständig zu essen. Sich anzuziehen. Und, mit etwas mehr Hilfe, zu gehen.

Mit Verve widmete er sich der Physiotherapie, arbeitete täglich hart daran, seine Beweglichkeit und Unabhängigkeit zurückzugewinnen. Er war still, höflich und klagte nie. Das Pflegepersonal liebte ihn.

Sie waren betrübt darüber, wie schon während seines ganzen Aufenthalts, dass Sonny Lenox anscheinend keine Familie oder auch nur Freunde besaß. In der ganzen Zeit hatte er nicht einmal Besuch bekommen. Als er aus dem Koma aufwachte und mit ihnen sprechen konnte, hatte er ihnen erzählt, er stünde allein auf der Welt und habe vor dem Unfall noch nicht lange in der Stadt gewohnt. Er hätte noch keine Wohnung gefunden, sondern sei in einem Motel untergekommen, und er bezweifelte nicht, dass der Hotelmanager seine wenigen Sachen längst zusammengepackt und einer Wohltätigkeitseinrichtung gegeben hätte. Oder sie verkauft hätte, natürlich.

Das mache ihm jedoch nichts aus. Er würde schon zurechtkommen.

Das Pflegepersonal, dem er nun noch mehr leidtat, spendete ein paar gebrauchte Kleidungsstücke, eine alte Reisetasche und legte für neue Unterwäsche zusammen, damit er das Krankenhaus wenigstens mit *etwas* verlassen konnte.

Mehr als sechs Wochen intensiver Therapie waren nötig, bis die Ärzte bereit waren, ihn zu entlassen, aber inzwischen war der junge Mann fähig zu lächeln und allen zu danken, und als sie ihn zur Tür rollten, konnte er aufstehen und mit sicheren Schritten davongehen, die Reisetasche in der Hand.

Er schaute nicht zurück.

In seinen gebrauchten Kleidern, mit der gebrauchten Tasche schritt er langsam, aber entschlossen aus, ein ganz bestimmtes Ziel im Sinn. Zwischendurch musste er sich mehrfach zum Ausruhen auf eine Bank setzen, da seine Kondition noch nicht die beste war. Was sie aber werden würde. Daher dauerte es mehr als eine Stunde, bis er nahe der Innenstadt eine schmale Straße erreichte, die bisher noch nicht durch Geld und Zinsgewinne »verschönert« worden war.

Alte, noch nicht vollständig dem Verfall preisgegebene

Wohnhäuser säumten die Straße, eine alte Kirche, besprüht mit farbenfrohen, gotteslästerlichen Graffiti, und eine baufällige Mission, in der eine kleine Gruppe engagierter Menschenfreunde ihr Bestes tat, die Armen zu speisen und zu beherbergen.

Er blieb einen halben Block entfernt stehen und betrachtete die Mission aufmerksam, bevor er sich ihr näherte.

Vor der Eingangstür versuchte ein junger Mann mit Flugblättern und eindringlichem Blick Passanten anzusprechen, die eindeutig nur weitergehen wollten. Und die Stammgäste der Mission schenkten ihm keine Beachtung, wollten nur hinein, um ihre Mahlzeit oder einen Schlafplatz zu ergattern, bevor der Mission beides ausging.

Der junge Mann ließ sich nicht entmutigen.

»Sir! Sir, haben Sie Jesus Christus als Ihren Retter anerkannt?«

Sonny Lenox sah ihn eine Weile versonnen an, mit einem eigenartig matten Glanz in den Augen. Dann lächelte er.

»Ja, ja, das habe ich. Und ich würde gerne vor Ihnen Zeugnis ablegen.«

Anmerkungen der Autorin

Wir sind jetzt beim zwölften Band der Reihe über Bishop und die Special Crimes Unit, daher haben wir beschlossen, ein paar zusätzliche Informationen sowohl für neue als auch langjährige Leser einzufügen. Dieses Angebot basiert auf Briefen und E-Mails an mich, in denen mir spezielle Fragen gestellt wurden. Daher finden Sie in *Blutfesseln* etwa ein Dutzend Fußnoten mit Titeln früherer Bücher der Reihe. Ich habe festgestellt, dass viele Leser diese Information wünschen, mich danach fragen, in welchem Buch eine bestimmte Figur eingeführt wurde oder ein bestimmtes Ereignis stattfand. Ich hoffe, dass die Fußnoten diese Information rasch und leicht zugänglich machen.

An das Ende dieses Buches habe ich zusätzlich Kurzbiografien der in *Blutfesseln* auftretenden SCU-Mitglieder sowie der an dieser Geschichte beteiligten Ermittler von Haven angefügt, dazu eine Liste paragnostischer Fähigkeiten und deren Definition durch die SCU.

Das Ganze ist ein Experiment, daher würde ich mich freuen, wenn Sie mir eine E-Mail schicken (kay@kayhooper.com) und mich wissen lassen, ob Ihnen diese Zusatzinformationen gefallen oder nicht. Sollten sie sich als beliebt erweisen, werden wir sie in den folgenden Büchern der Reihe weiterhin zur Verfügung stellen.

Und wie immer, wenn Sie gerne detaillierte Hintergrundfakten über die Reihe und ihre Figuren erfahren würden, besuchen Sie bitte meine Website: www.kayhooper.com

Kurzbiografien der Agenten in der Special Crimes Unit

JAYLENE AVERY
Tätigkeit: Special Agent
Gabe: Psychometrie, ist in der Lage, Eindrücke von Gegenständen aufzufangen. Betrachtet ihre Fähigkeit schlicht als Werkzeug und ist an den wissenschaftlichen Aspekten des Paranormalen weniger interessiert als die meisten anderen.
Auftritte: *Jagdfieber, Blutfesseln*

BAILEY
Tätigkeit: Special Agent, Schutzengel
Gabe: Offene Telepathin, deren Stärke jedoch ein kraftvoller Schild ist, den sie zum Schutz anderer ausweiten kann.
Auftritte: *Blutträume, Blutsünden, Blutfesseln*

MIRANDA BISHOP
Tätigkeit: Special Agent, Ermittlerin, Profilerin, Schwarzer Gürtel in Karate und Scharfschützin
Gabe: Berührungstelepathin, Seherin, bemerkenswert stark und mit ungewöhnlicher Kontrollfähigkeit, insbesondere über einen hoch entwickelten Schild, der sie paragnostisch schützen und den sie über sich hinaus ausweiten kann, um andere zu schützen. Teilt Fähigkeiten mit ihrem Ehemann Noah aufgrund ihrer intensiven emotionalen Verbindung; gemeinsam übertreffen sie die vom FBI entwickelte Skala zur Messung paragnostischer Gaben bei Weitem.

Auftritte: *Wenn die Schatten fallen, Die Augen des Bösen, Die Stimme des Bösen, Das Böse im Blut, Jagdfieber, Wenn das Grauen kommt, Blutträume, Blutsünden, Blutfesseln*

NOAH BISHOP
Gründer und Leiter der Einheit Special Crimes Unit
Tätigkeit: Special Agent, Profiler, Leitender Ermittler, Scharfschütze. Verfügt über einige ausgesprochen ungewöhnliche Talente, die er bewusst förderte, unter anderem Schlösserknacken und Computer-Hacking, und besitzt eine Pilotenlizenz.
Gabe: Berührungstelepath, außerordentlich stark. Besitzt außerdem sekundäre oder »Hilfs«-Fähigkeiten gesteigerter Sinneswahrnehmungen (Hören, Sehen, Riechen), umgangssprachlich als »Spinnensinn« bekannt, und teilt sich darüber hinaus mit seiner Frau die Fähigkeit der Präkognition. Gründete die Einheit, weil es ihm ein zwingendes Bedürfnis war, paragnostische Fähigkeiten als nützliches Ermittlungswerkzeug zu etablieren. Fühlt sich seiner Einheit vollkommen und seiner Frau außergewöhnlich verpflichtet.
Auftritte: *Eisige Schatten, Jagd im Schatten, Wenn die Schatten fallen, Die Augen des Bösen, Die Stimme des Bösen, Das Böse im Blut, Jagdfieber, Kalte Angst, Wenn das Grauen kommt, Blutträume, Blutsünden, Blutfesseln*

DIANA BRISCO
Beruf: Special Investigator
Gabe: Medium, spezialisiert auf die Fähigkeit, mit Geistern in einem gespenstischen Korridor, den sie die graue Zeit nennt, zwischen Leben und Tod zu »wandeln«. Besitzt wie

viele Medien auch eine gewisse Heilungsgabe, wobei ihre quasi latent ist.
Auftritte: *Kalte Angst, Blutfesseln*

REESE DEMARCO
Tätigkeit: Special Crimes Unit Operative, Pilot, Scharfschütze. Hat sich in der Vergangenheit hauptsächlich auf verdeckte Operationen spezialisiert. Ex-Militär.
Gabe: Telepath, stark. Besitzt einen einmaligen Doppelschild, der manchmal ungewöhnlich hohe Energiemengen enthält. Besitzt den Urinstinkt, eine Bedrohung gegen sich oder Menschen in seiner physischen Nähe zu spüren.
Auftritte: *Blutsünden, Blutfesseln*

DR. SHARON EDWARDS
Tätigkeit: Special Agent, forensische Pathologin
Gabe: Fängt Schwingungen von Gegenständen auf.
Auftritte: *Wenn die Schatten fallen, Blutfesseln* (Vor Ort, jedoch hinter den Kulissen tätig)

GALEN
Tätigkeit: Special Investigator, Wächter, Schutzengel, Pilot
Gabe: Regenerative Selbstheilung. Ebenfalls Ex-Militär.
Auftritte: *Die Augen des Bösen, Die Stimmen des Bösen, Jagdfieber, Blutsünden, Blutfesseln*

TONY HARTE
Tätigkeit: Special Agent, Ermittler, Profiler
Gabe: Telepath. Nicht besonders stark, aber fähig, Schwingungen von Menschen aufzufangen, vor allem Emotionen.

Auftritte: *Wenn die Schatten fallen, Die Augen des Bösen, Die Stimmen des Bösen, Das Böse im Blut, Jagdfieber, Blutfesseln*

QUENTIN HAYES
Tätigkeit: Special Agent, Ermittler, Profiler
Gabe: Seher, entwickelt Spinnensinne. Seine Fähigkeiten beginnen sich nach den Ereignissen in Blutsünden zu verändern.
Auftritte: *Die Augen des Bösen, Jagdfieber, Kalte Angst, Blutsünden, Blutfesseln*

DEAN RAMSEY
Tätigkeit: Special Agent
Gabe: Hellseher 5. Grades. Ex-Militär.
Auftritte: *Blutfesseln*

HOLLIS TEMPLETON
Tätigkeit: Special Agent, Ausbildung zur Profilerin
Gabe: Medium. Vermutlich wegen der extremen Traumata bei Hollis' paragnostischem Erwachen (siehe *Die Augen des Bösen*) entwickeln und verwandeln sich ihre Fähigkeiten schneller als die vieler anderer Agenten. Während sie sich darum bemüht, mit ihren medialen Fähigkeiten umzugehen, bringt dieser Agentin jede neue Ermittlung, an der sie teilnimmt, ein weiteres »lustiges neues Spielzeug«. In *Blutträume* beginnt sie die Auren des Energiefeldes anderer Personen zu sehen. Und auch in *Blutsünden* und *Blutfesseln* wird sie von neuen Fähigkeiten überrascht.
Auftritte: *Die Augen des Bösen, Das Böse im Blut, Blutträume, Blutsünden, Blutfesseln*

Kurzbiografien der Mitarbeiter von Haven

JOHN UND MAGGIE GARRETT
Mitbegründer von *Haven*, einer privaten Organisation von Paragnosten, die für die offizielle Polizeiarbeit etwas zu exzentrisch, ungewöhnlich oder in anderer Weise ungeeignet sind, jedoch bei verdeckten Operationen und sonstigen Ermittlungen gute Dienste leisten, meist im Zusammenhang mit Fällen der Special Crimes Unit. Maggie ist eine außergewöhnlich starke Empathin/Heilerin, John ist kein Paragnost.

GABRIEL WOLF
Tätigkeit: Ermittler
Gabe: Teilt mit seiner Zwillingsschwester Roxanne eine einmalige symbiotische Beziehung. Beide zeigen paragnostische Fähigkeiten nur, wenn sie schlafen, und benützen ihren jeweiligen Zwilling zur Kanalisierung. Sie stehen miteinander telepathisch in Verbindung, sind sowohl hellsichtig als auch schwach telekinetisch.
Auftritte: *Blutträume, Blutfesseln*

ROXANNE WOLF
Tätigkeit: Ermittlerin
Gabe: Siehe Gabriel Wolf
Auftritte: *Blutträume, Blutfesseln*

Paragnostische Fähigkeiten
(Klassifikation nach den Kriterien der SCU)

Empathie: Ein Empath fühlt sich in die Emotionen anderer ein.

Gabe: Allgemeiner Ausdruck zur Kennzeichnung jedes funktionsfähigen Paragnosten; die spezielle Fähigkeit ist wesentlich differenzierter.

Heilen: Fähigkeit, eigene oder die Verletzungen anderer zu heilen; oft, jedoch nicht immer, ergänzend zu medialer Fähigkeit.

Heilende Empathie: Ein Empath/Heiler mit der Fähigkeit, sich nicht nur einzufühlen, sondern auch den Schmerz/die Verletzungen anderer zu heilen.

Hellsehen: Fähigkeit, Dinge zu wissen, Informationen scheinbar aus der Luft aufzufangen.

Latent: Bezeichnung für noch nicht erweckte oder inaktive Fähigkeiten, wie auch für einen Paragnosten, der sich seiner paragnostischen Fähigkeiten noch nicht bewusst ist.

Medial: Fähigkeit eines Mediums, mit den Toten zu kommunizieren.

Präkognition: Ein Seher oder Präkog mit der Fähigkeit, zukünftige Ereignisse korrekt vorauszusagen.

Psychometrie: Fähigkeit, Eindrücke von Gegenständen aufzufangen.

Regenerativ: Fähigkeit, eigene Verletzungen/Krankheiten zu heilen (nur auf ein SCU-Mitglied zutreffende Klassifizierung; abweichend von den Fähigkeiten eines Heilers).

Spinnensinn: Fähigkeit, die normalen Sinne (Sehen, Hören, Riechen) durch Konzentration und Fokussierung auf die eigene mentale und physische Energie auszuweiten.

Telekinese: Fähigkeit, Gegenstände durch Geisteskraft zu bewegen.

Telepathische Geisteskontrolle: Fähigkeit, andere durch geistige Konzentration und Anstrengung zu beeinflussen/zu kontrollieren. Äußerst seltene Fähigkeit.

Telepathie (durch Berührung, Nicht-Berührung oder offen): Fähigkeit, die Gedanken anderer aufzufangen. Manche Telepathen können nur empfangen, während andere auch die Fähigkeit haben, zu senden.

Traumprojektion: Fähigkeit, sich in den Traum eines anderen einzuklinken.

Traumwandeln: Fähigkeit, andere in die eigenen Träume einzuladen/hineinzuziehen.

Unbenannte Fähigkeiten: Fähigkeit, in die Zeit zu sehen, Ereignisse in der Vergangenheit, Gegenwart und Zukunft zu betrachten, ohne während dieser Ereignisse körperlich anwesend zu sein.

Fähigkeit, die *Aura* des Energiefeldes einer anderen Person zu sehen.

Fähigkeit, *Energie* sinnvoll als defensives/offensives Werkzeug/Waffe zu *kanalisieren*.